SHATTER

邁可・洛勃森

死亡來電

MICHAEL ROBOTHAM

楊睿珊 譯

「理性沉睡，心魔生焉。」

哥雅《奇想集》（The Caprichos）

「他的口如奶油光滑，他的心卻懷著爭戰；他的話比油柔潤，卻是話裡藏刀。」

《詩篇》第55篇第21節

有那麼一刻，所有的希望都消失了，所有的自尊都逝去了，期待、信念和欲望全都不復存在。我擁有那一刻，它是屬於我的。在那瞬間，我聽到了精神崩潰的聲音。

那並不是像骨頭碎裂、脊椎骨折或顱骨塌陷的清脆斷裂聲，也不像心碎那種溼軟的聲音。那聲音會讓你好奇一個人究竟能承受多少痛苦；那聲音會讓記憶分崩離析，讓過去滲入現在；聲音的頻率之高，只有地獄犬能夠聽到。

你能聽見嗎？有人蜷縮成一顆小小的球，在無盡的夜晚輕聲哭泣。

第一章

巴斯大學

九月下旬，早上十一點，外面下著傾盆大雨，雨勢大到牛隻在河中順流而下，鳥兒停在牠們臃腫的身體上。

演講廳座無虛席。禮堂兩側樓梯之間的階梯式座椅以和緩的坡度向上排列，逐漸沒入黑暗。我的聽眾個個臉色蒼白，這些年輕人一臉認真，有些卻還在宿醉。新生週正如火如荼進行中，許多人在出席和翹課回去睡覺之間，經過一番天人交戰，才終於決定來上課。一年前，他們還在看青少年電影，爆米花吃得到處都是。現在他們離鄉背井來這裡讀書，等著吸收新知，靠學校補貼的便宜酒精喝得酩酊大醉。

我走到講台中央，雙手緊抓講桌，好像生怕摔倒。

「我是臨床心理學家喬瑟夫．歐盧林，是這門行為心理學入門課的教授。」

我停頓片刻，對著燈光眨眨眼睛。我沒想過重執教鞭會令我緊張，現在卻突然懷疑自己是否有值得傳授的知識。我還記得布魯諾．考夫曼給我的建議（布魯諾是這間大學心理系的系主任，他又有幸取了一個源自日耳曼語的名字，正好符合他所扮演的角色）。他告訴我：「老兄，我們教導學生的所有東西在現實世界都完全派不上用場。我們的任務是給他們一個唬爛偵測器。」

「一個什麼？」

「如果他們用功讀書，上課有聽進一點內容的話，當有人在唬爛時，他們就分辨得出來。」

布魯諾哈哈大笑，我也忍不住跟著笑了。

「不要對學生那麼嚴。」他補充道。「他們現在還很純真、吃飽喝足且容光煥發。一年後，他們就會直呼你的名字，以為自己無所不知了。」

但我現在就想問他，要怎麼不對他們那麼嚴，畢竟我也是新手啊。我深呼吸，又再次開口。

「為什麼一個說話得體，主修城市保護的大學畢業生會駕駛客機撞上摩天大樓，造成數千人死亡？為什麼一個剛步入青春期的男孩會拿槍掃射校園？為什麼一個十幾歲的年輕媽媽會在廁所生產，然後把嬰兒丟在垃圾桶裡？」

台下一片沉默。

「沒有毛的靈長類動物是怎麼演化成會製造核武器、看真人實境秀，詢問生而為人的意義以及我們是如何一路走到這裡的種族？我們為何會哭泣？為什麼有些笑話很好笑？為什麼有些人信上帝，有些人不信？為何有人吸吮我們的腳趾時，我們會感到性慾高漲？為什麼有些事情怎麼想都想不起來，但洗腦歌卻總在腦海中揮之不去？愛恨情仇從何而來？為什麼我們每個人都如此不一樣？」

我看著前排學生的臉龐，至少我暫時吸引了他們的注意。

「幾千年來，我們人類一直在研究自己，創造出無數理論、基本原理，以及令人驚嘆的藝術作品、工程和原創思想。但在這段期間，我們只學到了這麼一點點。」我說，並伸出拇指和食指，兩指幾乎都快碰在一起了。

「你們來這裡是為了學心理學，也就是心靈的科學。這是關於認識、相信、感覺和渴望的科學，也是我們了解最少的其中一門的科學。」

我垂在身側的左手不住顫抖。

「你們有看到嗎？」我舉起顫抖的左手問道。「它偶爾會這樣。有時我會覺得它有自己的意志，但這當然是不可能的，畢竟大腦可不是長在四肢裡面。

「我來問各位一個問題：有個中年女子走進診間，她很有教養，口齒伶俐且穿著得體。突然，她的左手抓住自己的脖子，手指緊緊掐住喉嚨。她的臉脹紅，眼睛凸了出來，她正在被自己的左手勒死。她的右手救了她，扳開左手手指，並強行把左手按到身側。我該怎麼做？」

一片沉默。

坐在前排的一個女孩舉手，她似乎有些緊張。她有一頭紅色的短髮，一綹綹柔軟的髮絲在脖子後面散開。「詢問詳細病史？」她問道。

「已經問了，她沒有精神疾病病史。」

另一名學生舉手說：「她有自殘的問題。」

「當然，但勒死自己並非出於她的個人選擇。她不想要這種事發生，甚至會感到困擾。她想尋求協助。」

一個塗了厚厚睫毛膏的女孩用一隻手把頭髮撥到耳朵後面，說：「或許她有自殺傾向。」

「她的左手有，但右手顯然沒有。這有點像巨蟒劇團的喜劇小品，她有時必須坐在自己的左手上，左手才不會亂來。」

「她有憂鬱症嗎？」一個塗了髮膠、戴著吉普賽耳環的年輕人問道。

「沒有。她很害怕，但她覺得這樣的困境在某方面來說滿好笑的，她覺得這整件事很荒謬。但在狀況最糟的時候，她甚至考慮過截肢。萬一半夜她的左手趁右手睡著時勒死她怎麼辦？」

「她有腦損傷嗎？」

「沒有明顯的神經功能缺損——沒有癱瘓或痙攣。」

這次的寂靜蔓延開來，填滿學生頭頂上方的空間，像一縷縷蛛絲在溫暖的空氣中飄盪。

一個聲音從黑暗中傳出，打破了寂靜：「她曾經中風過。」

我認得這個聲音，布魯諾在我上課第一天來看我了。他隱身於黑暗中，我看不到他的臉，但我知道他在微笑。

「答對了。」我說。

前排那名踴躍回答的女孩噘嘴道：「但你明明說沒有腦損傷啊。」

「我說沒有『明顯的』神經功能缺損。這位女士大腦右半部處理情緒的區域曾有小中風。通常左右腦會溝通並達成共識，但以她的情況來說沒辦法，所以她的大腦就用身體左右兩側來打架。

「這個病人五十歲，是大腦研究中最著名的案例之一，神經學家科特．戈德斯坦[1]更以此發展出最初的分裂大腦理論之一。」

我的左手臂再次顫抖，但這次竟然反而讓人感到安心。

「拋下你們對心理學的所有成見吧。學心理學不會讓你們更會打撲克牌，也不會幫助你們交到女朋友或更了解女生在想什麼。我家就有三個女生，她們對我來說完全是個謎。

「心理學與解夢、第六感、多重人格、讀心術、墨漬測驗、恐懼症、恢復記憶和壓抑無關。最重要的是，心理學也跟探討內心世界無關。如果那是你的目的，我建議你去買色情雜誌，找個安靜的角落自己看就好了。」

台下傳來一陣笑聲。

「我還不認識你們，但我知道關於你們的一些事情。有些人想脫穎而出，有些人則想融入人群。或許你們看了媽媽幫你們打包的衣服，決定明天去H＆M買機器量產的破洞衣服來展現個人風格，但其實校園裡大家都穿這樣。

「有些人可能在想，喝了一個晚上的酒，肝會不會壞掉，或在猜是誰在今天凌晨三點觸發宿舍火警的。你們想知道我給分甜不甜，會不會延長作業繳交期限，還是你們當初應該選政治學而非心理學。如果各位決定修這堂課，就會得到一些答案，但不是今天。」

我走回講台中央，不小心絆了一下。

「最後讓各位思考一件事：一粒沙大小的人腦包含十萬個神經元、兩百萬個軸突和十億個突觸，彼此都在相互交流。理論上，我們每個人腦中可能發生的活動排列和組合的數量超過了宇宙中基本粒子的數量。」

我停頓了一下，給他們時間消化這些龐大的數字，然後說：「歡迎來到偉大的未知世界。」

「太精彩了，老兄，你讓他們心生敬畏。」在我收拾文件時，布魯諾說。「諷刺、熱情又有趣，你啟發了他們。」

「跟奇普斯老師[2]差多了。」

「別這麼謙虛。這些庸俗的年輕人根本沒聽過奇普斯老師，他們小時候讀的是《哈利波特與神遊的魔術師》。」

「應該是『神祕的魔法石』吧。」

「隨便啦。喬瑟夫，加上你矯揉造作的小毛病，大家怎能不愛你呢？」

「矯揉造作的小毛病？」

「你的帕金森氏症啊。」

我用難以置信的眼神盯著他，他竟然還面不改色。我把破舊的公事包夾在腋下，走向演講廳的側門。

「你認為他們有在聽課，真讓人感到欣慰。」我說。

---

1 譯註：科特・戈德斯坦（Kurt Goldstein），德國神經學家兼精神科醫生，在一九〇八年首次發現異手症（Alien hand syndrome）。

2 譯註：指《萬世師表》（Goodbye, Mr. Chips），英國小說家詹姆士・希爾頓（James Hilton）於一九三四年出版的小說，講述一個戲稱自己為奇普斯（Chips，原文意指「洋芋片」）的老師的故事。

「喔，他們從來不聽課的。」布魯諾說。「這是耳濡目染的問題，他們醉醺醺的腦袋偶爾還是會聽進一些內容。不過聽了你剛剛那番話，他們肯定會回來的。」

「怎麼說？」

「他們不知道要怎麼對你說謊。」

布魯諾笑得眼睛都瞇起皺紋了。他穿的褲子沒有口袋，我從來不相信這種人，他的手要往哪裡放呢？

走廊上擠滿了學生。一個女孩走向我，是剛剛上課的學生。她穿著沙漠靴和黑色牛仔褲，皮膚白皙，厚厚的睫毛膏讓她的眼睛看起來有點像浣熊，帶有一種不為人知的悲傷。

「教授，你相信世界上有邪惡嗎？」

「什麼？」

她又重複了一遍，一本筆記本緊緊抱在胸前。

「我認為『邪惡』這個詞太常使用，已經失去其價值了。」

「人是生來如此，還是被社會創造出來的？」

「人是被創造出來的。」

「所以沒有天生的心理變態嗎？」

「太罕見，無法量化。」

「這是哪門子的回答？」

「是正確的回答。」

她還想問我別的問題，但一時無法鼓起勇氣。「你願意接受採訪嗎？」她突然脫口而出。

「什麼採訪？」

「學生報的採訪。考夫曼教授說你小有名氣。」

「我應該沒……」

「他說你被控謀殺一名前病人，但最後沒被判刑。」

「我是清白的。」

她好像不在乎這點，還在等待我的回覆。

「很抱歉，我不接受採訪。」

她聳聳肩，轉身準備離開，但又想到一件事，回過頭來說：「我很喜歡剛剛那堂課。」

「謝謝。」

她消失在走廊的盡頭。布魯諾看著我，似乎有些不好意思。「我不知道她在說什麼，老兄，她可能誤解了。」他說。

「你到底都跟別人說了什麼？」

「我都只說好話。她叫做南希．尤斯，是個聰明的年輕人，主修俄文和政治學。」

「她為什麼要為學生報寫稿？」

「『無論對人類有沒有用處，知識都是寶貴的。』」

「這句話是誰說的？」

「Ａ．Ｅ．豪斯曼[3]。」

「他不是共產主義者嗎？」

「他是同性戀。」

外面仍下著傾盆大雨，已經連續下了好幾週，將近整整四十天吧。泥巴、碎屑和淤泥席捲英國西

3　譯註：阿爾弗雷德．愛德華．豪斯曼（Alfred Edward Housman），英國古典學家和詩人，以詩歌集《什羅普郡的少年》（A Shropshire Lad）聞名。詩歌形式抒情且充滿諷刺，期望喚起被命運掌握而絕望的英國鄉村年輕一代。

南部，導致道路無法通行，地下室淹成游泳池。廣播報導馬拉戈河谷、哈特克利夫路和貝德明斯特都傳出洪水災情。雅芳河在伊夫舍姆潰堤，已發出警報，船閘和防洪堤也有危險。人們陸續疏散，動物紛紛溺斃。

滂沱大雨斜斜打進方院，學生們躲在大衣或雨傘下，衝向下一堂課的教室或圖書館，也有些人待在原地，站在門廳聊天。布魯諾在偷偷觀察漂亮的女孩們。

是他建議我來教書的——行為心理學，每週兩小時，以及四堂半小時的輔導課。會有多難呢？

「你有帶雨傘嗎？」他問道。

「有。」

「那我們一起撐。」

不出幾秒，我的鞋子就全溼了。我們跑向心理系館，布魯諾撐著傘，不時用肩膀撞我。接近系館時，我注意到一輛警車停在緊急出入口。一名穿著雨衣的年輕黑人員警走了出來。他留著一頭短髮，身材高䠷卻稍微駝背，好像被雨水打得無法挺直身體。

「請問是考夫曼教授嗎？」

布魯諾微微點頭。

「克利夫頓吊橋有狀況。」

布魯諾嘆息道：「不，不，現在不要。」

員警沒想到會被拒絕。布魯諾推開他，走向心理系館的玻璃門，手裡還拿著我的雨傘。

「我們有打電話。」警官喊道。「他們叫我來接你。」

布魯諾停下來轉過身，嘴裡喃喃罵著髒話。

「肯定有其他人選吧，我沒那個時間。」

雨水流下我的脖子。我問布魯諾怎麼了。

他突然改變策略。他跳過一個水坑，像傳遞奧林匹克聖火一樣，把雨傘還給我。

「你要找的應該是這位才對。」他跟警官說。「他是我同事喬瑟夫・歐盧林教授，是位享有盛譽的臨床心理學家，而且他是老手，在這方面經驗豐富。」

「哪方面？」

「輕生者。」

「什麼？」

「在克利夫頓吊橋上。」布魯諾補充道。「不知道哪來的笨蛋在這種天氣還跑出去淋雨。」員警替我打開車門，說：「是四十歲出頭的女性。」

我還是不明白。

布魯諾補充道：「去吧，老兄，這可是公共服務。」

「你為什麼不去？」

「我有要事要辦，校長找我們系主任開會。」他在說謊。「不用故作謙虛了，老兄。你不是在倫敦救了一個小夥子嗎？真的是當之無愧，你比我更能勝任這項任務。別擔心，她很有可能在你抵達前就跳下去了。」

這種話他竟然說得出口。

「我得閃了，祝好運。」他說完便推開玻璃門，走進系館。

警官仍扶著打開的車門。「他們封橋了。」他解釋道。「先生，我們得快點過去。」

雨刷左右擺動，警笛聲響個不停。坐在車子裡時，警笛聲聽起來特別小，我一直回頭看，以為後面有另一輛警車開過來。過了一會兒，我才意識到警笛聲是從更近的地方傳來的，應該是引擎蓋下面。

克利夫頓吊橋的磚石塔映入眼簾。這座吊橋是布魯內爾[4]的傑作，是蒸汽時代的工程奇蹟。車尾燈亮得刺眼，吊橋附近交通堵塞超過一點五公里。我們緊貼著路邊，駛過靜止不動的車輛，停在路障前，身穿螢光背心的警察在那裡管制圍觀者和不滿的駕駛人。

員警替我打開車門，並將我的雨傘遞給我，但大雨斜斜打下來，雨傘差點從我手中被打落。前方的吊橋似乎空無一人。磚石塔支撐著相互連接的巨大纜繩，纜繩以優雅的弧度往下延伸到車道，再往上連接到河對岸的塔頂，呈弧度平緩的U字形。

橋梁的特性之一，是一個人可以從一端進入，但可能永遠到不了另一頭。對那個人來說，這座橋是虛擬的，就像一扇打開的窗戶，可以不斷來回經過，也可以選擇爬出去。

克利夫頓吊橋是一個地標、旅遊景點兼自殺勝地，使用率高且經常被選為自殺地點，用「熱門」來形容或許不太妥當。據說跳下這座橋的人仍然陰魂不散，甚至有人曾經看到令人毛骨悚然的陰影在車道上徘徊。

今天沒有陰影，而橋上唯一的鬼魂擁有血肉之軀。一個全身赤裸的女人站在圍欄外，背緊貼著金屬格柵和鋼線，只剩紅色高跟鞋的鞋跟仍站在邊緣。

就像超現實主義作品中的人物一樣，她的裸體並沒有特別令人震驚、或顯得格格不入。她直挺挺地站著，身體僵硬但又不失優雅。她低頭凝視著水面，彷彿這個世界已和她毫無關聯。

負責的警官身穿制服，向我自我介紹：艾伯內西巡佐，我沒聽清楚他的名字。一名初級警官替他撐傘，雨水滑下黑色尼龍傘面，落在我的鞋子上。

「你需要什麼？」艾伯內西問道。

「名字。」

「我們不知道她的名字，她不願意跟我們交談。」

「她有說任何話嗎？」

「沒有。」

「她可能嚇壞了。她的衣服呢？」

「還沒找到。」

我的眼神掃過人行道，圍欄上面還有五條鋼絲，應該很難攀爬。雨勢大到我幾乎看不到吊橋另一頭。

「她站在那裡多久了？」

「將近一小時。」

「有找到車子嗎？」

「還在找。」

她最有可能是從樹木繁茂的東側上橋。就算她是在人行道上脫光衣服，應該也有好幾十個駕駛看到才對，為何沒人阻止她？

一個身材高大的女子打斷了我們。她留著一頭染黑的短髮，稍微有些圓肩駝背，雙手插在長度及膝的防水外套口袋裡。她人高馬大，甚至穿著男款鞋。

艾伯內西突然變得拘謹起來，問道：「女士，您怎麼會來這裡？」

「我只是想回家，巡佐。還有不要叫我女士，我又不是他媽的女王。」

她瞥了一眼聚集的電視台工作人員和攝影記者，他們正在長滿青草的山脊上架設燈和三腳架。她終於轉向我。

「親愛的，你幹嘛發抖？我沒那麼可怕吧。」

4 譯註：伊桑巴德・金德姆・布魯內爾（Isambard Kingdom Brunel）是一名英國工程師，他推動了公共運輸和現代工程，修建了大西部鐵路、系列蒸汽輪船和許多重要橋梁。

「不好意思，我有帕金森氏症。」

「真倒楣，那你有貼紙嗎？」

「貼紙？」

「殘障停車位啊，基本上哪裡都能停，幾乎跟當警探一樣棒，只是我們可以對人開槍和飆車。」

她的職級顯然比艾伯內西高。

她看向吊橋，說：「別緊張，博士，你不會有事的。」

「我是教授，不是博士。」

「真可惜，不然你可以當神祕博士[5]，我就能當你的女助手了。我問你喔，你覺得戴立克連樓梯都不會爬，是怎麼征服宇宙各處的？」

「這應該是人生中的一大未解之謎吧。」

「未解之謎可多著呢。」

工作人員在我的外套下裝了雙向無線電，將反光安全背帶繞過我的肩膀，扣在胸前。女警探點了一支菸，從舌尖捏起一根菸草。雖然她不是這次行動的負責人，但她散發出一股霸氣，制服員警自然對她唯命是從。

「要我跟你一起去嗎？」她問道。

「不用，沒關係。」

「好，幫我轉告那個苗條女，如果她回到圍欄這一側，我就買一個低脂馬芬給她吃。」

「好的。」

吊橋兩端入口都設了臨時路障，除了兩輛救護車和待命的醫護人員外，橋上空無一人。駕駛和圍觀群眾或撐傘、或躲在大衣下，有些人甚至爬到河岸的草地上，好看得更清楚。

雨水從柏油碎石地面彈起，濺起小小的蘑菇狀水花，然後流下排水溝，從吊橋邊緣傾瀉而下，形成一片水幕。

我從路障底下鑽過去，開始穿越吊橋。我沒有把手插在口袋裡；我的左手臂拒絕擺動，它有時候就是不配合。

那個女人就在前面。從遠處看，她的皮膚看似完美無瑕，但現在我注意到她的大腿上有交錯的傷痕和泥痕。她的陰毛是一個深色的三角形，頭髮的顏色則較淺，綁成了鬆散的辮子垂下頸背。除此之外，她的肚子上還寫了字，她轉向我時，我看到了那個詞。婊子。

為何要自虐？為何要脫光衣服？這可是當眾羞辱。或許她發生外遇，失去了所愛之人，因此想懲罰自己，證明自己很後悔。這也可能是一種威脅，一種終極邊緣策略：敢離開我，我就自殺。

不，這太極端，太危險了。青少年有時會在感情關係發展不順時威脅要自殘，這是情緒不成熟的表現。這個女人大概四十歲左右，大腿肉肉的，橘皮組織導致臀部與大腿出現皺褶。我注意到一道傷疤，是剖腹產的疤痕，代表她已為人母。

我很靠近她了，大概不到一公尺的距離。

她的背和屁股緊緊貼著圍欄，左手臂繞過一條圍欄上方的鋼絲，右手則握著一支手機，貼在耳邊。

「妳好，我的名字是喬瑟夫，妳呢？」

她沒有回答。一陣強風吹過，她似乎失去了平衡，身體往前倒。鋼絲劃傷了她的臂彎，她把自己

5 譯註：《神祕博士》（Doctor Who）一部英國科幻電視劇，講述博士（The Doctor）作為時間管理者（一種能時間旅行的類人外星生物）的冒險經歷。戴立克（Dalek）是劇中的反派外星人，目的是征服宇宙，並抹殺所有「劣等種族」，影射著納粹德國。

拉回圍欄邊。

她的嘴唇在動，她在講電話，我必須吸引她的注意。

「告訴我妳的名字吧，這沒有那麼難，妳可以叫我喬瑟夫，我叫妳……」

風把她的頭髮吹到右眼前面，現在我只看得到她的左眼。

我的胃裡一陣翻攪，重重疑慮與不確定性在心中擴散開來。為何要穿高跟鞋？她去了夜店嗎？但現在已經下午了。她醉了嗎？還是吸了毒？搖頭丸會導致精神病，也有可能是ＬＳＤ，或者是冰毒。

我能聽到她談話的片段。

「不要，不要，拜託不要。」

「妳在跟誰講電話？」我問道。

「我會的，我保證，我什麼都做了，請別叫我……」

「聽我說，妳會後悔的。」

我低頭看了一眼，吊橋距離河面超過六十公尺，一艘寬底的船開著引擎，在水面上下浮動。漲潮的河水眼看就要沖掉河岸下方的荊豆和山楂樹，書本、樹枝和塑膠瓶在河面上打轉。

「妳一定很冷吧，我這裡有毯子。」

她還是沒有回答。我需要她回應我，只要點頭或是說「好」一個字就夠了，我必須知道她有沒有在聽我說話。

「或許我可以把毯子披在妳的肩膀上，讓妳暖和點。」

我的步伐才跨到一半，她的頭突然轉向我，身體重心向前，好像隨時準備放手一樣。我馬上停下來。

「好，我會待在這裡，不會再靠近了，拜託告訴我妳的名字吧。」

她仰頭望向天空，在雨中眨著眼，像在放風的囚犯一樣，享受著片刻的自由。

「無論發生了什麼事，無論妳遭遇了什麼，或是有什麼煩惱，我們都可以談談。我沒有要剝奪妳的選擇權，我只是想知道原因。」

她的腳趾開始下垂，她不得不把重心移到腳跟以保持平衡。乳酸開始在她的肌肉堆積，她的小腿肯定很痠。

「我看過人跳河。」我告訴她。「這其實並不是無痛的自殺方式。我來告訴妳會發生什麼：妳跳下去不到三秒就會抵達水面，到時下落速度大概會是每小時一百二十公里。妳的肋骨會斷裂並刺穿內臟，心臟可能會因為撞擊而受到壓縮，從主動脈撕裂開來，導致胸腔充血。」

她現在目不轉睛地盯著水面，我知道她在聽我說話。

「妳的手腳應該會完好無損，但頸椎間盤或腰椎間盤很有可能會斷裂。那個景象會很慘不忍睹，妳也會死得很痛苦。有人必須來認屍，帶妳回家；有人會被留在這世上。」

高空中傳來轟隆隆的聲音，雷聲大作，大地震顫，似乎連空氣分子都在震動。有什麼要來了。

她和我四目相接。

「你不懂。」她低聲說，並放下手機。在那一瞬間，那支手機在她的指尖晃來晃去，彷彿想緊抓住她。下一秒，手機滑落，消失在深淵之中。

天色似乎暗了下來，我的腦海中浮現一個半成形的畫面：一個彷彿正在融化的人影，張著嘴巴，發出絕望的吶喊。她的屁股不再緊貼著金屬圍欄，手臂也不再勾著鋼絲。

她完全沒有抵抗重力，手腳沒有在空中揮舞或試圖抓住什麼東西。她就這樣無聲無息地墜落，從我的視線中消失。

一切似乎都停止了，彷彿世界的心跳漏了一拍，或是被困在心跳之間的那一剎那。然後世界又開始轉動。醫護人員和警察從我身邊衝了過去，人們或尖叫或哭泣。我轉身往路障的方向走，心想會不會一切都是一場夢。

人們看著她墜落之處，問著同樣的問題，或至少心裡這麼想：我為什麼不救她？他們用眼神責備我，我沒辦法直視他們的眼睛。

我的左腿突然卡住，我跌到地上，手掌和膝蓋著地，盯著一個黑色的水窪。我又站了起來，穿過人群，從路障底下鑽過去。

我試圖用手揮掉雨滴，在路邊踉蹌前行，踩過淺水溝，濺起了水花。光禿禿的樹木伸向天空，伸出的枝條好像在指責我一樣。溝渠中的雨水汩汩地往下竄流，激起泡沫。車輛排成一條靜止不動的車流。我聽到駕駛們交談，其中一人向我大喊。

「她有跳嗎？發生了什麼事？他們什麼時候才要開放通行？」

我繼續往前走，怒視著前方，左手臂不再擺動。我感到血脈賁張，耳裡有個聲音嗡嗡作響。或許她會跳下去，是因為看到我的臉。帕金森氏症患者的面具臉就像逐漸冷卻的銅像一樣。她看見了什麼，還是沒看見什麼？

我跌跌撞撞地走向排水溝，靠著安全圍欄，往橋下嘔吐，直到胃裡沒有半點東西為止。

有個傢伙在橋上狂吐，跪在地上對著水窪傾吐，好像它在聽一樣。早餐和午餐全都吐光了，如果有個長毛的棕色圓形物體湧上喉頭，希望他用力吞下去，不要把整個腸子都吐出來。

人們蜂擁到橋上，往下看，看著我的天使墜落。她宛如斷了線的木偶，四肢和韌帶鬆弛無力，在空中翻了一圈又一圈，就像剛出生一樣赤身裸體。

我給大家看了一場好戲，就像走鋼索一樣驚心動魄；一個站在吊橋圍欄外的女人，放手墜入深淵。你有聽到她精神崩潰的聲音嗎？你有看到她墜落時，身後的樹木糊成一片，宛如一道綠色瀑布嗎？時間彷彿停止了。

我把手伸進牛仔褲後面的口袋，掏出一把鋼梳，由前往後梳過頭髮，梳出等距的小分線。我沒有將目光從吊橋上移開。我將額頭貼在窗戶上，看著一條條纜繩被警車和救護車閃爍的警示燈染成藍色。

一陣陣強風吹得窗戶嘎嘎作響，玻璃外側的雨珠飛快流下。天色開始暗了，真希望我能從這裡看到河面。她有浮在水面上嗎？還是直接沉入河底？她斷了幾根骨頭呢？她死前的那一刻有大便失禁嗎？

這個塔樓房間是一座喬治時代建築[6]的一部分，屋主是個靠油業致富的阿拉伯混蛋，他冬天不住在這裡。在他把房子重新裝潢之前，這裡曾是一間老舊的寄宿住宅。這裡和雅芳峽谷隔了兩條街，但我可以從塔樓房間看到峽谷。

吊橋上的男人究竟是誰呢？他和一名高大的員警一起前來，不知為何走路一瘸一拐的，一隻手臂機械式地前後擺動，劃開空氣，另一隻手卻垂在身側。可能是談判專家、心理學家，不喜歡高處。

他試圖說服她下來，但她沒在聽，因為她在聽我說話。這就是專家和他媽的業餘人士之間的差別。我知道如何打開人的內心，並使其屈服或崩潰。我可以讓它在冬天歇業，我能用一千種不同的方式搞它。

我曾經跟一個叫霍普的傢伙共事過，他來自阿拉巴馬州，是個大個子鄉巴佬，看到血就會吐。他是前海軍陸戰隊員，總是說世界上最致命的武器就是拿著步槍的海軍陸戰隊員。當然，除了他在吐的時候。

霍普很愛看電影，常常引用《金甲部隊》的台詞，尤其是士官長哈德曼這個角色，他總是對新兵大吼大叫，罵他們是蛆蟲、人渣和廢物。

6 譯註：喬治時代建築（Georgian architecture）是指一七二〇年和一八四〇年之間，在大多數英語系國家出現的建築風格，本質上是古典主義建築，強調結構對稱。

霍普的觀察力不夠敏銳，沒辦法當拷問員。他是個惡霸，但那樣還不夠。你必須要夠聰明，必須要了解人——他們害怕什麼、如何思考，陷入麻煩時堅信著什麼。你必須要仔細觀察，側耳傾聽。人們會用一千種不同的方式透露自己的祕密，包括他們穿的衣服和鞋子、雙手、聲音、停頓和遲疑、抽搐和手勢。要觀察並傾聽。

我的目光往上游移到橋上珠灰色的雲層，天空仍在為我的天使哭泣。她墜落時確實很美，像斷了翅膀的白鴿，或是被空氣步槍射下來的胖鴿子。

我小時候會射鴿子。我們住在柵欄另一側的鄰居休伊特老先生有個鴿舍，也會賽鴿。那些鴿子是信鴿，他會把牠們載到別的地方，再放牠們走，我則會坐在房間窗戶旁邊等牠們回來。那個愚蠢的老混蛋怎麼也想不通，為何那麼多隻鴿子都沒有飛回來。

我今晚會睡得很好。我已經讓一個蕩婦永遠閉嘴了，也向其他人傳達了一個訊息。

她也收到了……

她會像信鴿一樣回來，而我會在那裡等著她。

第二章

一輛沾滿爛泥的荒原路華在碎石路上稍微打滑，停在路邊。我在橋上遇到的女警探傾身打開副駕駛座的車門，鉸鏈發出刺耳的摩擦聲。我全身溼透，鞋子沾滿了嘔吐物，但她說沒關係。

她開回馬路上，費勁地換檔，每個轉彎處都像在和車子搏鬥。我們都沒有說話，開了幾公里後，她才開口：「我是督察長薇若妮卡．柯雷，朋友都叫我羅妮。」

她停頓了一下，想看看我有沒有意識到這個名字的諷刺意味。羅尼和雷吉．克雷是六〇年代倫敦東區臭名昭著的黑幫頭子。

「柯雷是一聲『柯』，不是四聲『克』。」她補充道。「是我爺爺改的，因為他不想讓人認為我們和一個暴力的心理變態家族有血緣關係。」

「所以你們確實有血緣關係嗎？」我問道。

「遠親之類的。」

雨刷用力拍打擋風玻璃底部，車裡隱約散發出馬糞肥和溼乾草的味道。

「我見過羅尼一次。」我告訴她。「就在他死前。我當時在替內政部做研究。」

「在哪裡？」

「布羅德莫」

「那間關罪犯的精神病院。」

「沒錯。」

「他是什麼樣的人？」

「很老派，彬彬有禮。」

「喔，我知道這種人，他一定對媽媽很好。」她笑道。

我們又靜靜開了一、兩公里。

「我曾經聽說羅尼去世時，病理學家取出了他的大腦，打算拿來做實驗。但家人發現了這件事，要求他們歸還大腦，還替它另外舉行葬禮。我一直很好奇大腦的葬禮要怎麼舉辦。」

「放小棺材。」

「鞋盒。」

她用手指敲打方向盤。

「是說，橋上發生的事不是你的錯。」

我沒有回答。

「苗條女在你挺身而出前就決定要跳了，她不想被拯救。」

我看向左車窗外，但夜幕降臨，看不到外面的風景。

她載我回大學，並伸出手跟我握手。她的指甲剪得很短，手勁強而有力。鬆手後，我發現一張名片貼在我的掌心上。

「背面有我的家裡電話。」她說。「有空一起去喝一杯吧。」

我開啟手機，發現茱麗安有打電話給我。她從倫敦出發的火車一個多小時前就到了。她留了三則語音留言，語氣從憤怒轉為擔心，最後又變得著急。

我已經有三天沒見到她了。她和一位美國創投業者（也就是她的老闆）到羅馬出差。我才華洋溢的妻子會說四種語言，是公司前途無量的明日之星。

我開到接送區時，她正坐在行李箱上用掌上型電腦。

「需要搭便車嗎？」我問道。

「我在等我老公。」她回答。「他一小時前就該到了，但他沒出現，也沒打電話。等他來了，最好給我一個正當理由。」

「對不起。」

「那是道歉，不是理由。」

「我應該打電話的。」

「那是廢話，但也不是理由。」

「那我給妳一個解釋、低聲下氣的道歉和腳底按摩，這樣如何？」

「你只有想做愛時才會給我腳底按摩。」

我想反駁她，但她說得沒錯。我下車，隔著襪子感受到冰涼的路面。

「你的鞋子呢？」

我低頭看著雙腳。

「上面沾了嘔吐物。」

「有人吐在你身上。」

「是我自己吐的。」

「你全身溼透了，發生了什麼事？」她問道。我們的手在行李箱的把手上相觸。

「有人自殺了，我沒能說服她，她跳下去了。」

她擁抱我。她身上有一股味道，和平常不太一樣，是雪茄、美酒和佳餚的味道。

「我很遺憾，喬瑟夫，你肯定感覺很糟吧。你知道她是什麼人嗎？」

我搖搖頭。

「你怎麼會捲入這件事？」

「警察來到了大學找人幫忙。真希望我救得了她。」

「這不是你的錯。你不認識她，不知道她有什麼煩惱。」

我避開了油膩的水坑，把她的行李箱放入後車廂，並替她打開駕駛座的車門。她坐進駕駛座並拉下裙襬。她現在都會自動負責開車了。我看著她的側臉，看到她眨眼時，睫毛拂過臉頰，粉嫩的耳朵從頭髮之間露了出來。天啊，她真美。

我還記得自己第一次看到她，是在特拉法加廣場附近的酒吧裡。當時她是倫敦大學的一年級生，主修外語，我則是研究生。她見證了我人生中最帥氣的時刻之一，也就是站在南非大使館外的木箱上，長篇大論地批判種族隔離制度。我敢肯定軍情五處[7]某個隱蔽的角落還保存著那場演說的講稿，以及本人留著翹八字鬍，穿著高腰牛仔褲的照片。

集會結束後，我們去了一間酒吧，茱麗安上前自我介紹。我請她喝一杯，並試著別直盯著她看。她的下唇上有個非常迷人的黑斑……我到現在還是很著迷。和她說話時，我的眼神會被它吸引；親吻她時，我的嘴唇會自動去找它。

我不需要用燭光晚餐或鮮花追求茱麗安，因為是她選擇了我。隔天早上，我發誓這是真的，我們一邊喝茶，一邊吃麵包條沾馬麥醬[8]，已經開始規劃兩人的未來了。我可以舉出千百種愛她的理由，但最重要的原因是她站在我這邊，陪伴我左右，而且她的心胸夠寬大，能容得下我們倆。她讓我變得更好、更勇敢、更堅強；她讓我能夠大膽作夢，幫助我堅持下去。

我們沿著A37公路開往弗羅姆，兩側圍了灌木樹籬、柵欄和牆壁。

「課上得怎麼樣？」

「布魯諾．考夫曼認為相當具啟發性。」

「你會成為很棒的老師。」

「布魯諾還說我的帕金森氏症是加分條件，會給人一種很真誠的印象。」

「不要這樣說。」她似乎有些生氣。「你是我認識最真誠的人。」

「那是玩笑話啦。」

「我不覺得好笑。這個叫布魯諾的聽起來憤世嫉俗又愛挖苦人，我可能不會喜歡他。」

「他也很會哄人的，妳見到他就知道了。」

她不相信，我便轉移話題：「出差還好嗎？」

「很忙。」

她開始分享這次出差的工作內容：她的公司代表一間德國公司進行協商，打算在義大利買下多家廣播電台。這其中肯定有什麼有趣之處，但我在她講到之前就已經沒在聽了。她做這份工作九個月，我還是記不得她同事和老闆的名字。更糟的是，我想我永遠都記不起來。

車子停在韋洛一間房子外的停車位。我決定穿上鞋子。

「我有打給羅根太太，說我們會遲到。」茱麗安說。

「她聽起來怎麼樣？」

「跟往常一樣。」

「她一定覺得我們是全世界最糟糕的父母。妳是個超級工作狂，而我是……我是個……」

「男人？」

「說得好。」

我們倆都笑了。

7　譯註：軍情五處（Military Intelligence, Section 5，縮寫：ＭＩ５）是英國的國家安全機關，負責打擊嚴重罪案、軍事分離主義、恐怖主義及間諜活動等。

8　譯註：馬麥醬（Marmite）顏色為濃棕色，帶黏性，是一種使用啤酒釀造過程中最後沉澱堆積的酵母製作的醬料，含有豐富的維生素Ｂ，主要的食用方法有塗在麵包、溶入湯中等方法。

羅根太太週二和週五會幫忙照顧我們的三歲女兒艾瑪，但因為我開始在大學教書，所以我們需要全職保姆。我週一要面試應徵者。

艾瑪衝到門邊，緊緊抱住我的腿。羅根太太站在走廊上。她的特大號T恤從胸前垂下，遮住了鼓起的肚子。我一直搞不清楚她到底是懷孕還是胖，所以就很識相地閉嘴。

「對不起，我們遲到了。」我解釋道。「有緊急狀況，以後不會再發生了。」

她一言不發，從掛鉤上取下艾瑪的大衣，並將她的包包塞入我懷中。她平常就是這種態度。我揹起艾瑪，她手裡拿著一張蠟筆畫，其實就是由點和線組成的塗鴉。

「這是給你的，爹地。」

「很棒耶，這是什麼啊？」

「是畫呀。」

「我知道，但妳畫的是什麼啊？」

「就是畫畫呀。」

她跟她母親一樣，能說出顯而易見的事實，讓我顯得很愚蠢。

茱麗安把她抱過去，摟住她說：「才四天妳就長這麼大啦。」

「我三歲了。」

「對啊，妳三歲了。」

「查莉呢？」

「她在家，親愛的。」

查莉是我們家老大，今年十二歲，但性格十分成熟，說她二十一歲我也信。

茱麗安讓艾瑪坐在汽車安全座椅上並繫好安全帶，我則開始播放她最愛的CD，主角是四位穿著天線寶寶顏色上衣的澳洲中年男子。她在後座一邊喋喋不休，一邊脫掉襪子，因為她喜歡入鄉隨俗。

我想自從搬離倫敦，我們都有點入鄉隨俗了。這是茱麗安的主意，她說這樣我的壓力會比較輕，確實也是如此。房子比較便宜，有好學校，女兒們也有更多空間，雖然我們還是像以前一樣會吵架。朋友們都覺得我們瘋了。搬到索美塞特郡？不是認真的吧。那裡都是裝低俗的上流社會人士和喜歡跑鄉下的中產階級人士，他們會參加小馬俱樂部[9]，開著四輪驅動車拖著有暖氣的運馬拖車。

查莉不想離開她的朋友，但在知道自己有機會擁有一匹馬後就想通了，雖然這件事還在討論當中。於是我們現在住在英國西南部的偏遠鄉下，被當地人視為不速之客。或許等到歐盧林家族的第四代在村莊的墓地入土後，他們才會完全信任我們吧。

小屋像大學宿舍一樣燈火通明。查莉想拯救地球，但她並沒有把離開房間就關燈視為守護環境的一環。現在她雙手叉腰站在大門口。

「我剛剛在電視上看到爸……他上新聞了。」

「妳不是從來不看新聞的嗎？」茱麗安問道。

「有時會看啊。有個女人跳橋自殺了。」

「妳爸爸不想談這件事……」

我把艾瑪從車上抱下來，她立刻雙手環抱我的脖子，像無尾熊攀住樹幹。

查莉繼續告訴茱麗安新聞報導的事。死掉的鳥兒、動物、蟲子……為什麼小孩對死亡如此著迷？

「學校還好嗎？」我問道，試圖轉移話題。

「還好。」

「有學到什麼嗎？」

查莉翻了個白眼。從她開始上幼稚園起，我每天下午放學都會問她這個問題，而她早就厭倦回答

9 譯註：小馬俱樂部（Pony Club）是一九二九年於英國成立的志願組織，目的是鼓勵孩子騎馬並提供其學習機會。

了。

屋裡突然變得很熱鬧。茱麗安開始煮晚餐，我則替艾瑪洗澡，還花了十分鐘找她的睡衣，她則光溜溜地跑來跑去，不斷進出查莉的房間。

我向樓下大喊：「我找不到艾瑪的睡衣。」

「在上層抽屜。」

「我找過了。」

「枕頭底下。」

「也沒有。」

我知道接下來會發生什麼事。茱麗安會上樓，然後發現睡衣根本就在我眼前，這就是所謂的「尋物眼盲症」。她對查莉大喊：「幫妳爸爸找艾瑪的睡衣。」

艾瑪想聽睡前故事，而且故事裡要有公主、仙女和會說話的驢子，這就是讓三歲小孩自主創意發想的結果。我親吻她，道晚安後，便將房門半闔上。

我們吃晚餐，小酌一杯，我負責洗碗。茱麗安在沙發上睡著了，我哄她上樓並幫她放洗澡水，她睡眼惺忪地向我道歉。

當我們幾天沒見面，就會像這樣度過最棒的夜晚；有意無意的肢體接觸，幾乎無法忍到查莉上床睡覺。

「你知道她為什麼自殺嗎？」茱麗安一邊問道，一邊將身體泡入浴缸。我坐在浴缸邊緣，努力盯著她的雙眼，不然我會想把視線往下移到那對在泡泡中若隱若現的乳頭上。

「她不願意跟我說話。」

「她一定很悲傷吧。」

「是啊，一定是這樣的。」

第三章

現在是午夜，又在下雨了。雨水汩汩流下我們臥室窗外的排水管，順著山坡流入已經漲成河川的小溪，淹過了堤道和石橋。

我平常很喜歡在女兒們睡著時保持清醒，因為這會讓我感覺像是照看她們、保護她們的守護者。但今晚是例外，我每次閉上眼睛，就會看到一個下墜的人影，地面在我腳下裂開。

茱麗安醒了一次，將手滑過被子，放在我的胸口，彷彿想讓我的心靜下來。

「沒事的。」她低聲說。「我在你身邊。」

她的眼睛沒有睜開，手又收回去了。

早上六點時，我服用了一粒白色小藥丸。我的腳不斷抽搐，就像在夢中追趕兔子的狗一樣，但它慢慢停下來了。以帕金森氏症的用語來說，我現在「開」了，藥效開始發揮作用了。

自從我的左手傳遞給我最初的訊息，已經過了四年。這個訊息不是書寫、打字或是印刷在高級紙張上，而是我的手指在無意識間突然抽動了一下，一個若有似無的動作，宛如化為現實的影子。當時我還不知道，但我的大腦已經瞞著我開始跟自己辦理離婚手續了。分居過程曠日持久，也完全沒有依法協調資產分配——CD收藏是誰的，葛蕾絲姑姑的古董餐具櫃又歸誰？

我的左手最先離去，再來是我的手臂、腿和頭，現在感覺我身體的擁有者和操控者是一個長得像我，但又有點陌生的人。

現在回頭看以前錄的家庭影片，發現早在診斷出帕金森氏症前兩年就可以看到徵兆。我在場邊看查莉踢足球，肩膀微微向前縮，好像在抵禦冷風一樣。我是不是從那時就開始駝背了？

我經歷了悲傷與哀悼的五個階段。我否認事實、抱怨上天不公平、和上帝做了約定、陷入絕望的黑暗深淵，最終接受了自己的命運。我患有慢性神經退化疾病，我不會說它「無法治癒」，一定有治療辦法，只是還沒研發出來而已。與此同時，大腦的離婚程序仍持續進行。

我希望我能告訴你，我已經接受事實了；我比以往都要快樂，我學會擁抱人生，交了新朋友，感到心靈富足。我真希望是如此。

我們有一間破舊的小屋、一隻貓、一隻鴨子和兩隻叫做比爾和班的倉鼠，不過牠們可能是母的（寵物店老闆自己好像也不太確定）。

「確認性別很重要。」我告訴他。

「為什麼？」

「家中的女性已經夠多了。」

據鄰居陰陽太太（怎麼會有這麼貼切的姓氏……）所說，我們家還鬧鬼。這個鬼生前住在這裡，但聽到丈夫在第一次世界大戰中戰死後，就摔下樓梯身亡了。

我一直都對「大戰」這個詞有點敏感，感覺好像很大很了不起一樣，但哪裡了不起了？八百萬名士兵戰死，死亡的平民人數也差不多。這命名就跟「經濟大蕭條」一樣，不能取其他名字嗎？

我們住在一個叫做韋洛的村莊，距離溫泉勝地巴斯小鎮不到九公里。那裡的建築群就是一棟棟古樸別緻的小屋，小到似乎連自己的歷史都容納不了。村裡的酒吧「狐酒不獾」有兩百年的歷史，那裡還住了一個侏儒，這不是田園風情是什麼？

在這裡，沒有新手駕駛倒車到我們家車道上，沒有狗在人行道上拉屎，也沒有車子在馬路上狂按喇叭。現在我們有鄰居了，其實以前在倫敦也有，但我們都假裝他們不存在。這裡的鄰居時不時就會來借園藝工具和麵粉，甚至不吝分享自己的政治觀點。在倫敦，人人都討厭談論政治，計程車司機和政客除外。

我原本對索美塞特郡就沒什麼特別的期待，不過能過這樣的生活，我也別無所求了。如果我聽起來很傷感，請見諒，這都要怪帕金森先生。有些人認為多愁善感是一種不勞而獲的情感，但對我來說不是，因為我每天都在付出代價。

雨勢變小，剩下毛毛雨，這個世界已經夠溼了。我把外套蓋在頭上，打開後門，踏上人行道。陰陽太太戴著髮捲，穿著橡膠長筒靴，正在疏通她家庭院的排水管。

「早安。」我說。

「滾開。」

「雨感覺快停了。」

「去死吧。」

根據狐酒不獾酒吧老闆赫克托的說法，陰陽太太不是對我這個人有意見，是這間小屋的前屋主原本答應要娶她，卻和郵政局長的老婆跑了。那是四十五年前的事了，但陰陽太太一直耿耿於懷，也不打算原諒，所以屋主是誰就是誰的錯。

我避開水窪，沿著人行道走到鄉間小舖，並盡量不把水滴到門內的報紙堆上。我從大報開始翻，想找有沒有昨天的報導。報上有刊登照片，但報導本身只有幾個段落。這類案件不太適合上報，因為編輯擔心會掀起自殺模仿風潮。

「如果你要在這裡看的話，我乾脆幫你拉一張舒服的椅子，順便泡杯茶好了。」老闆艾瑞克・韋爾說。他抬頭盯著我，一份攤開來的《每日鏡報》壓在刺了青的前臂底下。

「我只是想找一個東西。」我語帶抱歉地解釋道。

「你的錢包嗎？」

比起鄉間小舖，艾瑞克感覺更適合經營碼頭酒吧。他的妻子吉娜個性容易緊張，每次艾瑞克突然一動，她的身體就會縮一下。她端著一盤氣泡飲料，從儲藏室裡走出來，好像快被飲料的重量壓垮了。艾瑞克退後讓她通過，又再次把手肘撐在櫃台上。

「我有在電視上看到你。」他咕噥道。「我早就知道她一定會跳，我一看就知道了。」

我沒有回答，因為回不回答都沒差，他還是會繼續講。

「我問你，如果有人要自殺，為什麼不行行好，找個沒人的地方死掉就好了，還要阻塞交通，浪費納稅人的錢？」

「她顯然深受折磨。」我咕噥道。

「你的意思是沒膽吧。」

「跳橋需要很大的勇氣。」

「勇氣個頭。」他嗤之以鼻道。

我瞥了吉娜一眼，說：「而求助需要更大的勇氣。」

她移開視線。

早上十點左右，我打電話到布里斯托警察總部，說要找艾伯內西巡佐。雨終於停了，我可以看到林木上方的一片藍天以及淡淡的彩虹。

電話另一頭的人清了清喉嚨，用低沉沙啞的聲音說：「有什麼事嗎，教授？」

「我想為昨天的事情道歉——我不太舒服，就不告而別了。」

「可想而知。」

艾伯內西不喜歡我，他認為我不是不專業就是無能。我遇過他這類警察，就是認為自己與社會大眾不同，甚至高人一等的戰士型。

「我們需要口供。」他說。「我們也會進行驗屍。」

「已經查出身分了嗎？」

「還沒。」

他停頓了一下。我的沉默讓他感到煩躁。

「教授，不知道你有沒有注意到，她沒有穿衣服，代表她也沒有攜帶任何證件。」

「我當然明白，只是——」

「什麼？」

「我還以為很快就會有人報失蹤。她的外表整潔，頭髮、眉毛和比基尼線都有精心打理，也有修指甲，代表她有花時間和金錢在自己身上。她應該會有朋友、工作以及在乎她的人。」

艾伯內西肯定在做筆記，我可以聽到他寫字的聲音。「還有別的嗎？」他問道。

「她身上有剖腹產的疤痕，代表有小孩。以她的年齡來說，小孩應該上學了，可能是小學或中學。」

「她有跟你說什麼嗎？」

「她在跟人講電話，在向對方求情。」

「求情什麼？」

「我不知道。」

「她只說了這些嗎？」

「她說我不明白。」

「至少這點她說對了。」

這個案子讓艾伯內西感到煩躁，因為不好處理。在知道死者名字之前，他沒辦法取得所需的口供交給驗屍官。

「你想要我何時過去呢？」

「今天。」

「既然我週六有在工作，那你也可以。」

「不能等到週一嗎？」

雅芳與索美塞特警察總部位於塞文河口的波蒂斯希德，在布里斯托以西十四公里。建築師和規劃師可能誤會了什麼，以為把警察總部建在離犯罪猖獗的布里斯托市中心貧民區很遠的地方，犯罪者可能也會轉移陣地搬過去——「如果建在這裡，他們就會過來」的迷思。

天空已經放晴了，但田野還在淹水，柵欄從又鹹又髒的水中露出頭來，宛如沉船的桅杆。在索特福德郊區的巴斯路上，我看到十幾頭牛擠在一片被水包圍的草地上，一捆乾草散落在牛蹄下。放眼望去，柵欄、樹木和橋梁間布滿了泥水和殘骸。成千上萬的牲畜淹死了，農業機械被丟在低窪地上，被泥巴完全覆蓋，宛如失去光澤的銅像。

艾伯內西有個文職祕書，她是個一臉鬱悶的嬌小女子，連身上的衣服都比個性豐富多彩。她起身，一副心不甘情不願的樣子，把我領進艾伯內西的辦公室。

巡佐坐在辦公桌前。他是個滿臉雀斑的高大男子，袖子都扣了扣子，衣服漿得筆挺，從手腕到肩膀可以看到明顯的摺痕。

他用低沉的聲音說：「你可以自己寫口供吧。」他將一本大頁紙尺寸的便條簿推向我。

我低頭看了看他的辦公桌，發現桌面上放了十幾個馬尼拉紙文件夾和一疊疊照片。在短時間內竟然能產出這麼多文書資料，真是不可思議。其中一份檔案上面寫著「驗屍報告」。

「我可以看一下嗎？」

艾伯內西瞟了我一眼，好像我是個微不足道的小人物，便將那份檔案推向我。

雅芳與索美塞特驗屍官

驗屍報告　No: DX-56 312

死亡日期及時間：二〇〇七年九月二十八日十七時七分

姓名：不詳

出生日期：不詳

性別：女

體重：五十八點五二公斤

身高：一六八公分

眼睛色彩：棕色

死者是一名發育良好、營養充足的白人女性。虹膜呈棕色，角膜透明，瞳孔固定且放大。

屍體觸感冰涼，有屍斑和局部屍僵。沒有刺青、畸形或截肢。受害者的腹部比基尼線處有一道十二點七公分長的線性手術疤痕，代表曾進行過剖腹產。

她的左右耳垂皆有穿耳洞，頭髮長約四十公分，呈棕色，有波浪捲。沒有任何假牙，且牙齒狀況良好。手指甲剪短、修圓且塗有指甲油，腳趾甲也塗了粉色指甲油。

腹部和背部有鈍傷造成的明顯軟組織擦傷以及嚴重瘀傷，可能是落水等衝擊造成的傷。

內、外生殖器皆未有性侵害或插入式性行為的跡象。

這種毫無修飾的事實陳述還真殘酷，讓一個擁有一生經歷的人彷彿變成了商品目錄中的傢俱。病理學家秤了她的器官、檢查了胃裡的內容物、採集了組織樣本並驗了她的血。死者是沒有隱私的。

「那毒理學報告呢？」我問道。

「週一才會出來。」他說。「你覺得她有吸毒嗎？」

「有可能。」

艾伯內西本來想說些什麼，卻改變了主意。他從硬紙管中取出一張衛星地圖，攤開在辦公桌上。克利夫頓吊橋位於正中央，在地圖上失去了立體視角，彷彿貼在水面上，而不是高於水面七十五公尺。

「這是利林自然保護區。」他指著雅芳峽谷西側一片深綠色的地方說。「週五下午一點四十分，有一名在阿什頓自然保護區遛狗的男子看到一名近乎全裸，穿著黃色雨衣的女人。他一靠近，那個女人就跑走了。當時她在講電話，所以男子以為那是電視節目的噱頭。

「第二次目擊是在下午三點四十五分，一家乾洗公司的送貨員看到一名全裸的女子走在聖瑪麗路附近的朗漢姆山路上。

「下午四點零二分，吊橋西側入口的監視器拍到了她。她應該是從利林自然保護區沿著吊橋路走過去的。」

這些目擊時間點就像時間軸上的標記，把那天下午分割成無法解釋的間隔。第一次和第二次目擊的地點距離只有八百公尺，時間卻相隔兩小時。

巡佐快速切換監視器影像，快到那女人好像在一幀一幀之間用慢動作移動一樣。鏡頭上的雨滴模糊了每張照片的邊緣，但她的裸體卻再清晰不過。

在最後幾張照片中，她的屍體躺在一艘平底船的甲板上。她全身慘白，只有臀部和被衝擊壓扁的乳房周圍有屍斑，唯一可辨識的顏色是她的紅色口紅和肚子上糊掉的字。

「有找到她的手機嗎？」

「沉到河底，找不到了。」

「那她的鞋子呢？」

「是Jimmy Choo的鞋子，很貴但有換過鞋跟。」

巡佐把照片扔到一邊。他不怎麼同情這個女人，只把她視為待解決的問題，而他想要找到一個合理的解釋——不是為了讓自己安心，也不是出於專業上的好奇心，而是這個案子有某些地方讓他感到不安。

「有件事我一直想不通。」他說，但沒有抬頭看我。「她為何要到森林裡散步？如果她想自殺，為何不直接到橋上，然後跳下去就好？」

「也許她在做心理準備？」

「那幹嘛要全裸？」

他說得沒錯，這確實很奇怪，身上寫字這點也是。自殺是自我厭惡的終極表現，但通常不會有公開自虐和自辱的行為。

我還在看照片，最後視線落在其中一張上面。我看到自己站在橋上，那個視角讓我看起來好像離她很近，近到可以碰到她，在她墜落之前伸手抓住她。

艾伯內西也注意到那張照片。他從辦公桌起身，走到門邊，我都還沒站起來，他就已經開了門。

「昨天滿衰的，教授，但大家都有不好過的日子。口供寫一寫就可以回家了。」

桌上的電話響了，他接起時，我還站在門口，不過我只聽得到他這邊的對話。

「你確定嗎？她上次見到她是什麼時候？……好……在那之後就沒有她的消息嗎？好……她現在在家嗎？……

「派人到家裡接她，而且一定要拿到照片。除非我們百分之百確定那是她母親，不然我不想讓一個十六歲少女認屍。」

我的心裡一沉。她有個十六歲的女兒。自殺不僅是自我決定或自由意志的問題，因為一定會有人被留在這世上。

第四章

從伊斯特維爾公園的船屋步行到斯台普頓路需要十分鐘。我避開工業區和布滿黏液的運河，選擇走醜陋的M32混凝土高架道路。

塑膠購物袋勒得我手指好痛，於是我把袋子放在地上，稍作休息。就快到家了，糧食也都備齊了：裝在塑膠餐盒裡的餐點、六罐裝啤酒，以及一塊裝在三角塑膠盒裡的起司蛋糕——這些是我週六晚上的大餐。開雜貨店的巴基斯坦佬在收銀台下放了一把散彈槍，旁邊則有一疊包在塑膠套裡的色情雜誌。

狹窄的街道通往四個方向，道路兩側則有排屋和店面：一間酒類專賣店、一間博彩公司，還有救世軍的二手衣商店。路上張貼的海報寫著禁止路邊召妓、禁止在公共場合小便，以及禁止張貼海報（太好笑了）。根本沒人在乎，因為這裡可是充滿謊言、貪婪與貪贓枉法的政客之城布里斯托。右手總是知道左手在做什麼[10]：騙取它的錢財。這是我爸會說的話，他總是指控別人敲他竹槓。

風雨把魚塘路上行道樹的葉子都吹落了，樹葉堆積在排水溝裡。一台低矮的掃街機輪子轉呀轉的，在停放的車輛間穿梭。可惜這機器無法清除貧民窟的那些人渣小鬼，他們吸毒吸到神智恍惚，不是要我操他們，就是要賣我霹靂古柯鹼。

其中一個蕩婦站在轉角處。一輛車停了下來，她便開始和駕駛討價還價，然後仰頭大笑，就像一匹馬一樣，一匹吸毒的馬。別騎她啊，老兄，你不知道她的來歷。

我走進格倫公園和魚塘路街角的咖啡廳，並將防水大衣掛在門邊的掛鉤上，帽子和橘色圍巾則掛在旁邊。店內很溫暖，散發出熱牛奶和吐司的味道。我選了窗邊的座位，然後梳頭髮，從頭頂梳到後頸，用力將金屬梳齒刮過頭皮。

女服務生骨架大，幾乎可說是美人，可能再過幾年就胖了。她從餐桌之間經過時，荷葉邊裙襬拂過我的大腿。她的手指上貼了OK繃。

我拿出筆記本和尖到足以致殘的鉛筆，開始寫字，先寫下日期，再來是待辦事項清單。

角落坐了一個客人，是個女人，她正在用手機傳訊息。如果她看我的話，我會對她微笑。

我想她應該不會看我。會，她會的，我給她十秒鐘的時間。九……八……七……六……五……

我何苦呢？那個傲慢的婊子。我可以抹去她臉上的冷笑，我可以讓她哭到睫毛膏都沾到臉頰上，我可以讓她質疑自己的存在。

我不是要每個女人都意識到我的存在，但如果我向她們打招呼、微笑或閒聊幾句，回應是基本禮貌吧。

圖書館的那個印度女人有手部彩繪和水汪汪大眼，她每次都會微笑。其他圖書館員個個年老體衰，而且把每個人都當成偷書賊。

那個印度女人有一雙纖細的腿，她應該要穿短裙，盡量秀出美腿才對，而不是全部遮起來。她坐在櫃台前翹腳時，我只能看到她的腳踝。她常常翹腳，我想她知道我在觀察她。

我的咖啡送來了。牛奶不夠熱，但我不會要他們重做，因為那個幾乎可說是美人的服務生會很失望。我下次再跟她說就好。

名單快寫完了，左邊那欄是名字，聯絡人，也就是我感興趣的相關人士。找到之後，我就會把名字劃掉。

我把零錢留在桌上，穿上大衣並戴上帽子和圍巾。服務生沒有看到我離開。我應該要把小費直接交給她的，這樣她就不得不看我了。

10 譯註：這句話源自《馬太福音》（Gospel of Matthew）第六章第三節：「你施捨的時候，不要叫左手知道右手所做的。」

因為購物袋很重，所以我沒辦法走太快。雨水在排水管中汩汩作響，有幾滴雨流入我的眼睛。我終於走到波恩巷的盡頭，站在家門口。整個前院被柵欄圍起來，上面還有帶刺的鐵絲網。這地方曾經是個汽車維修店或車廠之類的，旁邊蓋了一棟房子。

大門上了查布偵測鎖、五彈子 Weiser 鎖以及 Lips 8362C 三道單閂鎖。我從最下面開始開鎖，聽著鋼製彈子在鎖芯內收回的聲音。

我跨過早上送來的信件。走廊上沒有燈，因為我取下了燈泡。這棟房子有兩層樓封起來了，空空如也，暖氣也都沒開。當初簽租約時，房東斯溫格勒先生問我是不是有個大家庭。

「沒有。」

「那你為什麼需要這麼大的房子？」

「因為我有遠大的夢想。」我回答。

斯溫格勒先生是猶太人，但看起來像光頭黨。他在特魯羅還有一間寄宿住宅，在離這裡不遠的聖保羅也有一棟公寓大樓。他跟我要信用紀錄，但我沒有。

「你有工作嗎？」

「有。」

「禁止吸毒，禁止開趴，禁止多P派對。」

他的口音太難懂，我差點把「禁止」聽成「積極」，但我提前繳納了三個月的房租，他就閉嘴了。

我從冰箱上面取下一把手電筒，回到走廊收信：瓦斯費帳單、披薩菜單，以及左上角印有校徽的白色大信封。

我把信封拿到廚房，放在桌上，把買的東西收好，並打開一罐啤酒。然後我坐下來，將手指伸入封口，撕開一條參差不齊的線。

信封內含一本用高級亮光紙印刷的雜誌，以及一封來自巴斯歐菲爾德女中招生祕書的信。

泰勒女士您好：

關於您的請求，由於我們沒有保留過去學生的紀錄，所以恐怕無法提供地址，不過我們有一個校友網站。請您聯絡召集人黛安．葛拉斯彼，取得帳號、PIN碼和密碼，即可存取網站中校友聯絡資訊等安全資料。

在此附上一九八八年的畢業紀念冊，希望能喚起一些回憶。

祝您能順利找到舊識。

貝琳達．卡森敬上

畢業紀念冊封面有一張照片，照片中有三個穿制服的女孩，微笑著走出校門。校徽上有一句拉丁文：「Lux et veritas」（光明與真理）。

內頁有更多照片，我一邊翻頁，一邊用手指拂過照片。有些照片是班級畢業照，前排的女孩坐在椅子上，雙腳併攏，手放在大腿上；中間那排女孩站著，後面的女孩則應該是站在長凳上。我仔細閱讀照片說明、人名、班級、年分。

找到了，第二排右邊數來第四個，我的愛人，那個蕩婦中的蕩婦。她有一頭棕色短髮和圓圓的臉蛋，嘴角微微上揚。妳當時才十八歲，我還要過十年才會遇見妳，十年有幾個星期天呢？

我把畢業紀念冊夾在腋下，拿了第二罐啤酒並走上樓。桌上的電腦嗡嗡作響，我輸入密碼並打開線上電話簿，畫面重新整理。一九八八年有四十八個女孩畢業，四十八個名字。我今天不會找到她，不是今天，但很快就會找到了。

或許我會再重溫那部影片。我喜歡看她們墜落。

第五章

查莉穿著牛仔褲和運動衫，和艾瑪在客廳裡跳舞。音樂開得很大聲，她揹著艾瑪轉來轉去，讓妹妹向後倒。艾瑪咯咯笑個不停。

「小心點，她搞不好會吐。」

「看看我們的新把戲。」

查莉把艾瑪抱到肩膀上，身體前傾，讓那個小朋友從她的背上爬下來。

「厲害喔，妳們應該加入馬戲團。」

過去幾個月來，查莉長大了很多，看到她又像個孩子一樣跟妹妹一起玩，真令人欣慰。我不希望她太快長大。巴斯有不少穿了肚臍環，穿著「我睡了你男友」T恤的女孩，我不希望她變得跟她們一樣。

茱麗安有個理論：性在除了現實生活以外的地方都更加露骨。她說青少女或許會穿得像芭黎絲·希爾頓，跳起舞來像碧昂絲一樣性感，但那不代表她們會自製性愛影片或在汽車引擎蓋上做愛。拜託老天，希望她是對的。

我已經能看到查莉的變化了。她現在跟我們話很少，完全不想在父母身上浪費唇舌。她把話都留給朋友們，每天都花好幾小時用手機傳訊息，或在網路上聊天。

我和茱麗安有討論過，搬出倫敦時要不要送她到寄宿學校，但我希望每天晚上都能給她一個晚安吻，早上叫她起床。茱麗安說我是想努力彌補小時候沒能和父親一起度過的時光。他可以說是上帝的私人醫生，從我八歲起就把我送到寄宿學校了。

或許她說得沒錯。

茱麗安原本在樓上的辦公室翻譯文件和寄email，但我們太吵了，她便下來看是什麼情況。我摟住她的腰，和她隨著音樂起舞。

「我們應該要為舞蹈課練習一下。」我說。

「什麼意思？」

「週二開始上課，是拉丁舞入門——森巴和倫巴！」我還特地把倫巴的彈舌音打得特別長。

她的臉突然沉了下來。

「怎麼了？」

「我沒辦法去。」

「為什麼？」

「我明天下午得回倫敦，因為我們週一一大早就要飛去莫斯科。」

「我們？」

「我跟德克。」

「喔，混蛋德克。」

她有點生氣，看著我說：「你根本不認識他耶。」

「他不能找別的翻譯嗎？」

「這合約我們談了三個月，他不想用新的人，我也不想交給別人來做。對不起，我應該告訴你的。」

「沒關係，妳只是忘了。」

我諷刺的語氣惹惱了她。

「對，喬瑟夫，我忘了，不要小題大作。」

正好一首歌結束了，我們陷入尷尬的沉默，本來在跳舞的查莉和艾瑪也停了下來。

茱麗安先眨眼，說：「對不起，我週四就回來了。」

「那我就取消舞蹈課吧。」

「你去吧，一定會很好玩的。」

「但我沒去過耶。」

「那是初級班，沒有人會期望你跳得跟佛雷．亞斯坦[11]一樣好。」

上舞蹈課是我的主意。確切來說，是我最好的朋友、綽號「蘇格蘭佬」的神經學家建議我去上課的。他寄了文獻資料給我，說研究顯示練習肢體協調對帕金森氏症患者來說是有幫助的。不是瑜珈就是舞蹈課，兩個都上更好。

我把這件事告訴茱麗安，她覺得學跳舞很浪漫，我則將其視為挑戰。

我要向帕金森先生發起挑戰，來一場充滿舞步和轉圈的生死決鬥，勝者為王。

艾瑪和查莉又開始跳舞了，茱麗安也加入她們，不費吹灰之力就找到了拍子。她向我伸出手，我搖搖頭。

「來嘛，爸。」查莉說。

艾瑪扭扭屁股，這是她的招牌舞步，但我沒有招牌舞步。

我們載歌載舞，最後通通倒在沙發上大笑，茱麗安已經很久沒有這樣笑了。我的左手臂開始顫抖，艾瑪就把它握住。她喜歡玩這個遊戲：用雙手握住我的手臂再鬆開，看看有沒有繼續顫抖，再重新握住。

那天晚上，女孩們睡著後，我們的床上華爾滋也結束後，我摟住茱麗安，變得憂鬱起來。

「查莉有跟妳說她看到我們的鬼魂嗎？」

「沒有，在哪裡？」

「在樓梯上。」

「真希望陰陽太太不要再亂講話，害她胡思亂想了。」

「她是個瘋老太婆。」

「這是你的專業診斷嗎？」

「當然。」我說。

茱麗安在放空，顯然心不在焉……可能在羅馬，或是莫斯科吧。

「妳不在的時候，我都會買冰淇淋給她們吃。」我告訴她。

「我看你是用錢買她們的愛吧。」她回答。

「沒錯，既然可以買，那我當然要。」

她笑了出來。

「妳快樂嗎？」我問道。

她把臉轉向我，說：「真是奇怪的問題。」

「我一直忍不住去想橋上的那個女人，她應該很不快樂。」

「你覺得我也是嗎？」

「今天很高興聽到妳笑了。」

「回家真好。」

「家是最棒的地方。」

11　譯註：Fred Astaire，美國電影演員、舞者、劇場藝術演員、編舞家與歌手，在舞台與大銀幕上的演出生涯長達七十六年，是影史上最具影響力的舞蹈家之一。

第六章

週一早上是個乾燥的陰天。機構會派三名應徵者來跟我面試。現在好像都不叫保姆了，而是稱為看護或托育人員。

茱麗安在前往莫斯科的路上，查莉在去學校的公車上，而艾瑪在餐廳玩她的洋娃娃衣服，試圖幫我們家那隻容易緊張的貓咪嗅嗅戴帽子。嗅嗅的全名是「嗅嗅衛生紙捲」，這就是讓三歲小孩負責為寵物命名的結果。

第一場面試一開始就不太順利。應徵者叫做賈姬，她相當緊張，不斷咬指甲和摸頭髮，好像深怕頭髮會消失一樣。

茱麗安的指示很明確：我必須確認保姆不吸毒、不喝酒，開車也不會超速。至於要如何得到這些資訊，我就不知道了。

「我必須透過這次面試知道妳是不是奶奶虐待狂。」我告訴賈姬。

她用困惑的眼神看著我，說：「我奶奶死了。」

「妳沒有虐待她吧？」

「沒有。」

「那就好。」

我在心中把她從名單上劃掉。

下一位應徵者來自紐卡索，今年二十四歲。她的臉型很尖，眼睛是棕色的，深色頭髮綁得很緊，緊到眉毛都上揚了。她看起來像在探察這間房子，以便晚點和她的小偷男友一起來行竊。

「你們要給我開什麼車？」她問道。

「Astra。」

她頗不以為然，說：「我不會開手排車，我也不覺得這是合理的要求。我房間會有電視嗎？」

「我們可以安排。」

「多大？」

「我不確定。」

不知道她是想看電視還是賣電視，但我也劃掉了她的名字，這樣就兩好球了。

早上十一點，我面試了一個漂亮的牙買加人。她把頭髮編成辮子，盤起來，再用一個玳瑁大髮夾別在後腦勺。她叫做曼妮，有良好的推薦紀錄和好聽的低沉嗓音。我喜歡她。她的笑容很棒。

面試到一半時，餐廳突然傳來哭喊聲，艾瑪受傷了。我試圖起身，左腿卻突然卡住，這種現象叫做「運動遲緩」，是帕金森氏症的症狀之一，而這代表曼妮先跑到了艾瑪身邊。原來她的手指被玩具盒的蓋子夾住了。艾瑪一看到這位黑皮膚的陌生人，就哭嚎得更大聲了。

「她很少被黑人抱。」我說。我本來是想挽救局面，卻反而讓事情更糟。「不是妳膚色的問題，我們在倫敦有很多黑人朋友，好幾十個。」

我的天啊，我這不是在暗示我的三歲女兒是種族歧視者嗎？

艾瑪停止哭泣了。「是我的錯，我剛剛抱她抱得太突然了。」曼妮用悲傷的眼神看著我說。

「她只是還不認識妳。」我解釋道。

「嗯。」

曼妮開始收拾包包。

「我會打給機構。」我說。「他們會再聯絡妳。」

但我們都知道之後的發展，她會去別的地方找工作。真可惜，這明明只是個誤會。

她離開後，我給艾瑪做了三明治，並抱她上床睡午覺。接下來還有洗衣服和燙衣服等家事要做。

我知道我不應該承認這種事，但待在家好無聊。艾瑪很棒、很迷人，我很愛她，但一直跟她玩襪子手偶、看她單腳站立，或是聽她在攀爬架頂端宣布自己是城堡之王、我則是臭混蛋，老實說我也會膩。照顧幼兒是世界上最重要的工作，相信我，真的是如此。然而，人們心照不宣的可悲事實就是照顧幼兒很無聊。那些坐在飛彈發射井中，等待難以想像的事件發生的人們也在做很重要的工作，但我敢肯定他們平常都無聊到極點，用五角電腦玩無數場電腦接龍和海戰棋。

門鈴響了。門口站著一個栗色頭髮的少女。她穿著黑色低腰牛仔褲、T恤和格子外套，耳垂上的耳釘像水銀珠般閃閃發亮。

她把肩背包緊緊抱在胸前，身體稍微前傾。十月的秋風捲起她腳下的樹葉。

「我沒想到還有人會來。」我告訴她。

她皺眉，把頭歪向一邊。

「你是歐盧林教授嗎？」

「是。」

「我是黛西·惠勒。」

「請進，黛西。我們要安靜點，因為艾瑪在睡覺。」

她跟著我沿著走廊進入廚房。「妳看起來很年輕，我以為妳的年紀會更大一些。」我說。

她又對我投以奇怪的眼神。她的眼白布滿血絲，眼睛似乎被風吹得有些刺痛。

「妳當托育人員多久了？」

「不好意思，你說什麼？」

「妳有幾年照顧小孩的經驗？」

她露出了擔憂的神色，說：「我還在上學。」

「我不明白。」

她把包包抱得更緊，心一橫，開口道：「你跟我媽媽說過話，她墜落時你在場。」

她的這番話就像在地上摔破的玻璃杯一樣打破了寧靜。我從她的臉型和深色眉毛看到了相似之處，她是橋上女人的女兒。

「妳是怎麼找到我的？」

「我看了警方報告。」

「妳怎麼來的？」

「搭公車。」

雖然她說得很理所當然，但這種事根本不應該發生。悲痛的女兒不應該出現在我家門口。警察應該要回答黛西的問題並讓她去做諮商，也應該要找親戚來照顧她。

「警察說是自殺，但那是不可能的。媽不會……她沒辦法，不可能那樣做。」

她的聲音顫抖，語帶絕望。

「你媽媽叫什麼名字？」我問道。

「克莉絲汀。」

「黛西，妳要不要喝杯茶？」

她點點頭。我把水壺裝滿水並擺出茶杯，給自己時間思考要說什麼。

「妳這幾天住在哪裡？」我問道。

「我住在寄宿學校。」

「學校知道妳在哪嗎？」

黛西沒有回答，她肩膀往前縮，把身體縮得更小。我坐在她對面，確保我們四目相接。

「妳是怎麼來的？請一五一十告訴我。」

她馬上全盤托出。她在週六下午接受警察的訊問，接著去和社工進行諮商，然後就被送回卡地夫的一所私立女子學校漢普頓學院。週日晚上熄燈後，她取下固定宿舍窗戶的木塊，從窗戶溜出去。躲開警衛後，她便走到卡地夫中央火車站等第一班火車。她搭了八點零四分到巴斯的火車，搭公車到諾頓聖菲利普，再走將近五公里到韋洛。這趟旅程幾乎花了一整個早上的時間。

我注意到她的頭髮上黏了草屑，鞋子上沾了泥土，便問道：「妳昨晚睡哪裡？」

「睡公園。」

天啊，她有可能會凍死耶。黛西用雙手拿穩馬克杯，把杯子舉到唇邊。我看著她清澈的棕色眼睛、裸露出來的脖子、她的薄外套以及T恤下若隱若現的深色胸罩。她還處於女大十八變的階段，感覺像是還沒蛻變成天鵝的醜小鴨，但她注定幾年後就會美若天仙，為許多男人帶來無盡的痛苦。

「那妳爸爸呢？」

她聳肩。

「他在哪裡？」

「不知道，他在我出生前就離開我媽了，之後就沒有他的消息了。」

「完全沒有？」

「對。」

「我得通知妳的學校。」

「我不回去。」她斬釘截鐵的語氣讓我大吃一驚。

「我們得告訴他們妳在哪。」

「為什麼？他們才不在乎。我十六歲了，我想做什麼都可以。」

她這種叛逆的態度顯然源自在寄宿學校度過的童年。這些歲月讓她變得堅強、獨立且憤世嫉俗。

她為何來這裡？她想要我做什麼？

「她不是自殺。」她又重複了一遍。「媽怕高，她有懼高症。」

「妳上次跟她說話是什麼時候？」

「週五早上。」

「她聽起來怎麼樣？」

「跟平常一樣，就很開心。」

「妳們聊了什麼？」

她盯著杯子裡的茶，彷彿想解讀其中的訊息一樣。「我們吵架了。」她說。

「吵什麼？」

「那不重要。」

「告訴我吧。」

她猶豫了一下，但還是搖搖頭。我能從她眼中的悲傷看出一些端倪。她對母親說的最後一番話充滿了憤怒，她想收回那些話，或是希望能再有機會跟母親吵架。

為了轉移話題，她打開冰箱門，開始聞特百惠容器和罐子裡的內容物。「有吃的嗎？」她問道。

「我可以做三明治給妳吃。」

「有可樂嗎？」

「家裡沒有氣泡飲料。」

「真的假的？」

「真的。」

她在食品儲藏櫃裡找到了一包餅乾，便用指甲撕開塑膠包裝。

「媽週五下午本來應該要打給學校的。我週末想回家，但我需要家長許可。我打了一整天的電話，手機和家裡電話都有打，也傳了幾十則訊息，但都沒有聯絡上她。

「我跟舍監說肯定出事了，但她說媽可能只是太忙了，叫我不要擔心。但我還是很擔心，從週五晚上擔心到週六早上。舍監說媽可能週末出遠門但忘了告訴我，但我知道不是那樣。

「我請學校讓我回家，但他們不允許，於是我週六下午溜出學校跑回家，但媽不在家，她的車子也不見了。實在是太奇怪了，所以我就報警了。」

她的身體一動也不動。

「警察給我看了一張照片，我告訴他們不可能是她。媽連倫敦眼摩天輪都不敢上去。去年夏天我們去巴黎，上艾菲爾鐵塔時她都快嚇死了。她真的很怕高。」

黛西僵住了。她手中的那包餅乾整個被撕破了，餅乾碎屑灑在她的指間。她盯著破掉的包裝和散落在桌面上的餅乾，身體向前搖晃，將膝蓋彎曲收到胸前，發出一聲長長的嗚咽。

我專業的一面知道要避免肢體接觸，但我心中的父愛更加強大。我摟住她，讓她的頭靠在我胸前。

「你當時在場。」她低聲說。

「是的。」

「那不是自殺，她永遠不會離開我。」

「我很遺憾。」

「請幫幫我。」

「我不知道我能不能幫妳，黛西。」

「拜託你。」

我希望我能把她的痛苦變不見；我希望我能告訴她不會一直都這麼痛苦，總有一天她會忘記這種感覺。我聽過育兒專家說兒童原諒和忘記的速度有多快，根本是胡說八道！孩子們不會輕易忘記，他們會耿耿於懷，也會保守祕密。孩子們有時看起來很堅強，因為他們內心的防線從未被悲劇破壞或侵蝕，但他們其實跟玻璃纖維一樣輕盈脆弱。

艾瑪醒來了，她在呼喚我。我上樓走進她的房間，放下一側的床邊護欄，將她抱入懷中。她睡到黑色細髮翹得亂七八糟。

我聽到樓下廁所沖水的聲音。黛西洗了臉，把頭髮梳成整齊的包包頭，讓脖子看起來長得不可思議。

「這是艾瑪。」她回到廚房時，我向她介紹小女兒。

「嗨，小可愛。」黛西擠出微笑道。

艾瑪別過頭，故作矜持，但她突然看到桌上的餅乾，便伸手去拿。我把她放下來，沒想到她竟然直接爬到黛西的大腿上。

「看來她很喜歡妳。」我說。

艾瑪撥弄著黛西外套上的鈕扣。

「我還需要問妳幾個問題。」

黛西點點頭。

「妳媽媽有因為什麼事情不高興嗎？或是沮喪之類的？」

「沒有。」

「她有睡眠問題嗎？」

「她有吃藥。」

「她有正常吃三餐嗎？」

「有啊。」

「妳媽媽是做什麼的？」

「她是婚禮策劃師。她有自己的公司，叫做幸福婚禮顧問公司，是她和朋友希薇亞共同創辦的。亞歷珊卓．菲利普斯的婚禮就是她們籌辦的。」

「她是誰？」

「一個明星。你沒看過一個獸醫在非洲照顧動物的節目嗎？」

我搖搖頭。

「總之她結婚了，而整場婚禮都是媽和希薇亞籌辦的，各大雜誌都有報導。」

黛西講得好像她母親還活著一樣，這並不奇怪，也不是因為她拒絕接受事實。兩天的時間不足以讓她徹底意識到母親已經不在了。

我還是不明白她在這裡做什麼。我救不了她母親，我知道的也不比警察多。雖然克莉絲汀・惠勒的遺言是對我說的，但她並沒有給我任何線索。

「妳想要我怎麼做？」我問道。

「來我們家，你就知道了。」

「知道什麼？」

「她不是自殺。」

「我看到她跳下去了，黛西。」

「那她肯定是被逼的。」她說，並親吻艾瑪的頭頂。「她不會那樣自殺，她不會離開我的。」

第七章

這間小屋於十八世紀建成，粗壯扭曲的紫藤從前門上方一路生長到屋簷。相鄰的車庫曾是馬廄，現在則是主屋的一部分。

黛西用鑰匙打開前門，走進昏暗的門廳。她遲疑了，因為內心百感交集而一時無法行動。

「怎麼了嗎？」

她搖搖頭，但顯然是在裝沒事。

「如果妳想的話，可以待在外面幫忙顧艾瑪。」

她點點頭。

艾瑪正在踢小路上的葉子。

穿越鋪了石板地磚的門廳時，我擦過一個沒掛東西的掛衣鉤，注意到下面放了一把雨傘。廚房在右手邊，從窗戶可以看到後院種了精心修剪的玫瑰花叢，還有木籬笆把後花園和相鄰的院子隔開。瀝水架上放了一個杯子和一個麥片碗，水槽是乾的，也有擦拭乾淨。廚房的垃圾桶裡有蔬菜殘渣、捲曲的橘子皮以及顏色像狗屎的茶包。桌面很乾淨，只放了一小疊帳單和拆開來的信件。

我朝身後大喊：「妳們住在這裡多久了？」

黛西從敞開的前門喊道：「八年。媽創業時申請了二胎房貸。」

客廳陳設高雅但有些陳舊，有一張老舊的沙發、幾張扶手椅和一個邊角有貓抓痕的大餐具櫃。壁爐架上擺了相框，大部分都是黛西穿芭蕾舞衣在後台或舞台上的照片。芭蕾舞獎盃和獎牌陳列在展示櫃中，旁邊還有更多照片。

「妳是舞者。」

「對。」

其實應該很明顯。她有舞者的標準身材：纖瘦且手腳靈活，雙腳微微外八。

我的問題把黛西引入房子裡。

「妳回來時，房子就是這樣嗎？」

「對。」

「妳沒有動任何東西？」

「沒有。」

「也沒有碰任何東西？」

她想了一下。

「我有用電話……報警。」

「哪部電話？」

「樓上的。」

「為什麼不用這個？」我用手示意茶几上放在底座上的無線電話筒。

「電話筒原本放在地上，電池沒電了。」

有幾件女性衣物被丟在桌子底下：一條機器仿舊的牛仔褲、一件上衣和一件開襟衫。我跪了下來。沙發底下露出了一抹色彩，不是刻意藏起來，而是匆忙之下丟的。我的手指抓住了衣物，是一件胸罩和同款內褲。

「妳媽媽有跟誰約會嗎？有男朋友嗎？」

黛西差點笑了出來，說：「沒有。」

「什麼事這麼好笑？」

「我媽媽老了以後會變成那種養了一大群貓，衣櫃裡全是開襟衫的老婆婆。」她微笑道，然後才想起她說的是一個沒有未來的母親。

「如果她有跟人約會，她會跟妳說嗎？」

黛西不確定。

我拿起內衣，問道：「這些是妳媽媽的嗎？」

她皺眉點頭。

「怎麼了？」

「她完全無法接受把衣服丟地上。她都不讓我借她的衣服，除非我之後把衣服掛起來或拿去洗。她都會說：『地板不是衣櫃。』」

我上樓到主臥室。床沒有動過，羽絨被上一點摺痕也沒有。梳妝台上的瓶瓶罐罐井然有序，浴室毛巾架上的毛巾也疊得整整齊齊。

我打開衣櫥門，走進寬敞的衣帽間。我可以聞到克莉絲汀．惠勒的味道。我觸碰她的洋裝、裙子和襯衫。我把手放入她的外套口袋，找到了一張計程車收據、一個乾洗標籤、一枚一英鎊硬幣，以及一顆餐後薄荷糖。有些衣服她已經好幾年沒穿了，有些很舊的衣服她還繼續穿。這是一個習慣富裕生活，但錢卻突然不夠用的女人。

一件晚禮服從衣架上滑落，落在我腳邊。我拾起禮服，感覺到柔順的布料滑過我的指間。鞋架上至少有十幾雙鞋子，排得整整齊齊。

黛西坐在床上，說：「媽喜歡鞋子，她說鞋子是她唯一的奢侈品。」

我想起克莉絲汀在橋上穿的那雙鮮紅色Jimmy Choo鞋子，那是適合出席派對場合的鞋子。下層鞋架的尾端有空位，應該就是放那雙鞋。

「妳媽媽會裸睡嗎？」

「不會。」

「她有不穿衣服在家裡到處走動的習慣嗎？」

「沒有。」

「她脫衣服前會拉上窗簾嗎？」

「我沒怎麼注意過。」

我看了一眼臥室的窗戶，窗外有一小片菜園和一間溫室。溫室旁種了一棵高大的榆樹，樹枝間的蜘蛛網宛如一層薄紗。要在不被發現的情況下監視房子是很容易的。

「如果有人按門鈴，她會直接開門，還是會先扣上防盜鏈？」

「我不知道。」

我的心思一直回到電話旁的衣服上。克莉絲汀完全沒有拉上窗簾，就直接脫了衣服，也沒有摺衣服或是放在椅子上。無線電話筒掉在地上。

或許黛西的母親其實有男朋友或戀人，但床沒有使用過的跡象。沒有保險套，也沒有用過的衛生紙。同樣地，也沒有入侵者的痕跡。似乎沒有任何東西被移位或是不見了，也沒有搜索或掙扎的跡象。這地方乾淨整潔，屋主感覺不像是已經放棄希望或不想再活下去的人。

「前門有上兩道鎖嗎？」

「我不記得了。」黛西說。

「這很重要。妳回家時，有用鑰匙開門，妳當時有用到兩把鑰匙嗎？」

「應該沒有。」

「妳媽媽有雨衣嗎？」

「有。」

「長什麼樣子？」

「就是那種廉價塑膠雨衣。」

「什麼顏色？」

「黃色。」

「現在在哪？」

她帶我到門廳，我一看到空的掛衣鉤就明白了。週五下了傾盆大雨，她卻選擇穿雨衣而不是帶雨傘。

艾瑪坐在廚房的桌子前，用色鉛筆在紙上塗鴉。我從她身邊走過，走進客廳，試圖重現週五的事發經過。那天本是再平凡不過的日子，一個女人在做家事，洗杯子、擦水槽。電話響了，她接了起來。

她沒有拉上窗簾就脫了衣服，只穿了一件塑膠雨衣就全裸走出家門，也沒有上兩道鎖。她在趕時間，手提包還放在走廊的桌子上。

茶几厚厚的玻璃桌面由兩隻陶瓷大象所支撐，大象的象鼻是捲起並放在頭上的。我跪在桌子旁邊，低頭仔細觀察光滑的玻璃桌面，發現有蠟筆或口紅的碎屑。她是在這裡把「婊子」兩個字寫在身體上的。

玻璃上還有許多不透明的圓圈，以及一小截一小截的口紅痕跡。圓圈是乾掉的眼淚，代表她當時在哭泣，而口紅痕跡可能是在紙上寫字時，不小心畫出去的。克莉絲汀用口紅寫了字，不可能是電話號碼，不然她應該會用原子筆，比較有可能是某種訊息或符號。

四十八小時前，我親眼目睹了這個女人墜橋身亡。那肯定是自殺，但從心理學的角度而言，這一點道理也沒有。她做出的種種行為都是有意的，但她其實並不想這麼做。

克莉絲汀．惠勒對我說的最後一句話是「你不懂。」她說得沒錯。

第八章

希薇亞．福內斯住在大普爾特尼街上的一棟一樓公寓裡。自一九六七年的《福塞特世家》[12]以來，這排喬治時代建築搞不好在每部BBC時代劇中都有出現吧。如果門口有馬車或戴華麗帽子的女人，我大概也不會覺得意外。

希薇亞．福內斯沒有戴帽子，而是戴了髮帶，避免金色短髮遮住眼睛。她穿著黑色緊身短褲、白色運動內衣，以及淺藍色圓領T恤。一張健身房會員卡掛在一組笨重的鑰匙上，光是隨身攜帶那些鑰匙應該就能消耗熱量了吧。

「不好意思，福內斯女士，請問妳現在有空嗎？」

「無論你要賣什麼，我都不買。」

「是關於克莉絲汀．惠勒的事。」

「我飛輪課要遲到了，我也不接受媒體採訪。」

「我不是記者。」

這時，她看向我身後，注意到站在樓梯頂端的黛西。

她激動地叫了一聲，便推開我，抱住那個少女，頓時潸然淚下。黛西看了我一眼，好像在說：你看，我就說吧。

她本來不想上樓，因為她知道母親的事業夥伴會大驚小怪。

「怎樣大驚小怪？」

「就是大驚小怪。」

希薇亞仍緊抓著黛西的手，再次打開大門，招呼我們進去。艾瑪跟在後面，突然安靜下來，吸著大拇指。

公寓裡有拋光的木頭地板、雅致的傢俱和感覺比外面的雲朵還要高的天花板。從非洲印花靠枕到乾燥花裝飾，整棟公寓都布置得十分女性化。

我掃視整個客廳，最後目光落在一張立在電話旁邊的生日邀請卡上。「愛麗絲」受邀參加披薩兼睡衣派對，以慶祝朋友安潔拉的十二歲生日。

希薇亞．福內斯仍抓著黛西的手，不斷問問題和表示同情。那名少女設法脫身，並告訴艾瑪博物館後面的轉角處有座公園，有盪鞦韆和溜滑梯可以玩。

「我可以帶她去嗎？」黛西問道。

「她會要妳一直推她，不讓妳停下來喔。」我警告她。

「沒關係。」

「等妳回來我們再聊。」希薇亞說。她已經把健身包丟在沙發上了。她看了看手上那只不鏽鋼製的運動手錶，發現趕不上飛輪課了，便一屁股坐在扶手椅上，看起來有些惱火。她的胸部完全沒有晃動，不知道是不是假的。她彷彿讀懂了我的心思，挺起胸膛。

「你為什麼對克莉絲汀這麼感興趣？」

「黛西不認為她是自殺。」

「那跟你有什麼關係？」

「我只是想確認。」

希薇亞聽我解釋自己和克莉絲汀的關係，以及黛西來找我的事，溫和的眼神充滿好奇。她將修長

---

12 譯註：The Forsyte Saga，一九六七年的ＢＢＣ影集，改編自約翰．高爾斯華綏（John Galsworthy）的同名小說，講述一個中上層階級家庭的興衰。

的美腿跨在茶几上，充分展現跑步機訓練能多麼完美修飾女性的身材。

「妳們曾經是事業夥伴。」

「不只是那樣。」她回答。「我們之前還念同一所學校。」

「妳上次見到克莉絲汀是什麼時候？」

「週五早上她有進辦公室。她和一對想舉辦聖誕婚禮的年輕情侶有約。」

「她看起來怎麼樣？」

「很好啊。」

「沒有什麼事情讓她擔憂或煩心嗎？」

「沒有吧，克莉不是那種人。」

「她是哪種人？」

「她心地十分善良，相當與眾不同，我有時甚至覺得她人實在太好了。」

「怎麼說？」

「身為婚禮策劃師，她心太軟了。只要人們講一個博取同情的可憐故事，她就會延長付款期限或替他們打折。克莉簡直浪漫得無可救藥。她相信童話故事、童話般的婚禮、童話般的婚姻。說來好笑，她自己的婚姻不到兩年就結束了。她之前在學校還有嫁妝箱，這個年代誰還有嫁妝箱啊？而且她說每個人都有屬於自己的靈魂伴侶，專屬的白馬王子。」

「妳顯然不同意。」

她轉頭看我，說：「身為心理學家，你真的相信在這個廣闊的世界裡，我們每個人都只有唯一的另一半嗎？」

「這個想法很不錯啊。」

「哪有！超無聊的。」她笑道。「如果真是那樣，我的靈魂伴侶最好要有六塊肌，薪水也要六位數。」

「那妳老公呢？」

「他是個肥豬，但他很會賺錢。」她用手撫摸雙腿，說：「為什麼已婚男人都會放任自己的身材走鐘，他們的老婆卻每天都要花好幾小時努力維持身材和外貌？」

「妳不知道答案嗎？」

她笑了。「這話題改天再聊吧。」

希薇亞起身走到房間裡，問道：「你介意我換個衣服嗎？」

「當然沒問題。」

她沒有關上門，便直接脫下T恤和內衣。她背上的肌肉線條很明顯，就好像皮膚下鋪了石板一樣。她的黑色緊身短褲滑下了雙腿，但我沒看到下面有什麼；我拿床和角度的問題沒轍。

她穿著奶油色長褲和羊絨毛衣回到了客廳，並將小短褲和內衣扔在健身包上。

「我們剛剛講到哪裡？」

「婚姻。妳說克莉絲汀相信婚姻的美好。」

「她根本是婚姻的啦啦隊隊長。她在我們籌辦的每場婚禮都會哭；明明是兩個陌生人結婚，她的口袋裡卻塞滿了溼透的衛生紙。」

「所以她才創辦了幸福婚禮顧問公司嗎？」

「那是她的心血結晶。」

「經營得如何？」

希薇亞露出了苦笑。

「就像我說的，克莉耳根軟。人們想要最浮誇奢華的夢幻婚禮，但他們又不付錢或遲遲不開支票。克莉絲汀的態度不夠強硬。」

「有財務問題嗎？」

她將雙臂高舉過頭，伸了個懶腰，說：「各種雨天、取消的婚禮和官司，這一季不太好過。我們每個月必須賺五萬英鎊才不會賠錢。一場婚禮的平均費用是一萬五千元，而盛大的婚禮少之又少。」

「妳們賠了多少錢？」

「我們創辦公司時，克莉申請了第二筆貸款。現在我們透支了兩萬，欠債超過二十萬。」

希薇亞不帶任何感情，一口氣說出了這些數字。

「妳剛剛提到了官司。」

「春天有一場婚禮是個大災難。海鮮自助餐上的美乃滋有問題，導致食物中毒。新娘的爸爸是個律師，也是個徹頭徹尾的混蛋。克莉絲汀說他們不需要支付任何費用，但對方還要我們付賠償金。」

「妳們應該有保險吧。」

「保險業者在試圖找漏洞，我們可能要上法庭。」

她從健身包裡拿出一瓶水，喝完後用拇指和食指擦嘴唇。

「容我冒昧說一句，妳看起來不太擔心。」

她放下水瓶，與我四目相接。

「大部分的錢都是克莉付的，我沒有賠很多錢，老公也很諒解我。」

「他很縱容妳。」

「可以這麼說。」

財務問題和訴訟可以解釋週五發生的事情。或許電話另一頭的人是克莉絲汀．惠勒的債主，不然就是她已經失去了希望，找不到出路。

「克莉絲汀是會自殺的那種人嗎？」

希薇亞聳肩道：「你知道有個說法，就是那些一天到晚說要自殺的人反而不太可能那麼做——克莉從來沒說過要自殺。她是我見過最積極、樂觀、快樂的人，我是說真的。而且她深愛著黛西，可以為了她不顧一切。所以答案是否定的，我不知道她為何會做那種事。我想她可能崩潰了吧。」

「那公司現在怎麼辦？」

她又看了一眼手錶，說：「一小時前被破產管理人接管了。」

「妳要收手了。」

「我還能怎麼辦呢？」

她曲腿斜坐在扶手椅上，這個姿勢對女人來說好像都很輕鬆。她沒有露出任何後悔或失望的神色。希薇亞・福內斯不僅肌肉結實，內心也和外在一樣堅強。

黛西和艾瑪在樓下跟我碰面，我把艾瑪揹起來。「我們要去哪？」黛西問道。

「去找警察。」

「你相信我。」

「我相信妳。」

第九章

督察長薇若妮卡．柯雷從穀倉裡走出來。她那寬鬆的牛仔褲塞進橡膠長筒靴裡，男版襯衫上有鈕釦的口袋幾乎是平躺在她的大胸部上。

「我剛好在鏟屎。」她說，並靠在沉重的穀倉門上。門向內打開，生鏽的鉸鏈嘎吱作響。她把一坨馬糞丟進桶子裡。我聽到馬匹在隔欄裡躁動的聲音，也聞到了牠們的味道。

「謝謝妳願意見我。」

「所以你還是想喝一杯嘛。」她說，雙手在臀部擦了擦。「時機選得真好，我剛好休假。」

她看到黛西坐在副駕駛座，艾瑪則在玩方向盤。

「你還把小孩帶來了。」

「小的是我的。」

「那另一個呢？」

「那是克莉絲汀．惠勒的女兒。」

督察長猛然轉身面向我。

「你跑去找死者的女兒？」

「是她來找我的。」

她原本溫和友善的態度多了幾分猜疑。

「教授，你到底在做什麼？」

「克莉絲汀．惠勒不是自殺。」

「恕我直言，我認為這件事應該交給驗屍官來判斷。」

「妳也看到了，她當時很害怕。」
「怕死嗎？」
「怕摔下去。」
「拜託，她都站在吊橋的圍欄外了。」
「不，妳不明白。」
我看了黛西一眼，她看起來疲憊又擔憂。她應該要回學校或是由親人照顧，但她有親人嗎？
警探倒吸了一口氣，整個胸口向外擴張，然後她嘆了一口氣。她大步走向車子，蹲在駕駛座敞開的車門旁邊，對艾瑪說話。
「妳是小仙子嗎？」
艾瑪搖搖頭。
「還是公主？」
她又搖搖頭。
「那妳肯定是天使了。很高興認識妳，做我這行很少看到天使。」
「你是男的還是女的？」艾瑪問道。
督察長大笑。
「我是女的，親愛的，是貨真價實的女人。」
她看向黛西，說：「關於妳母親的事，我很遺憾。我能為妳做些什麼嗎？」
「相信我。」她輕聲說。
「我可以相信大部分的事情，但這次妳可能得說服我才行。進來吧，裡面比較溫暖。」
我必須低頭，進門時才不會撞到頭。柯雷督察長踢掉了她的橡膠長筒靴，一塊塊長方形的泥巴從鞋底脫落。

她轉身背對我，沿著走廊離開。

「教授，我要去沖個澡，你讓女孩們待在壁爐前吧。我有六種不同口味的熱可可，也很樂意分享。」

自從下車後，黛西和艾瑪都沒有說話。薇若妮卡・柯雷的氣場就是能夠讓人說不出話來。她這個人就像十級大風中的岩石露頭一樣，避不掉也移不了。

我能聽到蓮蓬頭的水聲。我把水壺放在爐子上煮水，並在食品儲藏櫃裡翻找。黛西在電視上找到了卡通給艾瑪看。從早餐到現在，我只給艾瑪吃了餅乾和一根香蕉。

我注意到釘在軟木板上的日曆，上面草草寫了飼料供應商、蹄鐵工和馬匹拍賣會的提醒，還有繳費及其他提醒事項。我走進餐廳，想知道她是否有另一半。壁爐架和冰箱上都有一個年輕黑髮男子的照片，可能是她兒子吧。

我通常不會這麼明目張膽地尋找關於一個人的線索，但薇若妮卡・柯雷深深吸引著我。她似乎一輩子都在奮鬥，努力讓人接受她真實的樣貌，而現在她對自己的身材、性取向和生活都感到舒服自在。

浴室門打開了，她從裡面走出來，身上裹著的大毛巾在她的乳房之間打了個結。她必須繞過我，我試圖讓開，但我們都往同一邊來回移動。我向她道歉，並緊貼著牆邊。

「別擔心，教授，我可是伸縮自如。通常我都穿十號。」

她大笑，只有我覺得尷尬。

臥室門關上了。十分鐘後，她穿著燙過的襯衫和褲子走進廚房，刺蝟頭上綴滿了水珠。

「妳有養馬。」

「場地障礙賽的賽馬老了之後會被送到屠宰場，我會收留牠們。」

「然後呢？」

「我會幫牠們找到一個家。」

「我女兒查莉想要一匹馬。」

「她幾歲？」

「十二歲。」

「我可以幫她找一匹。」

女孩們在喝熱可可。柯雷督察長問我要不要更烈一點的飲料，但我不應該喝酒，會影響到藥物治療，所以我選擇喝咖啡。

「你知道自己在做什麼嗎？」她問道，但語氣與其說是生氣，更像是擔心。「那可憐女孩的母親死了，而你卻拖著她到處跑，做這些徒勞無功的事情。」

「是她找到我的。她溜出了學校。」

「那你就應該馬上送她回去。」

「萬一她是對的呢？」

「她不是。」

「我去了克莉絲汀·惠勒的家，也跟她的合夥人談過了。」

「然後呢？」

「她雖然有財務問題，但沒有任何其他跡象暗示她可能瀕臨崩潰。」

「自殺是一種衝動行為。」

「對，但人們還是會選擇適合自己的方式，通常是他們認為快速且不會痛的死法。」

「你想說什麼？」

「如果他們怕高，就不會選擇跳橋。」

「但我們兩個都看到她跳下去了。」

「對。」

「那你的論點就沒道理了。沒有人推她。你站得最近，你有看到別人嗎？還是你覺得她是被人遙控謀殺的？是催眠術？還是精神控制？」

「她並不想跳，而是無可奈何。她把衣服脫掉並穿上了雨衣，沒有上兩道鎖就走出了家門。她沒有留下遺書，也沒有處理後事或是分送財產。她的行為並不是一般考慮自殺的人會做的事。一個怕高的女人不會選擇跳橋，不會赤身裸體做這種事，也不會在身上寫侮辱性字眼。她這個年紀的女性通常很講究身材，會穿好看的衣服，也很在意自己的外表。」

「教授，你只是在找藉口而已。那位女士是自己跳下去的。」

「她當時在講電話，對方可能說了什麼。」

「對方可能告訴她壞消息：親人過世或是診斷結果堪憂。誰知道呢，她搞不好和男朋友吵架，而對方甩了她。」

「她沒有男朋友。」

「是她女兒告訴你的嗎？」

「為什麼跟她講電話的人沒有站出來？如果一個女人威脅要跳橋，一般人應該會報警或叫救護車吧。」

「他可能結婚了，不想涉入這件事。」

她沒有被我說服。我有一個理論，但沒有確鑿的證據支持。理論是透過堅持不懈以及持續增加其重要性來成為永恆的事實，但謬論經過同樣的過程不會化為事實。

薇若妮卡．柯雷盯著我開始抽搐的左手臂，我的肩膀甚至因此抖了一下。我把手臂按住。

「你為什麼覺得惠勒太太怕高？」

「是黛西告訴我的。」

「而你相信她——她是個精神受到打擊，傷心欲絕的少女；她無法理解為何生命中最重要的人會拋棄她……」

「警察有搜她的車嗎？」

「我們有找到車子。」

她答非所問，她也心知肚明。

「車子現在在哪裡？」我問道。

「在警局保管庫。」

「我可以看嗎？」

「不行。」

她不知道我想做什麼，但無論如何，我都會對警方造成麻煩，因為我質疑警方的調查結果。

「教授，這不是我的案子，而且我有真正的犯罪事件要破案。這是自殺，死於重力，我們兩個都親眼看到了。自殺本來就沒道理，因為毫無意義。還有我要告訴你，大部分的人都不會留遺書，他們只會突然崩潰，大家都不知道發生了什麼事。」

「她沒有表現出——」

「讓我講完。」她咆哮道，語氣聽起來像是命令。我臉頰發燙，覺得很尷尬。

「看看你，教授，你生病了。難道你每天早上起床都心想，哇，活著真好？還是有時候，你會看著顫抖的四肢，想到等著你的未來，就在那一瞬間，考慮找其他出路？」

她往後靠著椅子，盯著天花板，說：「我們都會經歷那一刻。我們都背負著自己的過去——所有錯誤的決定，所有的悲傷。你說克莉絲汀．惠勒是個樂觀主義者，她愛她女兒，也愛自己的工作，但你並不真的了解她。或許是那些婚禮讓她感到沮喪的。那些童話故事、白色婚紗、鮮花和結婚誓詞，或許這一切都讓她想到自己的婚禮，但她的婚姻卻沒能如她所願。她的老公離開了，她獨自撫養了一個小孩。我不知道真相，沒人知道。」

督察長將頭往左右倒，伸展頸部肌肉。她還沒說完。

「你感到內疚，我可以理解。你覺得你應該要救她，但橋上發生的事情不是你的錯。你已經盡你所能，大家都看在眼裡，但現在你讓糟糕的情況變得更糟了。把黛西送回學校，然後就回家吧。這件事情已經跟你無關了。」

「如果我跟妳說，我聽到了什麼呢？」我說。

她停頓了一下，用狐疑的眼神看著我。

「在橋上，我試圖跟克莉絲汀．惠勒對話時，我好像聽到了電話另一頭的人對她說的話。」

「你聽到了什麼？」

「三個字。」

「是什麼？」

「跳下去！」

我看到警探身上的細微變化，那三個字似乎讓她無意間稍微縮起身體。她看了一眼自己那雙方正的大手，然後又直視我的眼睛，絲毫沒有侷促不安的樣子。她並不想要繼續辦這個案子。

「你說你『好像』聽到了？」

「對。」

她心中的疑竇轉瞬即逝。她已經合理化可能的結果，並且只權衡了不利的一面。

「這個嘛，我想你應該把這件事告訴驗屍官，我相信他聽到一定會很高興。誰知道呢，也許你能夠說服他，但我嚴重懷疑這點。就算電話另一頭是上帝本人，我也不在乎。你沒辦法逼一個人跳下去，至少不是用那種方式。」

對向來車的前燈掃過車內，然後車子駛入黑暗中。

黛西抬起頭，從擋風玻璃看出去。

「那個警探不肯幫忙，對吧？」

「對。」

「所以你要放棄了。」

「黛西，你希望我怎麼做呢？我不是警察，不能逼他們調查。」

她別過頭並聳起肩膀，彷彿不想再聽到任何一句話。我們又默默開了一、兩公里。

「我們要去哪？」

「我要送妳回學校。」

「不要！」

她強硬的語氣嚇了我一跳。後座的艾瑪身體縮了一下，看著我們。

「我不回去。」

「黛西，我知道妳很有自信，但我不認為妳徹底了解現在的狀況。妳媽媽不會回來了，而妳也不會因為她不在，就一夕之間長大成人。」

「我已經十六歲了，可以自己做決定。」

「妳不能一個人回家。」

「我會住飯店。」

「妳要怎麼付錢？」

「我身上有錢。」

「妳肯定有其他家人吧。」

她搖搖頭。

「那外公外婆呢？」
「我有點短缺。」
「什麼意思？」
「我只剩外公，而且他會流口水。他住在養老院。」
「還有其他親戚嗎？」
「有一個阿姨，她住在西班牙，是媽媽的姊姊。她經營一間驢子庇護所，應該是驢子啦，還是毛驢，我不知道有什麼區別。我媽說她是平民版的碧姬．芭杜[13]，但我不知道她是誰。」
「一個電影明星。」
「隨便啦。」
「那我們打給妳阿姨。」
「我才不要跟驢子住。」
肯定還有其他辦法……其他名字。她母親有朋友，肯定有人能照顧黛西幾天。黛西沒有他們的電話號碼，她甚至不想幫我找人。
「我可以住你們家。」她說，並把舌頭貼在臉頰內側，好像嘴裡含著一顆硬糖一樣。
「我不認為那是個好主意。」
「為什麼？你們家夠大，而且你在找保姆，我可以幫忙照顧艾瑪，她喜歡我……」
「我不能讓妳待在我們家。」
「為什麼？」
「因為妳十六歲，應該去上學才對。」
她伸手拿包包，說：「停車，放我下車。」
「我不能那麼做。」

她把車窗搖下來。

「妳在做什麼？」

「我要喊強姦或綁架之類的，只要能讓你停車放我下去就好。我才不要回學校。」

艾瑪的聲音從後座傳來，打斷了我們：「不要吵架。」

「什麼？」

「不要吵架。」

她用嚴肅的眼神看著我們。

「親愛的，我們不是在吵架。」我解釋道。「我們只是在討論嚴肅的話題。」

「我不喜歡吵架。」她說。「吵架不好。」

黛西大笑，眼神十分強硬。她這股自信是哪來的？她是怎麼變得如此無所畏懼的？

我在下一個圓環回轉。

「我們現在要去哪？」黛西問道。

「回家。」

---

13 譯註：Brigitte Bardot，法國電影女明星，少女時便以美貌聞名，自一九七三年息影後成為積極的動物保護運動分子。

第十章

如果黛西是個悲痛的丈夫或朋友，我們就會去酒吧喝得爛醉，然後搖搖晃晃地走回家，打開天空體育台，看幾場加拿大默默無聞的冰上曲棍球比賽，或是那個一邊越野滑雪一邊射擊的奇怪運動。男人就會做那種事。酒精無法代替眼淚，只是滋養心中的哀愁，不會像在公開場合落淚那麼尷尬，也不會用掉一大堆衛生紙。

根據我過去諮商時的經驗，青少女就比較棘手了。她們更容易苦惱、不吃東西、情緒憂鬱或生活靡爛。黛西是個奇特的生物，她不會像查莉和艾瑪一樣喋喋不休；她表現得很成熟，口齒伶俐且充滿自信。但在虛張聲勢的表象之下，她只是個受傷的孩子，對世界的了解比美術館裡的盲人女孩還要少。

碗盤一收拾乾淨，她就進客房睡覺了。幾分鐘前，我在門外停下來，把耳朵貼在漆過的木門上，聽到她好像在哭，但也可能是我想像出來的。

我該怎麼做呢？我無法調查她母親的死因。或許柯雷督察長是對的，永遠不會有人知道真相。

我坐在書房裡，張開手掌放在桌上觀察。我的左手不住顫抖，絲毫不受控制，但我今天不想再吃藥了。我的劑量已經太高了，而且藥效只會越來越差。文森．盧伊茲的電話號碼在辦公桌墊上。

盧伊茲是倫敦警察廳的前督察長。五年前，我的一個前病人在倫敦大聯盟運河旁被刺殺之後，他以涉嫌謀殺為由逮捕了我，因為被害者的日誌裡寫了我的名字。說來話長，過去的事就讓它過去吧。

從那之後，盧伊茲就成了我人生中的配角之一，時不時會出現，為一成不變的生活增添色彩。在他退休前，他常常會不請自來，跑來我們家吃晚餐，和茱麗安調情，並針對他最近在調查的謀殺案向我請教。他會替女孩們搔癢、喝太多酒，然後睡在我們家沙發上。

茱麗安對盧伊茲的好感度比那男人的肝臟還要大，從這點就能看出後者多麼會喝酒，以及前者多麼會吸引單身漢。

我試了三次，才成功輸入盧伊茲的電話號碼。電話開始響。

「嗨，文森。」

「喂，嗨，這不是我最愛的心理醫生嗎？」

他的聲音和身體一樣，都是外軟內硬，就像裹在痰裡的礫石一樣。

「前幾天晚上我有在一個真人實境節目看到你。」他說。「好像叫做十點新聞。你把一個女人丟下橋耶。」

「她是自己跳下去的。」

「哈哈，是喔。」他笑道。「難怪你的學經歷這麼亮眼。你美麗的老婆過得好嗎？」

「她在莫斯科。」

「一個人嗎？」

「跟她的老闆。」

「為什麼我不能當她的老闆？」

「因為你對高級金融一竅不通，而你對大型化的想法就是買一條大一點的褲子。」

「還真是一針見血。」

我聽到玻璃杯裡的冰塊叮噹作響。

「要不要來西南部待個幾天？」

「不要，我對綿羊過敏。」

「我需要你的幫忙。」

「有求於人要誠懇一點，寶貝。」

我告訴他關於克莉絲汀．惠勒和黛西的事，用條列式敘述整理過去十二小時發生的事情，這對前警察來說幾乎就像是第二語言一樣。我沒說的部分盧伊茲能自己推斷出來，我根本沒提到柯雷督察長，他卻準確預測了警方的反應。

「你確定嗎？」

「就目前所知的資訊，是的。」

「你需要什麼？」

「在墜落前，克莉絲汀．惠勒有用手機跟某人通話，有辦法追蹤那通電話嗎？」

「他們找到手機了嗎？」

「手機沉到雅芳河底了。」

「你知道那位女士的電話號碼嗎？」

「黛西知道。」

沉默片刻後，他開口道：「我認識一個在英國電信工作的安全顧問。我們要竊聽電話或追蹤通話時，就會找他幫忙，不過都是光明正大的。」

「當然。」

我能聽到他在做筆記，甚至能想像出他隨身攜帶的大理石紋筆記本，裡面塞滿了名片和紙片，並用橡皮筋綁好固定。

我又聽到冰塊在酒杯裡的碰撞聲。

「如果我下去索美塞特郡，我可以跟你老婆睡嗎？」

「不行。」

「鄉下人不是應該要很好客嗎？」

「我們家有點擠，你可以住酒吧。」

「好吧，那樣也不差。」

通話結束了，我便把寫有盧伊茲電話號碼的紙條放入抽屜。這時，有人敲了門。查莉走了進來，一屁股側坐在一張扶手椅上，雙腳掛在一邊的扶手上。

「嗨，爸。」

「嗨。」

「你在幹嘛？」

「沒幹嘛，那妳呢？」

「我明天要考歷史。」

「妳剛剛在念書嗎？」

「對呀。你知道嗎？古埃及人對法老進行防腐處理時，會用鉤子從左鼻孔取出他們的大腦。」

「我不知道耶。」

「然後他們會把屍體放在鹽上乾燥。」

「是喔？」

「對呀。」

查莉有個問題想問，但需要一點時間選擇措辭。她就是那種用詞精準的人，不會「呃」、「啊」或停頓很長的時間。

「她為什麼在這裡？」

她是指黛西。

「她需要找地方住。」

「媽知道嗎？」

「還不知道。」

「如果她打電話來，我要怎麼跟她說？」

「讓我來說吧。」

查莉盯著她的膝蓋。她是個深思熟慮的人，我思考事情可能從來沒有像她那麼深入過。有時她會思考好幾天，構想一個理論或意見，然後突然講出來，但大家早就已經沒在想那件事，或是忘了原本討論的內容。

「前幾天晚上新聞報導的那個女人，就是跳橋的那個。」

「她怎麼了嗎？」

「那是黛西的媽媽。」

「對。」

「我應該對她說些什麼嗎？我的意思是，我不知道應該要迴避這個話題，還是假裝沒事。」

「如果黛西不想談的話，她會跟妳說。」

查莉點頭同意，問道：「會有喪禮之類的嗎？」

「幾天後會舉辦。」

「那她媽媽現在在哪裡？」

「在太平間，那是他們……」

「我知道。」她回答，突然聽起來很成熟。她又停頓了很長一段時間，然後說：「你有看到黛西的運動鞋嗎？」

「怎麼了嗎？」

「我也想要一雙一模一樣的。」

「好，還有嗎？」

「沒了。」

查莉把馬尾甩過一邊肩膀，便揚長而去。

書房裡剩我一個人了。有一疊家庭費用帳單和發票要分類、繳納或歸檔。茱麗安把她的工作收據分開裝在一個信封裡。

關上抽屜時，我注意到地上有一張皺巴巴的收據。我把收據撿起來並攤平在辦公桌墊上。飯店名稱以優美的字體印在最上方。這是早餐客房服務的帳單，包括香檳、培根、蛋、水果和糕點。茱麗安這次花大錢了，她通常只吃什錦穀麥或水果沙拉。

我把帳單揉成一顆球，準備把它丟掉，但不知為何，我的手卻停在半空中。我的內心萌生了一個疑問、一絲不安，但那種混亂的感覺很快就消散了。外面太安靜了，我不想要聽到自己思考。

第十一章

開鎖需要靈活運用所有的感官。要用視覺辨識品牌和型號，用嗅覺確認鎖最近是否有潤滑過，用味覺辨識出潤滑油，再用觸覺和聽覺來揭開它的祕密。

每道鎖都有自己的個性，時間和天氣會改變其特性，溫度、溼度和凝結都會造成不同的影響。開鎖器伸進去後，我閉上眼睛，用耳朵和手去感覺。開鎖器在彈子間上下穿梭時，我必須施加一定的力道以測量其阻力。這需要靈敏度、嫻熟的技巧、專注力和分析式思考。狀況多變，但也有規則可循。

這是一道通過「UL 437」認證的高安全性鎖，有六個彈子，其中有一些是蕈狀的。鑰匙孔呈彎曲狀，宛如一個畸形的閃電。保險業者認為以這道鎖的難度來說，需要二十分鐘才能開鎖，但我能在二十三秒內解決。這當然需要好幾小時、好幾天，甚至好幾週的練習才能做到。

我還記得自己第一次闖進別人家的經驗，地點是在德國多特蒙德以北八十公里的奧斯納貝克。屋主是一位替我妻子諮商的軍牧，他會在我不在的時候去找她。我把他的狗分屍後，分別放在冷凍庫、浴缸和洗衣機裡。

我入侵的第二個地點是騎士橋的特種部隊俱樂部，距離哈洛德百貨的後門只有幾步之遙。那是一個私人俱樂部，僅限情報機構和特種空勤團[14]的現任和前任成員參加，建築物甚至沒有門牌。然而我無法成為會員，因為我太菁英了，菁英到甚至沒人聽過我這個人。我是個碰不得、不可名狀的存在。

我有穿牆的能力，再厲害的鎖都會在我手中粉碎。開鎖器穿過彈子時，就好像在彈奏擁有不同音調和音色的琴鍵。側耳傾聽，那就是最後一個音。門打開了。

我走進公寓，小心翼翼地踏在拋光的木頭地板上。我的工具已經包好收起來了，現在需要的是手電筒。

那賤人很有品味，這是錢買不到的。她沒有一件傢俱是需要組裝或用到內六角扳手的。茶几是純銅打造，陶瓷碗則是手繪的。

我確認市內電話的位置。廚房有一個無線電話主機，客廳和主臥房各有一個充電底座。

我一一巡房，打開櫥櫃和抽屜，在腦海中勾勒出公寓的布局。有信件要閱讀、帳單要瀏覽，還有電話號碼和照片要研究。電話附近立了一張生日邀請卡。

我還能找到什麼情報呢？這裡有一個顏色鮮艷的信封，裡面的高級信紙寫著：誠摯邀請您參加婚前派對。最下面還有人草草寫了一句：記得帶舞鞋。

公寓裡有三間臥房，最小間的是一個小孩的房間。牆上貼著酷玩樂團的海報，旁邊則掛了《哈利波特》月曆。房間裡擺了馬的照片和小馬俱樂部的玫瑰花結。她的睡衣放在枕頭底下。窗台的掛鉤上掛了一個水晶吊飾。角落箱子裡的絨毛玩具多到都滿出來了。

主臥房裡面有浴室，櫃子裡塞滿了口紅、身體磨砂膏、指甲油，以及從各種飯店和飛機上拿的免費沐浴用品。最底層的抽屜裡藏了一個人造皮草化妝包，裡面裝了一個粉紅色的小按摩棒和一副手銬。

氣壓變化使一扇窗戶嘎嘎作響。樓下的大門打開了，導致樓梯間的空氣流動產生變化。我聽到了腳步聲。我豎起耳朵，靜靜站在臥室裡。一串鑰匙叮噹作響，其中一把滑入門鎖並轉動。

門打開又關上了。我能夠感受到腳底下的輕微震動，也能聽到他們的聲音。他們脫下大衣，掛在掛鉤上。有人在茶壺裡裝滿水。門外傳來了笑聲和食物的味道——是外帶餐點，某種有香菜和椰奶的亞洲料理。我聽到食物被舀到盤子裡的聲音，以及電視機前的咀嚼聲。

飯後，他們把碗盤收拾乾淨。有人來了。我馬上隱身於黑暗中，躲進衣櫃裡，並用衣服遮住自

---

14 譯註：Special Air Service，簡稱ＳＡＳ，英國陸軍的一支特種部隊單位，會執行隱蔽偵察、反恐和人質營救等任務。

己。我呼吸著那賤人的氣味，那變質的香水味與汗臭味。小時候，我很喜歡跟哥哥玩捉迷藏，享受那種菊花一緊、膀胱緊縮的興奮感，以及怕被發現的恐懼。有時我會蜷縮起來，盡量不要呼吸，但我哥哥總是能找到我。他說正是因為我太努力不要發出聲音，他才能聽到我。

門前閃過一道人影。我從傾斜的鏡子裡看到那賤人的倒影。她走進廁所，拉起裙子，並拉下絲襪。她的大腿和蠟一樣蒼白。她起身沖水，接著轉向鏡子，身體前傾檢查面容，輕拉眼睛周圍的皮膚。她開始自言自語，但我聽不到她說了什麼。她把絲襪丟到一邊，並高舉雙手，一件睡袍滑下她的肩膀，下襬垂到膝蓋左右。

她的女兒回房間了。我聽到書包被丟在角落的聲音，以及蓮蓬頭的水聲。過了一會兒，她進來道晚安，她們互送飛吻，母親摸摸女兒的頭，祝她做個好夢。

現在只剩我跟那賤人了。一家之主不在；他已經被趕出去、被驅逐、被忽略、被剝奪權利了；國王已死，王后萬歲！

她打開了電視，坐在床上不斷轉台，眼裡映照出正方形的電視螢幕。她沒有認真在看電視，而是拿起了一本書。她有感覺到我的存在嗎？她有沒有背脊發涼或是忐忑不安的感覺，彷彿鬼魂在她的墳墓上留下腳印一樣？

她死前聽到的會是我的聲音，我的話語。我會問她害不害怕；我會撬開她的心房；我會讓她的心臟停止跳動；我會把她打倒在地，並以她血淋淋的嘴巴為食。

什麼時候？

就快了。

第十二章

今天早上，我的雙腳不想動，我必須嚴厲斥責它們，並靠意志力才能讓雙腳下床。我站了起來，並穿上睡袍。已經超過七點了，查莉應該要叫我起床的，她上學要遲到了。我喊她的名字，但沒有人回答。

孩子們不在臥房裡。我走下樓，看到廚房餐桌上有兩碗已經軟掉的早餐麥片，牛奶還沒放回冰箱裡。

電話響了，是茱麗安打來的。

「喂。」

我沉默了一秒，然後說：「喂。」

「你好嗎？」

「很好啊。羅馬怎麼樣？」

「我在莫斯科，羅馬是上週的事了。」

「喔，對。」

「你還好嗎？」

「還好，只是剛起床而已。」

「兩個小美女有乖嗎？」

「都是乖寶寶。」

「為什麼我在家的時候，她們都會調皮搗蛋，但在你身邊就是乖寶寶？」

「我有賄賂她們啊。」

「這我記得。你找到保姆了嗎？」

「還沒。」

「發生了什麼事？」

「我還在面試人。我想找德蕾莎修女。」

「她早就死了耶。」

「那史嘉蕾．喬韓森呢？」

「我才不要讓史嘉蕾．喬韓森顧我們家小孩。」

「現在是誰在挑啦？」

她笑了出來，然後問：「我可以跟艾瑪說話嗎？」

「她現在不在這裡。」

「她在哪裡？」

我看著敞開的門，聽到了話筒中我自己呼吸的沙沙聲。「在院子裡。」

「所以雨停了嗎？」

「對啊。出差都還好嗎？」

「有點棘手。俄羅斯人遲遲不簽約，因為他們想要更多好處。」

我站在水槽邊，看出窗外。下面的玻璃布滿了凝結的水珠，上面的玻璃則框出了一方藍天。

「真的沒有什麼事情嗎？」她問道。「你聽起來很奇怪。」

「我沒事啦。我很想妳。」

「我也想你。我得掛了，掰掰。」

「掰掰。」

我聽到電話掛斷的聲音。就在這時，艾瑪從後門蹦蹦跳跳地進來，黛西則跟在後面。少女抓住小女孩，並緊緊擁抱她，兩人都笑得很開心。

黛西穿著一件茱麗安的洋裝，她肯定是在放乾淨衣服的籃子裡找到的。從門外灑入的光線勾勒出她的身體輪廓。少女好像都不會冷。

「妳們去哪了？」

「我們只是去散步而已。」她語帶防備。艾瑪把雙手伸向我，我便把她抱起來。

「查莉呢？」

「在去學校的路上，我跟她一起走到公車站。」

「妳應該告訴我的。」

「你在睡覺啊。」她說，並用屁股輕輕把我推開，然後拿起麥片碗。

「妳應該要留張紙條的。」

她把水槽裝滿熱肥皂水。她第一次注意到我的手臂在抽搐，腳也跟著痙攣。我沒有吃早上的藥。

「你為什麼在抖？」

「我有帕金森氏症。」

「那是什麼？」

「是一種慢性神經退化疾病。」

黛西拉了一下內衣肩帶，問道：「那會傳染嗎？」

「不會。我會顫抖，然後要吃藥。」

「就這樣？」

「差不多。」

「我朋友潔絲敏得了癌症，後來做了骨髓移植。她的光頭看起來很酷，但我覺得我應該沒辦法，我還寧願死了算了。」

她的最後一句話帶有青春期獨有的直率和誇飾。只有青少年會把長青春痘視為一場大災難，或是只擔心得白血病掉髮會變醜。

「今天下午，我會去找妳的校長……」

黛西開口準備抗議，但我打斷她：「我會跟她說妳要請幾天假，等辦完喪禮或妳決定下一步為止。她會問一些問題，也會想知道我是誰。」

黛西沒有回答，只有默默轉頭，繼續在水槽洗盤子。

我的手臂在顫抖。我得去沖澡和換衣服。上樓梯時，我聽到她丟下一句話。

「記得吃藥。」

盧伊茲十一點多抵達。他開的是早期型號的森林綠賓士，擋泥板和車門下方都濺滿了泥巴。廢氣排放法規生效後，這種車子肯定會被取締，因為他每加滿一次油，一整片太平洋環礁就會消失。

他退休後變胖了，頭髮也留長到剛好超過耳朵。我看不出來他對現在的生活是否滿足。我覺得幸福這個概念和盧伊茲完全搭不上邊。他像相撲選手一樣直面這個世界，拍打大腿，與世界角力。

他還是像往常一樣穿著邋遢，面容憔悴，握手時的手勁很強，而且完全不會顫抖。我真羨慕他。

「謝謝你過來。」我說。

「朋友不就該如此嗎？」

他說這句話完全沒有諷刺意味。

黛西站在大門口，她穿那件洋裝看起來就像個精靈少女。我還來不及介紹她，盧伊茲就把她誤認成查莉，一把摟住她的腰，抱著她轉圈圈。

她在他的懷裡掙扎，說：「放我下來，你這個變態！」

盧伊茲突然把她放下來，然後看著我。

「你說查莉長大了。」

「沒有長那麼大。」

我不知道他是否覺得尷尬，要怎麼看出來呢？黛西拉下洋裝的裙襬，並撥開擋住眼睛的頭髮。

盧伊茲微微鞠躬，微笑道：「小姐，我無意冒犯，我把妳誤認成公主了。我認識一對住在這附近的夫婦，他們閒來無事就會把青蛙變成王子。」

黛西看著我，一臉疑惑，但她知道這是稱讚，臉頰上泛起的紅暈跟寒冷的天氣完全沒有關係。這時，艾瑪沿著小徑飛奔而來，撲進他的懷裡。盧伊茲把艾瑪高舉在空中，似乎在估算他可以把她丟得多遠。艾瑪總是叫他嘟達，我也不知道為什麼，但自從她會說話以來，每次盧伊茲來訪，她就會這樣叫他。她碰到大人都會很害羞，但盧伊茲是例外。

「我們得走了。」他說。「我可能找到了可以幫我們的人。」

黛西看著我，問道：「我可以一起去嗎？」

「我需要妳幫忙顧艾瑪，只要幾小時就好。」

盧伊茲已經準備上車了。我在副駕駛座的車門前停了下來，回頭看黛西。我對這個女孩幾乎一無所知，而我現在要把她和我的小女兒單獨留在家裡。茱麗安肯定會有意見，或許這部分不要告訴她比較好。

我們往西邊布里斯托的方向開，沿著塞文河口海岸公路前往波蒂斯希德。海鷗乘著狂風，在屋頂上方盤旋。

「她滿漂亮的。」盧伊茲說。他用手掌頂著方向盤，手指懸空。「她住你們家嗎？」

「會住個幾天。」

「茱麗安怎麼說？」

「我還沒跟她說。」

他的表情沒有任何變化。「你認為黛西有告訴你關於她母親的一切嗎？」他問道。

「我不認為她在說謊。」我回答，但我們都知道我答非所問。

我告訴他週五吊橋上的事發經過，描述克莉絲汀．惠勒臨死之前的狀況；她的衣服丟在家裡電話旁邊的地上；還有她靠在茶几上時，用口紅寫下某個訊息。

「她有約會對象嗎？」

「沒有。」

「有財務問題嗎？」

「有，但她好像沒有太擔心。」

「所以你覺得有人威脅她嗎？」

「對。」

「怎麼威脅？」

「我不知道，可能是勒索、恐嚇……她非常害怕。」

「她為什麼不報警？」

「或許她沒辦法報警。」

我們轉進一個新商業園區，到處都是金屬和玻璃構成的辦公大樓。新栽種的花圃與灰色的瀝青路面形成了鮮明的對比。

盧伊茲轉進停車場。電鈴旁邊掛了這棟大樓唯一的招牌：快網電信。櫃台人員不知道有沒有二十歲，她穿著鉛筆裙和白色罩衫，但牙齒比衣服更加雪白。她露出迷人的笑容，即使看到盧伊茲，表情也完全沒有垮下來。

「我們要找奧利弗．拉布。」他說。

「請稍坐一下。」

盧伊茲比較想站著等。牆上貼著海報，海報上年輕的俊男美女在用手機聊天，那些名牌手機顯然帶給他們無上的幸福、豐厚的財富以及性感的約會對象。

「試想一下，如果人類更早發明手機，卡斯特[15]就能召集騎兵團了。」盧伊茲說。

「保羅．里維爾[16]也不用大老遠跑一趟了。」

「納爾遜[17]可以從特拉法加傳訊息回家。」

「要寫什麼？」

「今晚不會回家吃晚餐。」

櫃台人員回來了。我們被帶到一間擺滿螢幕和架子的房間，架上擺滿了軟體使用手冊。這房間有新電腦那種成模塑膠、溶劑和黏合劑的味道。

「這個叫奧利弗．拉布的人是做什麼的？」我問道。

「他是通訊工程師，而且我在英國電信的朋友說他是最優秀的。有些人修手機，他修的是衛星。」

「他可以追蹤克莉絲汀．惠勒的最後一通電話嗎？」

「這就是我們要問他的。」

15　譯註：George Armstrong Custer，美國陸軍軍官，曾任第七騎兵團（U.S. 7th Cavalry Regiment）的中校團長，以驍勇聞名。一八七六年率領兩百餘騎兵，不幸遭三千名印第安人戰士全數殲滅。

16　譯註：Paul Revere，美國獨立戰爭時期的一名愛國者。他最著名的事蹟是在一七七五年四月十八日，雷星敦和康科德戰役（Battles of Lexington and Concord）前夜，快馬趕往雷星敦報信。

17　譯註：Vice Admiral Horatio Nelson, 1st Viscount Nelson，英國著名海軍將領及軍事家，在一八〇五年的特拉法加海戰擊潰法國及西班牙組成的聯合艦隊，但自己也中彈陣亡。

奧利弗．拉布突然從另一扇門走進來，我們差點被他嚇到。他很高但有點駝背，沒有頭髮，所以他鞠躬並用那雙大手和我們握手時，感覺他好像在展示自己的禿頭一樣。他似乎集各種怪癖於一身，認為使用領結和吊帶是基於實用性而非時尚。

「問吧，問吧。」他說。

「我們在查一個手機門號的來電紀錄。」盧伊茲回答。

「這是正式調查嗎？」

「我們在協助警察。」

不知道盧伊茲這麼會說謊，是不是因為他和很多騙子打過交道。

奧利弗登入電腦，開始進行一連串的密碼認證。他輸入克莉絲汀．惠勒的手機號碼。「其實透過查看通話紀錄，可以獲得一個人的許多情報喔。」他一邊瀏覽螢幕，一邊說。「幾年前，麻省理工學院有人做了一個博士研究，把一百支手機免費送給學生和員工。接下來九個月，他監控了這些手機，記錄了超過三十五萬小時的數據。他沒有監聽電話，他只想要電話號碼，以及通話的時間、地點和時間長度。

「研究結束後，他知道的就遠遠不只這些了。他知道每個人的睡眠時間、起床時間、上班時間、購物地點、最好的朋友、最愛的餐廳、夜店、常去的地方和度假勝地。他能分辨出哪些人是同事，哪些是戀人，而且他能以百分之八十五的準確率預測人們接下來會做什麼。」

盧伊茲轉過頭來看我，說：「教授，那聽起來像是你的專業領域。你的準確率有多少？」

「我處理的是偏差，不是平均值。」

「說得好。」

畫面更新後，跳出了克莉絲汀．惠勒的帳號和手機使用詳細資料。

「這些是她過去一個月來的通話紀錄。」

「那週五下午呢？」

「她當時人在哪裡？」

「在克利夫頓吊橋，大概五點左右。」

奧利弗輸入新的搜尋條件。一大堆數字出現在螢幕上，閃爍的游標似乎在讀取那些數字，最後卻一無所獲。

「這沒道理啊。」我說。「她跳橋前明明就在講電話。」

「或許她在自言自語吧。」奧利弗回答。

「不是，有另一個聲音。」

「那就代表她有另一支手機。」

我的腦中跑過各種疑問和可能性。第二支手機是哪來的？為何要換手機？

「資料有可能是錯的嗎？」盧伊茲問道。

奧利弗聽了有點生氣，說：「就我的經驗來說，電腦比人還可靠。」他用手指撫摸螢幕頂部，好像擔心電腦會感到受傷一樣。

「可以再解釋一次這是怎麼運作的嗎？」我問道。

他聽到這個問題似乎很開心。

「手機基本上就是高級的無線電，和對講機沒有太大的差別。對講機的訊號傳輸範圍大概一、兩公里，民用波段無線電大概八公里，但手機的範圍很廣，因為可以在基地台之間跳來跳去，不會失去信號。」

他伸出手，說：「給我看看你的手機。」

我把手機遞給他。

「每支手機都有兩種辨識方法。手機識別碼是由服務供應商所指配的，類似有三碼區號和七碼電話號碼的固定電話。電子序列號是製造商指配的三十二位元二進位號碼，永遠無法改變。

「你的手機收到來電時，訊息會從電話網路傳到你手機附近的基地台。」

「基地台？」

「一個電話塔台，你可能有在建築物頂端或山頂看過。你的手機會偵測到塔台發出的無線電波，塔台也會分配一個電話通道，才不會用到合用線。」

奧利弗的手指仍在敲打鍵盤。「每通撥打或接聽的電話都會留下數位記錄，就像沿路灑麵包屑一樣。」他說。

他指著螢幕上一個閃爍的紅色三角形。

「根據通話紀錄，惠勒太太的手機最後一次接到電話是週五中午十二點三十六分。電話是透過上布里斯托路的塔台發出的，在阿爾比恩大樓上。」

「那距離她家不到兩公里。」我說。

「很有可能是最近的塔台。」

盧伊茲從他身後看螢幕，問道：「我們可以看是誰打給她的嗎？」

「另一支手機。」

「是誰的手機？」

「你需要搜查令才能取得那種資訊。」

「我不會說出去的。」盧伊茲回答，聽起來就像一個想在腳踏車棚後面偷親別人的小男生。

「通話是何時結束的？」我問道。

奧利弗轉回去面對螢幕，叫出一張布滿數字的新地圖，說：「真有趣，訊號改變了，代表她在移動。」

「你怎麼知道？」

「這些紅色三角形是手機基地台的位置。建成區的基地台通常間隔三公里，但鄉下地區可能會相距超過三十公里。

「遠離一個塔台時，訊號強度會減弱。下一個基地台，也就是你移動方向的塔台，會注意到信號增強了。兩個基地台會協調，並將通話轉移到新塔台，但那是一瞬間發生的事，快到我們很少會注意到。」

「所以克莉絲汀．惠勒出門時還在講電話嗎？」

「看起來是這樣。」

「你能看出她去哪了嗎？」

「如果時間足夠的話。記得我剛才說的麵包屑嗎？可能需要幾天的時間。」

盧伊茲突然對這科技產生了興趣，拉張椅子坐了下來，仔細盯著螢幕。

「中間有三小時的空白，或許我們能查出克莉絲汀．惠勒去了哪裡。」

「只要她有隨身攜帶手機就可以。」奧利弗回答。「手機開啟時，會發送一個『ping』信號，尋找範圍內的基地台，可能會找到兩個以上，但會選擇訊號最強的塔台。『Ping』其實是一個不到四分之一秒的超短訊息，但會包含手機的識別碼和電子序列號，也就是數位指紋。基地台會儲存這個資訊。」

「所以你能追蹤任何手機。」我說。

「只要有開機就可以。」

「定位多準確啊？你能找到確切的位置嗎？」

「不行，這不像GPS，最近的塔台可能在好幾公里外。如果有三個以上的塔台，或許可以用三角測量法測定出更準確的訊號位置。」

「多準確？」

「可以找到訊號所在的街道，但建築物當然沒辦法。」他看到我不敢置信的表情，忍不住笑了出來。「你的電信服務供應商好朋友可不喜歡大肆宣傳這種事。」

「警察也是。」盧伊茲補充道。他開始做筆記，並圈出了一些細節。我們知道克莉絲汀．惠勒在週五下午最後走到了克利夫頓吊橋。她在某個時間點不再使用自己的手機，開始用另一支手機，是何時發生的？原因又是什麼？

奧利弗推開辦公椅，滑到房間另一頭的另一台電腦前，用手指敲打鍵盤。

「我在搜尋那個區域的基地台。如果我們從五點往前推，或許就能找到惠勒太太的手機。」他指著螢幕說：「附近有三個基地台，最近的在塞恩山，維多利亞女王大道底部。塔台在王子大廈的屋頂上。第二近的則在一百八十公尺外的克利夫頓圖書館屋頂。」

他在搜尋引擎輸入克莉絲汀．惠勒的手機號碼，並更新畫面。

「找到了！」他指著螢幕上的一個三角形說。「她下午三點二十分在這一區。」

「跟同一個人通話嗎？」

「似乎是，這通電話在下午三點二十六分結束。」

盧伊茲和我互看。「那另一支手機是哪來的？」他問道。

「不是有人給她的，就是她本來就帶在身上。黛西沒有提到有另一支手機。」

奧利弗也在旁邊聽我們討論，這項調查漸漸引起了他的興趣。「你們為什麼對這個女人這麼感興趣？」他問道。

「她從克利夫頓吊橋跳下去了。」

他緩緩吐出一口氣，讓他瘦削的臉變得更像骷髏頭。

「一定有什麼辦法可以追蹤橋上的那通電話吧。」盧伊茲說。

「沒有電話號碼就不行。」奧利弗回答。「每十五分鐘就有八千通電話通過最近的基地台。除非我們可以縮小搜尋範圍……」

「那通話時間呢?克莉絲汀・惠勒在吊橋邊緣站了一小時，其間一直在講電話。」

「通話不是按時間長度記錄的。」他解釋道。「我可能需要好幾天的時間才能把這些資料分離出來。」

我想到了另一個辦法。「有幾通電話在五點零七分結束?」我問道。

「為何是那個時間點?」

「她就是在那時跳下去的。」

奧利弗轉回去，用鍵盤輸入新的搜尋參數。畫面上出現一連串數字，閃過的速度之快，宛如一道黑白相間的瀑布。

「太厲害了。」他指著螢幕說。「有一通電話在五點零七分結束，而且持續了超過九十分鐘。」他的手指原本沿著畫面上的資料移動，卻突然停了下來。

「怎麼了?」我問道。

「真奇怪。」他回答。「惠勒太太通話對象的手機訊號也是通過同樣的基地台。」

「那是什麼意思?」

「意思是對方不是同樣在橋上，就是在能夠看到橋的地方。」

第十三章

有一群女孩在球場上打曲棍球。藍色百褶裙在沾滿泥巴的膝蓋上方甩動，辮子上下跳動，球棍啪啪作響。「含苞待放」一詞浮現在腦海中。我從以前就很喜歡這個成語，因為會讓我想到自己的童年，以及我想操的女孩們。

體育老師擔任裁判，大喊著不要全擠在一起，要傳球還有跑起來，聲音和哨子一樣尖銳。

「愛麗絲，跟上，認真打。」

我知道其中幾個女孩的名字。有一頭棕色長髮的是露易絲，笑容燦爛的是雪莉，而可憐的愛麗絲從比賽開始到現在都還沒碰到球。

一群少年在紫杉樹下看比賽，一邊打量女孩們並取笑她們。

每次看著那些女孩，我都會想到我的克蘿伊。她年紀比較小，才六歲，不對，已經七歲了，我錯過了她的生日。她很擅長打球，四歲就會接球了。

我幫她做了一個小籃板，高度比較低，她才搆得到。我們以前會一對一單挑，而我總是讓她贏。一開始，她幾乎投不進，但隨著她力氣變大，準頭變好，後來每三球大概可以進兩球了。

曲棍球比賽結束了，女孩們跑到室內換衣服。笑容燦爛的雪莉跑去和男生調情，但被體育老師帶走。

我緊緊捏著一塊白堊，開始在牆壁的石頭封頂上寫字。粉末陷入裂縫深處，我又重新寫了一次，讓一筆一畫更明顯。

克蘿伊

我在名字周圍畫了愛心，愛心被愛神邱比特的箭所射穿，露出了三角形的尖端和綻開的箭羽。然後我閉上眼睛許願，希望願望能成真。

我睜開眼睛，眨了兩下，發現體育老師站在我面前，肩上扛著一根球棍，拳頭緊握著五顏六色的握把布。

她張開嘴巴，說：「快滾，你這個變態，不然我要報警了！」

第十四章

有時候，帕金森先生會拒絕像個大人一樣乖乖吃藥，他會對我開殘酷的玩笑，在公共場合讓我難堪。這種時刻我再熟悉不過了。

我們的身體有成千上萬個我們無法控制的非自主歷程。我們無法阻止心臟跳動、皮膚出汗或瞳孔放大，但對我來說，現在連自主運動都變得不由自主了。我的四肢、下頷與臉部有時會顫抖、抽搐或變得僵硬。我的臉會無預警地變成一副面具，無法微笑以示歡迎，也無法表現出悲傷或擔憂。如果我失去表達情感的能力，那我作為臨床心理學家還有什麼用呢？

「你又在盯著我看了。」盧伊茲說。

「抱歉。」我說完便移開視線。

「我們該回家了。」他的語氣十分溫和。

「還有時間。」

我們冒著寒風坐在星巴克外面，因為盧伊茲不想被別人看到他在這種店裡，他認為我們應該要去酒吧才對。

「我想喝濃縮咖啡，不是啤酒。」我告訴他。

他回嗆道：「你是使喚助理的理髮師嗎？」

「喝你的咖啡啦。」

他的雙手插在大衣口袋裡，就是五年前我第一次見到他時，他身上那件皺巴巴的大衣。他打斷了我在倫敦給妓女辦的一場演講。我想幫助她們在街上保護自身安全，盧伊茲則在偵辦一起謀殺案。

我喜歡他這個人。過度打理自己外表和衣著的男人可能會顯得虛榮且野心勃勃，但盧伊茲早已不在乎別人對他的看法。他就像一件形狀不規則的黑色大型傢俱，散發著菸草和潮溼花呢布料的味道。

讓我印象深刻的另一件事是，即使坐在室內，他也能凝視遠方，彷彿他的視線能夠穿透牆壁，看到外面更清晰、更美好、更賞心悅目的事物。

「你知道我對這個案子最不解的地方是什麼嗎？」他說。

「是什麼？」

「為什麼沒人阻止她？一個全裸的女人走出家門，開車開了二十四公里，然後爬到吊橋的安全圍欄外面，卻完全沒有人阻止她。你能解釋為什麼嗎？」

「這叫做旁觀者效應。」

「明明就是冷漠無情。」他嘟囔著說。

「不是。」

我告訴他姬蒂．吉諾維斯的故事。在六〇年代中期的紐約，這名女服務生在她的公寓大樓外面被攻擊。有四十名鄰居聽到她的求救聲或是看到她被捅，但沒有任何人報警或試圖幫助她。這起攻擊持續了三十二分鐘，她逃脫了兩次，但襲擊者又追上她並再次刺傷她。

最後終於報警的人先打給了朋友，問他該怎麼做，再到隔壁請鄰居幫忙打電話，因為「他不想涉入這件事」。姬蒂．吉諾維斯在警察抵達兩分鐘後就過世了。

這起令人不敢置信的犯罪事件轟動了美國和全世界。群情激憤，人們認為是過度擁擠、城市化和貧困導致當代城市居民的道德和行為無異於籠中鼠。

事件平息後，心理學家做了研究，發現了旁觀者效應。如果一群人目睹一起緊急事件，他們會先看其他人的反應，認為應該由別人帶頭。他們被多數無知所催眠，因而無所作為。

週五下午，肯定有好幾十個人看到了克莉絲汀．惠勒，包括駕駛、乘客、行人、收費員、利林自然保護區的遛狗者人等等，但每個人都認為其他人會出手幫忙。

盧伊茲哼了一聲，似乎仍持懷疑態度。「人類還真討人喜歡啊。」

他閉上眼睛，緩緩吐出一口氣，彷彿想溫暖這個世界。「現在要去哪？」他問道。

「我想去看利林自然保護區。」

「為什麼？」

「看看現場或許能幫助我理解。」

我們從十九號公路出口出來，沿著鄉間道路往克利夫頓的方向開，在球場、農場和溪流之間穿梭。雨下了好幾週才停，隨著洪水退去，溪水又髒又混濁，一小塊一小塊的柏油碎石地面終於開始乾了。

我們從皮爾路開到阿博特斯利路，道路左側的樹木遮住了後面陡峭的峽谷。根據當地的傳說，峽谷是由巨人兄弟文森和格蘭姆用一把鶴嘴鋤鑿出來的。巨人死後，他們的屍體就順著雅芳河漂流而下，在布里斯托灣形成了島嶼。

盧伊茲喜歡這個傳說（還有巨人的名字），或許這種荒謬感正好戳中他的笑點吧。

一道砂岩拱門立在利林自然保護區的入口。一條樹木夾道的狹路通往一個小停車場，是一條死路。警方在這裡發現克莉絲汀·惠勒的車停在落葉之中。除非她有得到明確的指示，或是她之前來過這裡，否則她可能不會知道這個地方。

距離停車場不到三十公尺處有個路標，標示出幾條步道。紅色的步道需時一小時，走三公里到天堂底國家森林邊緣，可以俯瞰峽谷的美景。紫色的步道比較短，但能看到鐵器時代的丘堡斯托克利營地。

盧伊茲走在我前面，偶爾停下來等我跟上。我穿的鞋子不適合走山路，克莉絲汀·惠勒當時也一樣。她當時一定感到十分赤裸、暴露，又冷又害怕。她穿著高跟鞋走這條路，被樹根絆倒，又被灌木叢的刺劃傷。有人對她下達指令，帶她離開停車場。

落葉像雪堆一樣，沿著溝渠堆成一座座小山，微風吹落樹枝上的水珠。潮溼的土壤、腐爛的樹幹和黴菌都散發出天然林的味道，也就是各種撲鼻的臭味。我偶爾會在樹木之間瞥見林地邊界的圍欄，更遠處可以看到房子的屋頂。

在北愛爾蘭問題[18]期間，愛爾蘭共和軍常常會把武器埋在開闊的郊外，利用三個地標的相對位置將武器藏在田野中間，藏匿處本身沒有做任何標記。負責尋找這些武器的英國巡邏兵學會了如何觀察地景，辨識出會吸引目光的特徵，例如顏色不一樣的樹、一堆石頭或傾斜的柵欄。

某方面來說，我也在做同樣的事情——尋找可以標示出克莉絲汀·惠勒最後一趟旅程的參照點或心理指標。我拿出手機檢查訊號強度，有三格，夠強了。

「她走了這條路。」

「你怎能確定？」盧伊茲問道。

「遮蔽物比較少。他想要看見她，也想要她被看見。」

「為什麼？」

「我還不確定。」

大多數犯罪都是起因於一系列的巧合造成天時地利人和。如果時間差了幾分鐘，距離差了幾公尺，犯罪事件可能就不會發生了。但這起案件不一樣。犯人知道克莉絲汀·惠勒的電話號碼和地址。他叫她來這裡，還指定她穿哪一雙鞋子。

「你到底是怎麼認識她的？」我在內心自問。

你肯定在什麼地方見過她，或許她當時就穿著那雙紅鞋。

為何要帶她來這裡？

18 譯註：指一九六八年至一九九八年間在北愛爾蘭的長期暴力活動，參與者包括共和派與保皇派的準軍事組織、英國陸軍等，最後在英國與愛爾蘭政府簽訂《貝爾法斯特協議》後結束。

你想讓她被看見，但這裡太開放了，人太多了，有人可能會阻止她或報警。即使上週五大雨滂沱，也一定會有人走這些步道。如果你真的想要孤立她，幾乎哪裡都可以，只要選擇一個隱密的地方就好，你也會有更多時間。

你選擇不要私下殺死她，而是公開處刑。你叫她走到橋上並爬到圍欄外面。那種全然的控制實在令人難以置信、匪夷所思。

克莉絲汀沒有反抗。她的指甲下沒有卡皮膚細胞，身上也沒有掙扎所造成的瘀青。你不需要用繩子或武力來制伏她。沒有人看到你跟克莉絲汀．惠勒一起坐在她的車子裡，沒有任何目擊者提到有人跟她在一起。你肯定在某個安全的地方，一個藏身處等她。

盧伊茲又停下來等我了。我從他身邊走過，離開步道，並爬上一道小斜坡。山脊頂部有個由三棵樹組成的小丘，雅芳峽谷的景色一覽無遺。我跪在草地上，感覺土壤的水分滲入我的褲子和大衣的肘部。在這個位置，步道前後幾百公尺的範圍都清楚可見。這是一個很好的藏身處，可以用來追求喜歡的人，或是非法跟蹤。

一束陽光突然從奔騰的雲層間灑下。盧伊茲跟著走上小斜坡。

「有人會在這裡偷窺別人。」我解釋道。「你看草都被壓扁了。有人趴在這裡，用手肘撐著地面。」

我話都還沒說完，就注意到十公尺外有一片黃色塑膠卡在茂密的灌木叢中。我起身走過去，身體前傾，避開枝幹上的刺，直到手指抓住塑膠雨衣。

盧伊茲吹出一聲長長的口哨，說：「你真是個怪物，我想你自己也知道。」

引擎正在運轉，暖氣開到最大，我正試圖烘乾自己的褲子。

「我們應該通知警方。」我說。

「然後要說什麼？」盧伊茲反駁道。

「跟他們說雨衣的事。」

「這不會改變任何事情，因為警方已經知道她來過這片林地了。有人看到她，很多人都看到她跳橋。」

「但警方可以封鎖並搜索林地。」

我可以想像數十名身穿制服的警察進行地毯式搜索，也派出警犬追蹤氣味。

「你也知道從週五到現在下了多少雨，就算有線索也早就被沖刷掉了。」

他從外套口袋掏出一罐硬糖，並給我一顆。他含著硬糖時，硬如石頭的糖果在他的牙齒間嘎嘎作響。

「那她的手機呢？」

「在河裡。」

「我是說第一支手機，就是她帶出門的那支。」

「那也不會提供更多線索。」

我知道盧伊茲認為我想太多了，或是我想從罪惡感中獲得某種解脫，但事實並非如此。最自然而然、令人信服的解脫只有一種，也就是誰都無法避免的結局。克莉絲汀．惠勒以每小時一百二十公里的速度迎向了真正的解脫。我之所以想找到真相，只是為了黛西而已。

「你說她有財務問題。我知道有些放高利貸的下手很重。」

「這跟斷手斷腳完全不是同一個等級吧。」

「或許他們把她逼到精神崩潰了。」

我盯著左手，我的拇指和食指正在「搓藥丸」。顫抖就是這樣開始的，兩根手指以每秒三拍的節奏來回摩擦。如果我把注意力集中在拇指上，要它停下來，我可以暫時停止顫抖。

我試圖把手藏進口袋裡，動作卻有些笨拙。我知道盧伊茲接下來要說什麼。

「再去最後一站。」我說。「然後就回家。」

第十五章

布里斯托的警局車輛保管庫在貝德明斯特火車站附近，隱藏在蓋滿煤灰的牆壁及帶刺鐵絲網後面。每次有火車吭唧吭唧地駛過，或在月台急煞車時，地面都會震動。這個地方充斥著潤滑油、變速箱油和底殼油的味道。一名技師透過辦公室骯髒的玻璃窗看到我們，便放下手中的茶杯。他穿著格子襯衫和橘色工作服，到門口迎接我們，一隻手撐在門框上，好像在等我們說通關密語。

「不好意思打擾了。」盧伊茲說。

「你們是來打擾我的嗎？」

技師拿出一塊破布擦手，動作十分誇張。

「幾天前，有一輛車從克利夫頓拖到這裡，是一輛藍色的雷諾拉古那轎車，車主是一名從吊橋上跳下去的女性。」

「你們是來取車的嗎？」

「我們是來看車的。」

他似乎不太能接受這個回答，在嘴裡漱了漱就吐到破布上。他瞟了我一眼，心想我會不會是警察。

「你在等我們秀警徽嗎，小子？」盧伊茲問道。

他心不在焉地點點頭，態度沒有剛才那麼踐了。

「我退休了。」盧伊茲繼續說。「我之前是倫敦警察廳的督察長。今天要請你幫我一個忙，你知道為什麼嗎？因為我只是想查看一輛車的內部，而這輛車不是犯罪調查的證物，只是在這裡等死者的家屬來領走罷了。」

「那我想應該可以吧。」

「要答應就爽快一點，小子。」

「好，當然，車子在那裡。」

藍色的雷諾停在車廠北面的牆邊，隔壁撞爛的殘骸肯定至少奪走了一條命吧。我打開駕駛座的車門，讓雙眼適應黑暗，因為車內燈光不足以驅散陰影。我不知道自己在找什麼。

置物箱和座椅下方都沒有線索。我搜查車門內袋，找到了衛生紙、保溼霜、化妝品和零錢。座椅下方放了擦拭擋風玻璃的破布和除冰工具。

盧伊茲打開了後車廂，但除了備胎、工具箱和滅火器外，沒有其他東西。

我回到駕駛座，坐在座椅上閉起眼睛，試圖想像下大雨的週五下午，雨打在擋風玻璃上的情景。克莉絲汀．惠勒從家裡開車開了二十四公里，除了雨衣之外什麼也沒穿。除霧器和暖氣肯定都是開到最大。她有打開車窗求救嗎？

右邊的車窗上除了指印外，還有某種痕跡吸引了我的目光。我需要更多光線。

我對盧伊茲大喊：「我需要手電筒！」

「你找到了什麼？」

我指著那些不明痕跡。

技師拿來了一個手提電燈，電源線掛在肩膀上，提燈的外型就像是鐵籠裡裝了一個電燈泡。大片的陰影隨著光線的移動在磚牆上滑動、消失。

我拿著提燈照亮車窗外面，玻璃上的線條依稀可見，有點像雨停後，小孩在起霧的窗戶上用手指畫畫的痕跡。但這些線條不是小孩畫的，而是某個東西貼著車窗印上去的。

盧伊茲看向技師，問道：「你抽菸嗎？」

「會啊。」

「給我來一根吧。」

「這裡不能抽菸耶。」

「幫個忙吧。」

我看著盧伊茲，不懂他為何這麼做。我看過他戒菸至少兩次，但從來沒看過他一時興起要抽菸。

我跟著他們走到辦公室。盧伊茲點了一支菸並深深吸了一口，吐煙時盯著天花板。

「你也來一支吧。」他說，並遞給我一支菸。

「我不抽菸。」

「做就對了。」

技師也點了一支菸。與此同時，盧伊茲從錫菸灰缸裡拾起壓扁的菸蒂，開始將煙灰壓碎成粉末。

「你有蠟燭嗎？」

技師在抽屜裡翻找，終於找到了一根蠟燭。點亮蠟燭後，盧伊茲將蠟滴到一個茶碟中央，然後把蠟燭架在融化的蠟中，直到能立起來為止。接著，他拿了一個咖啡杯，用燭火燒杯身，把表面燻黑。

「這是一個老把戲。」他解釋道。「是一個叫做喬治．努南的傢伙教我的。他能跟死人說話，其實就是病理學家啦。」

盧伊茲開始把杯身上的煤灰刮到越來越多的煙灰裡，再用鉛筆的筆尖輕輕混合。

「接下來我們需要刷子，毛要軟一點、細一點。」

克莉絲汀．惠勒車子的手套箱裡有一小袋化妝品。我把袋子拿回辦公室，並將內容物都倒在桌面上——有口紅、睫毛膏、眼線筆，以及內含腮紅和刷子的不鏽鋼粉盒。

盧伊茲用拇指和食指輕輕拿起刷子，好像怕太用力會把刷子捏斷一樣。「這個應該可以。把提燈也帶過來。」他說。

回到車上後，他坐在駕駛座，開著車門，提燈照亮車窗外面。他輕輕將煤灰和煙灰的混合物塗抹到車窗玻璃內部，同時注意不要太用力呼氣。大部分的灰都從刷子落到他的鞋子上，但有足夠的灰黏在車窗依稀可見的痕跡上。就像魔法一樣，符號漸漸浮現，接著化為文字。

救命

雷聲震碎了我們頭頂上方的空氣，不斷轟隆作響，直到我的內心深處也開始動搖。克莉絲汀・惠勒用口紅寫了求救訊息，貼在車窗內部，希望有人會注意到。沒有人發現。

弧光燈架在車庫中央的三腳架上，方形燈頭朝內，發出的白光刺眼到裡面的人完全看不到燈後面的陰影。鑑識人員在白光中移動，連他們的白色工作服看起來都在發光。

車子被拆解開來。座椅、地毯、車窗、儀表板和襯裡被取出、清理、撒粉末、篩查、刮除和挑揀，就像一個金屬野獸的屍體一樣。每片糖果包裝紙、纖維、棉絨和污跡都會被拍照、取樣和記錄。指紋刷拂過堅硬的表面，留下一層黑色或銀色的粉末，比盧伊茲的自製版本更細。磁棒在空中揮舞，找出人眼看不到的細節。

鑑識小組的組長是個身材矮壯的伯明罕人，穿著工作服看起來就像一顆白色雷根糖。他似乎正在培訓一群新人，一會兒說明「暫時性物證」，一會兒又提醒要「維護犯罪現場的完整性」。

「請問我們到底在找什麼呢？」一名新人問道。

「證據，小子，我們在找證據。」

「什麼證據？」

「過去的證據。」他說，並撫平手掌上的乳膠手套。「雖然只是五天前的事，但仍然是歷史的一部分。」

外面天開始黑了，氣溫也逐漸下降。督察長薇若妮卡．柯雷站在車庫的大門口，那是鐵路高架橋下一道被燻黑的磚頭拱門。一列隆隆作響的火車從她的頭頂上方駛過。

她點了一根菸，把用過的火柴又放回去。她似乎利用這個短暫的時間，思考要向副手下達什麼指令。

「我要知道自從這輛車被發現以來，有多少人碰過它。我要採集每個人的指紋並排除嫌疑。」

巡佐戴著鋼框眼鏡，理了平頭。「老大，請問我們到底在調查什麼？」他問道。

「一樁可疑的死亡案件。惠勒家也是犯罪現場，我要你派人圍封鎖線並看守房子。你還可以去找一間好吃的咖哩店。」

「您餓了嗎，老大？」

「我不餓，巡佐，但你會在這裡待一整晚。」

盧伊茲坐在他的賓士車裡，車門開著，眼睛卻是閉上的。現在他退休了，不知道他無法參與這種案子會不會很難受。他想破案並恢復社會秩序的本能肯定沒那麼容易消失吧。他曾經告訴我，調查暴力犯罪的訣竅就是把注意力放在嫌疑犯身上，而非受害者。但我正好相反，我會透過了解受害者來了解嫌疑犯。

凶手的行為並不總是千篇一律，環境和事件會改變他的言行。受害者也一樣，她面對壓力有何反應？她說了什麼？

克莉絲汀．惠勒給我的感覺不像是那種會刻意做出性挑逗，或是透過外表和舉止吸引注意的女人。她穿著保守，很少出門，也不愛出風頭。不同女人會表現出不同程度的脆弱性，也會面臨不同風險，我必須知道這些事情。了解了克莉絲汀，我就會離凶手更近一步。

柯雷督察長跑來站在我旁邊，盯著檢修坑井。

「告訴我，教授，你常常靠三寸不爛之舌溜進警局保管庫，汙染重要證物嗎？」

「沒有，督察長。」

她吐出煙霧，嗅了兩下，瞥了前院一眼，盧伊茲正在那裡打瞌睡。

「你的舞伴是誰？」

「文森．盧伊茲。」

她對我眨眨眼，說：「你在耍我吧。」

「我沒在耍你。」

「你怎麼會認識文森．盧伊茲？」

「他曾經逮捕過我。」

「你的確有點欠逮捕。」

她的眼神仍離不開盧伊茲。

「你就是沒辦法放下這件事。」

「這不是自殺。」

「我們兩個都看到她跳下去了。」

「那不是她自己的選擇。」

「我沒看到有人拿槍抵著她的頭，也沒看到有手伸出來把她推下去。」

「像克莉絲汀．惠勒這樣的女人不會突然決定脫光衣服，拿著寫了『救命』的牌子走出家門。」

督察長差點打了個嗝，好像我說了什麼讓她腸胃不適一樣。「好，假設你是對的，如果惠勒太太受到威脅，為什麼她不打給別人或是開車到最近的警察局呢？」她問道。

「或許她無法這麼做。」

「你覺得嫌犯也在車上嗎？」

「如果她拿著牌子，那應該沒有。」

「那他肯定在監聽。」

「對。」

「所以他靠一張嘴說服她去死囉？」

我沒有回答。盧伊茲下了車，正在伸展，慢慢轉動肩膀，一副懶洋洋的樣子。他晃了過來，兩人像雞舍裡的公雞一樣互相打量。

「柯雷督察長，這位是文森・盧伊茲。」

「我聽說過很多關於你的事。」她和他握手時說。

「大半都是謠言，千萬別信。」

「我也不信。」

他看了她的腳，問道：「這鞋子是男生的尺寸嗎？」

「對啊，有什麼問題嗎？」

「完全沒有。妳穿什麼大小啊？」

「怎麼了嗎？」

「搞不好我們大小差不多。」

「你不夠大啦。」

「我們是在聊鞋子還是別的話題？」

她微笑道：「你跟女生的四角內褲一樣可愛耶。」

然後她轉向我說：「明天一大早請來我的辦公室。」

「我已經做過筆錄了。」

「那只是開始罷了。你要幫助我理解這起案件，因為現在這案子他媽的超出了我的理解範圍。」

第十六章

「你怎麼了？」

「我跪在泥巴地上。」

「噢。」

黛西站在門口，眼中瞬間流露的關心讓人卸下心防。我脫下鞋子，放在後門台階上。空氣中瀰漫著糖和肉桂的香氣。艾瑪站在廚房的一張椅子上，手裡拿著木湯匙，臉上掛著巧克力山羊鬍。

「不要在泥巴地玩，爹地，你會弄髒身體。」她用嚴肅的語氣說道，然後宣布：「我在做餅乾。」

「看得出來。」

她身上的圍裙太大件，都垂到腳踝了。水槽裡的髒碗盤堆成一座小山。

黛西從我身邊走過，走到艾瑪旁邊。兩人已經建立了羈絆，我幾乎感覺自己像是第三者。

「查莉呢？」

「在樓上寫功課。」

「抱歉這麼晚回來。妳們都吃飯了嗎？」

「我煮了義大利麵。」

艾瑪點點頭，但她講成「大力麵」。

「有幾通電話。」黛西說。「我有寫下留言。廚房裝修工漢密爾頓先生說他下週二可以來。然後週一會有人送柴火。」

我坐在廚房餐桌，鄭重其事地品嘗艾瑪做的一塊餅乾，據說是史上最美味的。我以為小屋會一團亂，但事實並非如此，廚房以外的地方都一塵不染。黛西打掃了家裡，甚至還整理了辦公室，並換了水電室的一個燈泡，那燈泡從我們搬進來時就是壞的。

我請她坐下來。

「警察會調查妳媽媽的案子。」

雖然只有一瞬間，但她的眼睛蒙上了一層陰影。

「他們相信我。」

「對。我需要問妳更多關於妳媽媽的問題。她是什麼樣的人？她的日常生活是什麼樣子？她的個性是坦率且容易相信他人，還是矜持且小心翼翼？如果有人威脅她，她會強勢反擊，還是會嚇到說不出話來？」

「為什麼你需要知道這些？」

「我越了解她，就能越了解那個人。」

「那個人？」

「最後一個和她說話的人。」

「也就是殺死她的凶手。」

她似乎被自己說的話嚇到了。一小粒麵粉黏在她右邊眉毛上方的額頭上。

「妳之前提到有和妳媽媽吵架，是在吵什麼？」

黛西聳肩道：「我想去念國家芭蕾舞學校。我原本不應該去甄選的，但我在報名表上偽造了我媽的簽名，然後自己搭火車去倫敦。我心想如果我能錄取，她就會改變主意。」

「然後呢？」

「學校每年只會從幾百位應徵者中選出二十五名舞者。錄取信寄來時，媽一看完信就把它丟到垃圾桶，然後把自己鎖在房間裡。」

「為什麼？」

「學費是一年一萬兩千英鎊，我們負擔不起。」

「但她不是已經在付寄宿學校的學費……」

「我有領獎學金。如果我離開學校，就拿不到錢了。」黛西一邊說，一邊摳出卡在指甲裡面的麵粉。「媽的事業不太順利，她借了很多錢但沒辦法還。我原本不應該知道這件事，但我聽到她和希薇亞吵架。所以我才想離開學校，找工作並開始存錢。我以為自己明年可以去念芭蕾舞學校。」她壓低聲音說：「我們就是在吵這件事。媽寄來足尖鞋時，我還以為她改變心意了。」

「什麼足尖鞋？我不明白。」

「是跳芭蕾舞的鞋子。」

「我知道。」

「有人寄給我一雙。管理員週六早上在校門口發現了一個包裹，收件人是寫我的名字。包裹內是Gaynor Minden的足尖鞋，超貴的。」

「有多貴？」

「一雙八十英鎊。」

她的手縮在圍裙口袋裡。「我以為是媽寄的，我試著打給她，但打不通。」她說。

她閉上眼睛，深吸一口氣。

「我真希望她在這裡。」

「我知道。」

「我恨她那麼做。」

「別這樣。」

她別過頭並起身，從我身邊走過。我聽到她走上樓，關上房間門，撲倒在床上，接下來發生的事可想而知。

第十七章

超市走道空無一人。她平常都是晚上採買食材，因為白天太忙，而週末是拿來睡到飽和上健身房的，不是拿來做家事的。她買了羊腿、孢子甘藍、馬鈴薯和酸奶油，可能是要辦一場晚宴，或是煮一頓浪漫的晚餐吧。

我瞥了一眼收銀機後面的報刊區。愛麗絲在那裡一邊看音樂雜誌，一邊吃棒棒糖。她穿著學校制服：藍裙、白上衣和深藍色套頭衫。

她母親喊她的名字。愛麗絲把雜誌放回架上，開始幫母親裝袋。我從另一個收銀台通過，跟著她們走進停車場，看著她把東西裝進一輛造型優雅的VW Golf敞篷轎車的後車廂裡。

愛麗絲的母親請她在車子裡等，然後便抬著頭，臀部左右搖擺，蹦蹦跳跳地穿越停車場。她在十字路口停下來等紅綠燈。我留在對街，跟著她走過燈火通明的商店和咖啡廳，直到她推開一間乾洗店的門。

一個年輕的亞洲女孩在櫃台後面對她微笑。另一位客人跟著她走進去，是個男人，而且她認識他。兩人親吻左右臉頰，他的手在她的腰際停留太久。看來她有個追求者。我看不到他的臉，但他身材高䠷且衣著講究。

兩人站得很近，她大笑並挺起胸膛，明顯在和他調情。我應該警告他，叫他跳過前戲，不要結婚，省得搞離婚那些麻煩事。直接給那賤人買一棟房子，然後給她鑰匙，長遠來看還比較省錢。

我在馬路另一頭觀察她，正好站在觀光地圖旁邊。附近一間餐廳的燈光照亮了我的下半身，但我的臉仍隱藏在黑暗中。一名廚房助手出來抽菸，她從圍裙口袋拿出了一包香菸，用手護住打火機的火，看向我這邊。

「你迷路了嗎？」她問我，並轉過頭去吐煙。

「沒有。」

「在等人嗎？」

「或許吧。」

她的金色短髮夾在耳後，但眉毛的顏色比較深，那才是她真正的髮色。

她順著我的目光，看到我在看的人。

「你對她有興趣嗎？」

「我以為是我認識的人。」

「她似乎已經心有所屬，你可能沒機會了。」

她再次轉頭並吐出煙霧。

「你叫什麼名字？」

「吉迪恩。」

「我叫謝麗爾。要不要喝杯咖啡？」

「不用。」

「我請客。」

「不用了，謝謝。」

「隨便你吧。」她說，並將菸蒂踩熄。

我又繼續觀察乾洗店。那女人還在調情。他們要說再見了，她踮起腳尖，親吻他的臉頰，這次更靠近他的嘴唇，而且似乎有些依依不捨。然後她走到店門口，微微擺動臀部，十幾件套在塑膠套裡的衣服掛在左肩上。

她再次過馬路，這次是朝我走來，再六步就到了。她沒有抬起眼，直接和我擦肩而過，彷彿我根本不存在，或是我是隱形人。也許的確是如此，我正在消失。

有時我會在夜裡醒來，擔心自己在睡夢中消失了。沒有人關心你時，就會發生這種情況。你會一點一點開始消失，直到人們的視線可以直接穿過你的頭和胸口，彷彿你是玻璃做的一樣。

重點不是愛，而是遺忘。別人心中有我們時，我們才會存在。就像那棵在森林裡倒下，卻沒有人聽見的樹。除了鳥兒，誰他媽的在乎呢？

第十八章

我曾經有個病人，他確信自己的腦袋裝滿了海水，裡面住了一隻螃蟹。當我問他的大腦發生了什麼事，他告訴我外星人用吸管把大腦吸了出來。

「這樣比較好。」他堅稱道。「這樣螃蟹就有更多空間了。」

我把這個故事告訴學生，很多人都笑了。新生週結束了，他們的臉色看起來也比較好了，有三十二人出席輔導課。那間教室極其現代且醜陋，不僅有低矮的天花板，還有纖維板牆壁用螺栓固定在上漆的大樑之間。

我面前的桌子上放著一個蓋著白布的大玻璃罐，是我準備的驚喜。我知道學生們很好奇我要給他們看什麼，我也讓他們等夠久了。

我抓著白布的角，輕輕甩動手腕。白布飄落，露出一顆浮在福馬林中的人腦。

「這位是布蘭達。」我解釋道。「我不知道那是不是她的真名，但我知道她享年四十八歲。」

我戴上橡膠手套，捧起那個軟軟的灰色器官，一些福馬林滴在桌子上。「有沒有人想下來拿著她？」我問道。

沒有人移動。

「我有更多手套。」

還是沒有人自願。

「歷史上每個宗教和信仰體系都聲稱我們每個人都擁有內在原力——靈魂、良心、聖靈，有各種不同名稱。沒有人知道這個內在原力在身體的哪個部位，可能在大腳趾、耳垂或是乳頭上。」

有人大笑，有人咯咯笑，證明他們有在聽。

「大多數人可能會認為心臟或頭腦是最合理的位置，我也不知道答案。科學家用X光、超音波、核磁共振和電腦斷層掃描繪製出人體的每個部分。四百年來，人們被切片、切塊、秤重、解剖、戳刺和探測，但至今沒有人發現我們體內有什麼祕密隔間、神祕黑點、內在魔法原力或是閃耀的光芒。人們沒有發現瓶中精靈、機器中的幽靈[19]，或是瘋狂踩腳踏車的小人。

「那我們能從中得到什麼結論？我們只是擁有神經元和神經的血肉之軀，一台出色的機器嗎？還是我們體內存在著一個看不到也無法理解的心靈？」

有人舉手要發問了！是學生報的記者南希．尤斯。

「那我們的自我意識呢？」她問道。「這就是我們和機器不一樣的地方吧？」

「或許吧。妳覺得我們生來就擁有自我意識、本我覺知和獨特的個性嗎？」

「對。」

「或許妳說得沒錯，不過我希望妳能思考另一種可能性。如果我們的意識，我們的自我意識源自於我們的經驗——我們的想法、感受和記憶呢？我們不是生來就有藍圖，我們是生活的產物，反映他人如何看待我們。我們是從外部被照亮，而不是內部。」

南希噘著嘴坐回位子上。其他學生們都振筆疾書，我完全不知道為什麼，這又不會考。

布魯諾．考夫曼在我下課後堵我。

「老兄，要不要一起吃午餐？」

「我有約了。」

「對象漂亮嗎？」

我想像盧伊茲的模樣，給出否定的答案。布魯諾走在我旁邊，說：「上週橋上的事件真不幸，太可怕了。」

「對啊。」

「她是個好女人。」

「你認識她？」

「我前妻是克莉絲汀的同學。」

「我不知道你有結過婚。」

「有啊。莫琳非常難受，真可憐，這對她打擊很大。」

「我很遺憾。她最後一次見到克莉絲汀是什麼時候？」

「我是可以問她啦。」他說，但面露遲疑。

「怎麼了嗎？」

「這樣代表我得打給她。」

「你們沒有聯絡了嗎？」

「我們的婚姻故事啊，老兄，就跟品特的戲劇一樣，充滿了意味深長的沉默。」

我們走下有遮蔽的樓梯，然後穿越廣場。

「當然現在都變了。」布魯諾說。「她每天都打給我，想跟我說話。」

「她的心情很低落吧。」

「應該是吧。」他思忖道。「奇怪的是，我還滿喜歡她打給我的。我在八年前跟那女人離婚，但我現在仍然非常在意她對我的看法。你怎麼看？」

「感覺是愛。」

「天啊，才不是呢！可能是友誼吧。」

19　譯註：哲學家吉爾伯特．賴爾（Gilbert Ryle）在《心的概念》（The Concept of Mind）中批判了自笛卡兒（Descartes）以來的身心二元論，並將這種心靈分離於身體的概念稱為「機器中的幽靈」（Ghost in the machine）。

「所以你是說，你寧願依偎在一個只有你一半年齡的研究生身邊嗎？」

「那是戀愛，我很努力不要把兩者搞混。」

我在心理系館外的樓梯底部和布魯諾道別。盧伊茲坐在車子裡等我，他正在看報紙。

「有什麼新聞嗎？」我問道。

「老樣子，就殺人放火那檔事。美國有個小孩在高中校園掃射，在學校食堂賣自動武器就會發生這種事。」

盧伊茲從座位上的托盤遞給我一杯外帶咖啡。

「你在狐酒不獾的客房怎麼樣？」

「離酒吧太近了。」

「很吵，對吧？」

「太誘人了。我有認識一些當地人。這裡竟然有侏儒耶。」

「他叫奈傑爾。」

「他報上名來時，我還以為他在開玩笑。他想叫我出去跟他打一架。」

「他每次都這樣。」

「真的有人打過他嗎？」

「他是侏儒耶！」

「但他還是個討厭的小混蛋。」

我待會得去布里斯托的三一路警察局找薇若妮卡．柯雷。

「你確定你想要我同行嗎？」盧伊茲問道。

「有什麼不好嗎？」

「我的工作已經完成了，你得到你想要的了。」

「你還不能回倫敦，你才剛來而已，連巴斯都還沒去呢。來西南部不能不去巴斯，就像去洛杉磯不能不跟芭黎絲・希爾頓上床一樣。」

「這兩個我都沒什麼興趣。」

「那茱麗安呢？她今天下午就回家了，她肯定會想見你。」

「這比較吸引人。她最近如何？」

「很好啊。」

「她出差多久啊？」

「從週一到今天，但感覺好像更久。」

「這是一定的。」

三一路警察局是一棟封閉的建築，下面的樓層完全沒有任何窗戶。這棟建築就像是為了防攻城所建的地堡一樣，每個轉角處都設了監視器，牆上還裝了尖釘，簡直是現代執法的完美體現。有人在磚牆上寫了：阻止殺人警察，終結國家恐怖主義。

警察局對面的聖三一教堂被木板封了起來，只有一位身穿黑衣的老婦人躲在柱廊下，佝僂的背部宛如一根燒焦的火柴。

我們在樓下等人來接。一扇金屬安全門打開，一名身材高大的黑人走了出來，頭都差點碰到門框了。我的第一個假設錯了，他不是被釋放，他本來就屬於這裡。

「我是阿博特警員。」他說。「但你們可以叫我和尚，每個混蛋都這樣叫我。」他的雙手跟拳擊手套一樣大，我感覺自己好像變回十歲小孩。

「這裡每個人都有綽號嗎？」盧伊茲問道。

「大部分都有。」

「那督察長呢？」

「我們叫她老大。」

「就這樣？」

「我們可不想丟了飯碗。」

薇若妮卡．柯雷的辦公室是這棟封閉建築裡面的一個封閉空間，裡面只有一張簡樸的松木辦公桌和幾個檔案櫃。牆上貼滿了逍遙法外的嫌疑犯以及懸案的照片。大多數人都把未竟之事放入抽屜或寫進日記裡，但這位督察長卻將其化為壁紙。

她身穿黑衣，正在吃早餐，文書資料上放了一個甜麵包和一杯茶。

她吃了最後一口並拿起筆記。

「我要去開簡報會，你可以旁聽。」她說。

重案調查室是個乾淨現代的開放空間，只由可移動的隔板和白板隔開。其中一個白板的最上方貼了一張照片，克莉絲汀．惠勒的名字則寫在旁邊。

在場的警探大多都是男性，他們在柯雷督察長走進去時紛紛起身。有十幾名警官被指派協助調查，不過這案子尚未被歸類為謀殺案。除非調查小組能在五天內找出作案動機或嫌疑犯，不然上層就會把這個案子交給驗屍官來決定。

柯雷督察長舔了舔手指上的糖霜，然後開始說明案情。

「上週五傍晚五點零七分，這個女人從克利夫頓吊橋跳橋身亡。我們的當務之急就是要拼湊出她人生中的最後幾小時。我要知道她去了哪裡、跟誰說話以及看到了什麼。

「我也要訊問她的鄰居、朋友和事業夥伴。她是婚禮策劃師，但公司有財務問題。貸款人和放高利貸的人很有嫌疑，去跟他們談談，看他們認不認識她。」

她簡要說明了事件時間表。週五早上，克莉絲汀．惠勒在幸福婚禮顧問公司的辦公室待了兩小時，之後就回家了。早上十一點五十四分，她接了家裡電話，那通電話來自克利夫頓的一座公共電話亭，位於西田巷和塞恩巷的轉角處，從那裡可以俯瞰克利夫頓吊橋。

「這通電話持續了三十四分鐘，可能是她認識的人，或許她要和對方約見面。

「她的手機一開始響，這通電話就結束了，兩通電話可能有關連。」

柯雷督察長向負責投影機的警官示意，一張涵蓋布里斯托和巴斯的地圖便投到了她身後的白板上。「通訊工程師正在對克莉絲汀．惠勒的手機發出的訊號進行三角測量，畫出她週五從家裡開車到利林自然保護區最有可能的路線。

「我們已經知道有兩位目擊者，必須重新訊問他們。我還要週五下午在利林自然保護區的其他所有人的名字、他們去那裡的原因以及住家地址。」

「當時在下雨，女士。」其中一名警探說。

「這裡可是布里斯托，該死的雨什麼時候停過？還有不要叫我女士。」

她把注意力放在唯一一名女警探身上，說：「阿爾菲。」

「是，老大。」

「我要妳去查性犯罪者名單，然後給我一份利林自然保護區方圓八公里內的性變態者名單。請根據他們罪行的嚴重程度，以及他們最後一次被指控或出獄的時間進行分類。」

「是，老大。」

督察長的目光轉向其他人，說：「瓊斯和麥艾維，我要你們去查監視器錄影，橋上有四個監視器。」

「什麼時間區段？」其中一人問道。

「從正中午到晚上六點，六小時，四個監視器，自己算。」

「我們到底要找什麼，老大？」

「記下每一輛車的車號，丟到自動車牌辨識軟體裡面，看有沒有被偷的贓車，然後跟阿爾菲交叉核對名單。幸運的話，我們或許能找到嫌犯。」

「這樣要查超過一千輛車耶。」

「那你們最好趕快開始。」她說完便轉向另一名穿著短袖外套和牛仔褲的警探。她叫他「探險家羅伊」，他的穿著的確看起來很像非洲的狩獵旅行者，這個綽號很適合他。

「去調查合夥人希薇亞．福內斯還有公司帳戶。找出主要債權人有誰，看看有沒有誰開始追討積欠的貸款，甚至威脅債務人。」

接著，她提到了食物中毒事件。新娘的父親要求賠償，甚至威脅提告。探險家羅伊把這件事記下來，準備進一步調查。

柯雷督察長把一份檔案丟到另一名警探的大腿上，說：「這份名單記錄了過去兩年來，在利林自然保護區發生的所有性侵害事件或妨害風化的行為，包括裸體日光浴和露鳥。我要你去找名單上的所有人，問他們週五下午在做什麼。DJ和捲毛也跟你一起去。」

「您覺得犯人的動機跟性有關嗎，老大？」捲毛問道。

「那女人全身赤裸，腹部還寫了『婊子』。」

「那她的手機呢？」阿爾菲問道。

「還沒找到。和尚會負責搜索利林自然保護區，所有還沒被指派任務的人都跟他一起去。你們要去敲當地人的家門，跟他們聊聊。我要知道過去幾週，有沒有人表現得很奇怪，或是有沒有發生什麼不尋常的事情。有麻雀放屁嗎？有熊在樹林裡拉屎嗎？懂意思了吧。」

有個新面孔走了進來，是一名身穿制服的高級警官，鈕扣擦得發亮，左臂下夾著一頂警帽。警探們立刻起身。

「沒關係，你們繼續。」他說，一副「假裝我不在這裡」的樣子。柯雷督察長介紹這名高級警官。富勒助理警察局長身材矮小，肩膀寬闊，握手時手勁強而有力，散發出的氣場就像是一個試圖提振士氣的戰場大將。他把注意力放到我身上。

「你是什麼教授？」他問道。

「心理學，長官。」

「喔，心理學家啊。」他講得好像這是一種疾病一樣。「你哪裡人？」

「我在威爾斯出生，我母親是威爾斯人。」

「教授，你知道威爾斯乾酪[20]為何又叫威爾斯兔子嗎？」

「不知道，長官。」

「因為窮到吃『兔』。」

他環顧四周，等待眾人的笑聲，大家也都乖乖捧場。他感到相當滿意，便坐了下來，並將警帽放在桌子上，皮手套則放在帽子裡。

柯雷督察長繼續報告，但馬上就被打斷了。

「這不是自殺嗎？」富勒問道。

她轉向他，說：「長官，我們要重啟調查，因為受害者寫了求救訊息。」

「大部分的自殺不都是求救訊息嗎？」

督察長遲疑了一下，回答：「我們認為跟惠勒太太通話的人叫她跳下去。」

「有人叫她跳下去，她就真的跳了？」

---

20 譯註：威爾斯乾酪（Welsh rarebit或Welsh rabbit）是一道以融化的乾酪製成鹹味醬汁，加上其他佐料的烤麵包片。「Rarebit」是「rabbit」（兔子）的變體，名稱的起源有一說是因為威爾斯農民不可以在貴族的土地上捕獵野兔，所以採用了融化的乾酪來代替兔肉。

「我們認為她可能受到了威脅或是恐嚇。」

富勒點頭微笑，卻給人一種自以為高人一等的感覺。他轉向我，說：「這是你的意見，對吧，教授？這女人究竟是如何被威脅或恐嚇才自殺的？」

「我不知道。」

「你不知道？」

我感覺到自己開始咬牙，臉部緊繃。我面對惡霸就會這樣，變成另一個人。

「所以你覺得有個神經病到處叫女人跳橋嗎？」

「不，不是神經病，沒有證據顯示對方有精神疾病。」

「你說什麼？」

「我認為使用神經病或瘋子這種標籤是沒有幫助的，因為犯罪者可以藉此為自己的行為開脫，或進行精神障礙或限定刑事責任辯護。」

富勒的臉比襯衫硬紙板還僵硬。他直盯著我的眼睛。

「歐盧林教授，我們這裡有一些規矩，其中一條是必須稱呼高級警官為『長官』或正確的頭銜。這是尊重的問題，我想我應該要被尊重。」

「是，長官，不好意思。」

有一瞬間，他差點就要失控了，但他克制住了自己。他起身，拿了帽子和手套，就走出重案調查室。沒有半個人敢動。

我看向薇若妮卡．柯雷，她低下頭。我讓她失望了。

簡報會結束了，警探就地解散。

走向樓梯時，我向督察長道歉。

「沒關係。」

「希望我沒有因此樹敵。」

「那個男人每天早上都會吞一顆屁話丸。」

「他是退伍軍人。」我說。

「你怎麼知道？」

「他用左手臂夾著帽子，右手就可以敬禮。」

督察長搖搖頭，問道：「你怎麼會知道這種事？」

「因為他是個怪胎。」盧伊茲說道。

我跟著他走出去。一輛便衣警車在裝卸區等待，引擎空轉著。負責開車的女警打開乘客車門。薇若妮卡·柯雷跟和尚都要前往利林自然保護區。

我祝他們好運。

「你相信好運嗎，教授？」

「不相信。」

「很好，我也不信。」

第十九章

茱麗安搭乘下午三點四十分從派丁頓車站出發的火車。這個時間開車去車站交通順暢，因為大部分的車潮都往反方向開。

艾瑪坐在汽車安全座椅上，黛西則雙手抱膝坐在我旁邊。她這樣蜷縮身體時，感覺特別嬌小，幾乎不占什麼空間。

「你老婆是什麼樣的人？」她問道。

「她是個很棒的人。」

「你愛她嗎？」

「這是哪門子的問題？」

「這只是一個問題而已。」

「這個嘛，答案是肯定的。」

「我想你也必須這麼說吧。」她說，聽起來十分厭世。「你們結婚多久了？」

「十六年。」

「你有外遇過嗎？」

「這不關妳的事。」

她聳聳肩並看向窗外，說：「我不認為一輩子都忠於一個人是正常的。誰說你一定會愛對方一生一世，或是不會遇到一個你更愛的人呢？」

「妳聽起來很有智慧。妳有愛過人嗎？」

她搖搖頭，一臉不屑道：「我才不會墜入愛河，我知道下場會如何。」

「有時我們別無選擇。」

「我們永遠都有選擇。」

她把下巴靠在膝蓋上，我注意到她的指甲塗了紫色指甲油。

「你老婆是做什麼的？」

「叫她茱麗安。她是口譯員。」

「她常常出差嗎？」

「最近比較常出差。」

「然後你就待在家嗎？」

「我在大學兼職。」

「是因為你會抖嗎？」

「我想應該是吧。」

「你看起來不像有生病——不知道這樣說會不會讓你感覺比較好——我是說除了顫抖的部分啦。你看起來還好。」

我忍不住笑她。「好喔，謝謝妳的讚美。」

茱麗安下了火車，一看到花束就瞪大眼睛。

「哪個女孩這麼幸運？」

「我要彌補上次遲到的事。」

「那次是情有可原。」

我親吻她。她想匆匆一吻，但我的雙唇仍依依不捨。她勾住我的手臂，我幫她拉行李箱。

「女孩們還好嗎？」她問道。

「很好啊。」

「所以保姆是怎麼回事？你講電話時含糊其辭。你有找到人嗎？」

「不算有。」

「什麼意思？」

「我有進行面試。」

「然後呢？」

「有突發狀況。」

她停下來，轉身，面露擔憂。

「艾瑪呢？」

「在車上。」

「跟誰在車上？」

「黛西。」

我試著一邊走路一邊說話，行李箱輪子在鵝卵石路面嘎嘎作響。我在腦海裡排練過，這個故事應該要聽起來很自然合理才對，但從我的嘴巴裡說出來時，卻顯得越來越沒道理。

「你瘋了嗎？」她說。

「噓。」

「不要噓我，喬瑟夫。」

「妳不明白。」

「不，我想我明白。你的意思是我們的孩子正在由一個母親被謀殺的少女照顧。」

「這件事很複雜。」

「而且她住在我們家。」

「她是個好孩子，而且她很會照顧艾瑪。」

「我不在乎。她沒有受過訓練，也沒有推薦紀錄。她應該去上學才對。」

「噓。」

「我說不要噓我。」

「她在這裡。」

她猛然抬頭。黛西站在車子旁邊嚼口香糖，同時扶著站在保護桿上玩平衡遊戲的艾瑪。

「黛西，這位是茱麗安。茱麗安，這位是黛西。」

茱麗安露出一個不自然的誇張笑容，說：「妳好。」

黛西稍稍舉起手，揮了揮，似乎有些緊張。「出差還好嗎？」她問道。

「很好，謝謝妳。」茱麗安說，並把艾瑪抱走。「黛西，妳媽媽的事我很遺憾，真的太可怕了。」

「怎麼了？」艾瑪問道。

「親愛的，妳不用知道這些。」

回程的路上，大家都很安靜。唯一說話的人是艾瑪，所有的問題都是她發問和回答的。黛西陷入了沉默，不確定現在是什麼狀況。我不知道茱麗安是怎麼回事，她平常不會這麼不友善和難搞。

回到小屋時，查莉跑出來迎接我們。她等不及要和茱麗安報告近況，大部分都是關於黛西的事，但當事人就站在旁邊，她也不能馬上講。

我把行李拿進去，茱麗安則開始巡房，好像在一間一間檢查房間一樣。或許她以為家裡會亂七八糟的，衣服沒洗、床沒鋪、水槽裡的髒碗沒洗，但家裡卻一塵不染。不知為何，這反而讓她更加消沉。黛西做了砂鍋燉菜當晚餐，茱麗安喝了兩杯酒，但她不但沒有放鬆下來，反而嘴唇抿成一條線，言詞變得尖刻，語氣帶有指責。

「我來幫艾瑪洗澡。」茱麗安說完，便轉身走向樓梯。黛西和我四目相接，我看到了她眼中的疑問。

把碗盤放入洗碗機後，我走上樓，看到茱麗安坐在我們的床上。她開了行李箱，正在整理衣服。為何黛西在這裡會讓她如此生氣？這感覺幾乎像是所有權問題：標記地盤或是捍衛所有權。但這太荒謬了，黛西又不會對她構成威脅。

我注意到她的行李箱內有一團黑色蕾絲，是內衣，一件小可愛和內褲。

「這是什麼時候買的？」

「上週在羅馬買的。」

「妳沒給我看。」

「我忘了。」

我用食指勾起小可愛的肩帶，說：「妳穿在身上肯定更好看，或許妳待會可以穿給我看。」

她把內衣從我手上拿走，丟進洗衣籃裡。她是為了誰穿的？有什麼東西卡在我的胸口，跟我找到香檳早餐的飯店收據時一樣，那種煩躁不安的感覺又出現了。

茱麗安從來不穿性感內衣的，她說那種東西既不舒服也不實用。每當我在情人節買布料少少的內衣送她時，她都只穿一次而已。她喜歡穿馬莎百貨黑色或白色的十二號高叉內褲。是什麼讓她改變心意了呢？

她在羅馬買了內衣，還帶去莫斯科。我想問她為什麼，但我不知道要怎麼問才不會聽起來像在嫉妒，甚至是猜疑。

那一刻轉瞬即逝，茱麗安轉了過去。從她的動作、駝背和比平常小的步伐，都能看出她的疲憊。我不接受無風不起浪的假設，也不相信預示或徵兆，但我心中有股揮之不去的不安，彷彿我們之間出現了一道鴻溝。我想把茱麗安反常的態度歸結為疲倦。我告訴自己，她一直在出差，蠟燭多頭燒，被責任壓得喘不過氣來。

一個月前，她生日那天，我打算為她煮一頓特別的晚餐，便開到布里斯托，在魚市買了海鮮。結果她在傍晚六點左右打電話給我，說她人還在倫敦，因為發生了緊急狀況，轉帳的資金不見了，所以她晚上不會回家。

「那妳要在哪過夜？」

「住飯店，公司出錢。」

「妳沒帶換洗衣物耶。」

「將就一下就好。」

「今天是妳的生日。」

「抱歉，之後再補償你。」

我吃了一打牡蠣，然後把剩下的晚餐丟進垃圾桶。接著，我走到山丘上的狐酒不獾酒吧，和奈傑爾跟一個荷蘭觀光客一起喝了三杯啤酒。沒想到那個觀光客竟然是全酒吧最了解這個地方的人。

還有其他類似的狀況（我不會稱之為跡象）。有一次，茱麗安週五要從馬德里飛回來，但她的手機都打不通，於是我打到她的辦公室。一位祕書跟我說歐盧林女士前一晚就飛回來了，那天一整天都待在倫敦。

終於找到茱麗安時，她道歉說本來有想要打給我的。我問她班機的事，她就說一定是我搞錯了。我沒有理由懷疑她。我們結婚十六年了，我不記得有任何一個時刻或事件讓我懷疑她不忠。但對我來說，她仍然是個謎。每次有人問我為何選擇當心理學家，我都會說：「因為我想知道茱麗安到底在想什麼。」結果沒用，我到現在還是毫無頭緒。

我看著她整理衣服，用力拉開抽屜，從架子上取下衣架。

「妳為什麼這麼生氣？」

她搖搖頭。

「拜託告訴我。」

她「砰」一聲闔上行李箱，說：「喬瑟夫，你知道你到底在幹嘛嗎？因為你救不了橋上那個女人，所以我們現在要照顧她的女兒。」

「我們沒有要照顧她。」

「那她為什麼在這裡？」

「她無處可去，她家是犯罪現場，她媽媽死了……」

「被殺了？」

「對。」

「而警察還沒抓到兇手？」

「還沒。」

「你對這女孩和她的家庭一無所知。她明白自己的媽媽已經死了嗎？她看起來一點也不悲傷。」

「妳這樣說並不公平。」

「那我問你，她的心理狀況穩定嗎？你是專家嘛。她會不會突然失控，傷害我的寶貝？」

「她絕對不會傷害艾瑪。」

「而你的判斷依據是……？」

「我當心理學家二十年的經驗。」

我這句話似乎在道出冰冷的事實。茱麗安沒有繼續追問。在性格分析方面，我很少判斷錯誤，我們倆都心知肚明。

她坐在床上，在背後塞了一顆枕頭，靠著牆，把玩睡袍的流蘇繩。我也上了床，慢慢爬向她。

「停。」她說，並像指揮交通的警察一樣舉起手。「別再靠近了。」

我坐在我這一側的床上。我們可以在鏡中盯著彼此，就像電視情境喜劇的場景一樣。

「喬瑟夫，我不希望有任何事情在我離開時發生變化。我希望回家時，一切就跟我離開時一樣。我知道這聽起來很自私，但我不想錯過任何事情。」

「什麼意思？」

「你記得你之前教艾瑪騎三輪腳踏車嗎？」

「記得啊。」

「她超興奮的，一直講個不停。你跟她共享了那一刻，而我卻錯過了。」

「那種事難免會發生。」

「我知道，但我不喜歡。」她傾身，把頭靠在我的肩膀上，說：「萬一我錯過艾瑪掉第一顆牙，或是查莉第一次約會怎麼辦？喬瑟夫，我不想要任何事情在我離開時改變。我知道這樣很自私、不合理，也是不可能的。但我想要你在我回家前讓一切維持現狀，這樣我就不會錯過任何事情。」

茱麗安用手指拂過我的大腿，說：「我知道你的工作是助人，也知道精神病患者經常被汙名化，但我不想讓查莉和艾瑪接觸到受傷的人們和他們受傷的心靈。」

「我絕不會……」

「我知道，我知道，但你想想上次的事件。」

「上次？」

「你知道我在說什麼。」

她說的是我以前的一位病人試圖透過奪走我所愛的一切來摧毀我——茱麗安、查莉、我的事業和人生。

「這完全不一樣。」我說。

「我只是要提醒你。我不想要你把工作帶進這個家。」

「黛西不是什麼威脅，她是個好孩子。」

「她看起來不像小孩。」她轉向我說。她嘴角下垂，既沒有微笑，顯然也沒有要我親她。「你覺得她漂亮嗎？」她問道。

「妳一下火車，我的眼裡就只有妳。」

現在是凌晨三點，女孩們已經睡了。我溜下床，關上辦公室的門，然後開燈。我可以怪藥物害我失眠，但事實上是我的腦海裡有太多糾結的思緒了。

這次，我心裡想的不是克莉絲汀．惠勒或黛西，也不是在回想橋上發生的事。我的煩惱是更切身相關的。我一直忍不住去思考內衣和飯店收據的事情，一個想法又勾起了其他思緒：茱麗安在深夜打電話時，總會關上書房的門；她有時會在倫敦過夜；她的行程突然變動，導致她晚歸……

很多人都說婚姻難免會經歷波折或隨著時間改變，但我討厭那些陳腔濫調。茱麗安是一個比我更好的人，她比我堅強，也付出了更多心力維繫家庭關係。還有一個陳腔濫調：有第三者介入了我們的婚姻。他叫做帕金森先生，在四年前住進了我們的生活。

艾克塞西爾酒店的收據夾在一本書裡面。茱麗安說飯店離西班牙階梯和特雷維噴泉很近，走路就到了。我撥打飯店的電話，接聽的夜班經理是一名年輕女性，聲音聽起來很疲倦，畢竟羅馬現在是凌晨四點。

「我想查詢一張發票。」我低聲說，還用手摀住話筒。

「沒問題，先生。請問您是何時住在我們飯店的呢？」

「不，不是我，是一名員工。」

我想好了說詞：我是倫敦的會計師，正在查帳。我告訴她茱麗安的名字和住宿日期。

「歐盧林女士是用信用卡一次付清款項的。」

「她是和同事一起去的。」

「請問姓名是？」

德克。他姓什麼？我想不起來。

「我只是想詢問早餐客房服務的費用……還有香檳。」

「請問歐盧林女士對帳單有疑問嗎？」她問道。

「有沒有可能弄錯了？」

「我們在結帳前有請歐盧林女士過目費用。」

「以一般的標準來說，這頓早餐的分量對一個人來說似乎相當多。妳看看訂單內容：培根炒蛋、煙燻鮭魚、鬆餅、糕點、草莓和香檳。」

「是的，先生，我這裡也看得到訂單內容。」

「這對一個人來說分量很多。」

「是的，先生。」

她似乎不懂我的意思。

「帳單是誰簽的？」

「早餐送到客房時，有人有簽收。」

「所以妳無法告訴我是不是歐盧林女士簽收的嗎？」

「先生，請問她有對帳單提出異議嗎？」

我撒謊道：「她不記得有訂那麼多餐點。」

對方停頓了一下，問道：「需要我傳真一份簽名副本給您嗎，先生？」

「字跡可以辨識嗎？」

「我不清楚，先生。」

我聽到有另一部電話在響，而現在只有夜班經理一個人值班。她建議我早上再打，和飯店經理確認。

「我想他會很樂意替歐盧林女士進行退款，費用將退還到她的信用卡。」

我立刻意識到這麼做的危險。茱麗安會在信用卡帳單上看到這筆退款。

「不，沒關係，不用麻煩了。」

「但如果歐盧林女士認為飯店有多收錢——」

「她可能搞錯了。不好意思打擾妳了。」

第二十章

十幾個女人占據了酒吧的一個角落，把桌椅推到舞池邊緣。那個賤人正在跳舞，像鋼管舞女郎扭動屁股，因為笑得開懷、喝太多酒而臉色發紅。我知道她在想什麼，她認為這裡的每個男人都在看她，渴望擁有她，但她的面貌太過嚴厲，肌肉太過發達。

幸好我追求的不是年輕的天真無邪，也不是純潔。我想要置身於汙穢中，我想要看到她妝容上的裂痕和肚子上的妊娠紋。我想看她的身體左右搖擺。

有人尖聲大笑。年屆中年的準新娘醉到幾乎站不起來了。她的名字好像是凱西，不是晚婚就是即將再婚。她撞到站在桌邊的一個男人，打翻了他的啤酒。她的隨口道歉就跟妓女的親吻一樣，毫無真誠可言。下半輩子要幹她的混蛋還真可憐！

愛麗絲走到自動點唱機前，研究玻璃底下的歌曲名稱。竟然把即將進入青春期的女兒帶來婚前派對？這母親是怎麼當的？她應該要上床睡覺了，但這個胖乎乎的女孩卻坐在酒吧裡吃洋芋片和喝檸檬汽水，一副悶悶不樂的樣子。

「妳不喜歡跳舞嗎？」我問道。

愛麗絲搖搖頭。

「那妳應該覺得很無聊吧。」

她聳聳肩。

「妳叫愛麗絲，對吧？」

「你怎麼知道？」

「我有聽到妳媽媽叫妳，真是個好名字。鱈魚對蝸牛說道：『麻煩你走快點吧。鼠海豚緊跟在後，老是踩到我尾巴。看看龍蝦和海龜，多麼興奮往前跑！他們在岸邊等待，等你加入一起跳。你要，不要，你要，不要，不要加入大家一起跳？』」

「是《愛麗絲夢遊仙境》。」她說。

「沒錯。」

「我爸以前會唸給我聽。」

「真是越奇越怪了。那妳爸現在在哪？」

「不在這裡。」

「他出差嗎？」

「他常常出差。」

她母親在舞池裡轉圈，裙擺飛揚，不小心走光。

「妳媽看起來玩得很開心。」

愛麗絲翻了個白眼，說：「她真丟臉。」

「所有父母都很丟臉。」

她更仔細打量我，問道：「你為什麼要戴墨鏡？」

「這樣別人才不會認出我。」

「你在躲誰？」

「為什麼妳覺得我在躲人？我搞不好是名人啊。」

「你是嗎？」

「我現在是隱姓埋名。」

「什麼意思？」

「就是喬裝打扮。」

「這個偽裝不怎麼樣。」

「謝謝讚美。」

她聳聳肩。

「愛麗絲，妳喜歡什麼樣的音樂？等等，先別告訴我，我猜妳是酷玩樂團的粉絲？」

她雙眼圓睜，問道：「你怎麼知道？」

「妳顯然是個很有品味的女孩。」

她終於露出笑容。

「克里斯．馬汀是我朋友。」我說。

「真的假的！」

「真的。」

「你認識酷玩樂團的主唱？」

「對啊。」

「他是什麼樣的人？」

「他是個好人，不自負。」

「自負是什麼意思？」

「驕傲自大，覺得自己高人一等。」

「但他老婆是個潑婦。」

「葛妮絲還好啦。」

「我朋友雪莉說葛妮絲．派特洛都在模仿瑪丹娜。雪莉不應該大嘴巴，因為她跟丹尼．格林說我覺得他很性感，但我才沒說過那種話。才沒這回事！我一點也不喜歡他。」

有人站在門口，點了一支菸，她便皺起鼻子，說：「人不應該抽菸，因為會導致壞疽。我爸和兩個舅舅都會抽菸。我試過一次，結果吐在我媽的皮革坐墊上。」

「她肯定對妳刮目相看吧。」

「是雪莉叫我做的。」

「我覺得不要一直聽雪莉的話比較好。」

「她是我最好的朋友。她比我還漂亮。」

「我不這麼認為。」

「你怎麼知道？你又沒見過她。」

「我只是很難想像有人比妳漂亮。」

愛麗絲皺眉，一副不相信的樣子，然後改變話題。

「男朋友和老公的差別是什麼？」她問道。

「怎麼這麼問？」

「這是一則笑話，我之前聽別人說的。」

「我不知道。所以男朋友和老公的差別是什麼？」

「四十五分鐘。」

我不禁微笑。

「好，現在解釋給我聽。」她說。

「四十五分鐘是一般婚禮的長度，四十五分鐘後，男朋友就會變成老公。」

「喔，我還以為會是個下流的笑話。那換你跟我講一個笑話。」

「我不太擅長記笑話。」

她很失望。

「你真的認識克里斯·馬汀嗎？」

「對啊，他在倫敦有一棟房子。」

「你去過嗎？」

「對呀。」

「你真幸運。」

在她的右耳下方，她的脖子上有個杏仁狀的小胎記。她戴著一條有馬蹄墜飾的金項鍊，隨著她的身體搖晃來回擺動。

「妳喜歡馬嗎？」

「我有一匹馬，一匹叫做莎莉的栗色母馬。」

「她多高啊？」

「十五手[21]。」

「那滿高的耶。妳多常騎馬啊？」

「每週都會騎。我每週一放學後都要上課。」

「是喔？妳都在哪上課啊？」

「克拉克米爾馬術學校。我的老師是勒翰老師。」

「妳喜歡勒翰老師。」

「喜歡啊。」

酒吧裡又傳來一聲尖聲大笑。有兩個男人加入了婚前派對，其中一人一隻手摟住她母親的腰，另一隻手拿著啤酒杯。他對她耳語些什麼，她便點點頭。

「我好想回家。」愛麗絲說，一副悶悶不樂的樣子。

---

21 譯註：一手相當於四英寸或十點一六公分，為測量馬匹的高度單位。

「我可以送妳回家。」我說。「但妳媽媽可不會答應。」

愛麗絲點點頭說：「而且其實我不應該跟陌生人說話。」

「我不是陌生人，我知道很多關於妳的事。我知道妳喜歡酷玩樂團，有一匹叫做莎莉的馬，還有妳住在巴斯。」

她笑道：「你怎麼知道我住哪？我又沒跟你說。」

「妳有啊。」

她猛搖頭。

「那應該是妳媽媽說的吧。」

「你認識她嗎？」

「或許吧。」

她的檸檬汽水喝完了，我說可以請她喝一杯，但她拒絕了。從門口吹進來的溼冷空氣讓她忍不住發抖。

「愛麗絲，我得走了，很高興認識妳。」

她點點頭。

我對她微笑，但我的目光卻離不開舞池。她母親緊緊抱著剛認識的男性朋友，對方摟住她的腰，讓她的身體往後倒，並用鼻子輕輕摩擦她的脖子。我敢打賭她聞起來像是過熟的水果，很容易撞爛，很快就會裂開，我已經能嘗到裡面的汁液了。

第二十一章

我在睡夢中隱約聽到了電話響起。茱麗安越過我，從底座拿起電話筒。

「你知道現在幾點嗎？」她生氣地說。「現在還不到凌晨五點，然後你把全家都吵醒了。」

我成功搶過電話筒，發現來電者是薇若妮卡．柯雷。

「該起床囉，教授，我會派人去接你。」

「怎麼了？」

「有進展了。」

茱麗安翻了個身，把羽絨被拉到下巴底下，似乎已下定決心要裝睡。我開始換衣服，努力用顫抖的手扣襯衫的扣子和綁鞋帶。最後她還是睡眼惺忪地坐了起來，輕輕扯我襯衫前面的下襬，把我拉向她。我能聞到她的嘴巴散發出的柔和酸味。

「不要穿燈芯絨褲。」

「燈芯絨有什麼問題嗎？」

「我沒時間告訴你燈芯絨有什麼問題，相信我就對了。」

她幫我扭開藥瓶的蓋子，還拿了一杯水給我。我對她心懷感激，但又體認到自己未老先衰，感到憂傷。

「我還以為會有所改變。」她低聲說，但與其說是在跟我說話，更像是在自言自語。

「什麼意思？」

「搬離倫敦時，我還以為會有所改變，不會再有警探和警車，你也不會滿腦子都是可怕的罪行。」

「他們需要我的幫忙。」

「你想要幫他們。」

「我們晚點再聊。」我說，並俯身要吻她，但她卻別過頭，用被子蓋住身體。

和尚跟探險家羅伊在外面等我。和尚幫我打開車門，羅伊則在教堂外的迴轉圈加速轉彎，碎石和泥巴都噴到了草地上。天知道鄰居會作何感想。

和尚高大到他的膝蓋幾乎整個頂在儀表板上。無線電發出聲音，但我聽不清楚對方在說什麼。兩名警探似乎都不打算說我們要去哪裡。

半小時後，我們停在布里斯托城市足球場的陰影下。三座醜陋無比的摩天大樓聳立在維多利亞式排屋、預鑄工廠和一家汽車展示場之上。轉角處停了一輛大型警備車，裡面坐了十幾個警察，有些人甚至還穿著防彈衣。薇若妮卡．柯雷站在一輛車子前面，還在冷卻的引擎蓋上放著一張攤開的地圖。奧利弗．拉布站在她旁邊，盡可能壓低身子，好像因為兩人的身高差而感到尷尬。

「抱歉，希望我沒有害你們夫妻倆吵架。」督察長說道，但她聽起來有些心口不一。

「沒事。」

「奧利弗最近可是忙得不可開交。」她指著地圖上一個參照點說。「昨天晚上七點，克莉絲汀．惠勒的手機開始發送訊號到距離這裡三百多公尺的塔台。這是她週五下午出門時帶的那支手機，但自從在利林自然保護區訊號消失，她開始使用第二支手機後，就沒有再發送訊號了。」

「有人打了電話嗎？」我問道。

「訂披薩。餐點送到了前軍人派翠克．福勒的公寓。他因為『性情不適合』而被勒令退伍。」

「『性情不適合』是什麼意思？」

她聳肩道：「這就是你的專業了。大約一年前，福勒在阿富汗南部被一枚路邊炸彈炸傷，他那排有兩名士兵陣亡。德國一間軍醫院有一名護士指控他猥褻，他就被開除軍籍了。」

我看了一眼灰色的混凝土大樓，在逐漸明亮的天空下宛如一座座島嶼。

督察長還在說話。

「四個月前，福勒的古柯鹼檢測結果呈陽性，便因毒駕而被吊銷駕照，他老婆也在那時帶著兩個孩子離開了他。」

「他幾歲？」

「三十二歲。」

「他認識克莉絲汀．惠勒嗎？」

「不知道。」

「那現在要怎麼做？」

「我們要逮捕他。」

大樓內部有樓梯，還有可達所有樓層的電梯。送貨員進出的側門散發出破掉的垃圾袋、貓尿和溼報紙的味道。派翠克．福勒住在四樓。

我看著十幾名身穿防彈衣的警官走上樓梯，還有四個人搭電梯。他們動作俐落，顯然是好幾個月的訓練成果，但考慮到嫌犯沒有暴力前科，這麼大陣仗似乎有點誇張也沒必要。

這是九一一事件和倫敦七七爆炸案[22]的後遺症，或許也是未來的做法。警察不再敲門，禮貌地請嫌犯到警局接受偵訊，而是全副武裝，用破門錘把門撞開。公共安全比隱私和個人自由還重要，我理解這些論點，但還是忍不住懷念以前的日子。

帶頭的警官抵達公寓門口，把耳朵貼在門上，然後轉身點頭，薇若妮卡．柯雷也點頭回應。破門錘向前擺動，劃出一個短短的弧線，門便應聲而倒。這時，所有人卻突然停了下來。一隻比特鬥牛㹴齜牙低吼，撲向最近的警官，他急忙後退，差點跌倒。兇惡的比特犬露出獠牙，撲向警官的喉嚨，卻

22 譯註：於二〇〇五年七月七日早上尖峰時段在英國倫敦地鐵和巴士發生的連環爆炸案，共造成五十六人死亡。

被拉住了。

一個穿著寬鬆褲子和運動衫的男人拉住了狗的項圈。他看起來超過二十八歲，有一雙淺色的眼睛，一頭金髮往後梳。他對警察大吼大叫，叫他們滾開，不要煩他。比特犬用後腳站了起來，試圖掙脫束縛。警察拔槍了，再這樣下去，會有人或動物中槍。

我在樓梯間看著這一幕。警察退了半條走廊，另一個小隊則在門的另一邊三公尺處。

福勒跑不了的，大家都應該冷靜下來。

「別讓他們開槍。」我說。

薇若妮卡．柯雷用嘲諷的眼神看著我，說：「如果我想射殺他，我早就自己動手了。」

「讓我跟他談談。」

「交給我們就好。」

我不理她，推開前面的警察。福勒距離我三公尺左右，仍在大吼大叫，他的狗也仍齜牙咧嘴，不斷嗥叫。

「派翠克，聽我說。」我大喊。他遲疑了一下，上下打量我。他的臉部肌肉不斷抽搐，充滿憤怒和責備。「我是喬瑟夫。」我說。

「滾開，喬瑟夫先生。」

「有什麼問題嗎？」

「沒有問題，只要他們不要煩我就好。」

我又往前踏了一步，那隻狗便撲向我。

「我會放手喔。」

「我不會再前進了。」

我靠在牆上，看著黏在水泥地板上又黑又油膩的圓形物體，是被踩扁的口香糖。我拿出手機，滑開手機蓋，點進選單選項，翻閱以前的訊息。我沒跟比特犬眼神接觸時，牠比較不會那麼有敵意。氣氛稍微緩和了下來，讓大家都能喘口氣。

我用眼角餘光看到警察仍舉著槍。

「派翠克，他們會開槍射你，或是射你的狗。」

「我什麼都沒做，叫他們走開。」

他的口音比我預期的更有教養。「現在狀況危急，他們不會就這樣走開的。」我說。

「警察他媽的撞壞我的門耶。」

「好吧，或許他們應該先敲門才對，我們可以稍後再談這件事。」

比特犬又向前撲，但福勒往後猛拉，勒到狗的脖子，牠開始咳個不停。

「派翠克，你有看過美國的真實犯罪節目嗎？就是有電視台直升機和新聞媒體跟拍警匪追逐和警察逮捕嫌犯的節目。」

「我很少看電視。」

「好吧，但你知道我在講什麼節目。記得O．J．辛普森駕駛Ford Bronco的低速追車事件嗎？我們都看到了：新聞台的直升機直播辛普森在公路上逃逸的畫面。

「我一直覺得那個追車場面很蠢，但很多嫌犯都是這樣。他們拼命想要逃跑，身後有一大堆警車，空中有直升機，還有新聞媒體全程拍攝。就算撞車，他們還是會跳下車並且拔腿就跑，翻過路障、鐵絲網和花園圍牆。真的很荒謬，因為有這麼多人追捕他們，他們是絕對逃不了的，逃跑只會讓自己看起來更可疑而已。」

「但辛普森最後被判無罪。」

「你說得沒錯，十幾名陪審團成員並未判他有罪，但大眾就不一樣了。辛普森看起來有罪，聽起來有罪，大部分的人也認為他有罪。」

派翠克現在緊盯著我看，臉部肌肉不再抽搐，狗也不再狂吠了。

「派翠克，你看起來很聰明，而我不認為像你這樣的聰明人會犯那樣的錯。你應該會說：『嘿，各位警官，有什麼事嗎？當然，我很樂意回答問題，但請讓我先打給我的律師。』」

他露出了一絲微笑，說：「但我不認識什麼律師。」

「我可以幫你找律師。」

「你能幫我請到約翰尼·科克倫[23]嗎？」

「我能幫你請到他的遠親法蘭克。」

他終於笑了。我把手機放回口袋裡。

「我為了這個國家打仗。」派翠克說。「我親眼目睹同袍戰死，你知道那是什麼感覺嗎？」

「不知道。」

「告訴我，為什麼我要忍受這種待遇？」

「制度就是這樣，派翠克。」

「去他的制度。」

「大部分的時候，制度都能發揮作用。」

「對我來說沒有。」

我直起身子並攤開雙手，表示把決定權交給他。

「決定權在你手上。如果我離開這條走廊，他們就會對你或你的狗開槍。或者你也可以回到公寓裡，把狗鎖在房間裡，再舉起雙手走出來，這樣就沒有人會受傷。」

思考了幾秒鐘後，他猛扯項圈讓比特犬掉頭，並把牠拉回公寓裡。一分鐘後，他自己走了出來，警察立刻向前。

警察很快就制伏了派翠克，迫使他跪下，再將他按倒在地，雙手背在背後上銬。一名領犬員拿著長桿子和套索走進公寓，把不斷掙扎的比特犬帶了出來。

「別傷害牠。」派翠克低聲說。「別傷害我的狗。」

23 譯註：Johnnie Cochran，辛普森案的辯護律師，已於二〇〇五年因腦癌病逝。

第二十二章

警察審訊就像是一齣三幕劇：第一幕介紹登場角色，第二幕描繪衝突，第三幕則是解決衝突。但這次的審訊不一樣。過去這一小時，薇若妮卡．柯雷不斷嘗試理解派翠克．福勒不著邊際的回答和荒謬的解釋。他說自己沒去利林自然保護區，沒見過克莉絲汀．惠勒，也沒被勒令退伍，似乎連自己的過去都打算否認。但不知為何，他又會突然被一件事吸引住，而完全忽略其他的事情。

我從單向玻璃後面觀察他，感覺自己好像一個偷窺者。偵訊室有翻新過，以柔和的色調為主，椅子上有軟墊，牆上還有海邊的印花圖案。派翠克低著頭，雙手放在身體兩側，在偵訊室的四個角落來回走動，好像弄丟了公車車資一樣。柯雷督察長請他坐下來，他會照做，但每問一個問題，他又會起身開始走動。

他把手伸入褲子後面的口袋，似乎在找些什麼，可能是梳子吧，但口袋裡的物品早就被沒收了。接著，他用手指把頭髮往後梳。他的左手上有一個X形傷疤，從大拇指和小拇指根部一路延伸到手腕兩側。

法律服務機構派了一名律師來協助他，是一位看起來精明幹練的中年女子。她將公事包放在雙腿中間，緊握的雙手下放著一本大頁紙尺寸的便條簿。派翠克似乎不以為然，因為他想要男律師。

「請叫妳的客戶坐下來。」薇若妮卡．柯雷要求道。

「我在努力了。」她回答。

「還有叫他不要再浪費時間了。」

「他有在配合了。」

「妳對『配合』的解讀還真有趣。」

這兩個女人不喜歡彼此，或許她們以前曾經交惡。督察長拿出了一個密封的塑膠證物袋。

「福勒先生，我再問你一次，你有看過這支手機嗎？」

「沒有。」

「這是從你的公寓找到的。」

「那一定就是我的吧。」

「這是哪來的？」

「誰撿到了就是誰的。」

「所以你是撿到的嗎？」

「我不記得了。」

「你週五下午在哪裡？」

「我去了海邊。」

「那時在下雨耶。」

他搖搖頭。

「有人跟你一起嗎？」

「我的小孩。」

「你在顧你的小孩。」

「潔西卡用水桶收集貝殼，喬治堆了一座沙堡。喬治不會游泳，但潔西卡正在學。他們有玩水。」

「你的小孩幾歲？」

「潔西卡六歲，喬治好像四歲吧。」

「你不確定嗎？」

「我當然確定。」

督察長試圖叫他明確說明細節，問他何時抵達海邊、何時離開，以及他們看到了誰。福勒描繪出一趟典型的夏日遠足，說他們買了冰淇淋、坐在沙石海灘上，還有排隊騎驢子。他的表現很有說服力，但也令人難以置信。週五有十幾個郡都發布了洪水警報，大西洋沿岸和塞文河也都颳起了大風。

薇若妮卡．柯雷感到愈發氣餒。如果福勒什麼都不說，事情還比較簡單，至少她能把證據一一擺出來，用事實所構築的銅牆鐵壁來讓他無路可逃。但他每次回答的藉口都不一樣，害她一直走回頭路，遲遲沒有進展。

這個現象對我來說並不陌生，我在諮商時見識過——患者不願被事實束縛，因此精心杜撰出巧妙的比喻和謊言。

警察暫停審訊，接待室裡一片沉默。和尚和羅伊互使眼色，抿嘴微笑，看到老大失敗，他們反而幸災樂禍。我想這種事應該不常發生吧。

柯雷督察長把一個寫字夾板丟向牆壁，紙張紛紛飄到地上。

「我不認為他是故意在騙人。」我說。「他是想幫忙的。」

「那傢伙比小丑的雞雞還要瘋。」

「或許他想不起來。」

「他根本屁話連篇！」

我站在她面前，覺得有些尷尬。和尚盯著自己擦亮的鞋尖，探險家羅伊則看著自己的拇指指甲。

福勒被帶到樓下的拘留室。

如果他有腦損傷，這樣的行為就說得通了，畢竟他曾在阿富汗被路邊炸彈炸傷。要確認只有兩種辦法：取得他的病歷或是進行心理評估。

「讓我跟他談談吧。」

她頓了一下，才問道：「這樣對我們有什麼好處？」

「我可以幫妳確認他到底是不是嫌疑人。」

「他已經是嫌疑人了。克莉絲汀・惠勒的手機在他手上。」

「我想把福勒當病人對待，不要錄音錄影，不做紀錄。」

薇若妮卡・柯雷的肩膀微微顫動，我幾乎能感受到她散發出的怒氣。和尚與羅伊對我投以憐憫的眼神，好像我是個死囚。督察長開始列出我不能走進偵訊室的理由。如果派翠克・福勒被控謀殺，他可以鑽漏洞，以審訊未遵循正當法律程序為藉口，試圖避免被起訴。

「如果稱之為心理評估呢？」

「那得徵求福勒的同意才行。」

「我會跟他的律師談。」

福勒的律師聽了我的論點，然後我們就談話方式和規則達成協議。她的委託人所說的任何內容都不能作為犯罪證據，除非他同意警方做紀錄。

派翠克又被帶了上來。我在昏暗的觀察室看著他小心翼翼地穿越偵訊室，又轉身折返，試圖踩在剛剛走過的那幾塊地毯上。他遲疑了，他忘了剛剛進來時走了幾步，於是他閉上眼睛，試圖想像自己的步伐，然後又開始移動。

我打開門，嚇了他一跳。有一瞬間，他完全搞不懂我的存在，然後他就想起來了。他擔憂的神情被不斷變化的鬼臉所取代，彷彿他在微調自己的臉部肌肉，直到調整成他要向世界展示的表情為止。律師跟著我走進偵訊室，在角落坐了下來。

「你好，派翠克。」

「我的狗。」

「我們會好好照顧你的狗。」

「你剛剛在地上看到了什麼？」

「什麼也沒有。」

「你不想踩到某個東西。」

「捕鼠器。」

「是誰把捕鼠器放在地上的？」

他看著我，眼神流露出希望，問道：「你也看到了嗎？」

「你看到了幾個？」

他指著地板，開始數：「十二、十三……」

「派翠克，我是心理學家，你有跟心理學家談過嗎？」

他點點頭。

「是受傷後的事嗎？」

「對。」

「你會做惡夢嗎？」

「有時候會。」

「你都夢到什麼？」

「血。」他回答，並坐了下來，但又幾乎馬上彈起來。

「血？」

「我第一個看到的是里昂的屍體壓在我身上。他翻了白眼，到處都是血，我知道他已經死了。我必須把他從我身上推開。史派克被困在運兵車的底盤下面，雙腿被壓住了，我們不可能把那麼重的車子搬起來。子彈像雨滴一樣從金屬板上彈開，大家都拼命找掩護。

「史派克一直大聲尖叫，因為他的腿被壓斷了，而且運兵車還著火了。大家都知道火焰燒到武器庫時，整輛車就會爆炸。」

派翠克呼吸急促，似乎有點喘不過氣來，額頭上布滿汗珠。

「這是現實世界發生的事嗎，派翠克？」

他沒有回答。

「現在史派克在哪裡？」

「他死了。」

「他是在那次事故中死的嗎？」

派翠克點點頭。

「他是怎麼死的？」

「他是被射殺的。」

「是誰射殺他的？」

他低聲回答：「是我。」

他的律師想要出面制止，但我稍稍抬起手，希望對方能再等一下。

「你為什麼射殺史派克？」

「有子彈打中了他的胸口，但他還在尖叫，火焰也燒到了他的雙腳。我們沒辦法把他拉出來，我們被敵軍牽制住，上頭命令我們撤退。他向我大喊，向我乞求……他快死了。」

派翠克的表情因為痛苦而扭曲，他用手摀住臉，透過指縫偷看我。

「沒關係。」我告訴他。「放輕鬆就好。」我幫他倒了一杯水。

他伸出手，需要用雙手才能把杯子舉到唇邊。他一邊喝水，一邊盯著我，然後他注意到我的左手，我的拇指和食指又在搓藥丸了。他似乎把這個細節記在心裡。

「派翠克，我要問你幾個問題。這不是測驗，但我需要你集中精神。」

他點點頭。

「今天是星期幾？」

「星期五。」

「幾號？」

「十六號。」

「其實是五號。現在是幾月？」

「八月。」

「你為何這麼說？」

「外面很熱啊。」

「但你穿著長袖長褲耶。」

派翠克低頭看自己的衣服，似乎感到驚訝。接著，我注意到他的視線往上飄並微微移動，好像在看我身後的某個東西。我繼續和他聊天氣，一邊轉頭，直到能看到我身後的牆壁為止。鏡子旁邊掛著一張照片，描繪出海邊的場景，有些孩子在沙石海灘上玩耍，有些則在玩水。背景有一個摩天輪和冰淇淋攤販。

派翠克僅僅從一個場景就建構出他的不在場證明。這張圖幫助他填滿上週五的記憶空白，所以他才確信那天很熱，而且他帶孩子們去了海邊。

派翠克的情境記憶有問題。他保留了片段的自傳式訊息，但無法將其與特定的時間或地點連結。那些記憶四處飄散，影像互相碰撞，所以他才會講一些不著邊際的故事、避免眼神接觸，還在地上看到捕鼠器。

現實在他的腦海中被反覆審視。當有人問他問題，而他覺得自己應該要知道答案時，他會尋找線索，並編出符合這些線索的新腳本。牆上的照片提供了一個框架，他便以其為基礎編出一個故事，忽略了那天下雨和現在的季節等不合理的事實。

如果派翠克是病人，我就會替他預約看診，並要求查看他的病歷，或許還會安排讓他做腦部斷層掃描，應該能看到右腦損傷，腦溢血之類的。至少他一定有創傷後壓力症候群，所以他才會捏造出虛構的故事，用荒誕不經的幻想來解釋他想不起來的事情。他會自動這麼做，並不是故意的。

「派翠克。」我用溫和的語氣說。「如果你不記得上週五發生了什麼事，直接告訴我沒關係，我不會覺得你很蠢。大家難免都會忘記一些事情。我們在你家找到了一支手機，手機的主人是一個去過利林自然保護區的女人。」

他看著我，一臉茫然，但我知道記憶在他腦中，只是他想不起來而已。

「她全身赤裸。」我說。「她穿著一件黃色雨衣和一雙高跟鞋。」

他的眼神不再游移，和我四目相接。「她穿著紅色高跟鞋。」他說。

「對。」

零散的記憶和情感碎片拼湊了起來，彷彿他腦中有一台拉霸機，而圖案連成了一條線。

「你有看到她嗎？」

他遲疑了，這次他如果否認就是在說謊了，我不給他這個機會。

「她走在步道上。」

他點點頭。

「有人跟她在一起嗎？」

他搖搖頭。

「她當時在做什麼？」

「在走路。」

「你有跟她說話嗎？」

「沒有。」

「你有跟著她嗎？」

他點頭道：「我只有跟在後面而已。」

「你是怎麼拿到她的手機的？」

「我找到的。」

「在哪裡？」

「她把手機留在車子裡。」

「所以你就拿走了？」

「車門沒鎖。」他想不到藉口，便咕噥道。「我很擔心她，想說她可能陷入麻煩了。」

「那你為什麼沒有報警？」

「我……我沒有手機。」

「你有她的手機啊。」

他的臉部肌肉不斷抽搐，表情千變萬化。他起身來回走動，不再避開捕鼠器。他說了些什麼，但我沒聽清楚，便請他再說一遍。

「手機電池沒電了，我還去買了充電器，花了十英鎊。」

他看著我，眼神充滿希望，問道：「你覺得他們會退款給我嗎？」

「我不知道。」

「我只用了幾次而已。」

「派翠克，請專心聽我說，森林裡那個女人，你有跟她說話嗎？」

他的臉部表情又開始扭曲。

「派翠克，她說了什麼？這很重要。」

「什麼也沒說。」

「派翠克，不要搖頭，她說了什麼？」

他聳聳肩並四處張望，試圖找另一張照片幫他編故事。

「派翠克，我不要你編故事。如果你不記得，直接講就好。但這真的很重要，請你仔細回想。」

「她問了她女兒的事，她想知道我有沒有看到她。」

「她有說原因嗎？」

他搖搖頭。

「她只說了這些嗎？」

「對啊。」

「然後呢？」

他聳肩道：「然後她就跑走了。」

「你有跟著她嗎？」

「沒有。」

「派翠克，她當時有拿著手機嗎？她有在講電話嗎？」

「或許吧，我不知道，我聽不到。」

我繼續問問題，試圖建構出事實的框架。但派翠克突然停下來，盯著地板，然後抬起一隻腳，跨過一個「捕鼠器」。他又神遊了，心思已經不在這裡了。

「或許我們應該讓他休息一下。」律師說。

在偵訊室外，我向警探們解釋為何我認為派翠克會捏造虛構的故事。

「所以他的大腦受傷了。」聽了我的臨床描述後，探險家羅伊試圖換句話說。

「那不代表他是清白的。」和尚補充道。

「這是會好的嗎？」薇若妮卡．柯雷問道。

「我不知道。派翠克會保留重點資訊，但無法將其與特定的時間與地點連結。他的記憶會四處飄散。如果給他看一張照片，證明他在利林自然保護區，那他就會接受這件事，但那不代表他記得自己有去。」

「這代表他仍可能是犯人。」

「可能性非常低，妳也聽到他說的了。他的腦袋裡充滿了對話片段、影像、他的妻子、小孩，以及他受傷前發生的事情。這些事物在他的腦海裡漂來漂去，沒有任何道理或順序。他並沒有喪失生活能力，他可以做一份簡單的工作，但每當他想不起某件事，就會開始編故事。」

「所以我們拿不到口供。」督察長一臉不屑道。「但我們也不需要。他承認自己在現場，被害人的手機也在他手上。」

「他沒有逼她跳橋。」

柯雷督察長打斷了我：「恕我直言，教授，我知道你很擅長剖析人心，但你根本不知道這個男人有什麼能耐。」

「妳可以認為我錯了，但那不是放棄思考的理由。我在發表我的看法，我認為妳是錯的。」

督察長態度果斷，把一疊文件整理好後，便開始發號施令。她要手機店的經理和助理來警局一趟。

「派翠克鎖了她的車。」我說。

薇若妮卡．柯雷話說到一半，停了下來。「所以呢？」她問道。

「我只是在想如果他是凶手，為什麼還要鎖車？」

「你有問他為什麼嗎？」

「他說他不希望車子被偷。」

第二十三章

愛麗絲小朋友正在騎她的栗色母馬。她今天紮了一條辮子，在圍場內慢慢繞圈，辮子隨著身體的律動上下跳動。

有另外三名學生上馬加入課程，他們全都穿著馬褲、馬靴和頭盔。勒翰老師屁股很大，有一頭凌亂的金髮。她讓我想到之前在德國遇到的一位指揮官的妻子，那女人比她丈夫更嚇人。

我能聞到馬的味道。我的座右銘是永遠不要相信體型比你大的動物。雖然在照片中，馬看起來聰明且安靜，但在現實生活中近距離觀察的話，就會發現牠們會躁動和用鼻子噴氣，而且那雙溼潤、柔和的大眼睛裡藏著一個祕密。未來四足類將發動革命，統治世界。

有一些家長留下來看小孩騎馬，還有一些人在停車場聊天。沒有人看愛麗絲，除了我。別擔心，親愛的，我在看著妳。抬頭挺胸，向前走……

我在手機上輸入號碼，然後按下綠色的電話按鈕。一個女人接了起來。

「請問是希薇亞．福內斯嗎？」

「對，我就是。」

「愛麗絲的媽媽嗎？」

「對，請問哪裡找？」

「我是負責照顧妳女兒的好心人士。」

「什麼意思？」

「她從馬上摔下來，扭傷了膝蓋，雖然很痛，但我給她呼呼之後，就好多了。」

她倒抽了一口氣，問道：「你是誰？我女兒在哪？」

「她就在這裡啊，希薇亞，她躺在床上。」

「什麼意思？」

「摔下馬之後，她全身沾滿了泥巴，馬褲弄得髒兮兮的，所以我把衣服丟到洗衣機裡，然後幫愛麗絲洗了澡。她的皮膚真漂亮，頭髮也很柔順。妳是用哪款潤髮乳幫她潤絲啊？」

「我……我不知道是哪款潤髮乳。」

「她的脖子上還有一個杏仁狀的胎記，很漂亮呢，我要親親看。」

「不要！不要碰她！」

痛苦和困惑讓她喉嚨緊縮，幾乎說不出話來。恐懼、驚慌，這些情緒全都湧上心頭，使她不堪負荷。

「勒翰老師在哪？」她問道。

「在帶其他同學。」

「讓我跟愛麗絲說話。」

「她沒辦法說話。」

「為什麼？」

「因為她的嘴巴上貼了膠帶。但別擔心，希薇亞，她能聽到妳說話。我把電話拿到她耳朵旁邊，妳可以跟她說妳有多愛她。」

她呻吟著說：「求求你放她走。」

「但我們在一起很開心耶，她真是個可愛的小東西。我在照顧她，因為小女孩需要人照顧。愛麗絲的爸爸在哪？」

「他不在這裡。」

「小女孩需要爸爸陪伴。」

「他在出差。」

「為什麼他不在時，妳就表現得像個蕩婦一樣？」

「我沒有。」

「愛麗絲覺得妳有。」

「沒有。」

「愛麗絲正在長大，含苞待放。」

「求求你，別碰她。」

「她很勇敢喔，我把她的衣服剪掉時，她完全沒有哭。脫光光讓她有點害羞，但我叫她不用擔心，我總不能讓她穿髒衣服吧。妳應該幫她買內衣，我覺得她準備好了……畢竟她五月就要滿十二歲了。」

她開始對著電話抽泣，苦苦哀求我。

「我知道很多關於愛麗絲的事。她喜歡酷玩樂團；她的馬叫做莎莉；她的床頭櫃放了一張爸爸的照片；她最好的朋友叫做雪莉；她喜歡一個叫做丹尼．格林的男生。她這個年紀交男朋友稍微有點早，但用不了多久，她就會在電影院的後排幫別人口交，到處張開雙腿，來者不拒。我要來調教她。」

「求求你，不要，她只是個——」

「處女，我知道，我檢查過了。」

希薇亞開始過度換氣。

「冷靜點。」我告訴她。「深呼吸，愛麗絲需要妳聽我說。」

「你想要什麼？」

「我要妳幫我讓她成為一個女人。」

「不要，不要。」

「聽我說，希薇亞，不要打斷我。」

「求求你，放她走。」

「我剛剛說了什麼？」

「求求你。」

我把手機砸在自己的拳頭上，說：「妳聽到了嗎，希薇亞？那是我的拳頭打在愛麗絲臉上的聲音。妳每打斷我一次，我就會揍她一拳。」

「不要，求求你，對不起。」

她安靜下來了。

「很好，希薇亞，這樣好多了。現在我要讓妳跟愛麗絲打招呼。她能聽到妳說話，妳想跟她說什麼？」

她啜泣道：「寶貝，我是媽咪，沒事的，別害怕，我會幫妳，我……我……」

「叫她放輕鬆。」

「放輕鬆。」

「叫她好好配合。」

「照那個男人說的做。」

「非常好，希薇亞，她現在冷靜多了。這樣我就能開始了，而妳可以幫我。我要先插哪個洞？」

她在電話另一頭大哭道：「求求你，別碰她，拜託不要。把她帶到外面，留在街上就好，我不會報警的。」

「我為什麼要那麼做？」

「她只是個孩子。」

「在某些國家，人們會把她這個年紀的女孩嫁出去，還會割掉她們的陰蒂，並把陰道縫起來。」

她的喉嚨深處發出了呻吟。

「讓我來吧，你可以跟我做。」

「我有愛麗絲小朋友，為什麼要跟妳做？她很年輕，妳很老；她很純潔，妳則是個婊子。」

「拜託跟我做。」

「妳能聽到她的呼吸聲嗎？我現在把頭放在她的胸口上。她的心臟正在『撲通、撲通』地跳著呢。」

「求求你，跟我做，我什麼都願意做。」

「噢，說話要小心喔，希薇亞。妳真的願意代替她嗎？」

「真的。」

「妳真的可以……妳真的會……？」

「真的。」

「我怎麼知道我可以相信妳？」

「你可以相信我，求求你，放她走吧。」

我的手裡捧著另一支手機。我撥了另一個電話號碼，我能聽到電話另一頭傳來的手機鈴聲。希薇亞摀住話筒，接起了手機，用急切的語氣低聲說：「拜託救命！快報警，他綁架了我女兒。」

我清楚說出每個字：「希、薇、亞，猜猜我是誰？」

她發出絕望的呻吟。

「愛麗絲給了我妳的手機號碼。剛剛那是在測試妳，而妳失敗了，我無法再相信妳了。希薇亞，我要掛電話了，妳再也見不到愛麗絲了。」

她大哭道：「不要！不要！不要！對不起，求求你，我錯了，我不會再犯了。」

「我又把電話放到愛麗絲耳邊了。跟她說對不起。我本來只打算強姦她，然後就把她送回去，但現在妳再也見不到她了。」

「求求你，別傷害她。」

「噢，妳看看妳！妳把她弄哭了。」

「我什麼都願意做，什麼都可以。」

「希薇亞，我現在壓在她身上。放輕鬆，孩子，別害怕，這是媽咪的錯，她不值得信任。」

「不要，不要，不要，求求你……」

「孩子，把雙腿打開，這會有點痛。結束後，我會把妳深深埋在土裡，媽咪永遠也找不到妳，但蟲子會找到妳，妳的屍體嘗起來肯定會很鮮甜。」

「讓我來！讓我來！」希薇亞尖叫道。「別碰她，別傷害我的寶貝。」

「希薇亞，跟她說對不起，然後跟她道別吧。」

「不要，聽我說，我什麼都願意做，別傷害她，讓我代替她。」

「妳值得嗎，希薇亞？妳必須向我證明妳值得代替她。」

「要怎麼做？」

「把衣服脫掉。」

「什麼？」

「愛麗絲一絲不掛，我也要妳一絲不掛。把衣服脫掉。噢，妳看！愛麗絲在點頭呢，她想要妳幫她。」

「我可以再跟她說話嗎？」

「好，她正在聽。」

「寶貝，妳聽得到我說話嗎？沒事的，別害怕，媽咪要去找妳，我保證，我愛妳。」

「真感人，希薇亞，妳脫光衣服了嗎？」

「脫了。」

「走到窗邊，把窗簾拉開。」

「為什麼？」

「我能看見一切，希薇亞。我能描述妳的房間和衣櫃、衣架上的衣服、妳的鞋子……」

「你是誰？」

「如果妳不照我說的做，我就是那個會把妳女兒操到死的男人。」

「我只是想知道你的名字。」

「才不是，妳想要在我們之間建立連結，因為妳覺得這樣會降低我傷害愛麗絲的可能性。希薇亞，不要跟我玩心理戰。我可是專業的，我是精神強暴專家，我是做這行謀生的，為了我的國家奉獻。」

「什麼意思？」

「意思是我知道妳在想什麼。我知道關於妳的一切，我知道妳住哪裡，有哪些朋友。希薇亞，我要給妳另一個測試，別忘了上次妳騙我的後果。我知道妳的其中一個朋友：她的名字是海倫·錢柏斯。」

「海倫怎麼了嗎？」

「我要妳告訴我她在哪裡。」

「我不知道，我們已經好幾年沒見了。」

「妳騙人！」

「沒有，是真的。她幾週前寄了一封email給我。」

「她寫了什麼？」

「她……她說她要回來了，她想約見面。」

「希、爾、薇、亞，不要騙我。」

「我沒有。」

「妳是他媽的騙子！」

「我不是。」

「妳脫光了嗎？」

她哭著說：「脫了。」

「妳還沒拉開窗簾。」

「我拉了。」

「很好，現在打開妳的衣櫃。我要妳找妳的黑色靴子，那雙鞋尖很尖的騷貨高跟靴，妳知道我在說哪雙。我要妳把靴子穿上。」

我能聽到她在找靴子。我想像她跪在地上翻找的模樣。

「我找不到。」

「妳可以的。」

「我得放下電話。」

「不行，如果妳放下電話，愛麗絲就會死，事情就是這麼簡單。」

「我在找了。」

「妳拖太久了。我要拿掉愛麗絲的蒙眼布了。妳知道那意味著什麼嗎？她會看到我的臉，我就必須殺死她。我正在把結解開，她一睜開眼睛就會死。」

「我找到了！在這裡！」

「把靴子穿上。」

「我得放下電話才能把拉鍊拉起來。」

「不，妳不需要。」

「我不可能——」

「妳當我是白痴嗎，希薇亞？妳以為我沒做過這種事嗎？全英國上下到處都有女孩死掉，妳在報紙上讀過她們的報導，也在電視上看過她們的照片。青少女失蹤，遺體從未被找到。是我做的！就是我！別他媽耍我，希薇亞。」

「我不會耍你。你會放愛麗絲走。我是說，如果我照你說的做，你就會放她走嗎？」

「我會放過一、兩個，但前提是有人願意代替她們。妳願意嗎，希薇亞？別讓我失望，別讓愛麗絲失望。要麼妳為我做，要麼她為我做。」

「好。」

我指示她走到浴室。櫃子的第二層抽屜裡有一支粉色透亮唇膏。

「希薇亞，看看鏡中的自己。妳看到了什麼？」

「我不知道。」

「拜託，少來了，妳看到了什麼？」

「我自己。」

「一個婊子。為我塗口紅吧，把自己變漂亮。」

「我做不到。」

「要麼妳為我做，要麼她為我做。」

「好吧。」

「在最底層的抽屜有個粉紅色的袋子，把它帶在身上。」

「我沒看到粉紅色袋子，這裡沒有。」

「明明就有，不要再騙我了。」

「我不會的。」

「準備好了嗎？」

「準備好了。」

我叫她帶著她的車鑰匙和粉紅色袋子走到公寓前門。

「打開門，希薇亞，一步一步慢慢走。」

「然後你就會放愛麗絲走？」

「如果妳乖乖聽話的話。」

「你不會傷害她吧？」

「我會保護她的。妳看看，愛麗絲在點頭，她很開心，她在等妳。」

希薇亞下樓了，她打開了大門。我叫她不要看任何人，也不要比任何手勢。她說街上空無一人。

「現在走到妳的車子旁，然後上車。裝上免持裝置，因為妳得邊開車邊講電話。」

「我沒有免持裝置。」

「不要騙我，希薇亞，手套箱裡有。」

「我要去哪裡？」

「妳要來我這裡，我會幫妳指路。不要轉錯彎，也不要閃車燈或按喇叭，我會發現的。不要讓我失望。直走穿過圓環，然後在雪梨路右轉。」

「你為什麼要做這種事？我們對你做了什麼？」

「不要問，妳會怕。」

「我沒有做錯任何事，愛麗絲什麼也沒做。」

「妳們都是一個樣。」

「才不是，我才不像你說的——」

「我有在觀察妳，希薇亞，我知道妳是什麼樣的人。告訴我妳在哪。」

「剛經過博物館。」

「轉進沃明斯特路，然後沿著這條路開。」

希薇亞改變策略，想方設法試圖說服我。「我可以對你很好。」她語帶猶豫。「我的床上功夫一流，技術絕佳，你想要什麼，我都做得到。」

「我知道妳做得到。妳外遇了幾次？」

「我沒有外——」

「騙子！」

「我說的是實話。」

「希薇亞，我要妳賞自己巴掌。」

她不明白。

「賞自己一巴掌……這是處罰。」

我給她幾秒鐘照做，但什麼也沒聽到。我用手機重擊拳頭，說：「聽到了嗎，希薇亞？愛麗絲又替妳接受處罰了，她的嘴唇在流血。別怪我，孩子，是媽咪的錯。」

希薇亞尖叫著要我停下來，但我受夠了她的嗚咽聲和可悲的藉口。我一次又一次地把手機砸在拳頭上。

她哭道：「拜託別傷害她，求求你，我在路上了。」

「愛麗絲真可愛，我嘗了她的淚水，就跟糖水一樣甜。她月經來了嗎？」

「她才十一歲。」

「我可以讓她流血，從各種妳無法想像的地方流血。」

「不要，我在路上了。愛麗絲呢？」

「她在等妳。」

「讓我跟她說話，好嗎？」

「她能聽到妳說話。」

「我愛妳，寶貝。」

「妳有多愛她？妳願意代替她嗎？」

「我願意。」

「來我這裡吧，希薇亞。她在等妳，來帶她回家吧。」

第二十四章

那棵樹宛如一個張開手臂的食人魔。一具蒼白的屍體掛在一根樹枝上，一動也不動。不對，不是蒼白，而是一絲不掛，而且頭被蓋住了。

若放眼望向樹後面的山谷，可以看到一片單調的風景在黑暗中慢慢浮現：被樹籬和常綠灌木叢給分隔開來的田野，以及沿著溪流蜿蜒的山毛櫸小徑。太陽躲在紺青色的天空後面，報春花和水仙花都尚未從地底探出頭來，彷彿這個世界並不存在任何顏色。

金屬大門被藍白相間的警戒線圍了起來，附近的穀倉周圍架設了聚光燈，因風吹日曬而褪色的木頭似乎被燈光粉刷成白色的。

農路也圍了警戒線。警察正在拍照記錄地上的輪胎印痕，並製作石膏模型。道路的盡頭有一條狹窄的鄉間小路，兩邊都被警車擋住了。

警方搭建了臨時路障和檢查站，我必須向拿著寫字夾板的警察報上姓名才能通過。我小心翼翼地避開路上的水坑，抵達穀倉，放眼望向耕過的田，可以看到掛在樹上的屍體。

接下來的路途都有棧板覆蓋，這些白色的塑膠踏腳石通往十五公尺外的那棵樹下。耕犁繞過樹幹兩側，挖出了一個淚珠的形狀，犁過的土壤上結滿了霜。

薇若妮卡．柯雷站在屍體旁邊，看起來活像個劊子手。一個全身赤裸的女人被一副手銬單手掛在樹枝上，左手腕被手銬摩擦到破皮流血。她的頭上罩了一個白色的枕頭套，太長的部分全都落在肩膀上。她的腳尖幾乎沒碰到地上。

一支手機落在她的腳邊，電池沒電了。她穿著及膝皮靴，一邊的鞋跟斷了，另一邊則埋入泥土中。閃光燈連續快速閃爍，營造出屍體像定格動畫人偶一樣移動的錯覺。

在保管庫檢查克莉絲汀．惠勒的車子的喬迪[24]病理學家這次也來了，指示攝影師要如何拍照。至少在接下來幾小時，現場是屬於警方的。

盧伊茲已經到了，因為寒冷而不斷拍打雙臂。我稍早打電話叫醒他，叫他來這裡會合。

「你打斷了一場美夢。」他說。「我跟你老婆一起躺在床上。」

「我也在嗎？」

「如果我做那種夢，我們就不能當朋友了。」

我們倆一起聽病理學家向薇若妮卡．柯雷報告死因，初步判斷是死於凍傷。

「血液沉積顯示被害人是在這裡死亡的，直立著身體。沒有明顯的性侵跡象或防禦的傷口，但把她送到實驗室後才能進一步檢查。」

「那死亡時間呢？」督察長問道。

「已經出現屍僵了。屍體的溫度每小時約下降一度，但昨晚氣溫降到零下。她可能已經死亡超過二十四小時了，甚至更久。」

病理學家在寫字夾板上簽了名，便回去工作了。督察長招手要我跟她走，我們沿著棧板走到樹下。

今天我帶了拐杖，代表藥效越來越差了。這根拐杖品質很好，由拋光胡桃木製成，尖端則是金屬材質。我最近用拐杖比較不會感到不自在了，不然就是我更怕自己的腿突然卡住，害我跌個狗吃屎。攝影師正在拍攝女子手指的特寫照。她的指甲纖細，而且塗了指甲油。她的裸體點綴著屍斑，我能聞到香水與尿液混合的酸甜氣味。

「你知道她是誰嗎？」

我搖搖頭。

督察長輕輕把枕頭套往上捲，把布料抓在手中。希薇亞．福內斯盯著我，她的頭向前下垂，因為身體的重量而歪到一邊。她的銀灰色頭髮纏結成塊，接近太陽穴的頭髮顏色比較深。

「她的女兒愛麗絲週一接近傍晚時報了警。愛麗絲上完馬術課回家後，發現前門沒鎖，母親不見蹤影，衣服散落一地。我們在週二上午提交了失蹤人口報告。」

「是誰發現屍體的？」

她用手示意我身後一位坐在農場卡車前座的農夫，說：「昨晚他聽到了聲音，以為是狐狸，今天就提早出門查看，結果在穀倉裡找到了希薇亞．福內斯的車子，然後就發現了屍體。」

薇若妮卡．柯雷讓枕頭套落下，遮住希薇亞的臉。這個死亡場景有一種超現實的、抽象的、極致的戲劇張力；這一幕映入眼簾，我幾乎能聞到木屑和臉彩的味道，彷彿有人刻意架設這樣的場景好讓別人發現。

「愛麗絲現在在哪？」

「現在由祖父母照顧。」

「那她父親呢？」

「他去瑞士出差，在飛回來的路上。」

柯雷督察長把手伸進大衣口袋裡。

「你有什麼頭緒嗎？」

「還沒有。」

「沒有掙扎或防禦的傷口，也沒有被強姦或折磨。她根本是被活活凍死的。」

我知道她心裡在想克莉絲汀．惠勒的事。相似之處的確不容忽視，但顯著的差異也一樣多。有時在數學領域，隨機性本身也會成為一種模式。

24　譯註：Geordie，英國英格蘭東北部泰恩賽德（Tyneside）地區民眾的俗稱。

她也在考慮派翠克．福勒涉案的可能性。他最後只有被控偷竊克莉絲汀．惠勒的手機，週日早上就被釋放了。

身穿制服的警察聚集在農舍旁邊，等著開始進行地毯式搜索。薇若妮卡．柯雷走向他們，留我一個人站在屍體旁邊。

九天前，希薇亞．福內斯在公寓裡換衣服時，我透過一扇半開的門看到了她身體的肌肉線條。她花了無數個小時在健身房塑身，而現在死亡把她變成了硬邦邦的石像。

我穿越棧板，抵達封鎖線外圍，開始沿著斜坡朝橡樹嶺走去。我的拋光拐杖在泥地上毫無用武之地，我便把它夾在腋下。

太陽奮力從白雲身後探出頭來，把天空染成了白瓷的顏色。最後的晨霧終於消失了，山谷也現出了原形，露出了拱橋和牧場上的乳牛。

我走到柵欄邊，試圖翻過去，但腿卡住了，我便跌入一條長滿及膝雜草的泥水溝裡。算了，至少不會痛。

我回頭仔細觀察現場，看著犯罪現場調查員把希薇亞的屍體從樹上解下來，放到塑膠布上。大自然是個殘酷無情的觀察者，無論事件或災難多麼可怕，樹木、石頭和白雲都絲毫不會動搖。或許這就是為何人類注定要砍倒最後一棵樹、釣起最後一條魚，以及射下最後一隻鳥。如果大自然可以不帶任何感情，冷眼旁觀我們的命運，那我們又何必在乎大自然呢？

希薇亞．福內斯活活凍死了。她明明有手機，卻沒有打電話求救。他不是一直和她講電話，講到電池沒電，就是親自在這裡嘲笑她。

這是一齣變態、扭曲的劇碼，但藝術家到底想要表達什麼？他從她的痛苦中得到歡愉；他陶醉於自己對希薇亞的全然掌控，但他為何這麼明目張膽展示她的屍體？這是在傳達一個訊息，還是警告？

他又來了，那個認識約翰尼．科克倫的遠親，又試圖說服我的墮落天使的人。他就愛追在屍體後面跑，對吧？簡直是死神的化身。

我看著他穿越田野，鞋子都弄髒了，翻過柵欄時還摔進溝裡，真可笑！

我和不少心理醫生打過交道，那種在軍中擔任少校的醫生總愛進行精神灌腸，試圖讓士兵說出他們的惡夢，好像要他們拉出一大坨熱騰騰的屎一樣。大部分的人都是屁話大王，他們讓我覺得我告訴他們事情是在幫他們的忙。他們不問問題，而是坐在那裡聆聽，或至少做表面功夫。

這就像一則老笑話：兩個心理醫生在大學同學會相遇，一個外表衰老憔悴，另一個則看起來年輕又精神煥發。看起來很蒼老的那位問道：「你是怎麼做到的？我每天都在聽別人的煩惱，日復一日，年復一年，結果未老先衰。你的祕訣是什麼？」

看起來比較年輕的那位回答：「幹嘛聽呢？」

我在阿富汗的第一個指揮官綽號叫費里尼，他當時也會做惡夢。我們之所以叫他費里尼，是因為他說他們家來自西西里，他還有一個混黑手黨的叔叔。我不知道他的真名，我們這些士兵也不應該知道。

費里尼在阿富汗已經十二年了。一開始，他和奧薩瑪．賓．拉登並肩作戰，對抗蘇聯，最後卻與之對立。在此期間，他也替中情局和美國緝毒局監控鴉片生產的狀況。

他是在一九九八年塔利班佔領馬扎里沙里夫後，第一個進入該城的西方人。他告訴我自己看到的景象：塔利班用機關槍沿街掃射所有會動的東西，然後挨家挨戶抓哈扎拉人，在烈日下把他們鎖在鋼製貨櫃裡，讓他們活活被烤死或窒息而死。其他人則被活生生丟到井裡，他們還用堆土機把井口剷平。難怪費里尼會做惡夢。

奇怪的是，這一切都沒有改變他對塔利班的想法。他很尊敬他們。

「塔利班知道自己永遠不會獲得當地人的支持。」他告訴我。「所以決定給他們一個教訓。他們每奪回一個曾經失去的村莊，就會變得比之前更加兇殘。出來混總是要還的，但該報復的還是不能放過。」他說。「別想著要贏得人心了，還不如挖出他們的心臟，摧殘他們的精神。」

費里尼是我看過最厲害的拷問員。人體的任何部位他都有辦法傷害，沒有什麼情報是他問不出來的。他還有一個關於伊斯蘭教國家的理論：他說四千年來，手中棍子最大的傢伙就會在中東掌權並受到尊敬，因為暴力是阿拉伯人唯一懂的語言——遜尼派、什葉派、庫德人、瓦哈比派、伊斯瑪儀派、庫菲——全都他媽一個樣。

懷舊時間結束。他們把那賤人的屍體放下來了。

一隻鳥拍動翅膀，從樹上飛了出來，嚇了我一跳。我雙手撐在最上面那條鐵絲上，感受到金屬的冰冷觸感。

在較低處的田野上，數十名警察排成一直線緩慢前進，口中吐出白霧。當我看著這支奇怪的隊伍，一陣不安突然襲來，我意識到此地還有別人。我盯著樹林，尋找著陰影中的陰影，眼角餘光瞥見了動靜。有個男人蹲在一棵倒下的樹後面，試圖不被發現。他帶著一頂羊毛帽子，臉被某著黑色的東西遮住了。

我想都沒想，就朝他走過去。

他聽到了聲音，便轉身把某個東西塞進包包裡，然後立刻起身逃跑。我叫他停下來，但他仍繼續前進，直直穿越灌木叢。那個大塊頭油光滿面，速度緩慢，他跑不贏我。我拉近了距離，他卻突然停下來。我來不及停下腳步，便一頭將他撞倒在地。

我急忙爬起來，跪在地上，把枴杖像斧頭一樣高舉過頭。

「不准動！」

「天啊，老兄，別衝動。」

「你是誰？」

「我是攝影師，替報社工作。」

他坐了起來。我看他的包包，內容物散落在溼透的葉子上，有一台相機和閃光燈、長鏡頭、濾鏡、一本筆記本……

「如果相機壞了，你最好給我賠。」他一邊檢查相機，一邊說。

和尚聽到了我的叫聲，也跟了過來。他輕鬆翻過柵欄，讓我自慚形穢。

「靠！」他說。「是你啊，庫柏。」

「早啊，和尚。」

「叫我阿博特警員。」和尚說，並把他拉了起來。「你這是擅闖犯罪現場和私有土地。」

「操你媽。」

「出言侮辱是另一條罪行喔。」

「饒了我吧。」

「底片交出來。」

「我沒有底片，這是數位相機。」

「那就給我該死的記憶卡。」

「人民有權利看這些照片。」庫柏說。「這符合公共利益。」

「是喔，吊在樹上的女屍，超符合公共利益的勁爆新聞。」

我讓他們兩個繼續爭執。和尚會吵贏的，畢竟他身高超過一百九十公分，天生就有優勢。

我翻過柵欄門，沿路走到警車擋住鄉間小路的地方。柯雷督察長站在餐車旁邊，正在攪拌茶裡的糖。她盯著我的褲子。

「我跌倒了。」

她搖搖頭，停下來看著工作人員抬著擔架上的白色屍袋經過我們，放入內政部的廂型車上。

「到底是什麼原因，會讓希薇亞．福內斯這種人脫掉衣服，走出公寓並來到這裡？」

「我認為他利用了她的女兒。」

「但她當時在馬術學校。」

「你記得福勒說的話嗎？上週五他在步道上遇到克莉絲汀．惠勒時，她問了她女兒的事。」

「黛西當時在學校。」

「沒錯，但萬一克莉絲汀不知道呢？萬一犯人騙了她呢？」

柯雷督察長吸了一口氣，用手撫過頭皮，她的短髮被壓下去後又馬上立了起來。我注意到她盯著我的眼神，彷彿我是她意外發現的神祕生物。

右邊傳來騷動聲，有好幾個人在大喊大叫。記者和媒體越過了警察的封鎖線，沿著農用道路往這裡衝來。至少有十幾名穿制服的警察和便衣刑警聚集過去，用肉身擋住他們。

一名記者一個轉身，就鑽過了人體路障。一名警探從背後抓住他，兩人都跌在爛泥裡。

薇若妮卡．柯雷嘆了一口氣，把茶倒掉，似乎已經知道接下來會發生什麼事。

「餵食時間到了。」

她很快就消失在人群中，我幾乎看不到她的頭頂。她命令眾人後退……再往後退一點。我看到她了，電視台的白燈把她的臉照得比滿月還要白。

「我是督察長薇若妮卡．柯雷。今天早上七點五十五分，有人在這裡發現了一具女屍，初步判斷為可疑死亡案件。在通知死者的直系親屬之前，我們不會公布她的姓名。」

她每次停頓，就會有十幾個閃光燈開始閃爍，記者也如連珠炮般地不斷發問。

「是誰發現屍體的？」

「她真的全裸嗎？」

要。

「她有被性侵嗎？」

她回答了一些問題，迴避了其他問題。督察長直視鏡頭，保持冷靜、務實的態度，回答都簡潔扼要。

她結束臨時記者會時，憤怒的反對聲此起彼落。她推開人們，走到我身邊，並把我拉向一輛車。

「教授，我很了解我這份工作，我的工作大部分時間都很簡單明瞭。一般的殺人犯通常都是喝得醉醺醺、充滿憤怒的蠢蛋。他很可能是接近三十歲的白人，智商低且有暴力前科，結果捲入酒吧鬥毆事件，或是受夠了老婆一直唸他，就拿羊角鎚朝她的後腦杓敲下去。我能理解那種殺人案件。」

她想說的是這個案子不一樣。

「我聽說過你的事蹟。據說你觀察入微，能夠了解他人，像做茶葉占卜一樣剖析人心。」

「我只是做臨床診斷而已。」

「不管你怎麼稱呼它，你似乎很擅長這種事情。細節對你來說很重要，你喜歡找出其中的模式。我希望你幫我找出模式。我想知道這是誰幹的，也想知道犯案的原因和手法，然後我要阻止這個心理變態繼續殺人。」

第二十五章

屋子裡很安靜，古典樂在走廊上迴盪。餐桌被推到牆邊，只有一張椅子留在餐廳正中央。黛西穿著寬鬆低腰運動褲和綠色短版上衣，露出了白皙的肩膀和肚子。她的栗色頭髮緊緊紮成了包包頭。

她把一隻腳架在椅背上，壓腳背後身體前彎，直到額頭碰到膝蓋為止。她肩胛骨的輪廓宛如困在皮膚下的翅膀。

她維持那個姿勢長達一分鐘，然後挺起身體，將手臂劃過頭頂，彷彿在空中畫圖一樣。從轉開肩膀到手臂延展，每個動作的出力都恰到好處，完全沒有勉強身體或浪費力氣。她明明還是個女孩，動作卻像成年女子一樣優雅且自信。

她坐在地上，將雙腿打開，然後身體前彎，直到下巴碰到地板為止。她那十幾歲的身體伸展到極致，看起來不會不雅，而是充滿運動的美感。

她睜開雙眼。

「妳不冷嗎？」我問道。

「不冷。」

「妳多常練習啊？」

「我應該要每天練習兩次。」

「妳很厲害。」

她笑道：「你懂芭蕾嗎？」

「完全不懂。」

「大家都說我有舞者的標準身材。」她說。「腿長軀幹短。」她站起來並側身，說：「我把腿伸直時，膝蓋會稍微向後彎曲，你看到了嗎？這樣踮起腳尖時的線條比較漂亮。」她踮起腳尖，說：「我還可以把腳背往前推，從膝蓋到腳趾一直線垂直，你看到了嗎？」

「看到了，妳很優雅。」

她笑道：「我有弓形腿，腳還外八。」

「我以前有個病人也是芭蕾舞者。」

「她怎麼了嗎？」

「她有厭食症。」

黛西悲傷地點頭道：「為了跳舞，有些女生必須挨餓。我的生理期十五歲才來，我還有脊椎側彎、脊椎骨半脫臼和頸椎應力性骨折。」

「妳為什麼要做到這種地步？」

她搖搖頭說：「你不會懂的。」

她把腳外翻。

「這個動作叫『pas de chat』，貓跳。我先做plié往下蹲，然後左腳起跳，右腳再上抽到左膝做retiré。在半空中，我也把左腳往上抽做retiré，這樣我的雙腿會在空中形成一個菱形。看到了嗎？《天鵝湖》中的四隻小天鵝就是跳這個舞步。他們會雙手交錯互握，做十六次貓跳。」

她每次跳起來身體都很輕盈，幾乎像是飄浮在空中。

「你可以跟我一起練習pas de deux嗎？」

「那是什麼？」

「來，我做給你看。」

她把我的雙手放到她的腰上。她的腰很細，感覺我的手指好像能在她的背後相觸。

「再低一點。」她說。「好。」

「我不知道我在幹嘛。」

「沒差。沒人會看雙人舞的男舞者，大家都在看女舞者。」

「那我要做什麼？」

「我跳起來時扶住我。」

她向上一躍，感覺毫不費力，好像我不是把她扶上去，而是把她拉下來一樣。她裸露的皮膚在我的手指下滑動。

她重複了五、六次。「你可以放開我了。」她微笑道，似乎在戲弄我。

「或許你不喜歡芭蕾，那我可以跳其他舞。」語畢，她便伸手拿掉髮夾，讓頭髮落到眼睛前面。然後她打開雙腿並深蹲，用臀部慢慢畫一個大圈，雙手沿著大腿和胯部撫摸。

這舞步挑逗性十足，幾近於厚顏無恥的地步。我強迫自己移開視線。

「妳不應該跳那種舞。」

「為什麼？」

「這不是應該在陌生人面前做的事情。」

「但你不是陌生人啊。」

她現在絕對在捉弄我。少女是浩瀚宇宙中最複雜的生命體，她們怎麼有辦法如此輕易讓人感到不安？她們只需瞥你一眼、露一下皮膚或露出輕蔑的壞笑，就能讓男人覺得自己是個愛管閒事的老頭，或許還有點好色。

「我得跟妳談談。」

「談什麼？」

「妳媽媽的事。」

「我以為你都問完了。」

「還沒。」

「我可以繼續伸展嗎？」

「當然可以。」

她坐回地上，將雙腿打開。

「過去一個月，妳有跟任何人聊過妳媽媽的事嗎？有沒有人問妳關於她或妳的問題？」

她聳肩道：「應該沒有吧，我不記得了。怎麼了嗎？發生了什麼事？」

「又有人死了，警方可能會再問妳一些問題。」

黛西停止伸展，和我四目相接。她的眼睛不再散發出活力或愉悅的光芒。

「是誰？」

「是希薇亞．福內斯，我很遺憾。」

黛西的喉嚨裡發出了細微的聲音。她用雙手摀住嘴巴，彷彿想阻止聲音發出來一樣。

「妳見過愛麗絲嗎？」我問道。

「見過。」

「妳跟她熟嗎？」

她搖搖頭。

我手邊沒有足夠的資訊，無法向黛西解釋今天和十天前發生的事。她母親和希薇亞．福內斯一起共事，但她們還有什麼共通點？凶手知道她們的事情，他選擇她們是有原因的。

要尋找共通點，必須用回溯的方式：通訊錄、日記、錢包、電子郵件、信件、電話簡訊等。必須追蹤兩名受害者的行蹤，包括她們去了哪裡、與誰交談、去過哪些店、在哪裡剪頭髮等等。她們有哪些共同朋友？她們是同一間健身房的會員嗎？她們看過同一個醫生、去過同一間乾洗店，或是請同一個人看過手相嗎？還有一點很重要：她們的鞋子是去哪裡買的？

前門傳來鑰匙開門的聲音。茱麗安、查莉和艾瑪拿著閃閃發亮的購物紙袋走進走廊，因天氣寒冷而臉頰發紅。查莉穿著學校制服，艾瑪則穿著一雙新靴子，看起來太大了，但她長得很快，冬天結束前應該就會合腳了。

茱麗安看著黛西，問道：「妳穿這衣服是為了跳舞還是想得雙肺炎？」

「我剛剛在練習。」

她轉向我，問道：「那你在幹嘛？」

「他在幫我。」黛西回答。

茱麗安對我投以她那種深不可測的眼神，那眼神會讓我們的小孩馬上承認自己做了什麼壞事，也會讓不請自來的基督復臨安息日會教友爭先恐後從大門逃走。

我把艾瑪抱到桌子上，幫她脫下靴子。

「你今天早上去哪了？」茱麗安問道。

「我接到了警察的電話。」

我的語氣讓她轉身盯著我的雙眼。我們都沒說話，但她知道又有人死了。黛西搔了搔艾瑪的腋下，茱麗安看了她一眼，又回頭看我，我們還是一言不發。

或許當兩個人結婚十六年就會有這種默契：不須開口就知道對方在想什麼，而且茱麗安又是個直覺非常敏銳的人。我靠研究人類行為謀生，但跟大部分同業一樣，我很不擅長分析自己。這種事就交給我的妻子，她很厲害，比任何治療師都厲害，也更加可怕。

「你能載我到城裡嗎？」黛西問我。「我需要買一些東西。」

「妳應該請我幫忙買的。」茱麗安回答。

「我沒想到。」

茱麗安勉強擠出了微笑，掩飾自己的不快。黛西上樓去換衣服。

茱麗安開始把買的菜拿出來，說：「喬瑟夫，她不能一直待在這裡。」

「我今天打給了她在西班牙的阿姨，有留言給她。我還會跟她的校長談談。」

茱麗安點點頭，似乎還不太滿意。「明天我要繼續面試保姆，如果找到的話，我們就會需要用到客房，黛西就得離開。」她說。

她打開冰箱門，開始擺放雞蛋。

「告訴我今天早上發生了什麼事。」

「有另一個女人死了。」

「是誰？」

「克莉絲汀．惠勒的合夥人。」

茱麗安震驚得說不出話來。她盯著手中的葡萄柚，一時忘記自己是要把它放進去還是拿出來。她不想再聽了，細節對我來說很重要，但對她來說則否。她關上冰箱門，繞過我並走上樓，用沉默來表達自己的不滿。

真希望我能讓她明白我並不是自己去蹚這渾水的。我不是自願跑去看克莉絲汀．惠勒跳橋自殺，也沒有叫她女兒來我們家。茱麗安曾經很喜歡我的正義感、同情心以及我對虛假矯飾的厭惡，但現在她好像覺得我只需要撫養孩子、上幾堂課，並等待帕金森先生奪走我僅剩的事物就好了。

就連盧伊茲昨晚來我們家吃晚餐時，她也花了好一段時間才放鬆下來。

「文森，你真讓我感到意外。」她告訴他。「我還以為你會說服喬瑟夫放棄。」

「放棄什麼？」

「多管閒事。」她隔著酒杯看著他，說：「你不是退休了？為什麼不去打高爾夫球？」

「其實我雇了職業殺手，跟他說萬一我哪天穿格紋褲出門，就把我幹掉。」

「看來你不愛高爾夫球。」

「沒錯。」

「那打保齡球呢？或是開露營拖車環遊英國呢？」

盧伊茲緊張地笑了笑，然後看著我，好像他不再羨慕我的生活了。

「教授，希望你永遠不要退休。」

樓上傳來叫喊聲，茱麗安在對黛西大吼大叫。

「妳在做什麼？不准碰我的東西。」

「噢！妳弄痛我了。」

我三步併成兩步，急忙跑上樓，發現兩人在我和茱麗安的臥室。茱麗安用力抓著黛西的前臂，不讓她逃走。少女彎著腰，手捧在肚子前面，好像想把什麼東西藏起來一樣。

「怎麼了？」

「我發現她在翻我的東西。」茱麗安說。我看向梳妝台，抽屜是打開的。

「我沒有。」黛西說。

「那妳剛剛在做什麼？」

「沒做什麼。」

「看起來不像是沒做什麼。」我說。「妳在找什麼？」

她的臉頰泛起了紅暈，我從沒看過她臉紅。

她直起身體，把手拿開。她運動褲胯下的地方有一小塊深紅色的污漬。

「我的生理期來了，但我在浴室找不到衛生棉。」

茱麗安頓時尷尬不已，她馬上放開黛西並試圖道歉。

「真的很抱歉，妳應該直接說的，妳可以問我啊。」

我還沒反應過來，她就拉著黛西的手，帶她到臥室裡的浴室。在門關上前，茱麗安和我四目相接。她平時如此沉著冷靜，在黛西身邊卻變了一個人，而她把這點怪在我身上。

第二十六章

我三十一歲時，第一次明白看著一個人死去是什麼感覺。我看著一個關節長了牛皮癬的普什圖計程車司機在我面前死去。我們讓他站了五天，直到他的雙腳腫得跟足球一樣大，腳鐐扎進他的腳踝。他沒有闔眼，也沒吃半點東西。

這是經過認可的「壓力與脅迫姿勢」，手冊裡有，可以去查：SK 46/34。

他的名字叫哈邁德．穆胡什，在一場路邊炸彈爆炸事故後，於南阿富汗的檢查站被捕。那場事故有兩名英國皇家海軍陸戰隊士兵身亡，三人受傷，其中包括我的一個朋友。

我們把睡袋套在哈邁德的頭上，並用鐵絲捆住。然後我們來回滾動他，並坐在他的胸口上，他的心臟就停止跳動了。

有些人聲稱嚴刑拷打無法有效獲得可靠的情報，因為強者會忍痛，弱者則會為了逃避痛苦，什麼都說得出來。他們說得沒錯，大多數時候，嚴刑拷打都是沒有意義的。但如果你手腳夠快，利用對方被抓的驚魂未定，以及對酷刑的恐懼，很神奇的是，大腦常常就會這樣解鎖，抖出各式各樣的祕密。

我們不能稱被關押者為POW（prisoner of war，戰俘），而是要叫他們PUC（persons under control，受管束人）。軍方真的很愛縮寫，還有一個是HCI（Highly Coercive Interrogation，高度強制性訊問），這就是我的專業。

我第一次見到哈邁德時，有人已經把他當沙包揍了一頓，還把他綁起來。費里尼把他交給我。

「操這個PUC。」他咧嘴笑道。「我們晚點再燻他。」

「操PUC」代表揍他一頓，「燻」他則代表使用壓力姿勢。費里尼以前會強迫他們站在氣溫高達三十八度的大太陽下，張開雙臂，舉起將近二十公升的油桶。

我們也發揮了自己的創意。有時我們會潑他們水，把他們壓在泥土地上來回滾動，並用螢光棒打他們，直到他們在黑暗中也會發光。

我們把哈邁德的屍體埋在石灰裡，之後幾天我都寢不能寐。我不斷想像他的屍體慢慢膨脹，氣體從他的胸口逸出，讓他看起來好像還在呼吸一樣。我現在有時還是會想起他。我會在夜晚醒來，胸口像是壓了一塊大石頭，我想像自己躺在地底下，以及皮膚接觸石灰的灼熱感。

我不怕死，因為我知道還有比被埋在地底下更可怕的事，而且更甚於被燻，或是被螢光棒痛打。那件事發生在五月十七日星期四，時間剛過午夜。那是我最後一次見到克蘿伊，她坐在車子的副駕駛座，身上還穿著睡衣，就這樣從我身邊被奪走了。

那是二十一個星期天前的事了。

我還記得關於我女兒的十件事：

1）蒼白的皮膚。
2）黃色短褲。
3）一張自製的父親節卡片，上面畫了一大一小兩個火柴人，他們牽著手。
4）跟她講《傑克與豌豆》的故事，但跳過巨人想把傑克的骨頭磨成粉做麵包的部分。
5）她有一次跌倒，眼睛上方的傷口縫了兩針半（有半針這種東西嗎？或許我只是為了逗她開心而瞎掰的）。
6）看她在小學的《彼得潘》戲劇演出中演一個印第安人。
7）帶她去慕尼黑看歐洲冠軍聯賽，雖然我為了幫她撿掉在座位下的麥提莎巧克力小球，錯過了唯一一次進球。
8）在我們一起度過的最後一個假期，沿著聖莫斯的海濱散步。

9）教她在不用輔助輪的情況下騎腳踏車。

10）她的寵物鴨被闖入鴨舍的狐狸扯斷了一隻翅膀，我只好將牠安樂死。

電話在響，我便睜開眼睛。因為有厚重的窗簾和遮光捲簾，所以房間幾乎是全黑的。我伸手拿電話筒。

「喂。」

「請問是吉迪恩．泰勒嗎？」一聽口音就知道是貝爾法斯特人。

「哪裡找？」

「這裡是皇家郵政。」

「你怎麼知道這個電話號碼？」

「包裹裡面有。」

「什麼包裹？」

「七週前，您寄了一個包裹，收件人是克蘿伊．泰勒，但我們無法將包裹送達。您提供的地址似乎是舊地址，或是地址有誤。」

「你是誰？」

「這裡是全國退信中心，我們負責處理無法投遞的郵件。」

「你們可以試試別的地址嗎？」

「請問要試什麼地址呢，先生？」

「你們肯定有紀錄吧……電腦裡有。輸入『克蘿伊．泰勒』這個名字，看看有什麼結果，或者也可以試試『克蘿伊．錢柏斯』。」

「很抱歉，先生，我們無法提供這種服務。請問該把包裹退回哪個地址呢？」

「我不要你們退回包裹，我要你們好好送到收件人手上。」

「不好意思，我們無法投遞包裹，請問您希望我們怎麼做呢？」

「我他媽付了錢，給我寄過去。」

「請不要罵髒話，先生。若客戶口出惡言，我們有權掛斷。」

「操你媽！」

我把電話筒摔在底座上，用力到電話筒還彈了一下。電話又響了，至少我沒有摔壞它。是我父親打來的，他想知道我何時會去看他。

「我明天會過去。」

「什麼時候？」

「下午。」

「下午幾點？」

「有差嗎……你又不會出門。」

「我可能會去玩賓果。」

「那我就早上去。」

第二十七章

愛麗絲·福內斯有三個阿姨、兩個姨丈、一對祖父母和一個曾祖父，他們似乎都搶著要照顧她。愛麗絲只要動一根手指，他們就會跑到她身旁，問她感覺如何、餓不餓，或是她需要些什麼。

他們讓我和盧伊茲在客廳等候。這棟半獨立式的大房子位於布里斯托郊區，屋主是希薇亞的姊妹葛洛莉亞，她似乎是凝聚家庭向心力的核心人物。她在廚房跟其他家庭成員討論是否要讓愛麗絲接受。

曾祖父沒有參與討論，而是坐在扶手椅上盯著我們看。他的名字是亨利，比瑪士撒拉[25]還要老（這是我母親常用的說法）。

「葛洛莉亞。」亨利皺著眉頭朝廚房吼道。

他孫女探出頭來，問道：「怎麼了，爺爺？」

「這些傢伙想要訊問我們家愛麗絲。」

「我們知道，爺爺，我們就在討論這件事。」

「那快一點，不要讓他們等太久。」

葛洛莉亞微笑表示歉意，便回到廚房。

希薇亞·福內斯應該是排行最小的妹妹吧。她的姊姊們已邁入中年，在這個漫長而不確定的時期，歲月不再是衡量生命的忠實標準。她們的丈夫較少發言，似乎也興趣缺缺——我能透過落地玻璃門看到他們在後院一邊抽菸，一邊討論男人的話題。

廚房裡的爭論越來越激烈，我能聽到符合大眾心理學的言論和陳腔濫調。他們想保護愛麗絲，這點我能理解，但她都跟警探談過了。

他們達成了共識：愛麗絲接受訊問時，其中一個阿姨會坐在旁邊陪她。她的名字叫丹妮絲，是個穿著深色裙子和開襟衫的纖瘦女子。她就像個魔術師，能從開襟衫袖子裡變出源源不絕的面紙。

他們花了一點時間，才說服愛麗絲離開電腦螢幕前。她是個即將進入青春期的女孩，一臉悶悶不樂的樣子，嘴角下垂，飽滿的蘋果肌大概不是因為骨架大，而是拜她的飲食習慣所賜。她穿著套頭橄欖球衫和牛仔褲，抱著一個白色毛球——原來是一隻兔子，牠那雙有著粉紅色鬚邊的耳朵平平貼在身上。

「愛麗絲，妳好。」

她不予理會，而是要了一杯茶和一片餅乾，丹妮絲立刻起身幫她準備。

「妳爸爸何時會回來？」我問道。

她聳肩。

「妳一定很想他吧。他常常出差嗎？」

「對啊。」

「他是做什麼工作的？」

「他是毒販。」

丹妮絲倒抽了一口氣，說：「親愛的，這樣講不太好。」

愛麗絲改變說法：「他在藥廠工作。」她語帶輕蔑，對阿姨說：「我只是在開玩笑。」

「好好笑喔。」盧伊茲說。

愛麗絲瞇起眼睛，不確定要不要信任他。

「告訴我週一下午發生了什麼事吧。」我說。

「我回到家，但媽媽不在家，也沒有留紙條。我等了一會兒，但後來肚子就餓了。」

「那妳怎麼做？」

---

25 譯註：Methuselah，相傳為亞當第七代的子孫，是最長壽的人，在世上活了九百六十九年。

「我打給了葛洛莉亞阿姨。」

「誰有公寓的鑰匙？」

「我和媽媽。」

「還有別人嗎？」

「沒有。」

盧伊茲有點坐立不安，問道：「妳媽媽有邀請男人來家裡過嗎？」

她咯咯笑道：「你是說男朋友嗎？」

「我是說男性朋友。」

「這個嘛，她喜歡我的英文老師佩里科斯老師。我們都叫他『鵜鶘老師』，因為他有個大鼻子。DVD店的艾迪有時下班後也會帶DVD過來，但我不能看，他和媽媽會用她房間的電視看。」

丹妮絲試圖阻止她繼續說下去。「我妹妹的婚姻很幸福，我不認為你們應該問愛麗絲這種問題。」她說。

她又從袖子裡變出一張面紙。

兔子爬上愛麗絲的身體，試圖窩在她的下巴底下，她不禁咯咯笑，那笑容讓她整個人都變得不一樣了。

「他有名字嗎？」我問道。

「還沒有。」

「那是新養的囉。」

「對啊，是我找到他的。」

「在哪裡找到的？」

「在公寓外的箱子裡。」

「那是什麼時候的事？」

「週一。」

「妳上完馬術課回家時嗎？」

她點點頭。

「請告訴我詳細經過。」

她嘆了口氣，說：「門沒鎖，地墊上放了一個箱子，媽媽不在家。」

「箱子有附紙條嗎？」

「箱子上寫了我的名字。」

「妳知道是誰留給妳的嗎？」

愛麗絲搖搖頭。

「妳有跟任何人說過想要養兔子嗎？」

「沒有。我以為是爸爸送的，因為他常常說小白兔和《愛麗絲夢遊仙境》的事。」

「但不是妳爸爸送的。」

她搖搖頭，馬尾左右擺動。

「還有誰有可能送妳兔子？」

她聳聳肩。

「愛麗絲，這很重要。妳有跟任何人聊過妳媽媽、兔子或是《愛麗絲夢遊仙境》的事嗎？可能是妳媽媽認識的人，也可能是陌生人，來找妳說話的人之類的。」

這個問題激起了她的戒心。「我哪記得啊？我一直都在跟人說話。」她說。

「妳一定會對這個人有印象，仔細想想。」

她的茶要冷掉了。她撫摸兔子的耳朵，試圖讓耳朵立起來。

「或許還真的有這麼一個人。」

「是誰？」

「一個男人。他說他是隱姓埋名，我不知道那是什麼意思。」

「妳是在哪裡見到他的？」

「我和媽媽一起出門。」

愛麗絲說她和希薇亞一起去參加一個派對，慶祝她母親的一個朋友結婚。她站在自動點唱機旁邊時，一個戴著太陽眼鏡的男人走上前搭訕她。他們聊了音樂和馬的話題，他還說要請她喝一杯檸檬汽水。他有引用《愛麗絲夢遊仙境》裡的段落。

「他怎麼知道妳的名字？」

「是我告訴他的。」

「妳有見過他嗎？」

「沒有。」

「他知道妳媽媽的名字嗎？」

「我不知道，但他知道我們住哪。」

「他怎麼知道？」

「我不知道，我沒告訴他，他就知道了。」

我讓她一遍又一遍地講述事發經過，藉此層層堆疊細節，在骨架之上構築血肉。我不想要她換句話說或跳過任何部分，我需要她確實複述他所講的每一句話。

他跟我一樣高，有一頭稀疏的金髮，年紀介於她母親和我之間。愛麗絲不記得他穿了什麼衣服，除了太陽眼鏡之外，也沒有注意到任何刺青、耳環或其他顯著的特徵。

她打了個哈欠，她已經開始感到無聊了。

「他有跟妳媽媽說話嗎?」盧伊茲問道。

「沒有,那是另外一個。」

「另外一個?」

「開車載我們回家的男人。」

盧伊茲要她描述這個人的長相。這個男人更年輕一點,大概三十出頭,有一頭捲髮,還戴著耳環。他和她母親一起跳舞,便提議送她們回家。

她阿姨再次打斷我們:「這真的有必要嗎?可憐的愛麗絲已經告訴警察一切了。」

愛麗絲突然把兔子舉起,讓牠遠離自己的身體。她的牛仔褲溼了一片。

「噢,他尿在我身上!好噁心!」

「妳太用力抱他了。」她阿姨說。

「我才沒有。」

「妳不應該一直這樣抱著他。」

「他是我的兔子耶。」

兔子被丟在廚房桌子上,愛麗絲想要換衣服。我沒能讓她理解事情的嚴重性,而她已經不想再說了。她用責備的眼神盯著我,似乎認為無論是她母親的死、牛仔褲上的尿漬,還是人生的劇變都是我的錯。

每個人處理悲傷的方式都不一樣,而我完全無法想像愛麗絲的痛苦。我花了二十幾年的時間研究人類行為,治療病人,並傾聽他們的疑慮和恐懼,但無論具備多少經驗或心理學知識,我都無法了解他人的感受。就算我目睹同樣的悲劇,或是在同樣的災難中倖存下來,我的感受跟她的一樣都是獨一無二的,並且永遠都只屬於我們自己。

天氣冷，但不至於寒風刺骨。在薰衣草色的天空下，光禿禿的樹影清晰可見，電線周圍的樹枝遭到毫不留情的修剪。盧伊茲把雙手插在口袋深處，離開了房子。他把重心放在右腳上時，身體會輕微晃動，因為右腳的槍傷一直都沒有完全好。

我走在他旁邊，努力跟上他的步伐。有人在黛西的母親死後寄了芭蕾舞鞋給她，但沒有留下紙條或回郵地址。送愛麗絲兔子的很可能也是同一個人。這究竟是犯人的特徵，還是單純的慰問禮呢？

「你鎖定這傢伙了嗎？」盧伊茲問道。

「還沒。」

「我跟你賭二十英鎊，是前男友或情人。」

「那兩個女人有同一個前男友或情人？」

「或許他怪其中一個女人害他跟另一個女人分手。」

「這理論的依據是什麼？」

「我的直覺。」

「你確定不是捕風捉影嗎？」

「我們可以打賭啊。」

「我不打賭的。」

我們抵達車子了。盧伊茲倚靠著車門，說：「假設你是對的，他確實針對女兒，那他是怎麼做到的？黛西當時在上學，愛麗絲則在騎馬，她們並沒有陷入危險。」

我很難解釋自己的揣想。這必須要費一番腦筋，發揮想像力，縱身躍入深淵。

「他到底要怎麼證明那樣的謊言？」盧伊茲問道。

「他必須要知道女兒的一些事情，不只是名字和年齡，還有外人不會知道的細節。他可能有進去過她們家，找機會接觸她們，觀察過她們。」

「但母親肯定會打給學校或是馬術學校吧，怎麼可能就這樣輕易相信對方綁架了自己的女兒？」

「那你就錯了。你絕對不會掛電話。對，你會想確認，會想報警，也會想大喊救命，但你絕對不會做的事就是掛電話。他有可能真的綁架了你女兒，所以你不能冒那個險，你也不想冒險。」

「那要怎麼做？」

「你會繼續講電話，會遵從他的指示。你會不斷要求他提供證據，並一遍又一遍地祈禱自己是錯的。」

盧伊茲似乎很震驚，他看著我的眼神流露出反感和驚奇。

路人在人行道上繞過我們，對我們投以不滿和好奇的目光。

「這就是你的理論嗎？」

「這符合我們手上的線索。」

我以為他會和我爭論。人會因為相信某事或理性的恐懼而跳橋或把自己銬在樹上，我以為這種假設會被視為天方夜譚。

但他卻清了清喉嚨。

「我之前在北愛爾蘭認識一個人，他開了一輛裝滿炸藥的卡車衝進軍營，因為愛爾蘭共和軍把他的妻子和兩個小孩抓去當人質。他們在他面前割斷了小女兒的喉嚨。」

「後來呢？」

「十二名士兵在爆炸中喪生……丈夫也是。」

「那他的家人呢？」

「愛爾蘭共和軍放他們走了。」

我們兩人都陷入沉默。有些話題適可而止就好。

第二十八章

查莉在前院對著圍牆踢足球。她穿著足球鞋和卡姆登足球隊的舊隊服。

「妳在幹嘛？」

「沒幹嘛。」

她加重力道，足球更用力從牆壁彈開，砰，砰，砰。

「妳在為了選拔做準備嗎？」我問道。

「沒有。」

「為什麼？」

她用雙手接住球，和我四目相接，眼神和她母親一模一樣。

「因為選拔是今天舉行，你原本要帶我去的，所以我錯過了。謝謝你特地不載我一程喔，老爸。」

她把球放掉，用力凌空踢球，足球幾乎是擦過我的耳朵，我差點腦袋不保。

「我會補償妳的。」我試圖道歉。「我會跟教練談談，他們會再給妳機會的。」

「不用了，我不要差別待遇。」她說。她未免也太像她母親了吧。

茱麗安在廚房裡。她剛洗完頭，把毛巾像頭巾一樣裹在頭髮上，這讓她走路時屁股左右搖擺，就像非洲女人頭上頂著陶罐一樣。

「我讓查莉失望了。」

「對啊。」

「妳應該打給我的。」

「我有啊，但你關機了。」

「為什麼妳不能帶她去？」

她厲聲說：「因為我得面試保姆，而這是因為你之前沒找到。」

「對不起。」

「你要道歉的對象不是我。」她說，並看向窗外的查莉。「而且我不覺得她氣的只有足球選拔的事。」

「什麼意思？」

她的用詞很謹慎。「無論是辦事情或是出門散步，你和查莉總是在一起，但自從黛西來了之後，你就變得太忙了。我想她可能有點嫉妒。」

「嫉妒黛西嗎？」

「她認為你忘了她。」

「但我沒有。」

「她在學校也遇到了一些狀況，有個男生一直找她麻煩。」

「她被霸凌嗎？」

「我不知道有沒有那麼嚴重。」

「我們應該跟校方談談。」

「她想要試著自己解決問題。」

「怎麼解決？」

「用她自己的方式。」

我仍能聽到足球從牆壁彈回來的聲音。我討厭自己讓查莉感到被忽視，更討厭茱麗安知道這些事情，而我卻不知道。我明明一直都在家，是孩子會第一個找的家長，也是主要照顧者，但我卻沒有把心思放在孩子身上。

茱麗安解開毛巾，讓溼漉漉的頭髮落到臉前面。她用手掌和毛巾柔軟的布料把頭髮按乾。

「我接到了黛西阿姨的電話。」她說。「她要從西班牙飛來參加喪禮。」

「好。」

「她想帶黛西回西班牙。」

「黛西怎麼說？」

「她還不知道，她阿姨想要當面告訴她。」

「她肯定不會高興的。」

茱麗安挑眉道：「那不是我們的問題。」

「妳對待黛西的方式，就好像她做錯了什麼事一樣。」我說。

「而你好像把她當你女兒一樣對待。」

「那樣講並不公平。」

「那你可以跟查莉解釋何謂公平。」

「妳有時候真的很機車。」

我們兩個都被這句話所蘊含的憤怒與意義給嚇到了。茱麗安的眼中充滿受傷的無助感，但她不願意讓我看到她的難過。她帶著她的毛巾和柔情走上樓，我聽著她的腳步聲，告訴自己她是在無理取鬧，她遲早會明白的。

我舉起一隻手，輕敲客房的門。

感覺過了很長一段時間，門終於打開了。黛西光著腳丫子，穿著T恤和七分緊身褲，頭髮披垂在肩膀上。

她看都沒看我一眼，就回到床上，坐在皺巴巴的床單上，雙手環抱膝蓋。窗簾拉上了，陰影在房間的各個角落無所不在。

我第一次注意到她的腳。她的腳趾形狀怪異，多處破皮，還長滿了繭和水泡。小腳趾像在躲貓貓一樣蜷縮在其他腳趾下面，拇趾則腫起來且指甲變色。

「它們很醜。」她說，並用枕頭蓋住腳。

「它們怎麼了？」

「我是舞者，記得嗎？我以前有個芭蕾舞老師說足尖鞋是少數仍然合法的酷刑器具之一。」

我把一本雜誌移開，坐在床的一角，因為沒有別的地方可以坐了。

「我想聊聊足尖鞋的事。」我說。

她笑了。「你要學芭蕾可能有點太老了。」

「關於妳在學校收到的包裹，妳可以描述它的樣子嗎？」

她描述了一個用牛皮紙包起來的鞋盒，沒有任何紙條，只有用大寫英文字母寫了她的名字。

「除了妳母親之外，還有別人可能會送妳那樣的禮物嗎？」

她搖搖頭。

「這件事非常重要，黛西。我需要妳回想過去幾週，妳有認識任何人或跟陌生人說話嗎？有沒有人問關於妳媽媽的問題？」

「我住校耶。」

「我知道，但有週末吧。妳有去逛街嗎？妳有離開學校嗎？」

「我有去倫敦參加甄選。」

「妳有跟任何人講話嗎？」

「老師和其他舞者……」

「那在火車上呢？」

她張開嘴巴，但又閉上了。她皺起眉頭。

「有一個男生……他在我對面坐下來。」

「然後妳跟他說話嗎？」

「一開始沒有。」她說，並把瀏海撥到耳後。「他似乎睡著了。我去餐車買東西，回來時他就問我是不是舞者。他說他能從我走路的方式看出來，你知道的，就是腳外八。他竟然這麼了解芭蕾舞，感覺有點奇怪。」

「他長什麼樣子？」

她聳肩道：「就很一般。」

「他年紀多大？」

「沒有你那麼老。他戴著太陽眼鏡，像波諾[26]一樣。我覺得他有點裝年輕。」

「裝年輕？」

「就是那種明明年紀已經過了但還是想裝酷的人。」

「他有跟妳調情嗎？」

她聳肩道：「或許吧，我不知道。」

「如果妳看到他，妳能認出他嗎？」

「應該可以吧。」

她描述他的外表。他有可能是跟愛麗絲說話的那個男人，但他的髮色較深，頭髮較長，穿的衣服也不一樣。

「我想試試看一個方法。」我告訴她。「躺下來並閉上眼睛。」

「要幹嘛？」

「別擔心，什麼也不會發生，妳只要閉上眼睛，回想那天的事就好。試著描繪出當時的情景，想像妳回到了那裡，上了火車，找到座位，把包包放到頭頂的架子上。」

她閉上眼睛。

「妳能看到那個畫面嗎？」

她點點頭。

「請描述車廂的模樣。妳坐在哪個位子？」

「從後面數來第三排，面對車頭。」

我問她穿了什麼衣服，把包包放在哪裡，以及車廂裡還有誰。

「有個小女孩坐在我前面，從座位間的縫隙偷瞄我，我有跟她玩躲貓貓。」

「妳還記得有誰？」

「一個穿西裝的男人，他講電話的音量太大聲。」她停頓了一下，繼續說：「還有一個背包客，他的背包上有楓葉圖案。」

我請她把注意力放在坐她對面的男人。他穿著什麼衣服？

「我不記得，應該是襯衫吧。」

「什麼顏色的襯衫？」

「藍色，有領子。」

「上面有寫字嗎？」

「沒有。」

我把她的注意力引導到他的臉、眼睛、頭髮和耳朵上。她針對每個部位開始描述出一些特徵：他的雙手、手指、前臂。他戴著銀色手錶，但沒有戴戒指。

---

26 譯註：Bono，愛爾蘭搖滾樂團U2的主唱兼旋律吉他手，太陽眼鏡是他在公眾場合的標準配備。

「妳第一次看到他是什麼時候？」

「他坐下來的時候。」

「妳確定嗎？我要妳再往前回想。妳在卡地夫搭車時，月台上有誰？」

「有幾個人，包括那個背包客。我買了一瓶水。我認識售貨亭的女孩，她把頭髮漂成了淺色。」

我讓她再繼續回想。「妳買票時有排隊嗎？」

「呃……有。」

「隊伍裡有誰？」

「我不記得了。」

「想像一下售票口，看著那些人的臉，妳看到了誰？」

她皺起眉頭，頭在枕頭上左右晃動。突然，她睜開眼睛，說：「火車上的男人。」

「在哪裡？」

「售票機附近的樓梯頂端。」

「是同一個人嗎？」

「對。」

「妳確定嗎？」

「我確定。」

她坐起來，用手搓揉上臂，好像突然很冷一樣。

「我有做錯什麼嗎？」她問道。

「沒有。」

「你為什麼想要知道他的事？」

「可能只是我想太多了。」

她把羽絨被裹在肩膀上，然後背靠牆壁。她的目光掃過我，似乎有些尷尬。

「你有沒有過不好的預感？就是感覺可怕的事情即將發生。」她問道。「但因為你不知道是什麼可怕的事情，所以你無法改變它。」

「不知道，可能有吧。怎麼這麼問？」

「那一天，我聯絡不到媽時，就有這種感覺。我知道事情不太對勁。」她低頭看著自己的膝蓋，說：「那天晚上我有為她禱告，但已經太遲了，對吧？沒有人聽到。」

第二十九章

柯雷督察長派人送了六箱資料來小屋，而這些資料必須在隔天早上前送回重案調查室，快遞會在午夜過後來拿。

箱子裡裝的是與這兩起謀殺案有關的證人陳述書、時間表、通訊紀錄和犯罪現場照片。我成功趁茱麗安不注意時把箱子搬進小屋。

鎖上書房門後，我坐下來並打開第一個箱子。我感到口乾舌燥，但這不是吃藥的副作用。堆在我腳邊的箱子裡裝的是兩條生命、兩起死亡的證據。什麼都沒辦法讓這些女人起死回生，也傷害不到她們的感情，但我感覺自己就像擅自翻她們內衣褲的不速之客。照片、證詞、時間表、影片，這些都是過去的片段。

俗話說一次是意外，兩次是巧合，三次就是某種模式了。我手邊只有兩起犯罪事件，兩名被害者。克莉絲汀．惠勒和希薇亞．福內斯同年，曾經是同學，也都有未成年的女兒。我試著想像她們兩個的人生，她們去了哪些地方、遇到了什麼人、經歷了什麼事情。

在短短四十八小時內，警探就已經拼湊出希薇亞．福內斯（婚前是希薇亞．佛格森）的人生背景了。她在一九七二年出生，在巴斯長大，後來就讀於歐菲爾德女中。她父親是貨運承包商，母親則是護理師。希薇亞去里茲念大學，但大二就輟學去旅行。她在加勒比地區的包船工作，後來在西印度群島的聖露西亞遇見了她未來的丈夫理查．福內斯。他當時從大學休學一年，替有錢的歐洲人運送遊艇。兩人在一九九四年結婚，愛麗絲則在隔年出生。理查．福內斯畢業於布里斯托大學，先後在兩家大型藥廠工作。

希薇亞是個喜歡社交和跳舞的交際花，克莉絲汀則完全相反。她文靜、勤奮、可靠、不愛冒險，沒有男朋友，也沒有豐富的社交生活。

有趣的是，希薇亞上過防身術課程，確切來說是空手道，但在這種情況下卻完全沒有派上用場。她身上沒有防禦傷，代表她屈服了。蓋住頭的枕頭套是知名大眾品牌，手銬則是丈夫為了「替兩人的性生活增添樂趣」，在阿姆斯特丹的情趣用品店買的。

凶手怎麼知道手銬的事？先不論有沒有受邀，他肯定進去過希薇亞的公寓。她沒有報警說家裡有人入侵或東西被偷，所以或許盧伊茲說得沒錯，是她的舊情人或男朋友。

我開始自言自語，假裝自己在和他對話，試圖了解這個犯人的想法與感受。「你非常了解她們，了解她們的房子、動向、女兒、鞋子……是你指定要她們穿特定的鞋子嗎？」

有人敲了書房門，我用鑰匙開門，把門打開一個縫。

是茱麗安。「怎麼了？」她問道。

「沒什麼。」

「我聽到你在跟別人說話。」

「我在自言自語。」

她試圖從我的手臂下方窺視書桌，但我擋住了她的視線。「你幹嘛鎖門？」她問道。

「有些東西我不想讓女孩們看到。」

她突然瞇起眼睛，說：「你還真的做了，對不對？你把毒害帶進我們家。」

「僅限今晚而已。」

她搖搖頭，用毫無起伏的音調說：「我討厭祕密，我知道大部分人都有，但我就是討厭。」

她轉身離開。我看著她穿著睡袍，光著腳丫子，消失在走廊盡頭。那妳的祕密呢，我想這樣回她，但她走了，我沒能把問題問出口。我關上門並轉動鑰匙。

第二個箱子裝了犯罪現場照片，從遠景逐漸拉近到身體各部位的特寫。我才看到一半就受不了了了。我起身，再次檢查門是否有上鎖，然後走到窗邊，眼神掠過櫻桃樹光禿禿的樹枝，望向更遠處的墓園。

再兩小時快遞就要來取件了。我拿出一本筆記本，並把克莉絲汀．惠勒和希薇亞．福內斯的照片並排放在書桌上。不是裸體的照片，而是一般的大頭照。接著，我用兩處犯罪現場的照片做出更具衝擊性的拼貼畫。

因為頭被罩住的關係，希薇亞的照片比較突出。她的腳幾乎碰不到地面，她不得不踮起腳尖。不出幾分鐘，她的腿肯定就痠痛得不得了了吧。隨著她逐漸筋疲力盡，她的腳跟落下，被銬住的手腕就必須承受身體的全部重量，她也會感受到更多痛楚。

頭套、裸體和壓力姿勢等元素會讓人聯想到酷刑或處決。我越是盯著照片看，就越有種似曾相識的感覺。這並非戲劇場景，而是衝突和戰場上會出現的畫面。

伊拉克的阿布格萊布監獄成了酷刑和身體虐待的代名詞。戴頭套的囚犯赤身裸體且被狗鏈拴住，被嘲弄和羞辱，這類照片在世界各地流傳開來。有些人被迫採用壓力姿勢，踮起腳尖並雙手平舉，或是雙手綁在背後，被拉到人體極限的高度。睡眠剝奪、羞辱、酷熱或嚴寒、飢餓和口渴等都是審訊和酷刑的特點。

讓克莉絲汀．惠勒崩潰花了六小時，那毀掉希薇亞．福內斯花了多久時間呢？她在週一下午失蹤，屍體則在週三早上被發現，中間隔了三十六小時，而當時她已經死亡超過二十四小時了。一般來說，要洗腦一個人，突破對方的心防需要好幾天的時間，但這個人在十二小時內就讓希薇亞崩潰了，真是不可思議。

這並不是暴力慾，他並沒有拳打腳踢，沒有把這些女人揍到屈服為止。她們的屍體上沒有任何被毆打或施暴的痕跡。他用的是言語，一個人是怎麼練就這種能力的呢？這需要不斷練習、反覆排練、長時間訓練。

我把筆記本的頁面分成一半，寫下「我所知道的事」並開始列點。

犯人是在從容不迫，幾乎可說是異常亢奮的狀態下蓄意犯罪的，表現出道德敗壞的慾望。他選擇每個被害者穿的和不穿的服飾配件。他知道她們的衣櫥裡有什麼、她們用哪些化妝品，以及她們獨自在家的時間。鞋子對他來說很重要。

我又開始和他對話：「為什麼要選這兩個女人？她們對你做了什麼？難道她們忽視了你？笑了你？還是丟下了你？這些女人代表了你所鄙視的人事物。她們既是象徵性的，也是明確的目標，這就是她們如此不同的原因。

「希薇亞．福內斯並非不諳世事，她不會輕易屈服。你肯定耗盡了她的精力，押著她走到樹下，不斷對她耳語，但你說了什麼？

「我遇過像你這樣的人，我知道性虐待狂有何能耐。這些女人代表了你所鄙視的人事物。她們既是象徵性的，也是明確的目標，這就是她們如此不同的原因。她們是演員，之所以會在你的戲劇中演出是因為她們有特定的外表、年齡適合或是某種其他因素。

「你幻想的元素是什麼？當眾羞辱是一個特點。你希望她們的屍體被發現，你讓她們裸體遊街示眾。希薇亞的屍體像肉舖的肉一樣掛在樹上，克莉絲汀則在肚子上寫了『婊子』。

「第一個犯罪現場的地點令人費解，那是完全暴露的公共場所。你為什麼不選擇隱密的地方，例如空屋或遠離人煙的農舍？你想要克莉絲汀被大家看見，這是這齣變態戲劇的一部分。

「你這麼做是為了獲得滿足，這或許不是你一開始的動機，後來卻成為你的目的。在你的幻想中，性慾逐漸與憤怒和支配的需求混雜在一起。你學會讓痛苦和折磨充滿色情，也幻想過無數次——在夢中抓住女人，羞辱、處罰她們，讓她們身心崩潰。你侮辱、貶低、毀掉了她們。

「你做事一絲不苟，你會做筆記，你透過觀察她們的房子和動向來了解她們的一切。你知道她們幾點出門上班、幾點回家，以及晚上幾點熄燈。

「我不知道你計畫的確切細節，所以我不知道你有沒有按照計畫執行戰略，但你願意冒險。如果克莉絲汀．惠勒在橋上獲救，或是希薇亞．福內斯在凍死前被發現，她們就能指認你是凶手。

「這沒道理……除非……除非她們根本沒看到你的臉！你對她們耳語，對她們下命令，她們就照做，但她們沒看到你的臉。」

我把筆記本推開，往後靠在椅背上並閉上眼睛，感到筋疲力盡，身體不住顫抖。

時間很晚了，屋子裡一片寂靜。在我頭頂上方，圓形毛玻璃燈罩內有好幾隻飛蛾的屍體。燈罩裡有一個燈泡，是個易碎的玻璃殼，裡面有一根發光的燈絲。人們常用燈泡來代表靈感，但我不是。我的靈感始於白紙上的鉛筆線條，是淺淺的抽象輪廓。慢慢地，線條會變得更清楚，並加上明暗、深度和清晰度。

我沒見過殺死克莉絲汀．惠勒和希薇亞．福內斯的男人，但我突然感覺他好像從我的腦海中蹦出來，有血有肉，聲音在我的耳中迴盪。他不再是臆想的人物，不再是謎團，不再是我想像的一部分。我看到了他的內心。

第三十章

門只開了一個縫，頭髮灰白的老人盯著我看。

「你遲到了。」

「我有工作。」

「今天是週日。」

「我還是得工作。」

他轉身並拖著腳步沿著走廊走了幾步，破爛的拖鞋拍打著地面。

「什麼樣的工作？」

「換鎖。」

「有錢嗎？」

「當然有。」

「我需要錢。」

「你的退休金呢？」

「沒了。」

「你花在什麼地方？」

「香檳和他媽的魚子醬。」

他上半身穿著睡衣，肘部都磨破了，衣襬塞入高腰長褲，但因為肚子太大，胯下的地方感覺很緊。或許到一定的年紀，陰莖就會自動脫落吧。

我們在客廳裡，那裡散發著老人臭和油耗味。唯一重要的兩件傢俱就是扶手椅和電視。

我拿出皮夾，他試圖偷看我帶了多少錢。我給了他四十英鎊。

他拉起褲子，整個人陷進椅子裡，扶手椅的凹陷處完美符合他屁股的形狀。他低下頭，下巴靠在胸前，雙眼盯著電視螢幕，也就是他的生命維持系統。

「爸，你要看比賽嗎？」我問道。

「哪一場？」

「艾佛頓對利物浦。」

他搖搖頭。

「我買了有線電視，這樣你就能看大型同城德比[27]賽事了。」

他咕噥道：「男人看足球比賽不應該要花錢，這就跟喝水還要付錢一樣荒謬。我才不做那種事。」

「付錢的是我。」

「誰付錢都一樣。」

客廳裡唯一的顏色來自電視螢幕，在他眼中映出一個明亮的正方形。

「你待會要出門嗎？」

「沒有。」

「你不是說要去玩賓果？」

「我不玩賓果了。那些作弊的混帳叫我不准再回去。」

「為什麼？」

「因為我抓到他們動手腳。」

「賓果要怎麼動手腳？」

「我每次都他媽的差一個數字，一個數字耶，那些作弊的混帳！」

我手裡還拿著一袋食材。我把食材拿到廚房，說可以幫他弄點東西吃。我買了一罐火腿、焗豆和蛋。

水槽堆滿了髒碗盤，一隻蟑螂爬到一只杯子上看著我，好像我擅闖牠的地盤一樣，但我一動碗盤，牠就馬上跑走了。我把盤子上的食物殘渣倒入踩踏式垃圾桶，然後打開水龍頭。火排冒出了藍色火焰，瓦斯熱水器發出隆隆聲。

「你當初根本不應該離開軍隊！」他喊道。「軍隊待你就像家人一樣。」哈，最好是啦！

他開始滔滔不絕講著同袍同澤、同志情誼之類的胡說八道，但其實他根本沒打過仗。他說他沒打福克蘭戰爭是因為他不會游泳。

我暗自微笑。那並非事實，真正的原因是他的體檢不合格。他的一隻手被一五五公厘加農砲的後膛夾住，導致大部分手指都斷了。那個老混蛋到現在還耿耿於懷，他媽的誰知道為什麼。哪個正常人會想為了爭奪南大西洋的幾塊礁石而去打仗？

他還在抱怨，高聲蓋過電視的聲音。

「這就是現在士兵的問題。他們太軟弱，還被寵壞了。現在軍中有羽絨枕頭、美味佳餚……」

我正在炒火腿，並把蛋打在火腿片之間的空隙。豆子只要在微波爐加熱一下就好了。

爸改變了話題：「我孫女最近怎麼樣？」

「很好。」

「你怎麼都不帶她來看我？」

「爸，她沒有跟我住。」

「對啦，但法官有給你——」

27 譯註：指兩支位於同一城市或區域的球隊之間所進行的比賽。

「法官說了什麼不重要，她沒跟我住。」

「但你會跟她見面，對吧？也有跟她說話。」

「有啊。」我撒謊道。

「那你為什麼不帶她來？我想看看她。」

我環顧廚房，回答：「她不想來。」

「為什麼？」

「我不知道。」

他哼了一聲。

「她應該在上學吧。」

「對啊。」

「哪間學校？」

我沒有回答他。

「搞不好是她媽媽以前念的那種高級私立學校。她總是一副你這種人配不上她的感覺。我真受不了她爸，他以為自己的屎不會臭，每年都換新車開。」

「那是公務車。」

「他很瞧不起你。」

「他沒有。」

「他媽的明明就有，我們不是他那種上流社會的人。高爾夫球俱樂部、滑雪假期……那場豪華的婚禮也是他出錢的。」他停頓了一下，突然興奮起來，說：「或許你應該申請贍養費，告上法庭，把該拿的錢拿到手。」

「我不要她的錢。」

「那就給我。」

「不要。」

「為什麼？我也應該拿到些什麼吧。」

「我給了你這地方住。」

「喔，還真是他媽的宮殿啊！」

他拖著腳步走進廚房並坐下來，我把食物裝盤。他在食物上淋滿棕醬，沒有說謝謝，也沒有等我就開動了。

不知道他照鏡子時，是否看到了其他人看到的東西：一個滿肚子屎尿的膨風廢物，我眼中的他就是如此。這個男人沒有資格對我說三道四。他是個滿口髒話和抱怨的穢物，我有時真希望他趕快去死，或至少遭到報應。

我不知道自己為何還要來看他。每當我想起他對我做過的事，我只能拼命忍住不要往他臉上吐口水。他肯定不記得，一定會說我在編故事。

比起實際的處罰過程，前面漫長的等待更令人難熬。他會叫我到樓梯上，脫下褲子，把手臂穿過扶手，雙手交叉後抓住手腕。我會把額頭貼在木扶手上，站在那裡一直等，一直等。

我聽到的第一個聲音，是在被打到前的一瞬間，鞭子劃過空氣的嗖嗖聲。他用的是一條舊的烤麵包機電源線，手握住插頭那端。

奇妙的是，被打這件事讓我學會如何讓精神一分為二。雖然我實際上十六歲才離家，但在那之前的好幾年前，我死命攀在扶手上時，我的心就已經不在那個家了。當那條電源線劃過空氣，深深扎進我的皮膚時，我就離家了。

我以前會幻想自己夠大夠強壯時，要對他做什麼。當時我還沒什麼想像力，只有想到要揍他或是踢他的頭，但現在不一樣了。我能想像一千種讓他痛苦的方法，想像他求我給他一個痛快，或許他甚至會以為自己已經死了。我有過這種經驗。一個為塔利班作戰，在加德茲以北山區被俘的阿爾及利亞恐怖分子，他曾經問我自己是不是下地獄了。

「還沒。」我回答。「但比起這裡，你搞不好還會覺得地獄是度假村呢。」

爸推開他的盤子，用一隻手撫摸下巴，並看了我一眼，好像在對我使眼色一樣。他從水槽下面的櫃子拿出一瓶琴酒並倒了一杯，一副想要欺騙全世界的模樣。

「你要嗎？」

「不用。」

我環顧四周，尋找能分散注意力的東西，一個離開的藉口。

「你要走了嗎？」他問道。

「對啊。」

「但你才剛到耶。」

「我有工作要做。」

「修理更多鎖。」

「對啊。」

他嗤之以鼻道：「你肯定賺大錢了吧。」

然後他又開始長篇大論，抱怨自己的人生，並罵我是個沒用、自私且令人失望的廢物。

我看著他的脖子，要扭斷並不難，只要兩隻手，拇指放對位置，他就會停止說話……還有呼吸，跟殺兔子沒兩樣。

他繼續滔滔不絕，嘴巴一開一合，用屁話填滿這個世界。或許那個阿爾及利亞人說得沒錯，這裡的確是地獄。

第三十一章

門的玻璃面板後面出現了一個人影。門打開後，薇若妮卡．柯雷便轉身，沿著走廊大步向前。

「教授，你看報紙了嗎？」

「還沒。」

「希薇亞．福內斯的命案被大肆報導，第一頁、第三頁、第五頁都有……和尚剛剛打電話來說三一路警察局外有二十幾個記者。」

我跟著她走進廚房。她走到爐子前，開始在加熱板上移動鍋碗瓢盆。從窗外灑入的陽光照亮她頭髮根部的點點銀髮。

「這可是通俗小報編輯夢寐以求的報導。兩個被害者都是漂亮的中產階級白人女性，都有小孩，都是一絲不掛，而且兩人還是事業夥伴。其中一個人跳橋，另一個人則是像一塊牛肉一樣掛在樹上。你應該看看他們想到的一些推論——三角戀、女同志、被拋棄的戀人等等。」

她打開冰箱，並拿出一盒蛋、奶油、培根片和一顆番茄。我還站在原地。

「坐下來吧，我要給你做早餐。」她說，我差點聽成她要把我做成早餐。

「真的不用啦。」

「或許你還不餓，但我早上五點就起床了。你要喝咖啡還是茶？」

「咖啡。」

她把雞蛋打入碗中並攪拌均勻，每個動作都精確熟練。我坐下來聽她說話，桌上擺了十幾份不同的報紙，每份報紙上都有希薇亞．福內斯的笑臉。

調查的重點是目前已被接管的幸福婚禮顧問公司。未償還的債務和最後通牒在這兩年來不斷累積，但克莉絲汀·惠勒透過定期注入資金來避免財產被查封，而大部分都是以她的房子為抵押的借款。食物中毒事件的訴訟成了壓垮駱駝的最後一根稻草。她拖欠了兩筆貸款，債主們像食腐動物一樣，開始步步進逼。

警局繪師會跟黛西和艾莉絲分別談談，看看兩人的回憶是否有助於畫出她們母親過世前幾天，跟她們交談的男人的合成模擬畫像。

在體格方面，女孩們對他身高和體型的形容大致相同，但黛西記得他有深色頭髮，而愛麗絲則很肯定他是金髮。當然，外表是可以改變的，但目擊者的描述是出了名的反覆無常。大部分人都只會記得幾個明顯特徵：性別、年齡、身高、髮色和種族，但這並不足以畫出真正準確的合成模擬畫像，而品質差的畫像反而弊大於利。

警探從平底鍋鏟起培根，將炒蛋分成一半，並把食物倒到厚片吐司上。

「你的蛋要加塔巴斯科辣椒醬嗎？」

「好啊。」

她倒了咖啡並加了牛奶。

專案小組同時也在追查十幾條線索。週一傍晚五點零八分，沃明斯特路上一台交通路況攝影機拍到了希薇亞·福內斯的車子，後面跟著一輛身分不明的銀色貨車。一週前，克莉絲汀·惠勒翻過克利夫頓吊橋圍欄的二十分鐘前，疑似同一輛貨車開過吊橋。兩輛車的牌子和型號相同，但監視器都沒拍到完整車牌。

週一下午四點十五分，希薇亞·福內斯在家裡接到了一通電話，電話來自某人兩個月前在倫敦南部商店街買的一支手機，但那個人似乎是用假身分購買的。同一天購買的另一支手機在下午四點四十二分打給了希薇亞的手機。這跟克莉絲汀·惠勒那次的犯罪手法相同，兩通電話有部分時間重疊。來電者讓希薇亞從家裡電話換到手機，可能是為了確保不要中斷通話。

柯雷督察長吃得很快，又裝了一盤。以她一口咖啡配一口食物的速度來看，還沒涼的咖啡應該燙到了她的喉嚨吧。她用紙巾擦了擦嘴巴。

「法醫發現了一件有趣的事情，她的床單上殘留了兩個不同男人的精液。」

「丈夫知道嗎？」

「他們似乎已經講好要經營開放式婚姻了。」

我每次聽到這個詞，就會聯想到一艘漂浮在一片屎海上的脆弱小船。督察長看出了我的幻滅之情，輕聲笑了出來。

「教授，你該不會是個浪漫主義者吧？」

「我應該是吧，那妳呢？」

「大部分女人都是，就連我這樣的女人也是。」

她這句話似乎有弦外之音，我利用這個機會開啟話題。

「我有注意到一個年輕人的照片，他是妳兒子嗎？」

「對。」

「他現在在哪？」

「長大了，他住在倫敦。小孩好像遲早都會去倫敦，就像海龜回到同一片沙灘上一樣。」

「妳想念他嗎？」

「桃莉・巴頓是仰著睡覺嗎[28]？廢話。」

我想要停下來研究這個心像，但還是繼續問下去：「他父親在哪？」

「現在是怎樣，要玩二十個問題猜謎遊戲嗎？」

28 譯註：此說法源自於桃莉・巴頓傲人的上圍，旁人因其胸部大故推測她一定是仰睡，衍生為「當然、廢話」之意。

「我有點感興趣。」

「你這叫愛管閒事。」

「我只是好奇而已。」

「別把我當成你的病人。」她突然語帶憤怒，隨後又露出不自在的表情，說：「如果你真的想知道的話，我的婚姻持續了八個月，那是我人生中最漫長的歲月，而我兒子是我從中獲得唯一美好的事物。」

她從餐桌上拿走我的盤子，把餐具倒入水槽。她開著水龍頭，用力刷洗碗盤，好像除了炒蛋，還想洗掉別的東西一樣。

「妳不喜歡心理學家嗎？」我問道。

「沒有。」

「還是是我的問題？」

「恕我直言，教授，但一個世紀前，人們不需要心理醫生就能過生活。他們不需要心理治療、百憂解、自助手冊或他媽的《秘密》。他們還是照樣過日子。」

「但一個世紀前，人類的平均壽命只有四十五歲。」

「你的意思是活越久越不快樂嗎？」

「活越久會讓我們有更多時間不快樂。我們的期望有所改變，只有生存是不夠的，我們還想要獲得滿足。」

她沒有回答，但那並不是因為她被我說服了。相反地，她的舉止暗示了她過去的一段經歷、家族史，或是去看心理學家或精神科醫師的經驗。

「是因為妳是同性戀嗎？」我問道。

「你有意見嗎？」

「沒有。」

「葛楚・史坦曾告訴海明威，他無法接受同性戀的原因是男同性戀行為醜陋且令人反感，而女性則是恰恰相反。」

「你有遇過不想當同性戀的病人嗎？」

「有。」

「你有嘗試治好他們嗎？」

「我盡量不根據性取向評斷他人。」

「但你每天都在諮商時評斷他人。」

「我現在沒有在做諮商了，但以前我都會盡可能幫助對方。」

「沒有什麼治不治的。我沒辦法改變一個人的性取向。我會幫助他們面對並接受真正的自己。」

督察長擦乾手後，又坐了下來，伸手拿菸並點了一支。

「你完成心理側寫了嗎？」

我點點頭。外面傳來車輪壓過石子路的聲音，探險家羅伊來載她去三一路警察局了。

「我早上要開簡報會，你也應該一起來。」

羅伊敲敲門並走進屋內，向我點頭致意。

「準備好了嗎，老大？」

「準備好了，教授也要一起去。」

羅伊看向我，說：「當然沒問題。」

重案調查室比之前更加嘈雜熱鬧。有更多警探和文職工作人員正在輸入資料，以及對照兩起犯罪事件的細節。警方已經成立了專案小組，將這兩起案件作為謀殺案展開正式調查。

希薇亞・福內斯和克莉絲汀・惠勒都有各自的白板，並排放在一起。家人、同事和共同朋友之間畫了黑色粗線條。

專案小組分成了兩組，其中一組已經花了好幾百小時調查所有去了利林自然保護區的人、追蹤車輛、檢查不在場證明以及調閱監視器畫面。

該組也有著重調查克莉絲汀・惠勒的債務，以及她和當地一名高利貸業者東尼・諾頓之間的交易，因為他的名字出現在她的通訊紀錄中。警方對諾頓進行訊問，但他在十月五日星期五有不在場證明。有五、六個客人都說他從剛過中午就一直待在酒吧，直到打烊為止，但每次他被警察訊問時，都是這幾個人提供他的不在場證明。

我聽著薇若妮卡・柯雷告訴大家過去二十四小時的最新進展。

「殺死希薇亞・福內斯的凶手知道手銬的事，代表我們要找的可能是前男友、情人或是其他能進出房子的人，例如技工、清潔工、朋友等等……」

「他也有可能雇人犯罪啊。」

「他當時人在日內瓦，跟二十六歲的祕書搞在一起。」

「那丈夫呢？」和尚問道。

她點頭說：「我們正在調查他的通話紀錄和電子郵件。」

她指派完任務後，迅速瞥了我一眼，說：「歐盧林教授做了心理側寫，我現在就把現場交給他。」

我把筆記寫在一張紙上，收在外套口袋裡。我時不時會拿出來看，好像考試作弊一樣。走上前時，我刻意抬起腳，避免拖著腳走路。這是帕金森先生來了之後，我被迫學會的技巧之一。我站立時不會雙腳併攏，迅速轉身時也盡量不要扭轉身體。

「你們要找的男人是個貨真價實的性虐待狂。」我宣布道，並停頓了一下，觀察他們的表情。「他不只是想要殺死這些女人，他還想要摧毀她們的身心。他想抓住聰明、活潑的女性，並剝奪她們所有的希望、信念和生而為人的尊嚴。

「你們要找的男人和被害者是同一個年齡區間，或是更老一些。他的計畫、自信和掌控程度相當成熟，代表他是有經驗的。

「他的智商高於平均值，語文智力高且社交能力強。他會給人親切友好、充滿自信的印象，甚至可說是魅力十足，因此他的朋友、同事或酒友可能完全不知道他虐待狂的本性。

「他的教育程度和實際智商並不相符，因為他很容易感到無聊，所以很可能在學生時期就輟學了。

「他的組織能力和方法顯示他可能有受過軍事訓練，但現在的他除非是尊敬的對象，不然不會接受別人對他發號施令，因此他可能是自雇者或是獨立工作。犯案時間顯示他可能有彈性的工作時間，或是晚上或週末工作。

「他很有可能是當地人，熟悉道路、距離和路名。他用電話指示兩名被害者抵達特定地點。他知道她們的住址、電話號碼，以及她們何時會落單，這都需要事先調查和規劃。

「他不是獨居，就是和長輩住在一起。他要能自由來來去去，不需要被妻子或伴侶問東問西。他可能有結過婚，而他對女人的恨意可能來自於婚姻，或是其他失敗的感情，或是小時候和他母親之間發生的問題。

「這個男人有反偵蒐警覺性。除了他給克莉絲汀・惠勒的手機之外，他沒有留下任何證據。而且他也懂得隱藏身分，例如用假名購買好幾支手機、選擇不同的公用電話亭並不斷移動。

「被害者是他鎖定的目標，而我們要解開的問題是原因和手法。兩名被害者是朋友兼事業夥伴，以前也是同學。她們有幾十個共同朋友，或許有上百個共同認識的人。她們住在同一座城市，去了同一間美容院，也使用同一家乾洗服務。只要找出他選擇她們的原因，我們就會離找到他又更近一步。」

我停下來看筆記，確認自己沒有遺漏任何細節。我的左手食指開始抽搐，但我的聲音沉穩有力。

我稍微踮了踮腳尖，開始一邊踱步一邊說話，他們的目光也跟著我移動。

「我認為犯人說服了兩個女人，讓她們相信如果自己不配合，她們的女兒就會受苦。這代表他對自己的口語表達能力很有自信，但體能上的自信則要打個問號。他沒有用蠻力制伏這些女人，而是用聲音去恐嚇和控制她們。他可能缺乏當面對峙的勇氣。」

「他是個懦夫。」和尚說。

「或是他的身體並不強壯。」

柯雷督察長想要更實用的資訊。「他是前男友或被拋棄的情人的機率有多高？」她問道。

「我覺得不是。」

「為什麼？」

「如果有任何一名被害者逃脫或得救，她們或許就能指認前男友或情人，我懷疑他會冒這種險。還有一個問題：如果這些女人認識他，她們會這樣完全服從他的命令嗎？陌生的聲音更可怕，更嚇人……」

有人咳嗽，我便停了下來，不確定是不是某種信號。台下傳來低聲交談的聲音。

「從這裡可以再進一步推論一點。」我說。「他可能沒有實際觸碰過她們。」

台下毫無反應。過了一會兒，和尚率先開口：「什麼意思？」

「被害者可能根本沒看到他。」

「但希薇亞・福內斯被銬在樹上耶。」

「那有可能是她自己做的。」

「那頭套呢？」

「那也可能是她自己蓋的。」

我解釋案發現場的證據。在充滿泥濘的田野上，樹下只有一組腳印；屍體身上沒有性侵跡象或防禦的傷口；沒有其他通往田野的輪胎痕跡。

「我並不是說他沒有提前去過現場，因為地點是他精挑細選的。我也認為他當時人在附近，從手機訊號可以看出來，但我不認為被害者有看到他。我也不認為他有碰被害者，至少沒有實際觸碰到。」

「他搞的是她的內心。」探險家羅伊說。

我點點頭。

台下傳來嘆息聲和懷疑的咕噥聲。這超出了他們的理解範圍。

「為什麼？動機是什麼？」督察長問道。

「復仇、憤怒、性滿足。」

「什麼？三選一嗎？」

「答案是以上皆是。這個男人是個性虐待狂。重點不是殺女人，感覺更像是有私怨。他羞辱她們，他摧毀她們的心靈，因為他討厭她們所代表的人事物。他可能有跟自己的母親、前妻或前女友發生一些問題，又或許是他的第一個受害者引發了他的不滿。」

「你是說克莉絲汀．惠勒嗎？」和尚問道。

「不是，她不是第一個。」

全場一片沉默，大家都不敢置信。

「還有更多被害者？」督察長問道。

「我幾乎敢肯定有。」

「什麼時候？在哪裡？」

「只要能解答這些問題，就能找到他。犯人一直在為了這一刻做準備，不斷排練並精進技巧。他是個專家。」

薇若妮卡．柯雷移開視線，靜靜盯著窗外，全神貫注到我不禁猜想她是不是想逃離這裡，去過另一個人的生活。我知道這是最難讓人接受的一點。即使是經驗豐富的警察和心理衛生工作者，也很難接受有人會因為折磨和殺死另一個人感受到強烈的快感，並且興奮不已。

突然，大家都開始說話，我被各種問題、意見和爭論所轟炸。有些警探甚至看起來有點興奮，迫不及待想抓到犯人。或許是我的心態有問題，但謀殺案完全不會讓我感到興奮或充滿活力。

破案是這些警探的使命。他們渴望在支離破碎的世界中恢復道德秩序：透過辨案探究清白與有罪、正義與懲罰的問題。對我來說，唯一重要的人是觸發整件事的被害者，沒有被害者，我們此刻就不會在這裡。

簡報會結束後，柯雷督察長送我下樓。

「如果你對這個男人的分析沒錯，他還會繼續殺人，對吧？」

「遲早會。」

「我們能拖慢他的腳步嗎？」

「或許可以跟他溝通。」

「怎麼說？」

「他不打算跟警方玩貓抓老鼠的遊戲，但他會看報紙、聽廣播和看電視。他會關注新聞，所以你們可以傳達訊息給他。」

「我們要說什麼？」

「說你們想要了解他。媒體給他貼上了負面標籤，讓他解開誤會吧。不要羞辱他，也不要引起他的敵意，他要的是尊重。」

「那樣做對我們有什麼好處？」

「如果能讓他打電話過來，代表你們主動讓他採取了行動。雖然只是一小步，但也是第一步。」

「那誰要負責傳達訊息？」

「那個人必須要露臉，不能是女人，一定要是男人才行。」

督察長微微抬起下巴，好像地平線上有什麼東西吸引了她的注意。

「那你呢？」

「我不行。」

「為什麼？」

「我不是警探。」

「沒差。你了解這個男人，你知道他在想什麼。」

我站在門廳裡，聽她列出一大堆論點，完全沒有反駁的機會。我試著表達抗議，但一輛警車從後門加速駛離，警笛聲蓋過了我的聲音。

「那就這麼決定了。你來寫稿，我來安排記者會。」

電動門打開了，我走出警局。警笛聲已漸漸消失，留下了一種改變和失落的感覺。我低下頭，擺動雙手邁步而出，但我知道她的目光仍停留在我身上。

第三十二章

從圍欄到樹幹，到處都擺滿了花，而克莉絲汀．惠勒的照片放在最大的花環中間的塑膠封套裡。黛西穿著茱麗安的一件洋裝和一件冬季黑色大衣，她走路時大衣幾乎快拖到地上了。眾人在墳墓旁圍成一圈，她站在我對面，旁邊是今天早上才從西班牙飛來的阿姨，以及坐在輪椅上，大腿蓋著一條格紋毯子的祖父。

她的阿姨是個高大的女人，站得筆直，彷彿在打高爾夫球，而不是在跟人說話。她的頭髮被微風吹亂，一側的頭髮平貼在頭上。

我參加過葬禮，但這場葬禮讓人感覺不對勁，因為參加者太年輕了。大部分人都是克莉絲汀高中以前的老友或是大學同學，有些人找不到黑色衣服穿，因此選擇了柔和的灰色衣服。他們不知道該說些什麼，便聚在一起交頭接耳，一邊對黛西投以悲傷的眼神。

愛麗絲．福內斯從她的阿姨葛洛莉亞背後探出頭來。她從日內瓦出差回來的父親穿著黑色西裝，正在講電話。他和我四目相接後，眼神馬上往右飄，同時把一隻手放在愛麗絲的肩膀上。接下來他必須埋葬自己的妻子。我無法想像失去茱麗安會是什麼感覺，也不願去想像。

在墓園的另一頭，電視台工作人員和攝影記者聚集在山脊上，在交通錐和封鎖線後面待命。穿制服的警察擋住他們，不讓他們接觸參加葬禮的人。

探險家羅伊與和尚肩並肩站著，看起來很像抬棺者。柯雷督察長沒有跟他們站在一起。她把自己帶來的花環放在人造草皮覆蓋的深褐色土堆上。

一輛靈車靜靜駛過墓園大門。因為周圍的草高於蜿蜒的道路，所以我看不到輪胎滾動，讓人感覺靈車好像沒有觸地，而是朝我們飄來。

茱麗安的肩膀輕碰我的肩膀，她用右手牽我的左手，也就是會顫抖的那一隻手。她握住我的手，讓它不會顫抖，好像在保守我的祕密一樣。

盧伊茲來了。我從昨天起就沒看到他。

「你去哪了？」

「去辦事情。」

「什麼事情？」

他看了黛西一眼，說：「我在找她父親。」

「真的假的？」

「真的啊。」

「她有請你找嗎？」

「沒有。」

「她根本沒見過他耶！」

「我也沒見過我爸啊。」他聳肩道。「但我還是覺得他可能會想知道這件事。如果我發現他其實是個斧頭殺手，就不會把他的地址給黛西。」

棺材被放在墳墓上方的架子上，拋光的木板上堆滿了花。黛西放聲大哭，毫不掩飾自己的悲傷。她的阿姨似乎漠不關心，但另一個女人摟住了黛西的肩膀。她穿著黑色大衣和灰色長裙，眼睛哭得紅腫，看起來十分難受。

突然，我認出了站在她旁邊的男人，是布魯諾·考夫曼，那她應該就是他的前妻莫琳了吧。布魯諾之前提過她和克莉絲汀是同學，代表希薇亞也是她的同學。天啊，她在短短一週的時間就失去了兩個朋友，難怪她看起來這麼傷心寂寞。

布魯諾向我舉起一根手指頭，稍微打個招呼。

牧師準備好要開始了。他似乎感冒了，他那低沉沙啞的聲音無法傳得很遠。我放空思緒，心思越過墓碑和草坪、樹木和機械棚，看到遠處有一個掘墓人坐著旁觀葬禮。他正在剝蛋殼，把小碎片丟進一個棕色紙袋。

塵歸塵，土歸土……不是上天堂，就是下地獄。不知道你有沒有注意過？墓地聞起來就像堆肥。有人用血液和骨粉為玫瑰施肥，著實讓我惱火。

參加葬禮的人穿得一身黑，就像烏鴉圍在路殺動物的屍體旁邊一樣。我能感受到他們的悲傷，但還不夠悲傷。我知道真正的悲傷是什麼感覺，那是孩子穿著我買的衣服，打開生日禮物的聲音，而我卻不在場。那才叫做悲傷。

那個心理醫生也來了；他就像那種為了提高知名度，什麼微不足道的活動都要參加的B級明星。這次他還帶了漂亮的妻子，他這種人根本配不上。或許他顫抖的身體會增添前戲的趣味性吧。

還有誰來了呢？那個女同警探和她的左右手。芭蕾舞者黛西表現得很堅強勇敢。我們在門口擦肩而過，她看了我一眼，似乎一瞬間認出我來，彷彿在哪裡看過但又不記得自己認不認識我。然後她注意到手推車和我身上的工作服，就排除了這個可能性。

牧師告訴眾人，死亡只是一段旅程的開始，這是一個流傳千古的童話故事。人們淚流滿面，胸口上下起伏，地面已經夠溼了。為何人們要對死亡這麼大驚小怪？這明明就是最基本的真理。生死本無常，就拿這顆蛋來說吧，如果它有受精並確實保暖，就會變成一隻小雞，結果它卻被丟到滾水裡煮成點心。

人們低頭靜靜禱告，大衣衣襬在微風中拍打著他們的膝蓋。我頭頂的樹枝在風中呻吟，就像死靈的肚子在咕嚕咕嚕叫一樣。

我得走了。我有地方要去……有鎖要開……還有心靈要破壞。

葬禮結束了。我們穿過草坪，走到小徑上。一股溫暖潮溼的氣味從花壇傳來，而在頭頂上，候鳥呈V字往南飛行，彷彿被蝕刻在珠灰色的天空。

布魯諾．考夫曼抓住我的手臂。我把他介紹給茱麗安，他便向她鞠躬，動作十分誇張。

「喬瑟夫之前都把妳藏在哪了？」她問道。

「沒特別藏在哪。」她回答，似乎很高興能跟布魯諾調情。

其他參加葬禮的人繞過我們。黛西和她母親的幾個朋友待在一起，她們似乎想握住她的手或撫摸她的頭髮。她的阿姨沿著小徑推著她祖父的輪椅，一邊抱怨斜坡有多難推。

「警察無所不在耶，老兄。」布魯諾瞥了一眼和尚跟探險家羅伊，這麼說道。「他們就像紫色的牛一樣引人注目。」

「我倒是沒看過紫色的牛。」

「威斯康辛州的麥迪遜有很多五顏六色的牛。」他說。「不是真的牛啦，是雕塑，是那裡的觀光景點。」

他開始講述自己在威斯康辛大學任職時的故事。一陣風吹起他的瀏海，使其飄浮在空中，彷彿不受地心引力影響。布魯諾顯然是講給茱麗安聽的。我望向他身後，注意到了莫琳。

「初次見面。」我告訴她。「我對克莉絲汀和希薇亞的事深感遺憾。我知道她們是妳的朋友。」

「是很好的老友。」她說，呼氣時吐出了一團白霧。

「妳還好嗎？」

「我沒事。」她說，並用衛生紙擤鼻涕。「我只是很害怕。」

「害怕什麼？」

「我的兩個好朋友死了，那讓我很害怕。警察來我家問我話，那也讓我感到害怕。我會被巨大的聲響嚇到，會上兩道鎖，開車時會看後視鏡……這些也都讓我很害怕。」

她把用過的衛生紙放進大衣口袋，並從小塑膠包裝抽出一張新的，雙手不斷顫抖。

「妳上次見到她們是什麼時候？」

「兩週前。我們有個聚會。」

「什麼樣的聚會？」

「只有我們四個，歐菲爾德的四姐妹。我們以前是同學。」

「布魯諾有說過。」

「我們約在我們最愛的酒吧碰面，是海倫揪的。」

「海倫？」

「是另一個朋友，叫做海倫．錢柏斯。」她環顧墓園，說：「我還以為她會來，真奇怪。是海倫安排這次聚會的，她也是我們要見面的原因。大家都好幾年沒看到她了，結果她卻沒出現。」

「為什麼？」

「我到現在還是不知道。她沒有打電話，也沒有寄email。」

「妳完全沒有她的消息嗎？」

她搖搖頭並吸了吸鼻子，說：「海倫常這樣，她總是遲到，甚至會在自家後院迷路。」她看向我身後，說：「我是說真的，他們當時還派出搜索隊呢。」

「她住在哪裡？」

「她父親有一座莊園，後院很大，所以或許我不應該笑她。」

「妳有多久沒看到她了？」

「七年，將近八年。」

「她去哪了？」

「她結婚後搬到北愛爾蘭，後來又搬到德國。克莉和希薇是她的伴娘。我本來要當主要伴娘，但我和布魯諾當時住在美國，沒辦法飛回來參加婚禮，所以我就拍了影片祝福她。」

莫琳眼眶泛淚，說：「我們都約定好要保持聯絡，但海倫似乎就這樣跟大家漸行漸遠了。我每年都會寄生日和聖誕節賀卡，她偶爾會回信，但沒有說太多。就這樣從幾週沒聯絡，到幾個月沒消息，到失聯好幾年，真令人難過。」

「後來她聯絡了妳們？」

「六個月前，她寄給克莉、希薇和我一封email，說她離開了丈夫。為了『理清思緒』，她要和女兒去度假，然後再回來英國。

「然後一個月前左右，她又寄了一封信，說她回來了，我們應該聚一聚。地點是她選的：巴斯的蓋瑞克之頭，你知道那間酒吧嗎？」

我點點頭。

「我們以前很常去……那是大家結婚生子之前的事了。我們會喝個幾杯，享受閨蜜相聚時光，有時還會接著去夜店。希薇很愛跳舞。」

莫琳的雙手不再顫抖，但她並未平靜下來。她說話的樣子，彷彿被拋棄的過往，一個逝去的好友，來自過去的聲音又回來纏著她。

「當我聽說克莉絲汀自殺時，我一點也不信。她絕對不會那樣自殺，絕對不會拋下黛西。」

「可以告訴我關於希薇亞的事嗎？」

莫琳露出了悲傷的微笑，說：「她是個放蕩不羈的人，但並不壞，只是我有時會擔心她。她是那種行事大膽，不考慮後果的類型，很愛冒險。幸好她嫁給了像理查這種寬宏大量的人。」她淚眼汪汪，但睫毛膏沒被哭花。

「你知道我最愛希薇的哪一點嗎？」

我搖搖頭。

「她的聲音，我很想念她的笑聲。」她掃了一眼墓園，陽光灑在一片綠色草坪上。「我很想念她們兩個，想念那種知道下次還會相見的感覺。我忍不住會去想她們會打電話或傳訊息或約我喝咖啡。」

我們陷入了一段更長的沉默。她抬起頭，皺眉道：「到底是誰會做出這種事？」

「我不知道。」

「布魯諾說你在協助警方。」

「我盡我所能。」

她看向布魯諾，他正在跟茱麗安解釋最早的玫瑰化石可追溯到三千五百萬年前，而古希臘女詩人莎孚在西元前六百年寫了〈玫瑰頌〉，稱其為花中之后。

「他怎麼會知道那種事？」我問道。

「他也是這樣說你的。」

她含情脈脈地看著他，說：「我以前很愛他，後來由愛生恨，現在則是又愛又恨。他不是個壞人，你知道吧？」

「我知道。」

第三十三章

惠勒家的車道和門外的人行道上停滿了車子。黛西正在接待來弔唁的人，幫他們拿大衣和手提包。她看著我，好像我是來拯救她的一樣。

「我們什麼時候可以離開？」她低聲問道。

「妳做得很棒。」

「我快受不了了。」她說。更多賓客陸續抵達，客廳和餐廳擠滿了人。賓客手上拿著茶杯與裝滿三明治和蛋糕的盤子，茱麗安牽著我的左手，跟我一起在人群間穿梭。

盧伊茲不知道去哪裡拿了啤酒。

「你想聽關於黛西爸爸的情報嗎？」他問道。

「你找到他了嗎？」

「找到線索了。黛西的出生證明上沒有爸爸的名字，但我找到結婚的證據了，就是堂區紀錄，很好用吧。」

茱麗安抱了他一下，說：「我們不能聊點別的嗎？」

「妳是說像退休金。」盧伊茲開玩笑道。「或是公司合併、收購之類的話題嗎？」

「哈哈，不好笑。」

盧伊茲又喝了一口啤酒，顯然很享受當下。我讓他們繼續聊天，自己去找黛西的阿姨。她在廚房裡發號施令，讓人把三明治從一扇門端出去，從另一扇門收空盤子。檯面上擺滿了食物，空氣中瀰漫著蛋糕和茶的味道。

凱莉・惠勒是個身材高大的女人，有著被西班牙的豔陽曬黑的皮膚，身上戴滿珠寶。她脖子下方的大片皮膚長滿了斑點，嘴角處沾了口紅。

「叫我凱莉就好。」她說，並將滾水倒入茶壺。她燙捲的頭髮被水蒸氣弄得塌掉了，她用手指撥弄，試圖讓頭髮再度蓬起來。

「可以聊聊嗎？」我問道。

「好啊，我超想來一根菸的。」

她從手提包裡掏出一包香菸，並從餅乾罐後面拿出事先藏起的一大杯白酒，然後走到室外，走下三個階梯，來到庭院。

「你要嗎？」

「我不抽菸。」

她點了菸。

「聽說你很有名。」

「沒這回事。」

她吐出一口煙，看著煙霧在空中消散。我注意到她腳踝後側的紫色血管，以及被高跟鞋磨破的皮膚。

「我剛剛簡直巴不得葬禮趕快結束。」她說。「感覺冷到都要下雪了。我待在南歐太久，已經完全不適應這種鬼天氣了。」

「我想談關於黛西的事。」

「噢，對，我差點忘了說，謝謝你幫忙照顧她，之後就不用麻煩你了。」

「妳要回西班牙。」

「對，後天回去。」

「妳跟黛西說了嗎？」

「我會說。」

「什麼時候？」

「我才剛辦完妹妹的葬禮，那是我的第一要務。」

她用外套把自己包得更緊，並抽了一口菸，說：「我並不想要這樣。」

「想要怎樣？」

「照顧黛西。」她的牙齒碰得酒杯叮噹響。「小孩很難搞，又自私，所以我才不生。」她看著我，問道：「你有小孩嗎？」

「有。」

「那你就懂我的意思了。」

「其實不太懂。」我輕聲說。「黛西想去倫敦念芭蕾舞學校。」

「學費誰要付？」

「她好像想把這棟房子賣掉。」

「還這棟房子咧！」那個高大的女人笑道。她的牙齒泛黃，且有多處補綴。「『這棟房子』是銀行的，車子也是，傢俱也是，全都是銀行的。」

她用拳頭稍微摀住嘴巴，打了個嗝，然後把菸蒂彈到院子裡，菸蒂在草地上彈起，迸出火花。

「我妹那個自己開公司的大人物寫了遺書，但她根本什麼也沒留下。就算我賣掉這棟房子後還有剩下一筆錢，大小姐年紀太小，也沒辦法繼承。我是她的法定監護人，遺書裡是這麼說的。」

「我覺得妳應該跟黛西談談西班牙的事，她應該不想去。」

「那不是她能決定的。」

她搓揉腳跟，似乎想恢復腳部的血液循環。

「我還是覺得妳應該跟她談談。」

她沉默了片刻，然後嘆息道：「多謝你的關心，歐盧林先生。」

「叫我喬瑟夫就好。」

「喬瑟夫，我們都得做出妥協。黛西需要人照顧她，而我是她唯一的親人。」

我感覺到自己火氣上來了。我搖搖頭，並將雙手塞到外套口袋更深處。

「你認為我錯了。」她說。

「對。」

「到了我這個年紀還有一個好處：我根本不必在乎。」

我一回到屋內，茱麗安就感覺到事情不對勁，用疑惑的眼神看著我。我的左手臂在顫抖。

「要走了嗎？」她問道。

「讓我先去找黛西。」

「去跟她道別。」

這並非問句，而是陳述。

我找了客廳、餐廳和前廊，再走上樓。黛西在她房間裡，坐在窗邊看著庭院。

「妳在躲避人群嗎？」

「對啊。」她說。

房間裡到處都是音樂海報和絨毛玩具。這裡彷彿是收納了黛西童年的時空膠囊，那似乎已經是很久遠的過去了。我注意到地板上有撕碎的紙片，床上隨意堆放著慰問卡，看來有人匆匆拆開了這些信。

「妳剛剛在讀慰問卡。」

「沒有，我進房間時就這樣了。」

「什麼時候？」

「剛剛，到家的時候。」

「是誰打開這些信的？」

她聳聳肩，但從我的語氣察覺到了異狀。我問她房子是否有上鎖、誰有鑰匙，以及她在哪裡發現了卡片和信封……

「它們就放在床上。」

「有少任何一封嗎？」

「我看不出來。」

我看向窗外，這條街上種了一排白楊樹樹苗。我看到一輛銀色貨車在街上緩慢行駛，似乎在找門牌號碼。

「我們可以走了嗎？」

「這次不行。」

「什麼意思？」

「妳要和妳阿姨待在這裡。」

「但她要回西班牙耶。」

「她想要妳跟她一起去。」

「不要！不要！」黛西看著我，眼神中帶有責備。

「我不能去，我不要去。我的芭蕾舞獎學金怎麼辦？我已經拿到名額了耶。」

「妳可以當成是去西班牙度假。」

「度假！我不能突然就不跳舞，之後再繼續跳。我沒去過西班牙，我在那裡半個人都不認識。」

「妳有妳阿姨啊。」

「她討厭我。」

「她不討厭妳。」

「跟她談談嘛。」

「我談過了。」

「我有做錯什麼事嗎？」

「當然沒有。」

她的下唇在顫抖。突然，她撲向我，雙手環抱我的身體。

「讓我跟你回家。」

「黛西，我不能那麼做。」

「拜託，拜託你。」

「對不起，真的沒辦法。」

接下來發生的事情與其說是意料之外的，不如說是想也想不到的。有些事只能在跳脫大腦與內心、理性與直覺時，才能夠無所畏懼地踏出那一步。黛西抬起臉龐，將嘴唇貼上我的雙唇。我感覺到她的氣息、她的舌頭。她顯然缺乏經驗，彷彿在探索未知領域，她的吻嘗起來像洋芋片和可樂。我試圖和她拉開距離，但她抓住我的頭髮，把臀部緊緊貼著我，獻出她的身體。

我的腦海裡充滿了各種瘋狂的異象。我抓住她的雙手，輕輕把她推開，讓她跟我保持距離。她對我眨眨眼，眼神充滿孤注一擲的絕望。

她的大衣扣子是解開的，一邊罩衫的領口落到了肩膀以下，露出了內衣肩帶。

「我愛你。」

「不要說那種話。」

「但這是真心話，我比『她』還更愛你。」

她往後退，鬆開自己的手，讓大衣落到地上，然後把上衣往下拉，露出內衣。

「你不想要我嗎？我不是小孩了！」她說，聲音聽起來不太一樣。

「拜託，黛西。」

「讓我跟你住。」

「我不能這麼做。」

她搖搖頭並緊咬下唇，強忍淚水。她完全明白現在的狀況，事態已經完全不同了。在她企圖向我獻身之後，我就不可能讓她繼續待在我們家了。她的眼淚並不是要對我情緒勒索或是改變我的心意，只是單純的眼淚而已。

「請你離開。」她說。「我想要一個人靜靜。」

我關上門並靠在門上。我仍能嘗到她的味道，也能感覺到她顫抖的身體。這種感覺名為恐懼：害怕被發現、害怕她的所作所為，以及我要承擔多大的責任。雖然人類行為理應是我的專業，但有時我會赫然發現自己有多麼無知。我明明是心理學家，為何對心理學卻是一知半解？大腦太複雜，太難以預測，彷彿充滿不確定性的汪洋大海，而我別無選擇，只能不斷踩水，或是游向遠方的海岸。

茱麗安在樓梯底部等我。「一切都還好嗎？」她問道。她從我眼中看出了什麼嗎？

「有人入侵這棟房子，我得去報警。」

「現在嗎？」

「妳先回去吧，我應該留在這裡。」

「那你要怎麼回家？」

「盧伊茲還在啊。」

她踮起腳尖，輕輕吻了我的雙唇，然後身體往後傾，看著我的雙眼。

「你確定你沒事嗎？」

「我沒事。」

一小時後，來弔唁的人走了，警察取而代之。卡片和信封被裝入袋子，送到實驗室，警方也檢查門窗，看有沒有強行闖入的跡象，但沒有東西被偷。

我沒有理由待在這裡，應該離開的理由卻多得數不清。我一直忍不住去想黛西的吻和她的尷尬。我們兩個都很尷尬，但在她這個年紀，被拒絕或許感覺就像世界末日。我則是每天與生病的不安共處，手會不受控制地顫抖，腳也會突然卡住，隨時有跌倒的風險。

我一直在想莫琳提到的聚會，以及她失去兩個摯友的事。或許這些謀殺案與事業失敗或克莉絲汀·惠勒欠高利貸業者錢無關，或許其實是私人恩怨。為何要打開慰問卡？他們在找什麼？

黛西還在樓上，她的阿姨則在廚房跟警察談話。我走出房子，讓眼睛適應黑暗。盧伊茲在車裡等我，暖氣將暖風吹向擋風玻璃。

「我還需要你幫一個忙。」

「我還有欠你人情啊？」

「還欠一次。」

「我已經數不清了。」

「我需要你幫忙找一個人，她的名字叫做海倫·錢柏斯。」

「你人生中的女人還不夠多嗎？」

「她是克莉絲汀·惠勒和希薇亞·福內斯的同學。她們兩週前約了見面，但她沒出現。」

「最後已知地址呢？」

「她父母住在弗羅姆附近的莊園。」

「那應該不難找。」

車子駛出停車位，對向來車的車燈十分刺眼。盧伊茲調高了音樂的音量。辛納屈正在柔聲歌頌一名女子，她從不與陌生人調情，也不會祝福其他男人的骰子[29]。

回到家時，已經過了半夜十二點，小屋熄燈了。教堂的尖頂從小屋後方露出，在紫色天空的映襯下更顯得漆黑。我輕輕關上門，脫下鞋子，然後悄悄上樓。

艾瑪四肢攤開躺在羽絨被上，我把她的腳收到被子下面，並把被子拉到她的下巴，她仍繼續熟睡。查莉的門開了幾公分，她的熔岩燈讓房間裡充滿粉紅色的光芒。我看到她側躺著，手收在嘴巴附近。

茱麗安睡著了。我先在浴室脫衣服和刷牙，然後才上床。她轉身用手腳環抱我，胸部貼在我的背上。

「怎麼這麼晚回來。」她說。

「抱歉。」

「黛西還好嗎？」

「她和阿姨在一起。」

她帶著堅定的決心，把我的那話兒掏出來，用拇指和食指扣住它。她彎下腰，將我含入她的嘴裡，等我準備好時，她便翻身，跨坐在我的腰上，讓我在下方動彈不得。

她張開雙腿，身體往後滑，讓我進入她體內，同時倒抽一口氣。她將我的手引導到她的胸部上，她的乳頭十分硬挺。我不用動，只要看著她上下起伏就好。她接受我的投降，尋求自己的快感，也將我帶入高潮。

這感覺不像是為了和解或展開新的開始而做愛，比較像是輕聲嘆息，讓餘燼暫時發出更亮的光芒。結束後，茱麗安把頭枕在我的胸口，我聽著她的呼吸聲，聽著她進入夢鄉。

一小時後，我把她的頭輕輕放回枕頭上，溜下床，並躡手躡腳走到書房。我先關門再開燈，然後開始找羅馬的飯店收據。我從筆記本裡取出收據，把它撕成碎片，任由小紙片飄落到垃圾桶裡。

29 譯註：指法蘭克．辛納屈的歌曲〈幸運女神〉（Luck Be a Lady），歌詞講述一名賭徒希望幸運女神能眷顧他。

第三十四章

我能理解為何男人會對一輛車而非一個人傾注感情。車子比較可靠，只要轉動鑰匙、開啟開關、踩下油門，車子就會照你的意思辦事，不會讓你失望。

我從未擁有跑車，也對那種東西沒興趣，但我現在有一輛了。車主是個期貨交易人，他住在俯瞰皇后廣場的一間豪華公寓裡。你不能光明正大地偷一輛法拉利 F430 Spider，除非先關閉警報器、破壞方向盤鎖，還要避免啟動汽車防盜器。直接偷那個有錢混蛋的車鑰匙簡單多了。他把車鑰匙放在前門內的散熱器蓋上，就在他的安全停車鑰匙和真皮駕駛手套旁邊。

我唯一解決不了的問題是「車輛追蹤系統」。一旦他報警說車輛遭竊，我就得跟這輛夢寐以求的跑車說再見了。

週一早上，我在街上駕駛這輛車，觀察人們的反應，那些羨慕、驚嘆、嫉妒的神情。就算停著不動，這輛車也能吸引大家的目光。

軍中很多人都是汽車迷。那些可憐的混蛋平常都開著時速六十公里的裝甲運兵車或挑戰者戰車，有六個前進檔和兩個倒檔，所以他們休假時就會選擇性能更好、速度更快的車款，也就是跑車。有些人欠了一屁股債，但他們一點也不在乎，因為這都是為了圓一個夢。

我把車子停在一條靜謐的街道上。結滿露水的人行道開始乾了，陽光從法國梧桐的枝葉間灑落。我拿出一張地圖，把它攤開在引擎蓋上。引擎一邊冷卻，一邊滴答作響。

我靜靜等待，他很快就會來了。他來了，他穿著制服和深灰色褲子，在落葉上曳足而行。

他看到法拉利了，不禁停下來觀察。他忍不住伸出手，想觸碰閃閃發亮的漆面，並輕撫流線型的車身。

「這車真不賴。」他說。

「這是當然。」

「是你的車嗎？」

「車鑰匙在我手上。」

他緩緩繞了法拉利一圈，書包掛在一邊肩膀上。

「這能開多快啊？」他問道。

我把地圖對折，回答：「我想想，十二秒內就能開個半公里沒問題吧。」

「前提是你沒迷路。」他咧嘴一笑道。

「對啦，你這麼聰明，或許可以幫我指路。」

他蹲下來，試圖從駕駛車窗的暗色玻璃往裡看。

「你要去哪？」

「燈塔山，西摩道。」

「燈塔山不遠，我也要往那裡走。」

「用走的嗎？」

「要去搭車。」

我給他看地圖，他指出自己學校的位置並替我指路。我能聞到他嘴裡的牙膏味，彷彿看見了年輕時的自己，充滿潛力，準備面對任何挑戰。

「我可以看看裡面嗎？」他問道。

「沒問題。」

他打開車門。

「坐到駕駛座上。」

他把書包丟進排水溝，坐到駕駛座上，雙手握住方向盤並調整姿勢。感覺他隨時都會開始模仿汽車加速的聲音。

「這超讚的。」

「是吧。」

「它最高時速多少？」

「三百一十公里。它有四點三公升的四八三馬力V8引擎，扭力高達四十七點四公斤米。」

「你最高開到時速多少？」

「你不是警察吧？」

「不是。」他笑道。

「兩百九十公里。」

「真的假的？」

「它的引擎聲就像小貓呼嚕一樣，但真正刺激的是加速。它在四點一秒內就能從完全靜止加速到時速九十六公里，疾如閃電就是這麼回事吧。」

他上鉤了。這不只是好奇心，而是血氣方剛的男性欲望，就像是男孩嘗到女人滋味前的春夢。這是速度，是引擎，是一見鍾情。

「這多少錢啊？」他低聲問道。

「你媽媽沒有告訴你問這種問題不禮貌嗎？」

「有啊，但她開的是Ford Astra。」

我微笑道：「看來她不是汽車迷囉？」

「對啊。」

「你什麼時候會拿到駕照？」

「再九個月。」

「有打算買車嗎？」

「我想媽應該買不起，或許我爸可以幫忙。」

他一隻手握住排檔桿，另一隻手仍握著方向盤，他從擋風玻璃看出去，想像自己轉彎的樣子。

「你的車是幾點？」我問道。

他一看手錶，便喊道：「糟了！」

「別擔心，我載你一程。」

「真的嗎？」

「對啊，上車吧，記得繫安全帶。」

第三十五章

現在已經過了早上九點，我躺在床上盯著天花板，樓下傳來腳步聲、歡笑聲和童謠。這就像在收聽我最愛的廣播劇，歐盧林家又展開了一天的生活。

刷完牙、洗完臉、吃完藥後，我緩緩走下樓。客廳傳來了笑聲，我在門外傾聽。茱莉安正在面試保姆，不過問問題的主要是艾瑪。

盧伊茲坐在廚房裡，一邊吃吐司，一邊看我的早報。

「早安。」我說。

「早安。」

「酒吧沒供應早餐嗎？」

「這裡氣氛比較好。」

我給自己倒了一杯咖啡，坐在他對面。

「我找到海倫．錢柏斯的家了，是威斯伯雷郊外的道伯尼莊園，離這裡將近五十公里。我有試著打電話，但轉到電話答錄機了。選民名單和電話簿上都沒有海倫．錢柏斯這個名字。」

他發現我有點心不在焉。

「怎麼了？」

「沒事。」

他繼續看報紙。我喝了一口咖啡。

「你會做惡夢嗎？」我問道。「我是說，你偵辦過一些很可怕的案子，例如謀殺案、強姦案、小孩失蹤……那些回憶不會陰魂不散嗎？」

「不會。」

「那凱薩琳・麥布萊呢？」我問道。她是我以前的病人，也是我和盧伊茲相遇的契機，他當時正在調查她的謀殺案。

「她怎麼了嗎？」

「我有時候還會夢到她，現在則會夢到克莉絲汀・惠勒。」

盧伊茲把報紙對折再對折，問道：「她會跟你說話嗎？」

「不，完全沒有。」

「但你夢到了死人？」

「你講得好像我瘋了一樣。」

他用報紙狠狠打了我的頭。

「幹嘛打我？」

「這叫做當頭『報』喝。」

「為什麼？」

「你曾經告訴過我，如果醫師生病死掉就幫不了病人了。不要顛三倒四，你應該扮演頭腦清醒的角色才對。」

道伯尼莊園位於威斯伯雷以北三公里處，在索美塞特郡和威爾特郡的交界。連綿起伏的鄉村田野點綴著小農場，以及因最近下雨而水位上漲的湖泊和水壩。

盧伊茲開著他的賓士，減震效果絕佳，就像坐在有輪子的水床上一樣。

「你對這個家庭了解多少？」我問道。

「父母叫做布萊恩和克勞蒂亞・錢柏斯。布萊恩擁有一間建築公司，在波斯灣各國簽了很多高額合約。道伯尼莊園曾是全國最大的領地之一，直到在一九八〇年代被切割分售。錢柏斯一家擁有宅邸和四點五公頃的土地。」

「那海倫呢？」

「她是獨生女，在一九八八年從巴斯的歐菲爾德女中畢業，跟克莉絲汀・惠勒和希薇亞・福內斯同屆。她在布里斯托大學主修經濟學，並在八年前結婚，之後就一直旅居國外。」

他手仍握著方向盤，舉起食指說：「到了。」

我們在一扇三公尺高的鐵門前停了下來。鐵門裝在石柱上，圍牆則往兩側延伸，穿過樹林。圍牆頂部插了碎玻璃，彷彿從水泥中綻放的鋸齒狀花朵一樣。

大門設了對講機，我按下按鈕並稍作等待。一個聲音從另一頭傳了出來。

「是誰？」

「請問是錢柏斯先生嗎？」

「不是。」

「請問他在家嗎？」

「他現在不方便。」

「請問海倫・錢柏斯在家嗎？」

「你是想搞笑嗎，老兄？」對方有威爾斯口音。

我看了盧伊茲一眼，他聳聳肩。

「我叫做喬瑟夫・歐盧林，我有要事必須跟錢柏斯家的人談談。」

「那你得給我更多資訊才行。」

「這是警方的調查，跟他們的女兒有關。」

對方沒有立刻回答，可能是在尋求指示。

對方又開口了：「跟你同行的是誰？」

我低下頭，從擋風玻璃看出去，發現有一台監視器架在大門上方六公尺長的金屬桿上。他正看著我們。

盧伊茲靠過來，對著對講機說：「我是退休的警探，之前在倫敦警察廳工作。」

「已經退休了？」

「沒錯。」

「抱歉，錢柏斯夫婦現在不方便。」

「請問何時方便跟他們談談呢？」我問道。

「寫信吧。」

「我比較想留紙條。」

大門仍紋風不動。盧伊茲在車子周圍走來走去，並伸了個懶腰，監視器跟著轉動，監視他的一舉一動。他爬到一棵倒下的樹上，窺視圍牆的另一側。

「你看得到房子嗎？」我問道。

「看不到。」他左右張望，說：「我發現了一件有趣的事。」

「什麼事？」

「我看到了動態感測器和更多監視器。我知道這時期有錢人會特別緊張，但這未免太多此一舉了。這傢伙到底在隱瞞些什麼？」

我聽到靴子踩在石子路上的聲音，一個男人從大門另一頭走向我們。他看起來像是園丁，穿著牛仔褲、格子襯衫和油布外套，還帶了一隻有黑色和棕褐色毛皮的德國牧羊犬。

「給我下來。」他強烈要求道。

盧伊茲下來後，和我對上眼。

「今天天氣真好。」我說。

「是啊。」帶著狗的男人說。我們都知道彼此在說謊。

盧伊茲走到了我這一側，把手伸到背後，按住對講機按鈕。

德國牧羊犬看著我的眼神，好像在考慮要先吃哪條腿，他的主人則更提防體格壯碩的盧伊茲。

盧伊茲放開了對講機按鈕。

一名女性的聲音傳了出來：「請問你是誰？」

「妳是錢柏斯太太嗎？」盧伊茲問道。

「對。」

「不好意思，但妳的園丁說妳不在家，他顯然搞錯了。我叫做文森．盧伊茲，是倫敦警察廳的前警探。請問可以耽誤妳一些時間，跟妳談談嗎？」

「是要談什麼事？」

「是關於妳女兒的兩個朋友——克莉絲汀．惠勒和希薇亞．福內斯。妳記得她們嗎？」

「我記得。」

「妳有看報紙嗎？」

「沒有，怎麼了？發生了什麼事？」

盧伊茲看了我一眼。她還不知道。

「錢柏斯太太，她們兩人已經不在人世了。」

她沒有立刻回答，對講機只傳來靜電干擾的聲音。

「你真的應該跟船長談談。」她用緊繃的聲音說。

她是在說園丁還是狗？

「我現在就在跟船長講話。」盧伊茲說。「他來大門見我們。他是個不錯的傢伙，肯定是園藝高手吧。」

這句話出乎她的意料。「他連水仙花和山茱萸都分不清楚。」她說。

「我也是。」盧伊茲說。「可以讓我們進去嗎？我們有要事要說。」

大門發出了空洞的喀噠聲並向內打開，船長被迫向後退，他看起來並不高興。

盧伊茲坐回駕駛座，開車經過船長時抬起手稍微打個招呼，然後加速往前開。

「他看起來不太像園丁。」我說。

「他是退伍軍人。」盧伊茲說。「你看他的站姿。他不會彰顯自己的長處，而是隱藏實力，有必要才會使用。」

我們駛過樹林，終於看到了山牆和屋頂。盧伊茲經過一扇格柵大門時減速，然後在主屋前停了下來。那扇大雙開門應該有十公分厚吧。其中一邊打開了，克勞蒂亞．錢柏斯從門內往外窺視。她穿著羊絨開襟衫和卡其色長褲，雖然將近六十歲，但仍身材苗條，風韻猶存。

「謝謝妳願意見我們。」我說，並做自我介紹。

她沒有伸出手要握手，而是帶我們穿過大理石門廳，來到一個大客廳，裡面鋪滿了東方風格地毯，也擺了兩張一模一樣的切斯特菲爾德沙發[30]。大壁爐裡面放了木柴但沒有點火，兩側壁凹處裝滿了書架。壁爐架和茶几上放了照片，能從中看出一個小孩從出生、幼兒到學齡期的成長歷程——第一次掉牙、第一天上學、第一次堆雪人、第一次騎腳踏車，照片中充滿了人生中的第一次。

「那是妳女兒嗎？」我問道。

「是我孫女。」她回答。

她用手示意沙發，要我們坐下來。

30 譯註：起源於英國十七世紀末的一種家具型式，通常為皮質，向外的弧形扶手和靠背等高，並有鉚釘裝飾。

「要喝點什麼嗎？茶之類的。」

「好，謝謝妳。」盧伊茲替我們兩個人回答。

一個穿著制服的胖女人突然出現在門口，就像變魔法一樣。克勞蒂亞的腳邊肯定藏了呼叫鈴，可能裝在地毯下或沙發側邊吧。

聽了主人的吩咐後，女僕就離開了。克勞蒂亞轉回來面對我們，並在對面的沙發上坐下來，把雙手放在大腿上。看她的舉止就知道她戒心很強，完全不信任我們。

「我對克莉絲汀和希薇亞的事感到遺憾。發生了什麼意外嗎？」

「不，我們不認為是意外。」

「發生了什麼事？」

「她們被殺了。」

她眨眨眼，溼潤的眼眶顯露出悲傷。除此之外，她不會再表現出更多情緒了。

「克莉絲汀從克利夫頓吊橋跳河。」我說。「我們認為她是被脅迫的。」

「脅迫？」

「她被迫跳河。」盧伊茲解釋道。

克勞蒂亞猛搖頭，好像想把聽到的資訊甩出自己的腦袋一樣。

「希薇亞則是死於凍傷，她被銬在樹上。」

「到底誰會做出這種事？」克勞蒂亞問道，似乎對這個世界有些幻滅了。

「妳沒有看電視或報紙嗎？」

「我不看新聞，看了只會感到沮喪。」

「妳上次見到克莉絲汀和希薇亞是什麼時候？」

「自海倫的婚禮就沒見過了；她們是她的伴娘。」她用手指數了數，說：「八年了。天啊，已經過那麼久。」

「妳女兒有跟她們保持聯繫嗎？」

「我不知道。海倫跟老公一起住在國外，不常回來。」

女僕端著托盤回來了。茶壺和瓷杯看起來很脆弱，好像裝不了開水。克勞蒂亞幫我們倒茶，幾乎像是靠意志穩住雙手的。

「要加牛奶或糖嗎？」

「我要牛奶，謝謝。」

「我都不用。」盧伊茲說。

她攪拌自己的茶，小心不讓茶匙碰到杯子邊緣。她似乎有些心不在焉，過了一會兒才把心思拉回現實。

外面傳來車輪壓過石子路的聲音。片刻後，前門砰地一聲打開，門廳傳來匆匆的腳步聲。布萊恩．錢柏斯衝了進來，他身材魁梧，氣勢洶洶，好像一上來就要揍人一樣。

「你們他媽的事誰？」他吼道。「你們來我家做什麼？」

他有一雙大手，脖子很粗，禿頭的形狀就像一頂安全帽，上面布滿閃閃發亮的汗水。

盧伊茲已經站了起來，我則花了一點時間才起身。

「親愛的，沒事的。」克勞蒂亞說。「克莉絲汀和希薇亞遭遇了不測。」

布萊恩．錢柏斯可不買單。「是誰派你們來的？」他質問道。

「什麼？」

「是誰派你們來的？這些女人跟我們毫無關聯。」

他顯然知道克莉絲汀和希薇亞的事，那他為何沒跟妻子講呢？

「親愛的，冷靜點。」克勞蒂亞說。

「妳安靜。」他咆哮道。「這件事我來處理。」

船長跟著他走進客廳，並移動到我們身後。他的右手拿著某個東西，藏在外套裡面。

盧伊茲轉身面對他，說：「我們不是來找麻煩的，只是想知道關於海倫的事。」

布萊恩．錢柏斯嗤之以鼻道：「不要耍我！是他派你們來的，對吧？」

我看向盧伊茲，解釋道：「我不知道你在說什麼。我們在協助警方調查兩件謀殺案，兩名被害者都是妳女兒的朋友。」

錢柏斯將注意力轉移到盧伊茲身上，問道：「你是警察嗎？」

「曾經是。」

「什麼意思？」

「我退休了。」

「所以你是私家偵探囉？」

「不是。」

「所以你們根本不是警察派來的。」

「我們只是想跟你女兒海倫談談。」

他雙手合十大笑，但笑聲中充滿憤怒。「這可真令人難以置信！」

盧伊茲火氣也有點上來了，說：「錢柏斯先生，或許你應該聽你老婆的話，稍微冷靜一點。」

「你是在恐嚇我嗎？」

「不是，我們只是想得到一些答案。」

「我女兒海倫跟這一切有什麼關係？」

「四週前，她寄了電子郵件給克莉絲汀．惠勒、希薇亞．福內斯和另一個高中朋友莫琳．布雷肯，約她們在九月二十一日星期五晚上在巴斯的一間酒吧見面。其他人都去了，但海倫沒出現，也沒聯絡她們，我們想找出原因。」

布萊恩．錢柏斯頓時目瞪口呆，用不敢置信的眼神看著我。他眼中的焦躁不安被狐疑的激動情緒所取代。

「這是不可能的。」他說。「我女兒不可能寄什麼電子郵件。」

「為什麼？」

「她三個月前就過世了；她和我孫女在希臘溺斃。」

突然，偌大的客廳也無法掩藏此刻的尷尬，空氣瞬間變得甜膩刺鼻。盧伊茲看著我，一時不知道要說什麼。

「真的很抱歉。」我告訴他們，我也不知道還能說些什麼。「我們完全不知道這件事。」

布萊恩．錢柏斯完全沒興趣聽我們的道歉或解釋。

「她們死於渡輪事故。」錢柏斯太太說。她仍挺直身體，坐在沙發上。「船在暴風雨中沉沒了。」

我記得那則新聞。夏末時，一場大暴風雨肆虐愛琴海，船隻受損，遊艇損毀。一些度假村被迫疏散遊客，而一艘客輪在一座島嶼附近沉沒了。雖然有幾十名觀光客獲救，但還是有乘客不幸罹難。

我環顧客廳，看著那些照片。錢柏斯一家把客廳變成了紀念他們已故孫女的地方。

「請你們離開吧。」布萊恩．錢柏斯說。

船長把門打開，以強調雇主要我們離開的要求。我還在看那些照片，那個皮膚光滑的金髮孫女少了一顆門牙，拿著一顆氣球，吹生日蛋糕上的蠟燭……

「真的很抱歉造成你們的困擾。」我說。「請節哀順變。」

盧伊茲低頭說：「謝謝妳的招待，女士。」

布萊恩和克勞蒂亞都沒有回應。

船長把我們送到門外，並守在門口，右手仍藏在油布外套裡。布萊恩．錢柏斯走到他旁邊。

盧伊茲發動了賓士，我打開車門，又回過頭。

「錢柏斯先生，請問你以為是誰派我們來的？」

「再見。」他說。

「有人在威脅你們嗎？」

「開車小心。」

第三十六章

我們駛出林蔭車道並向右轉，沿著鄉間道路開到特羅布里奇。賓士輕鬆駛過路面的坑洞，辛納屈還在唱歌，但我們調低了音量。

「那個家庭真他媽的瘋了。」盧伊茲嘟囔道。「滾輪還在轉，但倉鼠已經死了。你有看到錢柏斯的臉嗎？我還以為他心臟病發了。」

「他在害怕些什麼。」

「什麼？第三次世界大戰嗎？」

盧伊茲開始列出錢柏斯一家採取的安全措施，包括監視器、動態感測器和警報器。船長看起來活像是從特種空勤團挖角過來的。

「那種傢伙如果在巴格達當保鑣，一週可以賺五千英鎊耶。他在這裡做什麼？」

「威爾特郡比較安全。」

「或許錢柏斯跟不該惹的對象做生意。大公司就有這種問題，就像是週五晚上的電影院，總有人會想偷摸一把奶子或是吃別人豆腐。」

「好鮮明的比喻。」

「是吧。」

「我絕對不會讓我女兒去電影院的。」

「等著瞧。」

我們沿著A三六三公路穿過雅芳河畔布拉福，並從上面繞過巴斯安普敦丘陵地。我們開上一座小山，眼前的巴斯小鎮靜靜坐落在山谷中。一個大型廣告牌上面寫著：你夢寐以求的養老勝地就在眼前。盧伊茲認為這句話十分貼切，巴斯就是充滿了銅臭味和老人味。

有個疑問一直在我腦中揮之不去：一個死掉的女人是怎麼寄email約朋友見面的？有人寄了email，而那個人有辦法使用海倫．錢柏斯的電腦或登入資訊，不然就是盜用她的身分並建立新帳號。如果是這樣，為何要這麼做？這一點道理也沒有。有誰會想讓四個老朋友相聚呢？

有可能是凶手做的。或許他安排了這次聚會，然後跟蹤她們回家。這樣就能解釋他如何獲得受害者情報——他能藉此知道她們的住處和工作場所，並了解她們的日常生活。但這還是無法解釋海倫．錢柏斯和這一切有何關聯。

「我們得跟莫琳．布雷肯談談。」我說。「她是唯一參加了聚會而且還活著的人。」

盧伊茲什麼也沒說，但我知道我們都在想同一件事：必須有人警告她。

歐菲爾德女中坐落在樹木和充滿泥濘的運動場之間，俯瞰著雅芳谷。停車場的牌子寫著請所有訪客先到接待辦公室。

一名學生坐在接待辦公室裡的塑膠椅上，前後擺動雙腳。她穿著白上衣和藍裙，以及上面印有天鵝圖案的深藍色套頭衫。她抬起頭來瞥了我們一眼，然後繼續等待。

一名學校祕書在滑動玻璃窗後面現身，她身後的牆上貼著以色彩劃分的時間表；上面整理了八百五十名學生、三十四間教室和十五個科目的排課，堪稱邏輯和時間安排的壯舉。經營學校就像在當航空交通管制員，只是沒有雷達屏幕可以看。

祕書用手指沿著時間表往下找，接著輕敲布告欄兩下，說：「布雷肯老師正在別館的2B教室上英文課。」她看了一眼時鐘，說：「午休時間快到了，你們可以在走廊上或教職員休息室等她。教室上樓右轉就到了，潔琪可以帶路。」

那名女學生抬起頭，似乎鬆了一口氣。無論她做了什麼，處罰都被延後了。

「請跟我來。」她說，然後推開門並迅速爬上樓梯，在中間的平台停下來等我們。布告欄上貼著設計比賽的廣告、攝影課的資訊，以及學校的反霸凌政策。

「妳做了什麼啊？」盧伊茲問道。

潔琪看了他一眼，似乎有些不好意思，回答：「我被老師轟出教室了。」

「為什麼？」

「你不是學校董事吧？」

「我看起來像嗎？」

「不像。」她承認道。「我罵我的戲劇老師平庸至極。」

盧伊茲笑道：「所以不只是一般的平庸囉？」

「對啊。」

鐘聲響起，人群湧入走廊，周圍瞬間充滿了學生。我聽到學生哄堂大笑，還有老師大喊：「用走的！不要用跑的！」

潔琪走到了教室門口，敲了敲門，然後說：「老師，有訪客找您。」

「謝謝妳。」

莫琳．布雷肯穿著及膝的深綠色洋裝，腰間繫了棕色皮帶，腳上穿的船形高跟鞋更凸顯了她結實的小腿。她把頭髮往後夾，只在嘴唇和眼瞼上畫了淡妝。

「發生了什麼事？」她馬上問道。她的手指上有一點一點被黑色麥克筆畫到的痕跡。

「或許其實沒什麼。」我試圖安撫她。

盧伊茲從她的桌子上拿起一個玩具——是一支筆，末端黏了一個小絨毛娃娃。

「這是我沒收的。」她解釋道。「你們應該看看我的收藏。」

她把一疊作業整理好，塞進資料夾裡。我環顧四周，說：「妳在母校教書啊。」

「誰會想得到呢？」她說。「我以前在學校可是個不良少女，不過也沒希薇那麼糟，所以老師總是想把我們兩個分開。」

她很緊張，所以才會多話。我讓她繼續說下去，因為她遲早會沒話講。

「我的職涯輔導老師說我會變成失業演員，只能去餐廳當服務生。但我有位恩師叫做哈利戴老師——他也是教英文的——他說我應該考慮教書。我爸媽現在想到都還是覺得好笑。」

她看了盧伊茲一眼，又轉回來看我，變得越來越緊張。

「妳之前說海倫・錢柏斯寄了信約妳們出來。」

她點點頭。

「我想那封信不是她寄的。」

「為什麼？」

「因為海倫三個月前就過世了。」

資料夾從莫琳的指尖滑落，學生的作業散落一地。她咒罵了一聲並彎下腰，試著把紙張撿起來，但她的雙手卻不停顫抖。

「她是怎麼死的？」她低聲問道。

「她是在希臘的渡輪事故中溺死的，她女兒當時也跟她在一起。我們是今天早上從她父母口中得知這件事的。」

「天啊，真是太可憐了……可憐的海倫。」

我跟她一起蹲在地上，撿拾散落的作業，把紙張胡亂塞回資料夾裡。莫琳的心境產生了變化，彷彿每一聲心跳都傳來空洞的回音。她頓時墜入深淵，聽著腦中不斷重複的沉悶節奏。

「但如果海倫是三個月前過世的，她是怎麼……我是說……她……」

「代表那封信是別人寄的。」

裡。

「是誰?」

「妳有什麼頭緒嗎?」

她搖搖頭，眼眶泛淚且明顯動搖，好像突然認不出周圍的環境，或是不記得自己接下來要去哪

「現在是午休時間。」我告訴她。

「噢，對。」

「我可以看看那封信嗎?」

她點點頭說:「來教職員休息室吧，那裡有一台電腦。」

我們跟著她穿越走廊，又爬上一段樓梯。學生的交談聲和笑聲從窗外傳來，充滿了各個角落。

兩名學生在教職員休息室外等待，她們希望英文作業的繳交期限可以延期。莫琳心事重重，沒心情聽她們的藉口，直接說最晚週一交，就請她們離開了。

教職員休息室幾乎空無一人，只有一個骨瘦如柴的男人坐在椅子上，閉著眼睛一動也不動。我本來以為他在睡覺，但後來注意到他戴著耳機。莫琳坐在電腦前，用她的帳號和密碼登入時，那個男人仍紋絲不動。她開啟自己的電子郵件信箱，並按照日期往回找。

海倫·錢柏斯寄的信件主旨是「猜猜誰回來了?」。這封信是九月十六日寄出的，也有副本給克莉絲汀·惠勒和希薇亞·福內斯。

嗨大家，

是我，我回英國了，很期待跟大家見面。要不要約這週五在蓋瑞克之頭碰面?我們可以暢飲香檳、大吃薯條，就跟以前一樣。

真不敢相信已經八年了。希望妳們都比我更胖更跟不上時代(包括妳，希薇)。或許我還會為了

這次聚會去做腿部熱蠟除毛呢。

週五晚上七點半在蓋瑞克之頭，不見不散。我已經等不及了。

愛妳們

海倫

「這聽起來像她的語氣嗎？」我問道。

「像。」

「有什麼奇怪的地方嗎？」

莫琳搖搖頭說：「我們以前常常去蓋瑞克之頭。在歐菲爾德的最後一年，我們這幾個人當中只有海倫有車，所以她都會開車載我們回家。」

這是透過網頁伺服器寄的電子郵件，要建立帳號並取得使用者名稱和密碼相當容易。

「妳之前說她更早之前也有寄信給妳。」

她又搜尋海倫的名字，上一封信是五月二十九日寄的。開頭寫著「親愛的小莫」，那應該是莫琳的綽號。

好久不見……抱歉我一直都沒聯絡，但這是有原因的。這幾年我過得不太好，面對了許多變化和挑戰。我有個重大消息要告訴妳，就是我離開我老公了。這是個悲傷的故事，一言難盡，只能說我們最終還是沒辦法一起走下去。有很長一段時間，我徹底迷失了自己，但現在我快走出來了。

接下來幾個月，我要和我的寶貝女兒克蘿伊一起去度假。我們要理清思緒，展開冒險，其實早就該這麼做了。

保持聯絡，我要回去時會告訴妳。我們可以約在蓋瑞克之頭，和大家一起共度美好的夜晚。他們現在還有賣香檳和薯條嗎？

我很想念妳、希薇和克莉絲汀，很抱歉這麼久沒跟妳們聯絡，我之後會解釋一切。

我愛妳們
海倫

我又把兩封信都讀了一遍。用詞和條理分明的架構很相似，兩封信也都使用平易近人的語氣和簡短的句子。沒有任何地方看起來是不真誠或是捏造的，但海倫．錢柏斯在第二封信寄出的時間點已經不在人世了。

她寫到自己「快走出來了」，我想應該是指她的婚姻吧。

「還有別的嗎？」我問道。「信件、明信片，或是電話……」

莫琳搖搖頭。

「海倫是個什麼樣的人？」我問道。

她不禁微笑道：「她很討人喜歡。」

「我需要更詳細一點的資訊。」

「我知道，抱歉。」她說，蒼白的臉頰漸漸恢復了血色。她看了同事一眼，但他還是坐在椅子上，一動也不動。

「海倫是我們當中最理智的人，也最晚交男朋友。希薇花了好幾年的時間幫海倫找對象，但她一點也不著急。有時我會為她感到難過。」

「為什麼？」

「她總是說她父親想要兒子，而她永遠無法達到他的期望。她有一個哥哥，但在她小時候就過世了，好像是發生拖拉機事故之類的。」

莫琳坐在破舊的旋轉椅上，轉過來並翹起腳。我再次詢問她是如何和海倫失去聯繫的，她抿起雙唇，嘴角抽動。

「我們好像自然而然就失聯了。我覺得她老公好像不太喜歡我們。希薇亞覺得他可能是嫉妒我們感情很好。」

「妳記得他的名字嗎？」

「吉迪恩。」

「你見過他嗎？」

「見過一次。海倫和吉迪恩從北愛爾蘭回英國參加她父親的六十歲生日派對。活動持續了一整個週末，但海倫和吉迪恩在週六午餐時間就離開了。肯定發生了什麼事，但詳情我不清楚。

「吉迪恩是個怪人，非常神祕。聽說他只邀請了一個人去參加婚禮，就是他父親。結果他父親喝得爛醉如泥，讓他感到難堪。」

「吉迪恩是做什麼的？」

「他好像在軍中工作，但我們沒人看過他穿軍裝。我們以前會開玩笑說他是某種間諜，就像《軍情五處》影集那樣，你知道那部電視劇嗎？海倫之前寄了一封信給克莉絲汀，封口上蓋了紅色印章，寫說信封基於安全因素被掃描和拆開過。」

「那封信是從哪裡寄出的？」

「德國。海倫結婚後，他們駐紮在北愛爾蘭，後來又被派到德國。」

另一個老師走進教職員休息室。她對我們投以好奇的目光，點頭打招呼，然後從書桌抽屜裡取出一支手機，走出去打電話。

莫琳搖搖頭，似乎想擺脫紛雜的思緒，說：「錢柏斯夫婦真可憐。」

「妳跟他們熟嗎？」

「其實不太熟。錢柏斯先生個子大，嗓門也大。我記得有一天，他為了去打獵，硬是穿上太小的馬褲和靴子，那個模樣真讓人永生難忘。比起被狩獵的狐狸，我更同情他騎的那匹馬。」講到這裡，她不禁微笑。「他們還好嗎？」

「他們很悲傷。」

「他們似乎也很害怕。」盧伊茲一邊看著窗外的遊樂場，一邊補充道。「妳有想到什麼可能的原因嗎？」

莫琳搖搖頭，她棕色的雙眸凝視著我的眼睛，似乎還有一個問題想問。

「你知道為什麼嗎？我是說，對克莉和希薇做這種事的人到底想要什麼？」

「我不知道。」

「你覺得他會就此罷手嗎？」

盧伊茲從窗邊轉過頭來，問道：「莫琳，妳有小孩嗎？」

「有一個兒子。」

「他多大了？」

「十六歲，怎麼了嗎？」

她已經知道答案，但出於焦慮還是問出口了。

「你們有地方可以住個幾天，避避風頭嗎？」我問道。

她的眼神透露出恐懼。「我可以問布魯諾能不能讓我們借住個幾天。」她說。

「那樣或許比較好。」

我的手機在口袋裡震動，是薇若妮卡．柯雷打來的。

「教授，我有打電話到你家，但你老婆不知道你在哪。」

「怎麼了嗎？」

「我在找黛西．惠勒。」

「她和她阿姨在一起。」

「沒有，她昨晚離家出走了。她收拾了行李，還拿走了母親的一些珠寶。我以為她可能會試圖聯絡你，因為她似乎很喜歡你。」

我頓時感到口乾舌燥。

「我不認為她會那麼做。」

薇若妮卡．柯雷沒有問原因，我也不打算告訴她。

「昨天葬禮後你有跟她說話。她看起來如何？」

「她很沮喪，因為她阿姨要她搬去西班牙。」

「人生鳥事一籮筐，比這更糟糕的事多的是。」

「但對黛西來說並非如此。」

「所以她什麼也沒說……什麼也沒透露嗎？」

「沒有。」內疚感似乎堵住了我的喉嚨，我幾乎無法吐出這兩個字。「妳要怎麼做？」我問道。

「我應該會放她不管個一兩天，看看會發生什麼事。」

「她只有十六歲。」

「這年紀應該有辦法自己回家了。」

我想提出異議，但她不打算聽。對柯雷督察長來說，這算是節外生枝，而她現在已經夠忙了。黛西並不是被綁架，而她既不會傷害自己，也不會危害公共安全。青少年一天到晚都在離家出走，就算去找也沒什麼意義。更重要的是，今天下午三點有一場新聞發布會，我要發表聲明並直接跟凶手對話。

通話結束後，我把這個消息告訴負責開車的盧伊茲。

「她會出現的。」他說，一副已經司空見慣的樣子，或許真是如此，但這並沒有讓我比較放心。

我打給黛西的手機，卻聽到了預先錄製的語音訊息：

「嗨，是我，我現在無法接電話，嗶聲後請留言，盡量簡短扼要，讚美我的話除外，哈哈……」

我聽到了嗶聲。

「嘿，我是喬瑟夫，請打給我……」我還能說什麼？「我只是想確認妳沒事，大家都很擔心，我也很擔心，所以打給我，好嗎？拜託了。」

盧伊茲在旁邊聽我的留言。

我又輸入另一組號碼，茱麗安接了電話。

「警察在找你。」她說。

「我知道。黛西離家出走了。」

她似乎努力想保持中立，但她的沉默卻透露出擔憂與不耐。

「他們知道她去哪了嗎？」

「不知道。」

「有什麼我可以幫忙的嗎？」

「黛西或許會打電話或去我們家，再請妳幫忙留意一下。」

「我會到處打聽看看。」

「好主意。」

「你什麼時候回家？」

「快了，我得先去參加新聞發布會。」

「之後就會結束了嗎？」

「快了。」

茱麗安希望我說「對」。「我找到保姆了，她是澳洲人。」她說。

「我對澳洲人沒意見。」

「她明天上工。」

「很好。」

她還不掛斷電話，似乎期待我再說些什麼，但我沒有打破沉默。

「你有吃藥嗎？」

「有。」

「我得掛了。」

「好。」

她掛了電話。

第三十七章

三一路警察局的會議室沒有窗戶且十分簡陋，採用螢光燈管照明，房間裡擺放著折疊椅。會議室座無虛席，還有很多人靠在牆邊站著。

全國性報紙選擇不依賴西南部的特約記者，而是直接派出最厲害的記者。我看到了幾個熟面孔，包括《每日電訊報》的盧基特、《泰晤士報》的蒙哥馬利和《每日郵報》的培生。有些人認識我。

我在側門觀察狀況。和尚正在引導攝影組就位，並試圖阻止爭執。他對我點點頭。柯雷督察長穿著白襯衫和深灰色外套，走在我前面。我跟著她走上一個平台，上面擺了一張面對媒體的長桌。麥克風和錄音設備固定在桌子前端，上面標示著電台頻寬和標誌。

電視台的白燈開著，閃光燈不斷閃爍。督察長替自己倒了一杯水，給記者一點時間就定位。

「感謝各位先生女士的蒞臨。」她對著聽眾，而不是對著攝影機說。「這是新聞發布會，不是記者會。我會宣讀事實陳述，再把現場交給喬瑟夫．歐盧林教授。最後會給大家一點時間提問。

「如各位所知，警方成立了專案小組調查希薇亞．福內斯的謀殺案。我們同時也在調查另一起可疑的死亡事件，死者是上週五在克利夫頓吊橋跳河的克莉絲汀．惠勒。」

督察長身後的投影幕上出現了克莉絲汀．惠勒的照片。這是克莉絲汀假日去水上樂園玩的照片，她穿著T恤和紗籠擺姿勢拍照。

台下傳來騷動，不少人難掩驚訝。會議室裡很多人都親眼目睹克莉絲汀．惠勒跳橋，她很明顯是自殺身亡，怎麼會突然變成謀殺案的被害者？

與此同時，被害者的資訊被一一列出：年齡、身高、髮色、感情狀態，以及作為婚禮策劃師的身分。督察長很快就講到了被害者死亡當天。她說明了克莉絲汀生前最後一趟旅程，包括她接到的電話，以及她只穿雨衣和高跟鞋穿越利林自然保護區的事。投影幕上顯示橋上的監視器畫面。

記者們越來越坐立不安，想要柯雷督察長給他們一個解釋，但她仍舊不疾不徐，詳述那幾通電話的細節。當然，她並非毫無保留。她沒有提到寄到黛西學校的芭蕾舞鞋，或是有人放在愛麗絲．福內斯家門口的寵物兔，因為這些是只有凶手才知道的事，因此可以用來辨別本尊和打電話惡作劇的人。

柯雷督察長講完後，就向大家介紹我。我快速翻閱筆記，然後清了清喉嚨。

「在我的工作中，我有時會遇到讓我感到既著迷又驚駭的人，而這次的犯人就是如此。這個男人很聰明、口齒伶俐且擅長操控人心，是個殘忍無情的虐待狂。他不是使用暴力，而是利用這些女人最深沉的恐懼來毀掉他們。我想了解原因，我想了解他的動機，以及他為何選擇了這些女人。

「如果他現在在聽，或是他在電視或報紙上看到，我希望他能聯絡我。我希望他能幫助我了解。」

會議室後方傳來騷動，我便稍作停頓，薇若妮卡．柯雷卻瞬間僵住，顯得有些驚慌。我順著她的視線看過去，發現富勒助理警察局長正推開聚集在門口的人群。人們紛紛轉頭看他，他的到來吸引了眾人的目光。

會議室裡除了台上的長桌之外，沒有其他空的座位。助理警察局長考慮了一下，立刻沿著中間走道走到會議室前面。他將警帽放在桌子上，皮手套放在帽子裡後便坐了下來。

「繼續說。」他粗聲粗氣地說。

我遲疑了一下……看向柯雷……再看自己的筆記。

有人出聲問了問題，又有兩人接著發問，我試著忽略他們。《泰晤士報》的記者蒙哥馬利站了起來。

「你說他利用了她們最深沉的恐懼，這是什麼意思？我有看到克莉絲汀．惠勒在克利夫頓吊橋上的影片。她是自己跳下去的，沒有人推她。」

「她是被威脅的。」

「她是怎麼被威脅的？」

「請先讓我說完，我會再讓各位發問。」

其他記者也等不及，紛紛站了起來。柯雷督察長試圖介入，但富勒搶先打開麥克風，叫大家安靜。

「這是正式的發布會，不是誰都可以暢所欲言的吵架大會。」他用低沉有力的聲音說道。「要麼一個一個來，要麼誰都別想問問題。」

記者們乖乖坐回座位上。「這樣好多了。」富勒說。他盯著台下，彷彿一個失望透頂的校長，恨不得想拿藤條處罰學生。

有人舉起了手，是蒙哥馬利。「長官，請問凶手是怎麼威脅她的？」他問道。

他發問的對象是富勒，那名助理警察局長便把最近的麥克風拉得更近一些。

「我們正在調查這名男子是否有可能透過被害者的女兒來恐嚇和操縱被害者。有人猜測他是威脅要傷害女兒來強迫母親配合。」

他說出這番話，彷彿在會議室裡投下一顆深水炸彈，三十隻手瞬間伸向天空。富勒指向另一名記者，把新聞發布會變成了答問大會。

「女兒有受到傷害嗎？」

「沒有，女兒毫髮無傷，但犯人讓這些女人以為她們身陷危險。」

「他是怎麼做到的？」

「我們現階段還不知道。」

柯雷督察長怒不可遏，大家都能感覺到台上的緊張氣氛。《每日郵報》的培生抓住了這個機會。

「助理警察局長，剛剛歐盧林教授說他想要『了解』凶手，請問您也是這麼想的嗎？」

富勒身體前傾，說：「不是。」然後往後靠。

「請問您同意教授的評估嗎？」

他又身體前傾，說：「我不同意。」

「為什麼呢，長官？」

「歐盧林教授的工作對這項調查並不重要。」

「所以您認為他的心理側寫沒有任何幫助嗎？」

「完全沒有。」

「那他為何在這裡呢？」

「我不打算回答這個問題。」

記者們把舉起的手緩緩放下。其他人很樂意讓培生繼續刺激助理警察局長，試圖戳到痛處。薇若妮卡．柯雷試著打斷富勒，但他緊抓著麥克風不放。

培生繼續逼問：「助理警察局長，歐盧林教授說凶手讓他感到著迷，請問您也是嗎？」

「沒有。」

「他說他希望凶手能打給他，您不認為這很重要嗎？」

富勒厲聲說：「我才不管教授想怎樣。你們這些媒體電視看太多了。你們以為謀殺案是心理醫生、科學家和靈媒破案的，這根本是胡說八道！要偵破謀殺案，只能透過優秀、紮實、老派的調查，也就是登門拜訪、訊問證人和錄口供。」

富勒用手指著培生，每講一點手指就往前戳一下，對著麥克風狂噴口水。

「在這次調查中，警方不需要的是某個沒逮捕過嫌犯、沒坐過警車，也沒跟暴力罪犯對峙過的大學教授教我們怎麼辦案。我們不需要心理學學位也知道犯人是個懦弱的變態，他專挑弱者下手，因為他得不到女人、留不住女人，或是他小時候沒喝媽媽的奶……

「在我看來，歐盧林教授做的心理側寫根本沒什麼意義。對，我們在找一個年齡介於三十到五十歲之間的當地男子，他的工作是輪班制，而且他很討厭女人。這不都很顯而易見嗎？有什麼好分析的。

「教授想要我們給這個男人尊重，他想要發揮惻隱之心，嘗試理解對方，與他溝通，但有我在就休想。這個犯罪者是個混帳，他要的尊重去監獄裡要吧，因為那就是他的歸屬。」

所有人的目光都集中在我身上。我被批評得體無完膚，但我又能做什麼呢？柯雷督察長抓住了我的前臂，顯然不希望我做出回應。

記者仍繼續大喊他們的問題：

「他是怎麼威脅要傷害她們女兒的？」

「那些女人有被性侵嗎？」

「他真的折磨了她們嗎？」

「她們是怎麼被折磨的？」

富勒完全不理他們。他戴上帽子，並用手掌撫過帽簷，調整帽子。接著他戴上手套，然後像離開閱兵場一樣，沿著中央走道揚長而去。

閃光燈不斷閃爍，記者仍如連珠炮般地發問：

「他會再殺人嗎？」

「他為何選擇這些女人？」

「他認識她們嗎？」

薇若妮卡．柯雷用手蓋住麥克風，並在我耳邊低語。我點點頭，然後起身準備離開，感到既生氣又尷尬。台下大聲抗議，這已經不是新聞發布會了，大家只想見血。

柯雷督察長慢慢轉身，怒視著台下的記者，這目光本身就是一種表態。新聞發布會結束了。

第三十八章

薇若妮卡．柯雷沿著走廊邁步，身體左右搖晃，好像一名得知船隻即將沉沒的船長，在其他人放下救生艇逃難的同時，她離開艦橋，回到船長室。

「媽的，那真是徹頭徹尾的大災難。」

「只能說幸好狀況沒有更糟。」我低聲說。聽了富勒尖刻的批評，我到現在還沒回過神來。

「狀況還能怎樣更糟？」

「至少我們有警告大家要小心。」

重案調查室的電話響個不停。我完全不知道警方接到了什麼樣的電話，也不知道他們用了什麼辦法來過濾掉假情報。

許多警探都很努力不要盯著我看，他們已經知道我被當眾羞辱的事了。大部分的人都露出巴不得想趕快回家的表情，等不及打卡下班。

柯雷督察長關上辦公室的門，我坐在她面前。她無視禁止吸菸的標示，點了一支菸，並把窗戶開一個小縫。她用遙控器對準辦公室一角檔案櫃上的小電視，打開後轉到新聞台，並設成靜音。

我知道她打算做什麼。她要看新聞發布會的轉播，藉此處罰自己。

「要不要喝一杯？」

「不用，謝謝。」

她把手伸入傘架，取出一瓶蘇格蘭威士忌，並把咖啡杯當酒杯用。我看著她倒了一杯，再把酒瓶放回藏匿處。

「教授，我有一個道德問題。」她說，並把蘇格蘭威士忌含在嘴裡，好像在含漱口水一樣。「一名小報記者和一名助理警察局長被困在起火的車子裡，而你只能救一個人，你要救誰？」

「我不知道。」

「真正的兩難是你要去吃午餐還是去看電影。」

她沒有笑，她是認真的。

她的辦公桌上放了一份貼著黃色便利貼的文件夾，內含從國家警務電腦系統列印出來的資料。警方在資料庫裡搜尋類似的犯罪事件。她把封面遞給我。

在布里斯托，兩名毒販折磨了他們認為是警方線人的妓女。他們把她釘在樹上，並用瓶子侵犯她。

在菲力斯杜，有一名碼頭裝卸工回到家，發現他的妻子和隔壁鄰居躺在床上，他便把鄰居綁在椅子上，用妻子的電捲棒折磨他。

兩名德國事業夥伴因為利潤分配而吵了一架，其中一人逃到了曼徹斯特。他被發現死在飯店房間裡，雙手攤在桌子上，手指被切斷。

「就這樣。」她說，並用一支菸點了另一支。「沒有手機，沒有女兒，也沒有威脅，什麼線索都沒有。」

我第一次注意到她的黑眼圈和臉上的皺紋。她過去這十天有好好睡覺嗎？

「妳在找的是顯而易見的答案。」我說。

「什麼意思？」

「如果妳在路上看到一個穿著白袍，脖子上掛著聽診器的男人，妳就會直覺認為他是醫生，然後開始推斷：他可能有一輛好車、一棟漂亮的房子和一個花瓶嬌妻；他喜歡去法國度假，妻子則偏好義大利。他們每年都會去滑雪。」

「你想表達什麼？」

「妳有多高的機率會猜錯？二十分之一？還是五十分之一？他可能不是醫生，而是食品檢驗員或實驗室研究人員，只是碰巧撿到別人掉的聽診器而已。他也有可能是要去參加化裝舞會。我們習慣妄加臆斷，通常會猜對，但有時會猜錯。這時我們就要跳脫框架，觸類旁通。最顯而易見、最簡單的解決方案，通常也是最佳辦法，但並非總是如此，至少這次不是。」

薇若妮卡．柯雷直盯著我，露出了若有似無的微笑，等我繼續說下去。

「我不認為謀殺案跟婚禮規劃事業有關。」我說。「我認為你們應該從另一個角度調查。」

我告訴她克莉絲汀．惠勒在死前的一週，曾和老友在蓋瑞克之頭聚會，希薇亞．福內斯也有去。聚會是透過電子郵件聯絡舉辦的，但理應是主辦人的寄件者卻早在三個月前，就在希臘的渡輪事故中身亡。這代表寄信的人用死者的名字建立帳號，或是知道她的使用者名稱和密碼。

「所以我們要找的是家人、朋友、她老公……」

「我會先從她老公著手。他們分居了。他的名字是吉迪恩．泰勒，可能和英軍駐紮在德國。」

督察長想知道更多細節。我講述我們去道伯尼莊園的來龍去脈，說外圍都是監視器、運動感測器和碎玻璃，布萊恩和克勞蒂亞．錢柏斯簡直就像活在監獄裡。

「吉迪恩．泰勒認識那兩名被害者，她們在海倫．錢柏斯的婚禮擔任伴娘。」

「你對那場渡輪事故了解多少？」

「我只知道當時看報紙得知的消息。」

那名警探對我慢慢眨了眨眼，好像她盯著一個東西看太久了。

「好，所以罪犯是一個人。他不是受邀進入被害者家裡，就是非法入侵。他知道被害者有什麼鞋子、用什麼化妝品，也知道希薇亞的手銬。他知道她們的電話號碼，以及她們開什麼車。他事先與她們的女兒接觸以獲得情報。到這裡我們有共識嗎？」

「有。」

「闖入惠勒家打開慰問卡的也是同一個男人。」

「這是很合理的推斷。」

「他應該在找什麼東西。」

「或是在找人。」

「下一個被害者嗎？」

「我不會直接得出這個結論，但也不排除這個可能性。」

那名警探面無表情。如果她的臉上表現出情緒，大概會像胎記或面部抽搐一樣格格不入吧。

「這位莫琳．布雷肯女士有危險嗎？」

「很有可能。」

「但除非有特別針對她的威脅，或是有確鑿的證據指出她很有可能是犯人的目標，否則我無法讓她接受警方的保護。」

我沒有任何確鑿的證據，這只是假設，只是理論罷了。

督察長看了一眼電視，便瞄準遙控器。新聞快報開始了，剛才新聞發布會的照片閃過電視螢幕。我不打算看，當時在場就已經夠尷尬了。

到了外面，我才發現已經天黑了。我的衣服和思緒都感覺像是髒掉的糖果包裝紙一樣。我累了，我厭倦了說話，厭倦了他人，也厭倦了自己一味希望能搞懂這一切。

克莉絲汀．惠勒和希薇亞．福內斯也累了。凶手彷彿按下了快轉按鈕，偷走了她們幾十年的人生，不論是好的還是壞的經歷，全都據為己有。他耗盡了她們的精力、她們的鬥志、她們的求生意志；然後他看著她們死去。

茱麗安說得沒錯，無論發生什麼事，逝者都不會死而復生。我理智上知道這點，但胸口的空洞卻遲遲無法接受。人的內心有理智無法理解的理由。

第三十九章

畢業紀念冊攤開在我的指尖下方，翻到了她的班級照片那一頁。她身邊圍繞著她的朋友，有些人從一九八八年到現在完全沒變；有些人中年發福，還染了頭髮；而有一兩個人女大十八變，宛如雜草叢中晚開花的玫瑰。

令人意外的是，很多人都還住在這裡，結婚生子、離婚分居。有一個人死於乳癌，有一個人住在紐西蘭，有兩個人則住在一起。

電視開著，我轉了幾台，但沒什麼好看的。一個新聞跑馬燈吸引了我的注意，上面寫警方在搜捕殺了兩個人的凶手。

一個看起來很做作的漂亮女人正在讀新聞，她的視線沒有對著鏡頭，而是稍微看向左邊，肯定是在看讀稿機吧。她把現場交給一個對著鏡頭說話的記者，一邊緩緩點頭，假惺惺的程度不輸把針頭藏在背後的醫生。

接著畫面切換到了一間會議室。那個女同警探和心理醫生肩並肩坐著，就像勞萊與哈台、拉文與雪莉[31]，或是托維爾和迪安[32]。偉大的演藝界合作夥伴就此誕生。

他們在跟記者說話。大部分的問題都是由一名警長回答，他似乎因為某件微不足道的小事而爆氣。我調高音量。

「……犯人是個懦弱的變態，他專挑弱者下手，因為他得不到女人、留不住女人，或是他小時候沒喝媽媽的奶。

「在我看來，歐盧林教授做的心理側寫根本沒什麼意義。對，我們在找一個年齡介於三十到五十歲之間的當地男子，他的工作是輪班制，而且他很討厭女人。這不都很顯而易見嗎？有什麼好分析的。

「教授想要我們給這個男人尊重，他想要發揮惻隱之心，嘗試理解對方，與他溝通，但有我在就休想。這個犯罪者是個混帳，他要的尊重去監獄裡要吧，因為那就是他的歸屬……」

媒體馬戲團在一片譁然中結束。那個做作的女人繼續播報下一則新聞。

這些人以為自己是誰？他們根本不知道對手是什麼樣的人，也不知道我有何能耐。他們以為這是場遊戲，以為我是他媽的業餘玩家。

我能夠穿牆。

我能夠撬開人們的心房。

我能聽見彈子被推至相同高度，以及彈子鎖轉開的聲音。

咔噠……咔噠……咔噠……

31　譯註：Laverne & Shirley，美國雙主角情境喜劇。
32　譯註：Torvill and Dean，英國冰上舞者搭檔，曾獲得英國、歐洲、奧運和世界冠軍。

第四十章

我在羽絨被底下醒來，發現自己抱著一顆枕頭。我沒看到茱麗安起床跟換衣服。我喜歡看著她在寒冷的清晨溜下床，在昏暗的晨光下脫下睡袍。我會忍不住盯著她那小小的棕色乳頭，以及背部尾椎凹進去的地方，就在內褲鬆緊帶的上方。

今天早上她已經下樓替女孩們做早餐了。外面傳來其他聲音——車道上的拖拉機、狗吠聲，以及陰陽太太呼喚她的貓的聲音。我拉開窗簾看看天氣，湛藍的天空以及遠方的幾片浮雲映入眼簾。有個男人站在墓園看著墓碑，他的身影在樹枝間依稀可見。他擦了擦眼淚，手裡拿著一個小花瓶。或許他失去了妻子或父母，而今天可能是週年紀念日或生日。他彎下腰來挖了一個小洞，把花瓶放在裡面，再用土覆蓋瓶身。

有時我會想是不是應該帶女孩們去教堂做禮拜。雖然我自己不算是虔誠的信徒，但我希望她們能對未知境界有一定的興趣與了解，不希望她們對真相與必然的事情過度著迷。

我換好衣服後便走下樓。查莉在廚房裡，她穿著學校制服，柔順的頭髮綁成了馬尾，但有幾縷髮絲仍落在她的臉頰兩側。

「這培根是給我的嗎？」我叉起一片培根，問道。

「不是給我的，我不吃培根。」查莉說。

「妳什麼時候開始不吃培根的？」

「自始至終都不吃。」

「自始至終」的定義似乎跟我以前在學校學到的不一樣。

「為什麼？」

「我是素食主義者。我朋友艾希莉說我們不應該為了滿足對皮鞋和培根三明治的欲望，而殺死毫無抵抗能力的動物。」

「艾希莉幾歲？」

「十三歲。」

「她爸爸是做什麼的？」

「他是資本主義者。」

「妳知道那是什麼嗎？」

「不太懂。」

「如果妳不吃肉，要怎麼補充鐵質？」

「吃菠菜。」

「妳不是討厭菠菜嗎？」

「那就花椰菜。」

「妳不也討厭花椰菜？」

「五種食物種類只要攝取四種就夠了。」

「原來有五種喔？」

「不要挖苦我啦，爸。」

茱麗安帶艾瑪去拿早報。我替自己泡了咖啡，並把麵包片放入烤麵包機。電話響了。

「喂？」

對方沒有回答。我聽到背景有車子駛過的呼嘯聲；有踩剎車的聲音，代表車子正在減速並停下來。附近應該有十字路口或紅綠燈。

「喂？聽得到嗎？」

沒有回應。

「是妳嗎，黛西？」

還是沒有回應。我想像自己能聽見她的呼吸聲。紅綠燈的燈號變了，我聽到車輛駛離的聲音。

「黛西，拜託說點什麼，告訴我妳沒事。」

電話掛斷了。我按下聽筒按鈕然後放開，接著打給黛西的手機，但還是轉接到語音信箱。

我等待嗶聲響起。

「黛西，下次跟我談談吧。」

我掛了電話。查莉全程都在旁邊聽。

「她為什麼離家出走？」

「是誰跟妳說她離家出走的？」

「是媽跟我說的。」

「黛西不想去西班牙跟她阿姨住。」

「那她要住哪？」

我假裝忙著替自己做培根三明治，沒有回答。

「她可以跟我們住啊。」查莉說。

「我還以為妳不喜歡她。」

她聳聳肩，並給自己倒了一杯柳橙汁，說：「她人還好啦，她有一些不錯的衣服。」

「就這樣？」

「呃，也不是，這不是唯一的原因。她失去了媽媽，我有點同情她。」

茱麗安帶著艾瑪從後門走了進來。「妳說妳同情誰啊？」她問道。

「黛西。」

茱麗安看向我，問道：「她有跟妳聯絡嗎？」

我搖搖頭。

她穿著一件樸素的洋裝和開襟衫，看起來更快樂、更年輕也更放鬆。艾瑪在她的雙腿之間穿梭，她便按住裙襬，以免走光。

「你可以載查莉去學校嗎？她錯過公車了。」

「好啊。」

「新保姆十五分鐘後到。」

「那個澳洲人啊。」

「你把她講得好像囚犯一樣。」

「我對澳洲人沒意見，但她如果開始聊板球，我就只能請她離開了。」

她翻了一個白眼，說：「我在想啊……既然伊莫珍開始上工了，或許我們今晚可以出去吃飯，來個『兩人約會』。」

「『兩人約會』啊，我想想。」我把艾瑪抱到大腿上，說：「這個嘛，我可能有空喔。我得看一下行程，但如果我說好的話，妳也別打歪主意喔。」

「我？怎麼可能，不過我可能會穿我的黑色內衣喔。」

查莉摀住耳朵，說：「我知道你們在說什麼，真的超噁的。」

「什麼東西很噁？」艾瑪問道。

「沒什麼。」我們異口同聲道。

我和茱麗安以前會固定安排「兩人約會」，請保姆來顧小孩一個晚上。我第一次安排約會時，還買了花到門口敲門，茱麗安高興到想跳過晚餐，直接帶我上床。

電話又響了，我接起來的速度之快，連我自己都嚇到了。所有人都盯著我看。

「喂？」

還是沒有回答。

「是妳嗎，黛西？」

一名男性的聲音回答：「茱麗安在嗎？」

「請問哪裡找？」

「德克。」

我的失望轉為惱怒。「你剛剛有打來嗎？」我問道。

「什麼？」

「你大概十分鐘前有打來嗎？」

他沒有回答問題，而是問道：「茱麗安到底在不在？」

她把電話筒從我手中拿走，並拿上樓到書房。我透過樓梯欄杆看著她關上門。

保姆來了。她跟我想像的一模一樣：長了雀斑、臉蛋上相，抑揚頓挫的澳洲口音讓她的每一句話聽起來都像問句。她的名字叫伊莫珍，屁股很大。我知道這種描述帶有強烈的性別歧視意味，但我說的不只是二十四盎司紅屋牛排那種大，而是巨無霸。

據茱麗安所說，伊莫珍絕對是最適合這份工作的人選。她經驗豐富，面試時應答如流，若有需要也願意加班，但這些都不是茱麗安雇用她的主要原因。伊莫珍不是她的競爭對手，她毫無威脅性，除非她不小心一屁股坐在別人身上。

我把她的兩個行李箱搬上樓。她說房間很棒，這棟房子也很棒，電視和我那有點老舊的車子也一樣。總體來說，一切都「超棒的」。

茱麗安還在講電話，肯定是工作出了什麼狀況，或是她和德克正在搞電話性愛。

我從沒見過德克，連他的姓氏也不記得，但不知為何我卻非常討厭他。我討厭他的聲音，討厭他送我老婆禮物，討厭他們一起出差，也討厭他在休假時打給她。而我最討厭的一點是他隨隨便便就能逗她笑。

以前茱麗安懷查莉時，常常疲倦不已，哭著說：「我好胖。」我會想盡辦法逗她開心。我帶她去牙買加度假，她在飛機上吐個不停。一輛小巴在機場接我們，送我們到度假村。那裡很漂亮，到處都長滿了九重葛和木槿，充滿熱帶風情。我們換了衣服，前往海灘。一個赤身裸體的黑人從我們身邊走過，光著屁股，那話兒就在外面晃來晃去。接著又有一個裸體的女人走了過來，一絲不掛，頭髮上戴了一朵花。茱麗安對我投以奇怪的眼神，紗籠下的肚子大到好像快要爆掉了。

最後，一位身穿白色制服的年輕牙買加男子面帶微笑，指著我的泳褲。

「先森，請脫掉。」

「什麼？」

「這係裸體撒灘。」

「呃呃呃？」

突然，我想起了旅遊手冊上的標語：「七日之癢，放縱身心」，頓時恍然大悟。我替捧著大肚子的妻子向旅行社訂了為期一週的天體度假村行程，在那裡，「性感海灘」可不只是雞尾酒的名字。

茱麗安應該要把我掐死才對，但她卻笑了。她笑到我以為她會當場破水，而我們的第一個孩子會由一個身上只塗了防曬油，綽號叫「三腳」的牙買加人來接生。她已經很久沒有那樣開懷大笑了。

送查莉到學校後，我繞路去巴斯圖書館。圖書館位於北門街普帝恩購物中心的二樓，要搭上電扶梯再穿過雙開玻璃門。圖書館員坐在右手邊的櫃台裡。

「今年夏天希臘發生了渡輪事故。」我對其中一名圖書館員說。她正在換印表機的墨水匣，兩根手指的指尖沾到了墨水。

「我記得。」她說。「我當時在土耳其玩。發生了暴風雨，我們的營地還淹水。」她告訴我事情始末，包括睡袋全溼、差點得肺炎，以及在洗衣間過夜兩晚。不出所料，她還記得日期，是七月的最後一週。

我說我在找當時的報紙，並選了《衛報》和當地報紙《西方日報》。她說她會把資料拿出來給我。

我在一個安靜的角落找了一張桌子，並等她把裝訂在一起的報紙送來。資料多到她必須用推車推，我幫她把第一本放到桌上。

「你在找什麼？」她一邊微笑，一邊隨口問道。

「我還不知道。」

「那祝你好運囉。」

我小心翼翼地翻著書頁，瀏覽標題，很快就找到了。

希臘渡輪事故，十四人死亡

在狂風暴雨中，一艘希臘渡輪在帕特莫斯島附近沉沒，救難隊在愛琴海展開救援行動。希臘海岸警衛隊表示，在希臘號渡輪於帕特莫斯港東北方約十八公里沉沒後，十四人已確認死亡，八人失蹤。當地漁船和遊艇救起了四十幾名乘客，其中大多數都是外國遊客。倖存者被送到帕特莫斯的一間保健中心，許多人都有割傷、瘀青和體溫過低的症狀，有八名受重傷的乘客則被空運到雅典的醫院。

一名協助救援的英國飯店老闆尼克．巴頓說渡輪乘客包括英國國民、德國人、義大利人、澳洲人和希臘當地人。

這艘船齡十八年的渡輪在駛離帕特莫斯港十五分鐘後，就在晚上九點三十分（格林威治標準時間傍晚六點三十分）左右沉沒。據倖存者所說，渡輪很快就被狂濤巨浪淹沒，船身沉沒速度之快，很多人連救生衣都來不及穿就縱身躍入海裡。

狂風大浪阻礙了救援行動。整個晚上，希臘飛機都在海上投放照明彈，皇家海軍的無敵號航空母艦也派出了一架直升機協助搜索。

我翻著報紙，閱讀後續發展。那艘渡輪在七月二十四日的暴風雨中沉沒，愛琴海周邊也發生嚴重災情。一艘貨櫃船在斯基羅斯島擱淺，而在更南方，一艘馬爾他油輪斷成兩截，沉入克里特海。

渡輪事故的倖存者向記者講述了自己的經歷。就在希臘號沉沒前，乘客們吊在欄杆上，紛紛跳入海中，但有些人當時仍困在船內。

這場悲劇有四十一人生還，十七人罹難。兩天後天氣好轉，希臘海軍潛水員又在殘骸中找到了三具屍體，但仍有六人失蹤，包括一名美國人、一名法國老婦人、兩名希臘人，以及一對英國母女。這應該就是指海倫和克蘿伊，但她們的名字幾天後才公布。

《西方日報》的一篇後續報導說布萊恩·錢柏斯要飛到希臘找他的女兒和孫女。這名來自威爾特郡的實業家在「祈求奇蹟」，如果救難隊找不到海倫和克蘿伊，他也準備要自己動員展開搜索。

七月三十一日星期二的另一篇報導寫說，錢柏斯先生雇了一架輕型飛機，搜遍愛琴海諸島和土耳其海岸的沙灘和岩石海灣。那篇報導還附上了一張母女的照片，母女在這次旅遊使用的是海倫的夫姓。在照片中，兩人坐在一面石牆上，背景是漁船。海倫穿著紗籠，戴著賈姬風格墨鏡，克蘿伊則穿著白色短褲、涼鞋以及細肩帶粉色上衣。

事故發生一週後，救難隊正式停止搜索倖存者，海倫和克蘿伊被視為失蹤，推測已經死亡。後續報導的數量逐漸減少，唯一提到母女倆的地方是德國北約基地舉行的守夜祈禱，因為她們之前住在那裡。海事調查從倖存者那裡取得了證據，但調查結果可能要好幾年才會出來。

我的手機正在震動。因為圖書館內不能講電話，所以我走出正門後才按下通話鍵。

布魯諾．考夫曼低沉有力的聲音在我耳邊響起：「聽著，老兄，我知道你的婚姻幸福美滿，你還是擁護婚姻制度的首席啦啦隊長，但你非得要告訴我前妻她應該搬來跟我住嗎？」

「只是借住幾天而已，布魯諾。」

「對啦，但肯定度日如年啊。」

「莫琳那麼好，你為什麼放手了呢？」

「是她把我轟走的。準確來說，她差點開車撞死我，我及時跳開才保住小命。她當時開著一輛荒原路華休旅車，直直朝我衝來。」

「她為什麼那麼做？」

「她發現我和一位研究員搞外遇。」

「學生嗎？」

「研究生。」他糾正我，好像想強調他不會為了區區一個大學生對妻子不忠。

「我都不知道你有兒子。」

「對啊，他叫傑克遜。他媽媽寵壞他，我則是賄賂他，我們就是隨處可見的不健全家庭。你真的認為莫琳有危險嗎？」

「只是預防萬一而已。」

「我從沒看過她這麼害怕。」

「好好照顧她。」

「別擔心，老兄，她在我這裡很安全。」

我們結束通話，但我的手機很快又開始震動了，這次是盧伊茲打來的，他有東西想要給我看。我們約好在狐酒不獾酒吧碰面，這次換我請他吃午餐。我不知道什麼時候變成換我請客，但我很高興他在這裡。

我先回家停車，再走到山丘上的酒吧。盧伊茲選了角落的座位，那裡的天花板似乎有塌陷的跡象。外露的橫梁上懸掛著馬具。

「換你請客。」他說，並遞給我一個空的啤酒杯。

我走到吧檯，那裡坐了五、六個滿臉通紅、身材臃腫的常客，包括侏儒奈傑爾，他前後甩動的雙腳離地板至少有六十公分。

我點點頭，他們也點頭回應，這樣的互動在索美塞特郡的這區已經算是比較長的對話了。

老闆赫克托倒了一杯健力士，在靜置的同時幫我準備檸檬蘇打。我把啤酒放在盧伊茲面前，他看著氣泡升起，或許是在向發酵之神禱告吧。

「敬與來者不拒的女人共飲[33]，乾杯！」他一舉杯，半杯酒就喝下肚了。

「你有沒有想過你有可能是酗酒者？」

「沒有，酗酒者會去戒酒會。」他回答。「我不去戒酒會。」他放下啤酒杯，看著我的檸檬蘇打，說：「你只是在嫉妒我，因為你只能喝那個色素汽水。」

他打開筆記本，就是他隨身攜帶的那本大理石紋筆記本，破破爛爛且內頁捲曲，是用橡皮筋綁好固定的。

「我稍微調查了一下布萊恩．錢柏斯。我在貿工部——也就是貿易和工業部——的朋友在系統裡

---

33 譯註：改編自驚悚電影《大白鯊》的敬酒台詞：「Here's to swimming with bow-legged women。」Bow-legged women 在這裡指願意張開雙腿進行性行為的女性。

查他的名字，但錢柏斯沒有違規紀錄：沒有罰款，沒有訴訟，也沒有可疑的合約；這男人完全沒有任何不良紀錄……」

他聽起來很失望。

「所以我決定在國家警務電腦系統查他的名字，當然是透過朋友的朋友……」

「不能說的那個人嗎？」

「沒錯，就叫他無名氏好了。總之，無名氏今天早上聯絡我，說錢柏斯在六個月前針對吉迪恩・泰勒聲請保護令。」

「他女婿？」

「沒錯。泰勒不得進入離房子或錢柏斯辦公室八百公尺的範圍內，也不能打電話、寄電子郵件、傳訊息或開車經過錢柏斯家的大門。」

「為什麼？」

「這又是另一個重點。」他說，然後抽出另一張紙。「我也調查了吉迪恩・泰勒。我是說，我們對這傢伙一無所知，只知道他的名字──話說他取這名字，小時候應該在學校被霸凌過。」

「我們知道他在軍中工作。」

「對，所以我打了電話給國防部，跟人事部門談，但我一提到吉迪恩・泰勒的名字，他們的嘴巴就閉得比探監的處女還緊。」

「為什麼？」

「我不知道。他們不是在保護他，就是覺得他很丟臉。」

「或兩者皆是。」

盧伊茲靠在椅背上，拱起背部，雙手高舉，伸了個懶腰。我能聽到他的脊椎骨一節一節伸展開來的聲音。

「然後我請無名氏調查吉迪恩・泰勒。」他旁邊的椅子上放了一個馬尼拉紙文件夾，他打開文件夾並取出幾張紙，我認出最上面那張是警察事件報告，時間是二〇〇七年五月二十二日，也附上了事實摘要。

我快速瀏覽內容。布萊恩和克勞蒂亞・錢柏斯投訴吉迪恩・泰勒，指控他騷擾並打電話威脅他們。其中一項指控是泰勒趁他們睡覺時闖入石橋宅邸並搜查了房子。他翻箱倒櫃，拿走了電話紀錄、銀行對帳單和電子郵件的副本。據說他還打開了一個強化槍支保險箱，並拿走了一把散彈槍。錢柏斯夫婦隔天早上醒來時，發現那把上膛的武器就放在他們兩個中間。

我往後翻，想看調查結果，卻什麼也沒看到。

「後來發生了什麼事？」

「什麼也沒發生。」

「什麼意思？」

「因為證據不足，所以對泰勒的指控不成立。」

「那有指紋、纖維或其他證據嗎？」

「沒有。」

「上面寫他有打電話威脅他們。」

「但無法追蹤。」

難怪我們拜訪時，錢柏斯一家那麼疑神疑鬼。

我查看警察報告的日期。泰勒被控騷擾海倫・泰勒的家人時，海倫和克蘿伊都還活著。他肯定是在找她們。

「我們對夫妻分居這件事有何了解？」盧伊茲問道。

「只知道海倫寄給她朋友的信件內容。她應該是逃離了泰勒……而他對此不太高興。」

「你覺得他有可能是凶手。」

「有可能。」

「他為什麼會想殺死他老婆的朋友？」

「為了懲罰她。」

「但她已經死了啊！」

「這對他來說可能不重要。他很生氣，他覺得自己被騙了。海倫帶走了他的女兒，還躲著他，現在他想要報仇，懲罰任何跟海倫親近的人。」

我又看了看警察報告。警方有訊問吉迪恩・泰勒，但他應該有提出不在場證明。據莫琳所說，他駐紮在德國，那他是何時回來英國的呢？

「有他的地址嗎？」

「我這裡有最後已知地址，以及他律師的名字。你想去拜訪他嗎？」

我搖搖頭，說：「這應該交給警方調查，我會跟薇若妮卡・柯雷談談。」

第四十一章

窗戶有四塊玻璃，將臥室分成四個部分。她剛洗完澡，一絲不掛，頭髮裹著粉紅色頭巾，臉頰通紅。

一雙美腿、一對豪乳、窈窕身材，一應俱全。男人玩弄這樣的女人肯定樂趣十足。

她解開毛巾，身體前傾，讓黑髮披在臉上，胸部搖晃著。她擦乾溼漉漉的頭髮，再把頭向後仰。

接下來，她輪流抬起腳，擦乾腳趾頭的指縫，然後她一邊擦保溼霜，一邊按摩皮膚，從腳踝開始往上擦。這比色情影片還棒。來吧，寶貝，再高一點……給我看看妳的全部……

不知為何，她突然轉向窗戶。我們四目相接，但她看不見我，只是把窗戶當成鏡子，向左又向右轉，觀察自己的模樣。她用手撫摸腹部、臀部和大腿，尋找妊娠紋或衰老的跡象。

她背對著我，坐在梳妝台前，用吹風機和某種奇怪的玩意把頭髮拉直。我能在鏡中看到她的臉。她做出各種表情，仔細觀察臉上的每一個線條和皺紋，一邊拉皮膚、拔毛和戳來戳去，一邊塗上更多面霜和美容液。

女人穿衣服比脫衣服性感多了，宛如一支沒有音樂的舞蹈，在臥室上演的芭蕾舞演出，每個動作都十分輕鬆熟練。這不是在骯髒酒吧或性愛俱樂部表演脫衣秀的臭妓女，而是一個貨真價實的女人，身材也很好。一條內褲滑上她的雙腿，是白色的，可能有藍邊，我這裡看不太清楚。她的手臂伸入同款內衣的肩帶，兩個罩杯分別托起她的左右乳房。她把鋼圈調整到舒適的位置。

她會穿什麼衣服呢？她把一件洋裝拿在身體前面比對……再拿第二件……第三件。她決定好了。她坐在床上，把絲襪沿著右腳、腳踝和小腿往上拉，然後再往後靠，把不透明的黑色布料拉到大腿和屁股上。

她又站了起來，抖動肩膀和屁股，穿上洋裝，下襬剛好過膝。她快準備好了。她向左轉，把窗戶當鏡子照，然後再向右轉。

她的手錶放在窗台上。她拿起並戴上手錶，順便確認了一下時間，然後瞥了一眼窗外漸暗的天色。第一顆星星出來了。許個願吧，我的天使，千萬別告訴任何人妳的願望。

第四十二章

餐廳位於河面上，可以看到對岸的工廠和倉庫改建成的公寓。茱麗安點了酒。

「要不要喝一口？」她知道我想念酒的味道，便問道。我從她的酒杯啜飲了一小口，蘇維濃酸爽的滋味在口中綻放，慢慢擴散開來，讓我想喝更多。我把酒杯推回她面前，輕觸她的手指，不禁想到最後一個跟她共享一瓶酒的人。是德克嗎？她的聲音可以把許多語言變得美妙無比，不知道德克喜不喜歡。

茱麗安抬起眼睛，側眼看著我。

「如果人生可以重來，你會再娶我一次嗎？」

「當然會啊，我愛妳。」

她移開視線，看著被航行燈照亮的河面。我能在窗戶玻璃中看到她的臉。

「怎麼突然這麼問？」

「也沒什麼特別的原因。」她回答。「我只是在想你會不會後悔那麼早就結婚，畢竟你當時才二十五歲。」

「而妳才二十二歲。根本就沒差。」

她又喝了一口酒，發現我面露擔憂，便伸手握住我的手，微笑道：「別擔心啦，我只是覺得老了而已。有時候照鏡子，我會希望自己更年輕，然後又覺得內疚，因為我已經擁有了很多，應該心存感恩才對。」

「妳又不老，妳很美啊。」

「你每次都那樣說。」

「因為是事實啊。」

她搖搖頭，一臉無奈道：「我知道我不應該這麼虛榮和自戀，明明生病的你才有權利對自己的模樣感到不滿與不自在。」

「我沒有對任何事情感到不滿。我有妳，還有女孩們，這樣就夠了。」

她用會意的眼神看著我，問道：「如果這樣就夠了，那你為什麼要投身於這樁謀殺案的調查？」

「是別人請我幫忙的。」

「但你可以拒絕啊。」

「但我有能力幫忙。」

「噢，拜託，喬瑟夫，你明明就是想尋求挑戰。你很無聊，不喜歡跟艾瑪待在家，至少承認這點吧。」

我伸手拿我的那杯水。我的手在顫抖。

茱麗安態度軟化，用溫和的語氣說：「喬瑟夫，我知道你是什麼樣的人。你想再次嘗試拯救黛西的母親，但那是不可能的，她已經不在人世了。」

「我能阻止別人落得同樣的下場。」

「或許你能做到。你是個好人，你在乎他人，你在乎黛西，我就愛你這點，但你必須明白我為什麼害怕。之前發生過那麼可怕的事，我不希望你再涉入案件了。你已經盡了一份力，也付出了自己的時間，從現在起，讓別人協助警方調查吧。」

我看著她充滿情感的眼神，立刻萌生想讓她快樂的渴望。

「我並不是主動涉入此事的，但事情就這樣發生了。」我說。

「所以你是意外被捲入的。」

「沒錯。但有時候我們不能無視意外，我們不能就這樣開過去而不停下來，或是假裝根本沒看見。我們必須停下來，叫救護車，試著幫忙……」

「然後交給專家來處理。」

「萬一我就是專家呢？」

茱麗安皺眉並緊抿雙唇。「我下週可能得去義大利一趟。」她突然宣布道。

「為什麼？」

「電視台的合約陷入了僵局。其中一個機構投資人遲遲不點頭。除非我們獲得九成同意，不然這筆合約不會成立。」

「妳什麼時候出發？」

「明天。」

「妳會跟德克一起去。」

「對。」她打開菜單，說：「現在伊莫珍來了，她可以幫妳照顧艾瑪。」

「德克是什麼樣的人？」

她頭也沒抬就回答：「勢不可擋。」

「什麼意思？」

「他做事火力全開，十分狂熱。有些人會覺得他態度粗暴、固執己見，但我覺得認識久了就會懂他的優點。」

「那妳懂了嗎？」

「我比大多數人更了解他。他很擅長他的工作。」

「他結婚了嗎？」

她笑道：「沒有。」

「什麼事這麼好笑？」

「想像德克結婚就覺得很好笑。」

我能聽到她翹腳時，絲襪摩擦的聲音。她的目光不再集中在菜單上，心思不知道飄到哪去了。我突然意識到自從她開始工作後就變了很多，變得心不在焉。有時跟她聊天聊到一半，卻發現她的心在十萬八千里之外。

「我想認識妳的同事。」我說。

她的目光回到我身上。「真的嗎？」

「妳聽起來很驚訝。」

「我確實很驚訝，因為你以前都興趣缺缺。」

「抱歉。」

「好吧，下週六有個辦公室派對，慶祝公司十週年。我以為你不想去。」

「為什麼？」

「我好幾週前就告訴過你了。」

「我不記得。」

「看吧。」

「我想去，一定會很好玩。」

「你確定嗎？」

「確定。我們還可以住飯店，玩一個週末。」

我用腳在桌子底下碰她的腳，但比我想像中的還要大力。她的身體縮了一下，好像我是想踢她一樣。我急忙道歉，感覺自己的心臟在顫動，後來才發現不是我的心臟，而是我的手機在震動。

我用手按住口袋，真希望自己在吃飯前有想到要關機。茱麗安喝了一小口酒，思考了一下我的兩難境地，開口道：「你不接嗎？」

「對不起。」

她聳聳肩，但此舉既非模稜兩可，也不開放自行解讀，我知道她在想什麼。我掀開手機蓋，螢幕上顯示的是柯雷督察長的手機號碼。

「喂？」

「你在哪？」

「在餐廳。」

「地址在哪？我派人去載你。」

「為什麼？」

「莫琳．布雷肯從今天傍晚六點就失蹤了。她的前夫發現大門敞開，她的車子不在，手機也一直在通話中。」

我感覺自己的心臟好像卡在喉嚨裡。

「她兒子在哪？」

「在家。他練足球晚回家。有人偷了他的手機，他回去找的時候，被鎖在更衣室裡。」

一陣情緒湧上心頭。我雖然直盯著茱麗安，卻看不見她。柯雷督察長還在說話。

「奧利弗．拉布正在試著鎖定手機的位置，手機還在發送訊號。」

「布魯諾在哪？」

「我叫他待在家，以免他前妻打電話回去，有一名員警待在他身邊。教授，車子十分鐘後到，請在外面等。」

通話結束了。我看著茱麗安，但她面無表情，完全看不出來她在想什麼。

我告訴她我必須離開，也說明了原因。她一言不發，起身穿上外套。我們什麼也沒吃，甚至還沒點餐。她請店員拿帳單，並付了酒錢。

我跟著她穿過餐廳。她的屁股在洋裝下左右搖擺，才走幾步路，她的肢體語言所表達的意涵就比大多數人一小時的談話內容還要多了。我陪她走到車子那裡，她上了車，但沒有跟我吻別，表情流露出失望和情感分離這難以言喻的組合。我想要追上去挽回那一刻，但為時已晚。

第四十三章

恐懼和想像一開始是我體內連續不斷的輕微震顫，宛如嗡嗡作響的刀片慢慢切開軟組織，但切開的大洞仍不足以讓我的肺臟擴張。

我跟布魯諾談過了，他完全變了個人，顯得沮喪憔悴。已經過了半夜十二點，還沒找到莫琳，她的手機也不再發送訊號了。奧利弗．拉布追蹤最後的訊號，查到巴斯維多利亞公園南邊的一座基地台，警方正在搜索附近的街道。

巧合和小事件不斷發生，不僅沒讓狀況變得明朗，反而讓人更看不清全貌。電子郵件、聚會、吉迪恩．泰勒，我沒有明確的證據表明他是幕後黑手。盧伊茲去了他的最後已知地址，但沒人在家。

薇若妮卡．柯雷向國防部正式提出了兩次申請，請他們提供相關資訊，但目前沒有任何回應。我們不知道泰勒是否仍在軍中服務，還是已經辭去軍職。他是何時離開德國的？他回英國多久了？他最近在做什麼？

剛過早上五點時，警方在維多利亞公園入口附近的皇后街上找到了莫琳的車。兩隻石獅站在石頭底座上，守望著車子。車燈開著，駕駛座的車門也是開的，而莫琳的手機就放在座位上，已經沒電了。

維多利亞公園占地二十三公頃，共有七個入口。我透過欄杆朝黑暗中看去。天空是紫黑色的，還有一小時才會天亮，簡直寒冷徹骨。就算派出一千名警察翻遍整座公園，也不一定能找到莫琳。

我們有二十幾名穿著反光背心，拿著手電筒的警察，警犬隊則會在七點抵達。一架直升機從我們頭頂掠過，投下的一束光彷彿將其繫在地面上。

我們兩兩一組展開搜索。跟我搭擋的是和尚，他的長腿適合在黑暗中穿越開闊的地面，而他的大嗓門像霧角一樣刺耳。我一手拿著手電筒，另一手拄著拐杖，看著手電筒的光線把溼漉漉的草地和樹木染成銀色。

我們沿著石子路走，直到經過網球場和小型高爾夫球場，然後向右轉，爬上斜坡。在公園的高處，可以看到皇家新月路上帕拉第奧式排屋的剪影。居民聽到了直升機的聲音，住宅的燈紛紛亮起。二十幾支手電筒的燈光宛如胖螢火蟲在樹林間穿梭，無法起飛。與此同時，公園的路燈就像一顆顆球，在黎明前的薄霧中散發出黃色的光暈。

和尚拿著無線電。他突然停下來，把無線電拿到耳邊。因為中間夾雜著靜電干擾的聲音，所以我只聽到了幾個字。他們提到了莫琳的名字，好像還有一把槍。

「走吧，教授。」和尚說道，並抓住我的手臂。

「怎麼了？」

「她還活著。」

我一瘸一拐地跑了起來，試圖跟上他的腳步。我們沿著皇家大道往西走向魚池和探險遊樂場。我知道公園的這一區，因為我之前有帶查莉和艾瑪來，在黃昏時分看著熱氣球升空。

古老的維多利亞時代露天音樂台在黑暗中出現，彷彿一個巨大的蛋糕模被切成一半，丟在池塘附近。低垂的樹枝穿過樹林間的縫隙。

我看到她了。莫琳一絲不掛，跪在露天音樂台底部，手臂向外張開，採經典的壓力姿勢。她的手臂肯定十分痠痛，而且每分每秒都越來越沉重。她的右手緊握著一把手槍，更增加了重量。她戴著黑色眼罩，就是長途航班會發放給乘客的那種。

有人用手電筒直接照我的臉，我抬起手遮住眼睛。探險家羅伊放下手電筒。

「我打給ARG了。」

我不知道這個縮寫的意思，便看向和尚。

「Armed Response Group，武裝應對小組。」他解釋道。

「我不認為她會對任何人開槍。」

「這是標準程序，她有槍。」

「她有做出任何威脅嗎？」

羅伊用不敢置信的眼神看著我，說：「那把槍看起來就夠他媽有威脅性了吧，我們只要一靠近她就會亂揮。」

我仔細觀察草坪另一頭的莫琳。她跪在地上，頭向前傾，除了眼罩之外，頭上還戴了什麼東西。原來是耳機。

「她聽不到你說話。」我說。

「什麼意思？」

「你看那副耳機，可能有連接到手機。她在跟某人通話。」

羅伊咬牙，倒抽了一口氣。

又來了，他在孤立她。

柯雷督察長來了。她上氣不接下氣，褲管都溼了。她頭上的羊毛滑雪帽讓她的臉看起來很圓。「媽的，她到底哪來的槍？」她問道。

沒人回答。一隻胖鴨子被突如其來的聲音嚇到，從池塘邊的雜草中飛了出來。一開始牠好像在表演輕功水上漂，後來才收起腳，飛了起來。

莫琳肯定凍僵了。她在外面待多久了？她的車子引擎已經完全冷卻，車燈也快把電池耗光了。上次有人見到她是十二小時前，他有這麼多時間讓她崩潰……對她灌輸可怕的想法，侵蝕她的心靈。

他在哪裡？他肯定也在監視著現場。警方應該封鎖公園並設置路障。不行，他一看到警方開始四處找他，可能就會逼莫琳用那把槍。我們必須由外而內，悄悄地行動。

首先，我們必須結束通話。一定有某種辦法可以分離並關閉最近的基地台。恐怖分子會用手機引爆炸彈，如果有炸彈威脅，一定有某種開關可以中斷通訊吧。

莫琳一動也不動，眼罩讓她的雙眼看起來像黑色的窟窿。她的手臂不停顫抖，手槍已經重到快舉不起來了。她的影子染黑了她腳下的水泥地。

我必須想辦法破解他對她施展的魔咒。莫琳陷入了思考迴圈，就像強迫症患者必須洗手一定次數，或按特定順序檢查鎖或關燈一樣。他把這些想法灌輸到她的腦中，現在她放不掉了。我必須破壞這個迴圈，但要怎麼做？她聽不到我，也看不見我。

天色漸亮，風也停了。我能聽到遠方傳來警笛聲，是武裝應對小組，他們會全副武裝。莫琳的手臂太沉重，快舉不起來了。如果警察衝上去，或許可以在她開槍前把武器搶過來。

薇若妮卡．柯雷用手示意，叫警察保持距離。她不想造成任何死傷。我吸引了她的注意，說：「讓我跟她談談。」

「她聽不到你說話。」

「讓我試試看。」

「等ARG抵達吧。」

「她的槍已經快舉不起來了。」

「那很好啊。」

「不好，他會在那之前叫她採取行動。」

她看了和尚一眼，說：「給他穿防彈衣。」

「是，老大。」

他從其中一輛車拿了防彈衣，扣子先是鬆開，又在我胸前扣緊。和尚像探戈舞者一樣擁抱我。防彈衣比我想像的還要輕，但還是稍顯笨重。我停頓了一下。天空已轉為青綠色和淡紫色。我拿著拐杖和一條緊急保溫毯，一邊靠近莫琳，一邊留意她右手拿著的手槍。

我停在離她不到十五公尺的位置，呼喚她的名字，但她沒有反應。耳機把她和外界完全隔開來了。我依稀能看到耳機線沿著她的胸口連接到放在膝蓋之間的手機。

我更大聲呼喚她的名字，槍口便轉向我，一開始太偏左邊，後來又向右調整。他在指示她該往哪裡瞄準。

我向左走，槍口也跟著移動。如果我突然撲向她，她可能會來不及反應，或許我能把槍奪走。

這太愚蠢了。我能聽到茱麗安的聲音在我腦中爭辯。「為什麼你要當那個衝向危險的人？」她說。「為什麼你不能當那個往反方向跑，大聲求救的人？」

我來到階梯旁，然後舉起拐杖，往扶手用力敲下去。撞擊聲在公園中迴盪，在黎明前的黑暗顯得尤其響亮。莫琳的身體抖了一下，代表她聽到了。

我又敲了扶手一次、兩次、三次，把她的注意力從耳裡的聲音轉移開來。她搖搖頭，彎曲左手臂，把眼罩拿了下來。她對我眨眨眼，試圖看清楚。她淚流滿面，槍管一動也不動。她並不想對我開槍。

我用手示意，要莫琳把耳機拿下來，但她搖搖頭。我舉起一根手指，用口型默示道：「一分鐘就好。」

她再次拒絕。她在聽他的指示，而不是我的。

我朝她走了一步，她便把槍握好。不知道這些防彈衣效果如何，這個距離可以擋住子彈嗎？

莫琳突然點點頭，伸手拿耳機，拿起左耳的耳罩。是他叫她這麼做的，他想要她聽見我。

「莫琳，妳記得我嗎？」

她迅速點了一下頭。

「妳知道妳在哪嗎？」

她又點點頭。

「莫琳，我明白現在的狀況。有人在跟妳說話，妳現在也能聽到他說話。」我說。她的頭髮落到了眼睛前面。「他說他綁架了一個人……跟妳很親近的人，也就是妳的兒子。」

她點頭，一副心碎的模樣。

「莫琳，這不是真的。他沒有綁架傑克遜，他在騙妳。」

她搖搖頭。

「聽我說，傑克遜現在和布魯諾一起待在家，他沒事。妳記得克莉絲汀和希薇亞發生了什麼事嗎？就跟妳一樣。他告訴克莉絲汀自己綁架了黛西，也跟希薇亞說愛麗絲在他手上，但那不是真的。黛西和愛麗絲都沒事，她們從來都沒有陷入危險。」

她想要相信我。

「莫琳，我知道他很有說服力。他知道很多關於妳的事，對吧？」

她點點頭。

「他也知道關於傑克遜的事，例如他去哪裡上學，他長什麼樣子之類的。」

莫琳哭道：「他晚回家了……我等不到他……我有打傑克遜的手機。」

「有人偷了他的手機。」

「我聽到他求救。」

「那是詭計。傑克遜練完足球被鎖在更衣室裡，但現在出來了。他沒事。」

我很努力不要盯著槍口看。我明白事情經過了。他一定是偷了傑克遜的手機，把他鎖在更衣室裡，錄下他求救的聲音後，再播放給莫琳聽。

她聽到了兒子的求救聲，因此相信凶手的話。大部分的人應該都會相信，我也不例外。手槍的槍管不斷晃動，彷彿在空中畫圖一樣。莫琳的右手食指扣在扳機上，但她的手已經凍僵了，就算想要放開扳機可能也做不到。

我的眼角餘光瞥見了蹲伏在樹木和灌木之間的人影，是武裝應對小組，他們拿著步槍。

「莫琳，聽我說，妳可以跟傑克遜說話。把槍放下，我們現在就打給他。」我掏出我的手機，說：「我會打給布魯諾，請他叫傑克遜聽電話。」

我能感覺到她發生了改變。她在聽我說話，她想要相信我……想要抱持希望。霎時間，她突然雙眼圓睜，把耳罩蓋回耳朵上。

我對她大喊：「不要，不要聽他的！」

她的眼神閃爍著，槍口在空中畫八字形，她打中我和射偏的機率差不多。

「傑克遜沒事！我向妳保證！」

她腦中的開關被關上了，她不再聽我說話，另一隻手也握住手槍，把槍拿穩。她要動手了，她即將扣下扳機。莫琳，拜託別對我開槍。

我撲向她，左腿卻在這時卡住，我便跌到地上。與此同時，空氣中傳出爆裂聲，莫琳的身體猛地一顫。紅色的霧氣在我的眼前瀰漫，我眨眨眼，想看清楚狀況。她仍然跪在地上，但身體往前倒，臉著地，屁股朝天，彷彿屈服於新的一天。

手機摔到水泥地上，手槍也在地上彈了幾下，最後滑到我的下巴下方。

我的內心有某樣東西打開了，宛如一個充滿憤怒的黑洞。我拿起手機，大吼：「你這混帳真他媽的有病！」

這句辱罵在我耳邊迴盪。電話另一頭一陣沉默，我只聽到有人平靜的呼吸聲。

人們向我跑來。一名全副武裝的警察蹲在離我十公尺左右的地方，拿著步槍對著我。

「先生，請把槍放下。」

我的耳朵仍嗡嗡作響。我看著手裡的槍。

「先生，把槍放下。」

第四十四章

升起的太陽隱蔽在灰雲後面，雲層很低，感覺像是人畫上去的。柱子之間掛著白色塑膠布，遮蔽莫琳．布雷肯倒下的地方。

她還活著。子彈從她的右鎖骨下方進入，右肩膀下方十五公分處射出，接近她的後背中間。狙擊小組本來就不打算射殺她。

外科醫生在布里斯托皇家醫院等著動手術。莫琳在救護車上，由兩輛警車護送。與此同時，警方正在維多利亞公園四處搜查。他們封住了出入口，也派人巡邏外圍。

露天音樂台周圍拉了兩條警戒線，形成一大一小兩個同心圓，限制出入並讓鑑識小組保護犯罪現場的完整性。我坐在階梯上，裹著一條銀色的緊急保溫毯，看著他們工作。我臉上的血已經乾了，像一層薄薄的結痂，指尖一碰就剝落了。

薇若妮卡．柯雷走到我身邊。我的左手握拳再張開，但手仍不停顫抖。

「你還好嗎？」

「還好。」

「你看起來不太好。我可以請人送你回家。」

「我想再待一下。」

督察長凝視著鴨塘，沉思了片刻，柳樹的樹枝垂入池面的浮沫。警方申請了吉迪恩．泰勒最後已知地址的搜索票，而且這次更加急迫。警方正在訊問鄰居並尋找泰勒的家人。他生活的每個面向都將被記錄下來並一再確認。

「你覺得他有可能是凶手嗎？」

「很有可能。」

「他殺死老婆的朋友到底想達到什麼目的？」

「他是個性虐待狂，不需要其他理由。」

「但你覺得他另有動機？」

「對。」

「闖入錢柏斯家和打電話威脅，都是在海倫帶著克蘿伊離開他並躲起來之後發生的。吉迪恩是在找她們。」

「好，這個我能理解，但她們已經死了。」

「或許吉迪恩氣到無法釋懷，所以要毀了所有跟海倫親近的人。就像我說的，性虐待狂不需要其他理由，驅使他們的衝動與常人完全不同。」

我用手摀住臉。我累了，我感到身心俱疲，腦袋卻無法休息。有人闖入克莉絲汀．惠勒的家並打開慰問卡，應該是在找名字和地址。

「還有另一種可能性。」我說。「吉迪恩可能不相信她們死了。他可能認為海倫的家人和朋友在藏匿她，或是知道她的下落。」

「所以他就折磨她們？」

「發現沒用後，他就殺死她們，希望能藉此逼海倫出現。」

薇若妮卡．柯雷似乎並不感到震驚或驚訝。離婚和分居的夫妻經常對彼此做出可怕的事情，例如爭奪子女、綁架他們，有時甚至更糟。海倫．錢柏斯跟吉迪恩．泰勒結婚了八年，就算死了也無法逃離他。

「我會叫和尚載你回家。」

「我想看泰勒的家。」

「為什麼？」

「或許能找到一些線索。」

車內的空氣有一股陳舊的霉味，散發出汗水和暖氣的味道。我們沿著巴斯路疾馳，進入布里斯托。

我往後靠在油膩的椅套上，看著窗外。這裡的街景很不一樣，從煤氣場的鋼鐵建築物、鐵路橋的底部到水泥灰色的大廈，一切都顯得很陌生。

我們離開主幹道，瞬間來到了完全不同的世界。這裡充滿了傾頹的排屋、工廠、毒窟、垃圾桶、歇業的商店、流浪貓，以及會在車裡口交的女人。

吉迪恩．泰勒住在魚塘路附近，籠罩在M32高速公路之下。那棟房子以前是汽車維修店，連同鋪了柏油的前院都有柵欄圍起來，上面還有帶刺的鐵絲網。鐵絲網柵欄上卡了塑膠袋，鴿子在前院繞來繞去，彷彿放風的囚犯。

房東斯溫格勒先生帶著鑰匙來了。他穿著馬汀鞋、牛仔褲和緊身T恤，看起來很像一個老光頭黨成員。總共有四道鎖，但斯溫格勒先生只有一把鑰匙。警察叫他往後退一點。

一個短破門錘擺動一次……兩次……三次，鉸鏈裂開，前門應聲而倒。警察先行進入，蹲伏在轉角處，一一檢查房間。

「確認安全。」

「安全。」

「安全。」

我得跟斯溫格勒先生在外面等。那名房東看著我，問道：「你推多少？」

「什麼？」

「你握推推多少？」

「不知道。」

「我可以推將近一百一十公斤。你覺得我幾歲？」

「我不知道。」

「我八十歲。」他秀了一下二頭肌，說：「很不錯吧？」

感覺他隨時都有可能要我跟他比腕力。

警察已確認一樓安全，和尚說我可以進去了。房子散發著狗和溼報紙的味道，壁爐有燒紙的痕跡。

廚房檯面很乾淨，櫥櫃也很整潔。杯盤以相等的間距在架上排成一列，食品儲藏櫃也一樣。米和小扁豆等主食都保存在密封的錫罐中，還有蔬菜罐頭和保久乳，簡直像是為了被圍攻或發生災難時準備的補給品。

在樓上的房間，床單、被子等寢具都已洗乾淨，且摺疊好放在床墊上，隨時突擊檢查都沒問題。浴室經過徹底刷洗和漂白，我能想像吉迪恩用牙刷清除瓷磚縫隙汙垢的模樣。

每棟房子、每個衣櫃、每個購物籃都能告訴你持有者是什麼樣的人，這裡也不例外。這是一名軍人的住處，對他來說，例行公事和生活規則是不可或缺的。他的衣櫃裡有五件綠色襯衫、六雙襪子、一雙黑色靴子、一件野戰夾克、一副有綠色內襯的手套、一件斗篷……他的羊毛襪子捲成一球，上面繡了笑臉。他的襯衫前後都有間距相等的摺痕，沒有用衣架掛起來，而是摺疊收納。

我可以觀察這些細節並做出推斷。心理學是可能性和機率構成的，是有助於預測人類行為的統計鐘形曲線。

人們很害怕吉迪恩，或不想談論他的事情，或想假裝他不存在。他就像是我為了不讓艾瑪做惡夢，從睡前故事「刪掉」的怪物之一。

當心那空洞巨龍……牠那咬人的龍牙，牠那抓人的龍爪！[34]

前院傳來了喊叫聲，他們需要領犬員。我走下樓，穿越後門和側門，抵達舊汽車維修店。一隻狗在一扇鐵捲門後面狂吠。

「我想看看牠。」

「我們應該等領犬員過來。」和尚說。

「讓鐵捲門升起來幾公分就好。」

我跪下來，臉貼著地面。和尚撬開鐵捲門鎖，把門升起兩、三公分，再升起兩、三公分。那隻狗反覆撲向鐵捲門，不斷嗥叫。

我在洗臉盆上方的鏡中瞥見了牠的模樣，看到了棕褐色毛皮和尖牙。

我頓時感到頭皮發麻。我認出了這隻狗，我之前看過牠。牠從派翠克・福勒的公寓裡衝了出來，對警察齜牙咧嘴，想要咬破他們的喉嚨。那隻狗怎麼會在這裡？

34 譯註：引自路易斯・卡羅《愛麗絲鏡中奇遇》（Through the Looking-Glass）中的胡鬧詩〈空洞巨龍〉。

第四十五章

警車在車流之間穿梭，響著刺耳的警笛聲，閃爍的車燈宛如一雙悲痛欲絕的眼睛。老人和小孩轉頭看著警車經過，其他人則沒有反應，彷彿根本沒聽到聲音一樣。

我們穿越布里斯托，其他車輛紛紛讓路；我們沿著聖殿路行駛，經過聖殿草地車站，再開到約克路和加冕路。我的心臟怦怦狂跳。我們本來抓了派翠克．福勒，我卻說服薇若妮卡．柯雷放走那名前軍人。

二十分鐘在高速行駛的車子和警笛聲中一閃而過。現在我們站在福勒住的公寓大樓外的人行道上。我還記得灰色的混凝土大樓，以及窗框下方生鏽的痕跡。

更多警車在我們周圍停了下來，車頭對著排水溝。柯雷督察長在向團隊說明狀況，沒有人在看我。我就像是多餘的存貨，是不需要的存在。

我外套上莫琳．布雷肯的血已經乾了，從遠處看起來好像我開始生鏽，就像在尋找心臟的錫樵夫一樣。我保持冷靜，但我的左手拇指和食指在搓藥丸，我便用左手握著拐杖，讓手不要再亂動。

我跟著警察走上樓。他們沒有搜索票，薇若妮卡．柯雷便敲了敲門。

門打開了。一名年輕女子站在昏暗的公寓裡，她穿著閃亮的藍色短版上衣、牛仔褲和露趾涼鞋，褲帶上方露出了一圈肉。

這是一名故作稚嫩的成年女性，若是十年前或許還能稱之為漂亮吧，但她現在還穿得像少女一樣，試圖重溫青澀年華。

她是福勒的妹妹，這陣子住在他的公寓裡。我聽到了她回答的片段，但不足以了解發生了什麼事。薇若妮卡．柯雷跟著她走進公寓內，把我留在走廊上。我試圖從站在門口的警察旁邊溜過去，但他向左跨了一步，擋住我的去路。

門是開的，我能看到柯雷督察長坐在扶手椅上，跟福勒的妹妹說話。羅伊在廚房裡，透過出餐口看著她們，和尚則似乎在守著臥室的門。

督察長看到了我，便點點頭，那名警察就讓我通過。

「這位是謝麗爾。」她解釋道。「她說她哥哥派翠克是費恩伍德診所的病人。」

我知道那裡，那是布里斯托的一家私立精神病院。

「他是什麼時候入院的？」我問道。

「三週前。」

「他是住院病人嗎？」

「似乎是。」

謝麗爾從一個皺巴巴的菸盒裡抽出一支香菸，並把它拉直。她坐在沙發前緣，膝蓋併攏，代表她很緊張。

「為什麼派翠克會在費恩伍德？」我問她。

「因為軍隊把他搞到壞掉了。他從伊拉克回來時身受重傷，差點死掉。他們必須重建他的三頭肌——就是把其他肌肉縫合在一起，他花了好幾個月才能把手舉起來。自那時起他就變了個人，跟以前不一樣了，你懂吧。他會做惡夢。」

她點燃香菸，吐出一口煙。

「軍隊根本就不在乎，還把他踢出去，說他『性情不適合』，那他媽的是什麼意思？」

「費恩伍德的醫生怎麼說？」

「他們說派特患有創傷後壓力症候群，這我也能理解，畢竟都發生了那種事。軍隊整慘了他，給他一枚勳章就叫他走人。」

「妳認識一個叫吉迪恩．泰勒的人嗎？」

謝麗爾遲疑了一下，說：「他是派特的朋友。把派特送進費恩伍德的人就是吉迪恩。」

「他們是怎麼認識的？」

「在軍中認識的。」

她把香菸在菸灰缸裡捻熄，又抽出一支。

「九天前的週五，警方在這間公寓逮捕了一個人。」

「那就不可能是派特。」她說。

「那還有可能是誰？」

謝麗爾舔了舔牙齒，導致琺瑯質沾到了口紅。「可能是吉迪恩吧。」她用力吸了一口菸，在煙霧中眨眨眼睛，說：「自從派特去了費恩伍德，他就來照看公寓。還是有人顧一下比較好，不然外面那些小黑鬼連你的中間名都能偷。」

「妳住哪裡？」我問道。

「我住卡地夫，跟我男友傑瑞住在一起，每隔幾週會下來看派特。」

薇若妮卡．柯雷抿著嘴唇盯著地板，難掩著急的神色，說：「當時這裡有一隻狗，是比特犬。」

「喔，對，是卡波。」謝麗爾回答。「他是派特的狗，現在是吉迪恩幫忙照顧。」

「妳有派翠克的照片嗎？」我問道。

「應該有，我找找。」

她起身並撫平緊身牛仔褲起皺的地方，然後穿著高跟鞋，搖搖晃晃地從和尚身邊擠過，幾乎是胸口挨著胸口。她對他露出淺淺的微笑。

她開始打開抽屜和衣櫃門。

「妳上次是什麼時候來的？」

「十天、十二天前吧。」菸灰從她嘴裡的菸掉下來，還弄髒了她的牛仔褲。「我下來看派特。那時吉迪恩在，還把這裡當自己家。」

「怎麼說？」

「他是個怪人，我覺得應該是軍隊把他們搞到壞掉了。那個吉迪恩脾氣真的有夠差。我只是用了他那支便宜的手機，打了一通電話，他就抓狂了。拜託，才一通電話耶。」

「妳訂了披薩。」我說。

謝麗爾看著我，好像我偷了她的最後一支菸一樣。「你怎麼知道？」她問道。

「我猜的。」

柯雷督察長斜眼看了我一眼。

謝麗爾在最上面的架子找到了一個大相簿。

「我跟吉迪恩說他應該跟派翠克一起去費恩伍德，後來就趕快閃了。我打給傑瑞，請他來接我。他本來想揍吉迪恩一頓，也差點這麼做了，但我跟他說算了。」

她把相簿轉過來面向我們，靠在自己的胸口。

「這是派特。這張照片是在他的結業會操拍的，他看起來超帥的吧。」

派翠克．福勒身穿軍禮服，有一頭深棕色的頭髮，不過兩側剃掉了。他對著鏡頭撇嘴一笑，看起來好像才高中剛畢業。更重要的是，他不是警方在九天前逮捕的那個男人，不是我在三一路警察局訊問的人。

她指著另一張照片，看來她有咬指甲的習慣。「這也是他。」她說。

一群士兵或站或蹲在籃球場邊，似乎剛打完一場比賽。派翠克穿著迷彩褲，裸上半身；他隨意蹲著，一隻手臂撐在膝蓋上，肌肉發達的身體因汗珠而閃閃發光。

謝麗爾繼續翻頁，說：「這裡應該也有吉迪恩的照片。」

她找不到照片，便翻到最前面，再找一次。

「真奇怪，不見了。」

她指著某一頁空白的正方形區域。「我記得在這裡啊。」她說。

有時候，從相簿的空白處能得出的資訊不亞於一張照片。吉迪恩拿走了照片，代表他不想讓別人知道他長什麼樣子。沒關係，我記得他。我記得他淺灰色的眼睛和薄唇，也記得他來回踱步，避開看不見的捕鼠器，臉部肌肉不斷抽搐。他虛構了事實，編織出幻想故事，完成了完美無缺的表演。

我的專業是能分辨一個人是否在說謊，或是故意含糊其辭或想騙人，但吉迪恩．泰勒卻把我耍得團團轉。他的謊言幾乎無懈可擊，因為他掌控了談話方向，成功分散並轉移注意力。他沒有畫蛇添足，說多餘的話，也沒有為了圓謊而出現片刻的遲疑。甚至從他無意識的生理反應也看不出任何線索；他的瞳孔放大程度、毛孔大小、肌肉張力、皮膚漲紅反應和呼吸都在正常的範圍內。

我說服了薇若妮卡．柯雷放他走。我說他不可能逼克莉絲汀．惠勒從克利夫頓吊橋跳下去。我錯了。

薇若妮卡．柯雷正在發布指示，探險家羅伊狂做筆記，努力跟上她說話的速度。她想要泰勒的關係人名單，包括朋友、家人、軍中同袍和前女友。

「去找他們，對他們施壓，肯定有人知道他在哪裡。」

從離開福勒家到現在，她都沒跟我說半句話。恥辱是一種奇怪的感覺，就像胃裡在翻攪一樣。公開指責通常晚點才會發生，自責卻是在發現做錯的當下就會油然而生，接著開始歸因、聲討、斥責自己。

費恩伍德診所是二級登錄建築，坐落於杜德漢姆丘陵地邊緣兩公頃大的樹林和花園裡。主樓曾是一棟宏偉的房子，道路則是私人車道。

院長會在辦公室與我們談談。他叫做卡普林醫生，他熱烈歡迎我們，好像我們是到他的私人莊園去打獵一樣。

「這裡很棒吧。」他說，一邊從辦公室的大凸窗望向外面的花園。他端出茶點給我們，然後坐了下來。

「歐盧林教授，我有聽說過你的事情。」他說。「有人跟我說你搬來了這裡，我還以為會看到你的履歷呢。」

「我現在沒有在做臨床心理諮商了。」

「真可惜，我們需要像你這樣經驗豐富的人才。」

我環顧他的辦公室。裝飾結合了鄉村風的Laura Ashley和宜家家居的風格，再點綴了一點新科技元素。卡普林醫生的領帶幾乎與窗簾完美搭配。

我對費恩伍德診所略知一二。這間診所是私人企業開的，專門照顧能夠負擔高額費用的有錢人。

「你們主要是治療什麼問題？」

「主要是飲食失調和成癮問題，但也會做一般精神科治療。」

「我們想知道關於派翠克．福勒的事情，他是一名前軍人。」

卡普林醫生抿起嘴唇。「我們有很多病人都是軍人，現役和退伍軍人都有。」他說。「國防部是我們最大的轉介單位之一。」

「戰爭真美好，對吧？」薇若妮卡．柯雷嘟囔道。

卡普林醫生的身體縮了一下，淡褐色的眼睛流露出憤怒。

「警探，我們在這裡的工作很重要，是一項助人專業。我不是來評論政府的外交政策或它如何打仗的。」

「當然，你說得沒錯。」我說。「我相信你們的工作是至關重要的。我們只是想知道關於派翠克．

福勒的事情。」

「你在電話裡暗示派翠克的身分被盜用了。」

「對。」

「教授，我想你一定能理解，我不能談論他的治療內容。」

「我能理解。」

「所以你不會要求看他的紀錄囉？」

「不會，除非他承認殺人。」督察長說。

醫生的笑容早已消失無蹤。「我不明白。你們覺得他做了什麼事？」他問道。

「這就是我們想弄清楚的事情。」督察長說。「我們想跟派翠克．福勒談談，希望你能全力配合。」

卡普林醫生拍拍自己的頭髮，好像想確認頭髮沒塌一樣。

「督察長，我向妳保證，這間醫院是雅芳與索美塞特警察局的朋友。其實我跟你們的富勒助理警察局長關係很好。」

他好死不死竟然講了這個名字，但薇若妮卡．柯雷面不改色。

「這樣啊，醫生，我會替你問候助理警察局長的。我相信他也和我一樣很感謝你的配合。」

卡普林醫生點點頭，很滿意這個回覆。

他從辦公桌拿了一份文件並打開它。

「派翠克．福勒患有創傷後壓力症候群和焦慮症。他有自殺傾向，也因為在伊拉克失去同袍而內疚不已。派翠克有時會神智不清、腦袋糊塗。他的情緒波動很大，有時也會有暴力傾向。」

「有多暴力？」督察長問道。

「他沒有造成嚴重的管理風險，而且最近表現優異，治療相當有進展。」

但願如此，一週三千英鎊可不是開玩笑的。

「為什麼不是交給軍隊的心理醫生治療？」我問道。

「派翠克不是軍隊轉介過來的。」

「但他的狀況是從軍造成的？」

「對。」

「他的治療費用是誰付的？」

「那是機密資訊。」

「是誰帶他來的？」

「他的朋友。」

「是吉迪恩．泰勒嗎？」

「我不明白這跟警方有什麼關係。」

薇若妮卡．柯雷聽夠了。她站了起來，身體前傾越過桌面，狠狠盯著卡普林，他不禁睜大雙眼。

「醫生，我認為你沒有完全理解這個情況的嚴重性。吉迪恩．泰勒是一起謀殺案的嫌疑人，而派翠克．福勒可能是幫兇。除非你能提出醫學證據，證明福勒先生若接受警方訊問，在心理上可能會受到傷害，不然我要再說最後一次，請你讓我們見他，否則我下次會帶著逮捕他的令狀過來，並以妨礙調查的罪名逮捕你。到時連富勒助理警察局長都幫不了你。」

卡普林醫生的回答結結巴巴，完全聽不懂他在說什麼，他那得意的樣子已消失無蹤。薇若妮卡．柯雷還沒講完。

「歐盧林教授是心理健康專家，訊問期間他也會在場。如果派翠克．福勒變得焦躁不安或是病情惡化，我想教授一定會妥善處理。」

卡普林醫生停頓了一下，便拿起電話。

「請告訴派翠克・福勒有客人來訪。」

房間陳設簡單，配有一張單人床、一張椅子、底座上的小電視，以及一個五斗櫃。派翠克比照片中的他還要瘦小得多。穿著軍禮服的英俊黑髮士兵已不復存在，取而代之的是一個皮膚蒼白、穿著邋遢的仿製品。他的白色背心腋窩處泛黃，慢跑褲捲成低腰，露出來的髖骨像門把一樣突出。手術在他的右腋窩下留下了突起硬化的疤痕組織。派翠克瘦了很多，以前鍛鍊的肌肉都不見了，脖子也細到讓喉結看起來像癌症腫瘤，在他吞嚥時上下浮動。

我拉了一張椅子，坐在他對面，讓他的視野範圍只有我。柯雷督察長似乎很樂意待在門邊。費恩伍德診所讓她感到不舒服。

「派翠克，你好，我叫做喬瑟夫。」

「嘿，你好，你好嗎？」

「我很好，你呢？」

「有比較好了。」

「那就好。你喜歡這裡嗎？」

「還ＯＫ啦。」

「你最近有見到吉迪恩・泰勒嗎？」

這個問題並不讓他感到驚訝。他因為服用了大量藥物，情緒和動作都變得毫無起伏。

「週五有見到他。」

「他多常來看你？」

「週三和週五。」

「今天是週三。」

「那他待會應該會來吧。」

他修長的手指似乎停不下來，不斷擰他手腕上的皮膚，我能看到他留下的紅色掐痕。

「你認識吉迪恩多久了？」

「是在我加入傘兵團時認識的。他真的超難搞的，總是對我碎碎念，但其實是因為我很懶啦。」

「他是軍官嗎？」

「那傢伙可是少尉呢。」

「吉迪恩沒有待在傘兵團。」

「沒啊，他後來加入了綠色史萊姆。」

「那是什麼？」

「情報部隊[35]。我們以前都會開他們的玩笑。」

「什麼樣的玩笑？」

「嚴格來說他們不算是軍人。他們每天的工作就是把地圖黏在一起還有用色鉛筆。」

「那就是吉迪恩做的工作嗎？」

「他從來沒說過。」

「他肯定有提過吧。」

「如果他告訴我，就得把我給殺了。」他露出笑容，然後看向護理師，問道：「我什麼時候可以喝茶？我想喝熱熱的東西。」

「待會就可以喝了。」護理師回答。

派翠克抓了抓腋窩下的疤痕。

「吉迪恩有跟你說他為什麼回來英國嗎？」我問道。

「沒，他這個人話不多。」

「他老婆離開他了。」
「我有聽說。」
「你認識她嗎？」
「吉迪恩說她是個骯髒的蕩婦。」
「她死了。」
「那很好啊。」
「吉迪恩的女兒也死了。」
派翠克的身體縮了一下，他用舌頭舔臉頰內側。
「吉迪恩怎麼有錢支付這裡的費用？」
派翠克聳肩道：「他娶了個千金小姐啊。」
「但她已經死了。」
他看著我，似乎有些不好意思。「剛剛不是講過了？」
「吉迪恩週一有來看你嗎？」
「週一是什麼時候？」
「兩天前。」
「有啊。」
「那上週一呢？」
「太久以前，不記得了，可能是他帶我出去吃飯那次吧。我們去了酒吧，不記得是哪間了。你應該去看訪客登記簿，有寫進出的時間。」

35 譯註：情報部隊又叫「綠色史萊姆」，是因為該部隊的貝雷帽是綠色的，且作戰方式是在暗中採取祕密行動。

派翠克又擰了手腕的皮膚。這是一種觸發機制，可以防止他失神離題，牛頭不對馬嘴。

「你為什麼對吉迪恩那麼有興趣？」他問道。

「我們想跟他談談。」

「幹嘛不早說？」他從運動褲口袋裡掏出一支手機，說：「我來打給他。」

「沒關係，給我他的手機號碼就好。」

派翠克正在按數字鍵。「你有那麼多問題，直接問他就好啦。」他說。

我看向薇若妮卡·柯雷，她搖搖頭。

「快掛電話。」我急忙告訴派翠克。

太遲了。他把手機遞給我。

有人接了電話：「嘿，這不是我最愛的瘋子嗎？最近如何？」

一陣沉默。我應該掛掉電話，但我沒這麼做。

「我不是派翠克。」我說。

對方沉默片刻，問道：「你是怎麼拿到這支手機的？」

「是他給我的。」

又是另一陣沉默，吉迪恩正在拼命思考。接著他笑了，我能想像他的笑容。

「你好啊，教授，你找到我了。」

柯雷督察長用手指輕輕劃過脖子，她想要我掛電話。泰勒知道我們在找他，而沒人在追蹤這通電話的訊號。

「派翠克還好嗎？」吉迪恩問道。

「他說有比較好了。你花了不少錢讓他在這裡接受治療，對吧？」

「朋友就是要互相照顧，我很重義氣的。」

「你為什麼要假扮成他？」

「警察破門而入，沒人問我到底是誰，你們都以為我就是派翠克。」

「而你也將錯就錯。」

「我只是稍微玩玩而已。」

派翠克坐在床上，一邊聽我們的對話，一邊露出神祕的微笑。我起身，從護理師身旁走過，走到走廊上。薇若妮卡．柯雷跟了上來，用嚴厲的語氣在我耳邊低語。

吉迪恩繼續說話。他叫我喬瑟夫先生。

「你為什麼還在找你老婆？」我問道。

「她拿走了屬於我的東西。」

「她拿走了什麼？」

「去問她啊。」

「我也想問，但她已經死了。她溺死了。」

「隨你怎麼說，喬瑟夫先生。」

「你不相信她死了。」

「我比你更了解她。」他厲聲說，語氣充滿了恨意。

「為什麼克莉絲汀．惠勒的手機在你手上？」

「我撿到的。」

「還真巧啊，竟然撿到了你妻子老朋友的手機。」

「現實往往比小說還離奇。」

「你有叫她從橋上跳下去嗎？」

「我不知道你在說什麼。」

「那希薇亞．福內斯呢？」

「我對這名字有印象。她是氣象播報員嗎？」

「你逼她把自己銬在樹上，她因此凍死了。」

「那你就證明看看啊。」

「莫琳．布雷肯還活著，她會指認你。警方會找到你的，吉迪恩。」

他輕聲笑道：「喬瑟夫先生，你真是滿嘴屁話。你目前只提到了自殺、凍死和警察射傷平民的事件，這都跟我無關。你沒有任何直接取得的確鑿證據能將我與這些事件連結在一起。」

「我們有莫琳．布雷肯。」

「沒見過她，你問她就知道了。」

「我問了。她說她有見過你一次。」

「她在說謊。」

這句話彷彿從他的牙齒之間鑽了出來，好像他在啃一粒小種子一樣。

「吉迪恩，告訴我一件事吧。你討厭女人嗎？」

「你是說智力、身體方面，還是她們作為一個次等人種而言？」

「你是厭女主義者。」

「我就知道有一個專有名詞。」

他現在在逗我了。他認為自己比我聰明，目前為止也確實是如此。我能聽到電話另一頭傳來學校鐘聲，還有小朋友推擠和叫喊的聲音。

「或許我們可以約見面。」我說。

「好啊，哪天一起吃午餐。」

「現在如何？」

「抱歉，我很忙。」

「你在做什麼？」

「我在等公車。」

氣動剎車器在寂靜中響起，我聽到了柴油引擎的聲音。

「我得掛了，教授，很高興跟你聊天。幫我跟派翠克問好。」

他掛了電話。我又撥過去，但他已經關機了。

我看著柯雷督察長，並搖搖頭。她用右腳狠狠踢了一個垃圾桶，力道大到它撞上對面的牆壁後還彈了開來。垃圾桶的側面凹了一個大洞，在鋪了地毯的地板上左右晃動。

第四十六章

公車門「嘶」的一聲打開了。學生們蜂擁向前，互相推擠，有些人拿著紙漿做的面具和挖空的南瓜。再過兩週就是萬聖節了。

她在那裡；她身穿格子裙、黑色絲襪和深綠色套頭衫。她在公車中間找到了位子，並把書包丟在旁邊的座位上。她綁了馬尾，但有幾縷髮絲仍落在她的臉頰兩側。

我拄著拐杖從她身邊走過，她頭也沒抬。所有座位都坐滿了，我盯著其中一名男同學，一邊倚著拐杖前後搖晃。他起身讓座，我便坐了下來。

較年長的男孩們占據了後座，對著窗外的同伴大喊大叫。小屁孩的老大戴著牙套，下巴上長了幾根毛。他看著那女孩，她正在摳指甲。

公車開始行駛，然後停下，讓乘客上下車，不斷重複這個循環。戴牙套的小子往前走，經過我的座位。他身體前傾，越過她的座位，然後搶走了她的書包。她試圖把書包搶回來，他卻把它踢走。她好聲好氣地請他還給她，但他只是大笑。她叫他不要這麼幼稚。

我走到他身後。我的手似乎輕輕拍在他的脖子上。這個動作看起來很友善，很像父親會對兒子做的親暱舉動，但我的手指卻緊緊掐住了他的脊椎兩側。他的眼球凸出，厚底鞋只剩腳尖著地。

他的朋友們也從公車末端走了過來，其中一個人叫我放開他，我瞪了他一眼，他們就都閉嘴了。公車司機是個戴著頭巾帽、泥巴色皮膚的錫克教徒，他透過後視鏡看著我們。

「有什麼問題嗎？」他喊道。

「這小子好像不舒服。」我說。「他需要呼吸新鮮空氣。」

「要我停車嗎？」

「他會搭下一班車。」我看著那男孩，問道：「對吧？」我移動我的手，讓他的頭上下晃動。公車停了下來，我把男孩引導到後門。

「他的書包呢？」

有人把書包傳了過來。

我放開他，他便癱倒在公車站的座位上。車門「嘶」的一聲關上，然後車子開始行駛。

那女孩用狐疑的眼神看著我。她現在把書包放在大腿上，交疊的雙手護著書包。

我坐在她前面的座位上，並把拐杖靠在金屬欄杆上。

「妳知道這輛公車會不會經過布拉福路嗎？」我問道。

她搖搖頭。

我打開一瓶水，說：「我都看不懂公車站的路線圖。」

她還是沒有回答。

「現在人人都買瓶裝水，是不是很神奇？我小時候根本沒這種東西，如果要喝瓶裝水早就渴死了。我老爸說這東西太不像話了，以後搞不好連乾淨的空氣都要錢呢。」

沒有回應。

「我猜有人教妳不能跟陌生人說話。」

「對。」

「沒關係，這是個很好的建議。今天真冷，妳不覺得嗎？以週五來說特別冷。」

她上鉤了。「今天不是週五，是週三。」

「妳確定嗎？」

「確定。」

我又喝了一口水。

「是哪一天有差嗎？」她問道。

「這個嘛，一週的每一天都有不同的特色。週六很忙碌，週日很悠哉，週五應該要充滿希望。至於週一嘛……大家都討厭週一。」

她微笑並移開視線。在那一刻，我們靈犀相通。我進入她的心靈，她也進入我的。

「那個戴牙套的傢伙，他是妳的朋友嗎？」

「不是。」

「他會找妳麻煩嗎？」

「算是吧。」

「妳試著避開他，但他總會找上妳，是嗎？」

「我們搭同一班公車。」

她開始掌握話題走向了。

「妳有哥哥嗎？」

「沒有。」

「妳知道怎麼使出膝擊嗎？這樣做就對了——用膝蓋往他的蛋蛋踢下去。」

她不禁臉紅，真可愛。

「要不要聽一個笑話？」我問道。

她沒有回答。

「有個女人抱著她的小寶寶上公車，公車司機說：『那是我看過最醜的寶寶。』那個女人很生氣，但還是付了車錢然後坐下來。另一個乘客說：『妳不能讓他說這種話，一定要罵回去。來，我幫妳抱那隻猴子。』」

她這次笑出聲音來了，那是我聽過最甜美的聲音。她真是個可口的小蜜桃。

「妳叫什麼名字？」

她沒有回答。

「噢，對，我忘了，妳不應該跟陌生人說話。那我想我只能叫妳『雪花』了。」

她看向窗外。

「我要下車了。」我一邊說，一邊撐起身體。一根拐杖掉到走道上，她彎腰幫我撿起來。

「你的腳怎麼了？」

「沒什麼。」

「你為什麼需要枴杖？」

「這樣搭公車就有位子坐。」

她又笑了。

「很高興認識妳，雪花。」

第四十七章

莫琳．布雷肯的身上插滿了管子。槍擊事件已經過了兩天，她在前一天醒來，臉色蒼白但如釋重負，對事發經過只有模糊的印象。每隔幾小時，護理師就會給她嗎啡，讓她再次沉沉睡去。

她在布里斯托皇家醫院受到警方保護。這間醫院是這座城市少數的地標建築之一。正門內的接待櫃台有穿著藍白飾帶的志工，她們看起來像是錯過選美比賽四十年的選美老婆婆。

我一說出莫琳．布雷肯的名字，她們臉上的笑容就消失了。一名警察從樓上被叫下來。我和盧伊茲在門廳等候，一邊瀏覽醫院商店的雜誌。

電梯門開了，布魯諾低沉有力的聲音從裡面傳了出來。

「謝天謝地，終於看到熟面孔了。來給老大姐打氣的嗎？」

「她狀況如何？」

「有好轉了。我都不知道一顆子彈會造成這麼大的傷害，太可怕了，不過最重要的是沒有傷到任何重要的器官。」

他看起來鬆了一口氣。我們聊了幾分鐘，大概是「世風日下，人心不古」諸如此類的老生常談。

「我要去買一些像樣的食物。」他說。「不能讓她吃醫院準備的難吃食物，裡面肯定都是超級細菌。」

「其實沒有你想得那麼糟。」我說。

「不，其實更糟。」盧伊茲說。

「他們會介意我帶外食嗎？」布魯諾問道。

「不會啦。」

他揮揮手，便走出自動門。

一名警探從電梯裡走了出來。他看起來像義大利人，留著平頭，手槍放在外套下面的槍套裡。我之前在三一路警察局看過他。

他護送我們上樓。莫琳．布雷肯的那區病房戒備森嚴，有另一名警察守在病房門外的走廊上。警探們會使用金屬探測器對訪客和醫療人員進行檢查。

病房門打開了，正在看雜誌的莫琳抬起頭來，露出了緊張的笑容。她的肩膀纏了繃帶，手臂用懸帶吊在胸前。好幾條管子在繃帶和被褥之間依稀可見。

她化了妝，我猜是為了布魯諾化的。原本平淡無奇的病房充滿了卡片和畫作，床頭掛著一條金銀鑲邊的橫布條，上面寫著「早日康復」，以及她好幾百位學生的簽名。

「妳真是個受歡迎的老師。」我說。

「學生們都想來看我。」她笑道。「但當然是上課時間，這樣她們才可以翹課。」

「妳感覺如何？」

「有比較好了。」她說。她稍微坐了起來，我幫忙調整她背後的一顆枕頭。盧伊茲待在走廊上，和警探們交流關於護理師的黃色笑話。

「你和布魯諾擦肩而過了。」莫琳說。

「我有在樓下遇到他。」

「他去馬里奧餐廳幫我買午餐。我突然很想吃義大利麵和芝麻葉與帕馬森起司沙拉。感覺好像當初懷孕時，布魯諾寵我的感覺，但千萬別跟他講。」

「我不會跟他說的。」

她看著她的雙手，說：「很抱歉我差點對你開槍。」

「沒關係。」

她的聲音頓時變得沙啞。「他用傑克遜威脅我的那些話……真的很可怕。我真的相信他了，我真的以為他打算動手。」

莫琳再次講述了事情經過。每位家長都知道在超市、遊樂場或人來人往的街道上跟丟小孩是什麼樣的感覺。短短兩分鐘就跟一輩子一樣漫長；過了兩小時，你幾乎什麼都做得出來。莫琳的情況更糟。她聽著兒子的求救聲，想像著他被折磨至死的模樣。來電者告訴她，她再也見不到傑克遜，永遠不會找到他的屍體，也永遠不會知道真相。

我告訴她我能理解。

「你能理解嗎？」她問道。

「應該可以。」

她搖搖頭，並低頭看著受傷的肩膀，說：「我不認為任何人能理解。我會把槍放進自己的嘴裡，我會扣下扳機。為了拯救傑克遜，我什麼都願意做。」

我坐在床邊的椅子上。

「妳認得他的聲音嗎？」

她搖搖頭，說：「但我知道是吉迪恩。」

「怎麼說？」

「他問了關於海倫的事。他想知道她有沒有寫信、打電話或寄email給我，我說沒有。我說海倫已經死了，我很遺憾，但他只是大笑。」

「他有說他為何認為她還活著嗎？」

「沒有，但他也說服我了。」

「怎麼說？」

她支支吾吾，一時不知道怎麼解釋。「他聽起來很篤定。」

莫琳移開視線，尋找能轉移話題的事物，她不想再去想吉迪恩．泰勒的事了。

「海倫的母親有寄卡片給我。」她指著茶几說。她告訴我是哪一張卡片，上面有用淡而柔和的色彩手繪的蘭花。克勞蒂亞．錢柏斯寫了：

上帝有時會考驗最優秀的人，因為祂知道他們會通過考驗。我們的思念與禱告與妳同在，請早日康復。

我把卡片放回去。

莫琳閉上眼睛，整張臉漸漸因為疼痛而皺了起來，嗎啡的藥效開始退了。一段記憶從她的腦海中浮現出來，她開口了。

「母親理應永遠知道自己的孩子在哪裡。」

「妳為什麼這麼說？」

「這是他對我說的話。」

「吉迪恩嗎？」

「我當時以為他是在刺激我，但事到如今我也不知道了。或許那是他說的唯一一句真話吧。」

第四十八章

史賓賽、蘿絲和戴維斯律師事務所位於市政廳對面、法院旁邊的現代辦公大樓裡面。門廳宛如一座現代城堡，天花板挑高五層樓，拱型玻璃屋頂下的白色管線縱橫交錯。

門廳裡有瀑布、魚池、擺了黑色皮沙發的等候區，以及兩部一模一樣的玻璃電梯。我和盧伊茲看著一名穿著細條紋西裝的男人搭乘其中一部電梯，一路飄下樓。

「你看那傢伙的西裝。」盧伊茲低聲說。「那大概比我整個衣櫃的衣服加起來還值錢。」

「連我的鞋子都比你整個衣櫃的衣服值錢了。」我回答。

「唉唷，真傷人。」

穿著細條紋西裝的男人和櫃台人員交談後，便走向我們，一邊解開外套的扣子。他沒有做自我介紹，就要我們跟他走。

我們搭玻璃電梯上樓。一樓的盆栽越來越小，魚池裡的錦鯉也變得跟金魚一樣小。

我們被帶到一間辦公室，一位年逾七旬的律師坐在一張大辦公桌前，身形顯得更加乾癟。他從皮椅稍微起身幾公分，又坐了下來，不是因為年紀大了，就是因為他不怎麼尊重我們。

「我的名字叫做朱利安．史賓賽。」他說。「我是錢柏斯建築公司的代理律師，也是布萊恩家的老朋友。我想你們已經和錢柏斯先生見過面了。」

布萊恩．錢柏斯甚至懶得跟我們握手。他穿著一套看起來很不舒服的西裝，再厲害的裁縫都拿他沒輒。有些男人就是適合穿工作服。

「我們初次見面時可能有些誤會。」我說。

「你們用計闖入我家，害我老婆傷心。」

「如果是那樣的話，我很抱歉。」

史賓賽先生試圖緩和氣氛，像校長一樣對錢柏斯先生發出嘖嘖聲。

他說他是布萊恩家的老朋友，但在我看來，一位資深金融機構律師，和一位工人階級百萬富翁，感覺不是什麼天生一對。

穿著細條紋西裝的男人也待在辦公室裡。他站在窗邊，雙手交叉在胸前。

「警察在找吉迪恩．泰勒。」我說。

「老早就該找了。」布萊恩．錢柏斯說。

「你知道他在哪裡嗎？」

「不知道。」

「你上次跟他說話是什麼時候？」

「我常常跟他說話。每次他在半夜打來又不吭聲，只是在那邊呼吸的時候，我都會對他大吼大叫。」

「你很確定是他。」

錢柏斯瞪著我，好像我在質疑他的智商一樣。我和他四目相接，不移開視線，觀察他的表情。個子大的男人通常也會有很強烈的存在感，但他的人生蒙上了陰影，而他在這樣的壓力下開始萎靡不振。

他站了起來，開始來回踱步，握緊拳頭再張開手掌，反覆進行抓握動作。

「泰勒闖入我們家……而且不只一次……我甚至不知道有幾次。我換了鎖、裝了監視器和警報器，但都沒用，他還是闖了進來。他會留下訊息，留下警告，例如微波爐裡的鳥屍、我們床上的槍；我老婆的貓還被塞進了馬桶水箱。」

「而你都有報警。」

「我還把他們設成快速撥號。警察來我家的頻率高到都可以踏出一條路來了，但他們他媽的簡直毫無用處。」他看向盧伊茲，說：「他們沒有逮捕他，也沒有指控他，因為他們說沒有證據。那些電話都來自不同手機，無法追蹤到泰勒。警察找不到指紋或纖維，監視器也沒拍到他。怎麼會這樣？」

「他很小心。」盧伊茲回答。

「或是他們在保護他。」

「為什麼？」

布萊恩．錢柏斯聳肩道：「不知道，根本沒道理啊。我現在雇了六個人二十四小時守著房子，但還是不夠。」

「什麼意思？」

「昨天晚上，有人在石橋宅邸的湖裡下毒。」他解釋道。「我們有四千條魚，包括丁鱖、湖擬鯉和東方歐鯿，全都死了。」

「是泰勒做的嗎？」

「不然還有誰？」

那個大個子男人停了下來，他激動的情緒暫時平復了。

「吉迪恩到底想要什麼？」我問道。

朱利安．史賓賽替他回答：「泰勒先生沒有表明。一開始，他是想找他的妻子和女兒。」

「那是在渡輪事故發生之前。」

「對，他不接受這段婚姻結束了，就來找海倫和克蘿伊，還指控布萊恩和克勞蒂亞窩藏她們。」

那名律師從辦公桌抽屜裡拿出一封信，以喚醒自己的記憶。

「泰勒先生在德國打贏官司，獲得了女兒的共同監護權。他想要一張國際通緝令來逮捕他的妻子。」

「她們躲在希臘。」盧伊茲說。
「沒錯。」
「但悲劇發生後，泰勒就不再騷擾你們了吧。」
布萊恩．錢柏斯發出刻薄的笑聲，卻笑到咳個不停。那名老律師幫他倒了一杯水。
「我不明白。海倫和克蘿伊已經死了，為什麼泰勒還要繼續騷擾你們？」
布萊恩．錢柏斯駝著背，癱坐在椅子上，完全就是個慘敗的姿勢。「我以為是為了錢。海倫總有一天會繼承莊園，我以為泰勒也想要得到一些好處。我跟他說如果他答應不再煩我們，我就給他二十萬英鎊，但他不接受。」他說。
那名老律師發出嘖嘖聲，表示反對。
「他沒有要求其他東西嗎？」
錢柏斯搖搖頭說：「那男人是個心理變態，我已經放棄嘗試了解他了。我想要擊潰那個混帳，我想讓他付出代價……」
朱利安．史賓賽提醒他要小心，不要隨便說出威脅的話。
「小心有什麼屁用！我老婆晚上都睡不著，在服用抗憂鬱藥。你們有看到我的手嗎？」錢柏斯說，並把雙手伸過桌面。「你們想知道我的手為什麼這麼穩嗎？因為我有吃藥。因為泰勒對我們做的那些事，我們兩個都在服藥。他讓我們活得很痛苦。」
第一次見到布萊恩．錢柏斯時，我以為他之所以那麼憤怒，那麼極力保密是因為他有妄想症，但我現在能夠同情他了。他不僅失去了女兒和孫女，自己的精神也瀕臨崩潰。
「告訴我關於吉迪恩的事吧。」我說。「你第一次見到他是什麼時候？」
「海倫帶他回家。我以為他是個冷漠的人。」
「為什麼？」

「他一副知道所有人祕密的樣子，但沒人知道他的祕密。他顯然在軍中工作，但他對軍隊和自己的工作都絕口不提，連對海倫也不說。」

「他駐守在哪裡？」

「在貝德福德郡的奇克桑，好像是某種軍隊訓練場。」

「之後呢？」

「北愛爾蘭和德國。他常常不在家，也不會告訴海倫他要去哪裡，但她說有一些線索。阿富汗、埃及、摩洛哥、波蘭、伊拉克……」

「你對他的工作有任何頭緒嗎？」

「沒有。」

盧伊茲走到窗邊看風景。與此同時，他斜睨著穿細條紋西裝的男人，打量著他。盧伊茲的直覺比我強。我會以眼前所見的訊息來判斷一個人，他則是憑感覺。

我詢問錢柏斯先生關於他女兒婚姻的事。我想知道他們的婚姻破裂是突然發生的，還是拖了很久。有些夫妻就算彼此之間的愛早已消失，仍然死守著熟悉的日常。

「教授，我愛我女兒，但我不敢妄稱自己特別了解女人，連我老婆也不例外。」他說，並擤了擤鼻涕。「她愛我，我只知道這點而已。」

他把手帕對折兩次，放回褲子口袋裡。

「我不喜歡吉迪恩操縱海倫的方式。她在他身邊好像變了一個人。他們結婚時，吉迪恩要她染成金髮，她便去了美容院，結果卻是一場災難。她染成了鮮豔的薑黃色頭髮。她已經夠尷尬了，但吉迪恩還落井下石。他在婚禮取笑她，還在她朋友面前貶低她，我因此很討厭他。

「在婚宴上，我想和她跳舞，畢竟新娘和父親跳舞是傳統。但吉迪恩逼海倫先尋求他的同意。拜託，那是她的婚禮耶！哪個新娘在自己的婚禮和父親跳舞還要尋求同意的？」

有什麼東西掠過了他的臉，是臉部肌肉不自主的痙攣。

「他們搬到北愛爾蘭時，海倫一週至少會打兩次電話，也會寫很長的信，但後來就沒有了。吉迪恩不想要她跟我們聯絡。」

「為什麼？」

「不知道。感覺他好像嫉妒她的家人和朋友。我們越來越少看到海倫。她每次回來看我們，才待一、兩晚，吉迪恩就開始打包行李了。海倫很少露出笑容，講話也輕聲細語，但她對吉迪恩很忠誠，不會說他的壞話。

「懷克蘿伊時，她叫她媽媽不要去找她。後來我們得知吉迪恩不想要那個小孩。他很生氣，要海倫去墮胎，但她拒絕了。

「我不敢肯定這點，但我覺得他嫉妒自己的小孩，你相信嗎？有趣的是，克蘿伊出生時，他的態度有了一百八十度大轉變。他對她十分著迷，愛她愛得發狂。他們的生活安定下來，夫妻倆也變快樂了。

「吉迪恩被調到了德國奧斯納貝克的英軍基地。他們搬到了軍隊提供的公寓，已婚軍官宿舍有很多其他的妻子和家庭。一開始，海倫大概一個月會寫一封信，但很快就沒寫了，而且沒經過吉迪恩的同意，她無法聯絡我們。

「每天晚上，吉迪恩都會質問她去了哪裡、見到了誰、說了什麼。海倫必須一字不差地複述對話內容，不然吉迪恩就會指責她撒謊或對他有所隱瞞。她必須溜出家門，用公共電話打給她母親，因為她知道如果用家裡電話或她的手機，通話紀錄就會出現在帳單上。

「就算吉迪恩到其他地方服役，海倫也要很小心。她很肯定有人在監視她並向他回報狀況。

「他的嫉妒心就像一種病。每次他們出門社交時，吉迪恩會叫海倫自己坐在角落裡。如果有其他男人向她搭話，他就會大發雷霆，要她跟他說他們到底說了什麼，而且要一字不差。」

布萊恩・錢柏斯身體前傾，雙手十指交扣，好像在祈禱自己有早點採取行動，拯救女兒。

「最後一次執勤後，吉迪恩變得更加喜怒無常。我不知道發生了什麼事。據海倫所說，他變得疏遠、陰晴不定、暴力……」

「他有打她嗎？」盧伊茲問道。

「只有一次，他反手打了海倫一巴掌，害她嘴唇流血。她威脅要離開他，他就邊哭邊道歉，求她留下來。她應該要在那時候就離開他的，但每次她考慮離開時，都無法下定決心。」

「他最後一次執勤發生了什麼事？」

錢柏斯聳肩道：「不知道。他去了阿富汗。海倫好像說有一個朋友死掉，還有另一個受重傷之類的。」

「你有聽過派翠克・福勒這個名字嗎？」

他搖搖頭。

「吉迪恩回來後，突然又要求海倫生一個男孩，他想要以他死去朋友的名字為兒子命名。他把她的避孕藥沖下馬桶，但海倫找到了辦法避免自己懷孕。

「過了不久，吉迪恩取得了搬出已婚軍官宿舍的許可。他在離駐防地大約十六公里的地方租了一間農舍。那是一個鳥不生蛋的地方，海倫沒有電話也沒有車，她和克蘿伊被完全孤立。他在封閉她們周圍的世界，使其縮小到只容得下他們三人。

「海倫想要送克蘿伊去念英國的寄宿學校，但吉迪恩拒絕了。她後來去念了英軍學校，吉迪恩每天早上都會開車送她去。從海倫向他們揮手道別的那一刻起，她就不會看到半個人，但每天晚上，吉迪恩仍會質問她做了什麼、看到了什麼人。如果她遲疑或結結巴巴，他就會更加咄咄逼人。」

那個大個子男人又站了起來，繼續說話。

「有一天他回到家，發現車道上有輪胎痕跡。他指控海倫有訪客，她矢口否認。他堅稱對方是她的情人，海倫說沒那回事，求他相信她。

「他把她的頭壓在廚房桌子上，用刀子在自己的手掌上刻了一個『X』，然後握緊拳頭，把血滴入她的眼睛。」

我記得我在三一路警察局訊問泰勒時，他的左手有一道疤痕。

「你知道諷刺的是什麼嗎？」錢柏斯緊閉雙眼說。「那根本不是什麼訪客或情人留下的輪胎痕跡。吉迪恩忘了自己前一天從駐防地開了另一輛車回家，那是他自己留下的痕跡。

「那天晚上，海倫等吉迪恩睡著後，從樓梯下面拿了一只行李箱，然後叫醒了克蘿伊。她們沒有關車門，因為她不想發出任何聲音。車子沒有馬上發動，點火開關一直失靈，海倫知道那個聲音會吵醒吉迪恩。

「他衝出農舍，褲子才穿了一半，赤腳跳下樓梯。引擎終於發動了，海倫便把油門踩到底。吉迪恩追下車道，但海倫沒有放慢速度。她轉彎開到主幹道上，克蘿伊的車門就開了，我的孫女從安全帶下滑了出來。海倫及時抓住她，把她拉回車內。她拉斷了克蘿伊的手臂，但她沒有停下來，還是繼續往前開，而且她一直覺得吉迪恩還追在她後面。」

布萊恩．錢柏斯倒抽了一口氣，然後憋住。他心裡有個聲音想要他停下來。他希望自己十分鐘前就閉嘴了，卻處於不得不把故事講完的勢頭上。

海倫沒有開到法國加萊，而是往反方向的奧地利開，中途只有停下來加油。她在高速公路休息站打給了她的父母，布萊恩．錢柏斯說可以讓她飛回家，但她想要花一些時間思考。

克蘿伊的手臂是在法國史特拉斯堡的醫院治療的。布萊恩．錢柏斯電匯錢給她們，那筆錢足以支付醫療費用、買新衣服，以及讓她們旅行幾個月。

「你有見到海倫嗎？」我問道。

他搖搖頭。

「我有跟她通電話……也有跟克蘿伊說話。她們從土耳其和克里特島寄了明信片給我們。」

他不禁哽咽。這些記憶對他來說十分寶貴——最後說的話、最後幾封信、最後幾張照片……一點一滴都被收藏和珍惜著。

「為什麼海倫的朋友們都不知道她溺死了？」盧伊茲問道。

「報紙都用她的夫姓。」

「但沒有任何訃聞或喪禮通知嗎？」

「我們沒有辦喪禮。」

「為什麼？」

「你想知道為什麼嗎？」他吼道，眼裡充滿怒火。「因為泰勒的關係！我很害怕他會出現並在喪禮上搞破壞。我們沒辦法向女兒和孫女好好道別，因為那個神經病混蛋會把喪禮變成一場鬧劇。」他的胸口劇烈起伏。突如其來的情緒爆發似乎耗盡了他的鬥志。

「我們有私下辦喪禮。」他喃喃道。

「在哪裡？」

「在希臘。」

「為什麼在希臘？」

「那是我們失去她們的地方，她們在那裡過得很快樂。我們在岩石海岬上立了一座紀念碑，那裡俯瞰著克蘿伊以前會去游泳的海灣。」

「一座紀念碑。」盧伊茲說。「她們的墓呢？」

「她們的屍體沒被找到。愛琴海那一區的海流很強。有一名海軍潛水員找到了克蘿伊，她的救生衣勾到了渡輪船尾附近的金屬梯子。他把救生衣割開，但克蘿伊被海流捲走了，而他氧氣瓶裡的空氣不夠，沒辦法追上去。」

「他確定是克蘿伊嗎？」

「她的手上還有打石膏，那是克蘿伊沒錯。」

電話響起，那名老律師看了一眼手錶。時間是以十五分鐘為單位計費，不知道這次諮詢他會向他的「老朋友」收多少錢。

我謝謝錢柏斯先生撥出時間見我們，並從椅子上緩緩起身，陷下去的皮椅也慢慢恢復原狀。

「你知道嗎？我有想過要殺了他。」布萊恩．錢柏斯說。朱利安．史賓賽試圖阻止他繼續說下去，但他揮手要對方別管。「我問船長要怎麼做，要付錢給誰？我是說，報紙上常常看到這種新聞吧。」

「船長肯定有朋友吧。」盧伊茲說。

「有啊。」錢柏斯點頭道。「但我不知道我能不能相信他們任何一個。他們可能會把半棟大樓給毀了。」

他看向朱利安．史賓賽，說：「別擔心，我只是說說而已。克勞蒂亞絕不會讓我這麼做，她必須向自己的神交代。」他閉上眼睛再睜開，希望世界在這幾秒鐘內有所改變。

「教授，你有小孩嗎？」

「有兩個。」

他看向盧伊茲，他也伸出兩根手指頭。

「你無時無刻都不在擔心。」錢柏斯說。「從妻子懷孕，到小孩出生、滿一歲以及之後的每一年，你都不能不擔心。無論是搭公車、過馬路、騎腳踏車、爬樹，你都擔心他們會出事……你在報紙上讀到各種可怕的事情發生在小孩子身上，這種心驚膽戰的感覺永遠不會消失。」

「我知道。」

「然後你發現他們很快就長大了，突然你就無從置喙了。你希望女兒能找到完美的男朋友和完美的丈夫。你希望他們能得到夢寐以求的工作。你想要保護他們遠離每一次失望、每一次心碎，但你做不到。你永遠都是他們的父母，永遠不會停止擔心。幸運的話，你還能在事後收拾殘局。」

他轉身背對我們，但我能從窗戶中看到他的痛苦。

「你有泰勒的照片嗎？」我問道。

「家裡可能有吧。他不喜歡拍照，連婚禮時也沒拍幾張。」

「那海倫的照片呢？我其實沒有好好看過她的照片。報紙上只有渡輪事故前，她在希臘拍的照片。」

「那是最近的一張照片。」他解釋道。

「你有其他照片嗎？」

他遲疑了一下，看了朱利安．史賓賽一眼，然後打開皮夾，拿出一張護照大小的照片。

「這是什麼時候拍的？」我問道。

「幾個月前，是海倫從希臘寄來的。我們當時要用她的娘家姓幫她辦新護照。」

「可以借我這張照片嗎？」

「為什麼？」

「有時候受害者的照片可以幫助我了解犯罪事件。」

「你覺得她是受害者嗎？」

「對，她是第一個。」

從離開律師辦公室到現在，盧伊茲都還沒說半句話。他一定有什麼想法，但準備好之後才會分享。或許那是他以前工作留下來的特質，但他身上有一種不受時間、地點約束的氛圍，讓他不需依循正常的對話規則。話雖如此，他在退休後明顯變溫和了。他內心的力量找到了平衡，他也和無神論者的守護神和解了。既然其他的一切都有守護神，那無信仰者應該也不例外吧？

因為悲傷等各種情感因素，這個案子的真相蒙著一層閃爍不定、變幻莫測的面紗。我很難專注在特定細節上，因為我花了很多時間處理緊急狀況，例如擔心黛西會發生什麼事。現在我想要退一步，希望能夠綜觀大局，但這跟在攀岩時放手一樣，並非易事。

我能理解為何我們前往拜訪時，布萊恩和克勞蒂亞．錢柏斯會如此憤怒和不好客。吉迪恩．泰勒一直在跟蹤騷擾他們。他跟蹤了他們的車、打開了他們的信，還留下了可怕的禮物。

警方也無能為力，所以錢柏斯一家放棄合作，自己採取安全措施，透過警報器、運動感測器、竊聽和保鑣來安排全天候的保護系統。我能理解他們的想法，但我不懂吉迪恩在想什麼。如果他真的還在找海倫和克蘿伊，那究竟是為什麼？

吉迪恩的做法詭詐奸險，並不是一時衝動。他是個惡霸、虐待狂兼控制狂，他有事先計劃，然後小心翼翼地著手摧毀妻子的家庭，並一一殺死她的朋友。

他並不是單純以此為樂，至少一開始不是，他是在找海倫和克蘿伊，但現在不一樣了。我的思緒又回到克莉絲汀．惠勒的手機上。為什麼吉迪恩要留著呢？為何不把手機處理掉，或是留在車子裡呢？而是把手機帶回派翠克．福勒的公寓，結果派翠克的妹妹在不知情的狀況下用那支手機點了披薩，差點讓他的計畫失敗。

吉迪恩買了充電器，警方有找到收據。他給手機充電以便查看裡面的資料，他認為其中可能會有找到海倫和克蘿伊的線索。他會闖入克莉絲汀．惠勒的家並打開慰問卡也是基於同樣的原因。他應該是希望海倫會出席葬禮，或是至少寄一張卡片吧。

吉迪恩到底知道什麼我們不知道的資訊？他究竟是妄想還是否認事實，還是他擁有其他人都沒有的見解或情報？如果祕密的存在本身只有本人知道，那又有什麼意義呢？

盧伊茲把車子停在法院後面的立體停車場。他打開車門，坐在駕駛座上，凝視著屋頂，在那裡盤旋的海鷗宛如在上升氣流中飄揚的報紙。

「泰勒認為他老婆還活著，他有可能是對的嗎？」

「幾乎不可能。」他回答。「已經有死因裁判和海事調查委員會了。」

「你在希臘有認識的警察嗎？」

「沒有。」

盧伊茲仍坐在駕駛座上，閉著眼睛一動也不動，彷彿在聆聽自己緩慢的心跳聲。我們都知道該做什麼，我們必須調查渡輪事故。肯定有證人陳述、乘客名單和照片……一定有人跟海倫和克蘿伊說過話。

「你不相信錢柏斯。」

「那只是一則悲傷故事的一半而已。」

「那另一半在誰那裡？」

「吉迪恩·泰勒。」

第四十九章

艾瑪做惡夢嚇醒了，邊抽鼻子邊低聲啜泣。我在半睡半醒之間溜下床，走到她的床邊，咒罵著冰冷的地板和自己僵硬的雙腿。

她緊閉雙眼，左右搖頭。我把手放在她的胸口，手掌似乎覆蓋了她的整個胸腔。她睜開眼睛。我把她抱起來並抱在我胸前，發現她的心跳很快。

「沒事了，親愛的，妳只是在做夢而已。」

「我看到了一個怪物。」

「世界上沒有怪物。」

「牠想ㄘ掉你。牠ㄘ掉了你的手臂還ㄘ掉了你的一隻腳。」

「我沒事，妳看，我的兩隻手和兩隻腳都還在。記得我跟妳說過的話嗎？世界上沒有怪物。」

「牠們不是真的。」

「沒錯。」

「萬一牠回來怎麼辦？」

「那妳就要做別的夢。這樣如何——妳可以做關於妳的生日派對、仙女麵包和雷根糖的夢。」

「還要有棉花糖。」

「可以啊。」

「我喜歡棉花糖，但要粉紅色的，不要白色的。」

「味道不都一樣嗎？」

「對我來說不一樣。」

了。

我把她放回床上，幫她蓋好被子，並親吻她的臉頰。

茱麗安在羅馬，她是週三出發的，我沒機會跟她道別。我從費恩伍德診所回到家時，她就已經走了。

我昨天晚上有跟她講電話。我打的第一通電話是德克接的，他說茱麗安在忙，晚點會回電。我等了超過一小時，又打了一次。她說她沒有收到我的訊息。

「這麼晚還在工作啊。」我說。

「快做完了。」

她聽起來很累。她說那些義大利人改變了他們的要求，她和德克正在重擬整份合約，並且要重新和主要投資者商談。詳情我也聽不太懂。

「妳還是預計明天回家嗎？」

「對。」

「妳還希望我參加派對嗎？」

「如果你想參加的話。」她並沒有給予充滿熱情的肯定回答。她關心女孩們的狀況，也問起伊莫珍和盧伊茲的事，他昨天回倫敦了。我跟她說一切都很好。

「我得走了，幫我跟孩子們問好。」

「我會的。」

「掰掰。」

茱麗安先掛了電話。我還是繼續側耳傾聽，好像我能在寂靜中找到心安的理由，一切都會沒事的，她明天就會回家，我們會在倫敦度過美好的週末。但我找不到這種感覺。我不斷想像德克在她的飯店房間裡，接她的手機，和她共享送來的早餐。我從未有過這種想法，從未懷疑過，也從未擔心過；而現在我不知道究竟是自己疑神疑鬼（因為帕金森先生會害我這樣），還是我會心生懷疑是合情合理的。

茱麗安變了，但我也是。我們剛認識時，她有時會問我她的牙縫有沒有卡東西，或是穿著有沒有問題，因為大家都在盯著她看。她對自己的美貌幾乎毫無自覺，無法理解因此招來的視線。

現在沒有那麼常發生了。她現在更加小心，也很警惕陌生人，三年前的事件就是罪魁禍首。她不再對陌生人微笑、對乞丐施捨，或是為迷路的人指路。

艾瑪又睡著了。我把她的大象娃娃放在床欄旁邊，然後輕輕關上房門。走廊的另一頭傳來查莉的聲音。

「她還好嗎？」

「她沒事，只是做了惡夢。回去睡覺吧。」

「我要上廁所。」

她把寬鬆的睡褲穿成低腰褲。我從沒想過她會有翹臀或腰身，她明明從頭到腳都是直的，沒有任何曲線。

「我可以問你一件事嗎？」她站在浴室門口，說道。

「可以啊。」

「黛西離家出走了。」

「對。」

「她會回來嗎？」

「希望會。」

「ＯＫ。」

「ＯＫ是什麼意思？」

「沒有，就ＯＫ。」然後她又開口道：「為什麼黛西不想跟她阿姨住？」

「她覺得她可以自己照顧自己。」

她靠著門框，點點頭，一縷頭髮落在一隻眼睛前面。「我不知道如果媽死了，我會怎麼做。」她說。

「沒有人會死，不要動不動就想這種事。」

她走了。我躡手躡腳走回房間，張著眼睛躺在床上。天花板看起來很遙遠，我旁邊的枕頭是冰冷的。

對吉迪恩．泰勒的搜索行動目前沒有進展。薇若妮卡．柯雷有打來一、兩次，告訴我最新狀況。吉迪恩的名字沒有列在投票名冊或電話簿上。他沒有英國銀行帳戶或信用卡。他沒有看醫生或去醫院，也沒有簽署租約或支付保證金。他以現金預先繳了六個月的房租。有些人就像人生的過客，而吉迪恩幾乎沒留下任何足跡。

唯一確定的資訊是，他是一九六九年在利物浦出生的。他的父親艾瑞克．泰勒是個退休的板金工人，住在布里斯托。艾瑞克是個大隻佬，滿口髒話且充滿敵意，透過投信口辱罵警察，並且在警方拿出搜查令前死不開門。終於接受審訊時，他只是不停抱怨他的小孩讓他挨餓。

他還有另一個兒子，是長子，他在萊斯特經營一間文具用品公司。他聲稱已經十年沒有跟吉迪恩見面和說話了。

吉迪恩十八歲時入伍。他參加波斯灣戰爭，並在波士尼亞戰爭後在科索沃擔任維和部隊士兵。據派翠克．福勒所說，他在九〇年代中期調到情報部隊，布萊恩．錢柏斯也說他有在貝德福德郡奇克桑的國防情報和安全中心受訓。

一開始，他駐紮在北愛爾蘭，後來調到了德國奧斯納貝克的北約立即反應部隊（NATO Immediate Reaction Force）。通常英國軍人一次執勤期只有四年，但不知為何吉迪恩卻繼續待在德國，為什麼？

每次想到他的所作所為，以及他有何能耐，我就感到愈發驚慌。性虐待狂不會保持沉默，也不會就此罷手。

他的每一步行動都是經過深思熟慮的，泰然自若到幾乎可說是異常亢奮的地步。他認為自己比警察、軍隊甚至全人類都還要聰明。他每次犯下的罪行都比上一次更加戲劇化且有悖常理。他是藝術家，不是屠夫——他想表達這點。

下一次他將會變本加厲。吉迪恩沒能殺死莫琳·布雷肯，代表他的下一個受害者將會別具意義。薇若妮卡·柯雷和她的團隊正在聯絡海倫·錢柏斯所有的老同學、大學好友和同事，尤其是有小孩的人。這是一項浩大的工程，她沒有人力保護所有人，只能給他們吉迪恩·泰勒的臉部照片，並說明他的犯罪手法。

這些思緒伴隨我入眠，在陰影間穿梭，宛如身後的腳步聲迴盪不已。

現在是週六早上，在我動身前往倫敦前，還有一些事情要做。村莊正在舉辦遊樂會。當地店家、俱樂部和社區團體設了攤位，把彩旗和宣傳看板掛在桌子上。有販賣二手書、自製蛋糕、手工藝品、內容不明的ＤＶＤ，以及一疊來自行動圖書館的便宜字典。

潘妮·哈維斯在巴斯的一間鞋店工作，她帶了一大堆鞋盒，大部分都只有單一尺寸，不是太大就是小得離譜，但都非常便宜。

查莉和我一起在村裡閒逛。我知道她的行動模式：她只要一看到男生就會放慢腳步，和我相隔幾公尺，假裝自己是一個人。附近沒有男生時，她就會要我停下來陪她看假珠寶，以及她根本不需要的衣服。

大家都很期待韋洛和諾頓聖菲利普一年一度的橄欖球比賽。諾頓聖菲利普距離韋洛將近五公里，是我們最近的鄰居。比賽會在今天下午於公會堂後面的娛樂中心舉行。

韋洛以前是個鮮為人知的小村莊，到了八〇年代中期，因為通勤族和海邊退休族的湧入，村莊人口暴增。據當地人說，現在湧入的人潮已經減少了。房價已經飆升到週末來玩的遊客無法企及的地步。他們望著村裡房地產經紀人的窗戶，夢想著擁有一棟石屋，門上長滿了玫瑰花。但這個夢想只會持續到在M4高速公路塞完車回到倫敦，到週一早上就完全拋諸腦後了。

查莉想買一副萬聖節面具：有螢光色頭髮的橡膠怪物。我跟她說不行，因為艾瑪已經在做惡夢了。

在郵局外面，有一名交通警察正在指揮車輛駛入附近的田野，讓我想到薇若妮卡・柯雷。她今天在倫敦拜訪國防部和外交部，試圖查出為何沒人願意談泰勒的事。到目前為止，她只得到了國防參謀長的一句聲明：「吉迪恩・泰勒少校擅離職守。」

就這十一個字，有可能是在掩蓋事實，可能是否認，也可能是典型的英式簡短回答。不管是什麼原因，結果都一樣：一片迴盪不已、令人不適、無法理解的沉默。

除了吉迪恩在十天前假冒派翠克・福勒時所拍的臉部照片之外，我們沒有任何他在近十年拍的照片。他在五月十九日入境英國，但監視器只拍到他戴著棒球帽，帽沿還遮住了眼睛。

對他不利的證據雖然強而有力，但都是間接證據。克莉絲汀・惠勒的手機在他身上。愛麗絲・福內斯指認他就是在她母親失蹤四天前，在酒吧搭訕她的男人。黛西仍不知去向，但或許能認出他就是火車上的男人。莫琳・布雷肯只在七年前見過吉迪恩一次。她不記得他的聲音，但跟她講電話的男人問了關於海倫・錢柏斯的事。

警方未能找到吉迪恩與其他手機的關聯。每次犯罪事件所使用的手機不是偷來的，就是用假身分購買的。

查莉在跟我說話：「呼叫老爸，呼叫老爸，收到請回答。」

那是她母親的口頭禪。她正在翻找衣服，想找哥德風的黑衣服。

「你有聽到我說的話嗎？」

「抱歉，我沒聽到。」

「你有時真是無可救藥。」她說，這也是茱麗安會講的話。「我剛剛在說黛西的事。」

「她怎麼了嗎？」

「她為什麼不能跟我們一起住？」

「她有自己的家庭，而且我們也沒有空房間。」

「擠一擠就有空間了啊。」

「不是空間的問題。」

「但她阿姨討厭她。」

「是誰告訴妳的？」

她的遲疑本身就是證據，但她還轉身翻找一個裝滿娃娃衣服的紙箱，更是給人一種「此地無銀三百兩」的感覺。她不願意和我對上視線。

「妳有跟黛西聯絡嗎？」

與其說謊，她寧願不回答。

「妳是什麼時候跟她聯絡的？」

查莉看著我，好像她無法保守祕密是我的錯一樣。

「拜託，親愛的，我很擔心，我必須知道她在哪裡。」

「在倫敦。」

「妳有跟她聯絡嗎？」

「嗯哼。」

「為什麼不告訴我？」

「她叫我不要說。她說你會去找她，然後逼她去西班牙，跟她那個會抽菸，聞起來又像驢子的阿姨住。」

比起生氣，我反而鬆了一口氣。黛西已經失蹤五天了，而且完全沒有回我的電話或訊息。查莉坦白了一切：她和黛西這幾天都有在聊天和傳訊息。黛西住在倫敦，和一位年紀稍長、曾在皇家芭蕾舞團跳舞的女孩待在一起。

「我希望妳能打給她。」

查莉遲疑了一下，問道：「一定要嗎？」

「對。」

「萬一她不當我朋友怎麼辦？」

「這件事更重要。」

查莉從牛仔褲口袋裡掏出手機，並撥打電話。

「她不在。」她說。「要我留言嗎？」

我想了一下。我四小時後就會到倫敦了。

「叫她打給妳。」

查莉留完言後，我拿走她手中的手機，並給她我的手機。

「我們今天交換手機吧。黛西不會接我的電話，但她會接妳的。」

查莉皺眉，顯得不太高興，但皺起來的眉頭超級可愛。

「如果你看我的訊息，我就再也不跟你說話了！」

第五十章

盧伊茲靠在公園的長椅上，吃著三明治，喝著咖啡。他正在觀察一輛送貨卡車試圖在狹窄的車道上倒車。有人在指揮司機，叫他向左或向右打方向盤。一隻手拍打鐵捲門。

「你知道退休辛苦的地方是什麼嗎？」盧伊茲說。

「是什麼？」

「完全沒有休假。沒有假期，也沒有連假。」

「我的心都在為你淌血了。」

公園長椅俯瞰著泰晤士河。在微弱的午後陽光下，混濁的棕色河水幾乎無法映照出波光。划船隊和觀光遊艇在河面上留下航跡，白色的尾流在水面上散開，沖刷到退潮時露出的泥巴上。

舊的斑榆地自來水廠位於河的對岸。南倫敦感覺就像是另一個國家。這就是倫敦的特色，與其說是一個大都市，不如說是各種村莊的集合體。切爾西和克萊姆不同，克萊姆和漢默史密斯不同，漢默史密斯和巴恩斯不同，倫敦每個地區都各有特色。雖然只相隔一條河，不過一旦從一區踏入另一區，環境就完全不一樣了。

茱麗安從羅馬回來了。我本想去希斯洛機場接她，但她說公司有派專車接送，而且她得去辦公室一趟。我們後來約在飯店碰面，再一起去參加派對。

「要再來一杯咖啡嗎？」盧伊茲問道。

「不用，謝謝。」

盧伊茲的房子就在馬路對面。他把泰晤士河視為他家前院的人工水景，或是他自己的私人河流。這張公園長椅就像他放在戶外的傢俱，他每天都會坐在這裡好幾小時，一邊釣魚，一邊看早報。聽說他從來沒有釣到魚，而這跟水質或河裡的魚類族群量無關。他不使用魚餌，我沒問這是不是真的，有些問題還是不要問出口比較好。

我們拿著空的馬克杯回到他家廚房。雜物間的門是開著的，衣服從烘乾機裡滿出來，而且都是輕巧漂亮的女裝；一件格子裙、一件淡紫色的內衣，以及踝襪。這景象雖然熟悉，但又莫名地令人不安。即便盧伊茲結過三次婚，我還是很難去想像他的人生中有女人。

「你有什麼想跟我分享的嗎？」我問道。

他看著烘乾機說：「應該穿不下吧。」

「有人住你家。」

「我女兒。」

「她是什麼時候回來的？」

「前陣子。」他說完便關上門，試圖結束話題。

盧伊茲的女兒克萊兒在紐約當舞者。她跟父親之間複雜的關係跟全球暖化很相似——冰蓋融化、海平面上升以及沉船重新浮出水面——總會引起懷疑的聲浪。

我們走到客廳。和希臘號沉沒有關的文件和資料夾攤開在茶几上。盧伊茲坐了下來，然後掏出他那破破爛爛的筆記本。

「我跟總調查主任、驗屍官和當地警察指揮官都談過了。」他說。筆記本的書背已破爛不堪，他翻頁時，脫落的書頁差點掉出來。「他們進行了徹底的調查。這些是證人的證詞和調查的文字紀錄，是昨天快遞送來的。我昨晚看完了，沒發現任何奇怪的地方。」他說。

「有三個人說海倫和克蘿伊．泰勒在那艘渡輪上，其中一人是搜索隊的海軍潛水員。」

盧伊茲把文件遞給我，等我看完。那名潛水員說他那天找到了四具屍體。水中能見度不到十公尺，而凶險的海流更增加了搜索難度。

當天第五次下潛時，他發現一個小女孩的屍體卡在救生艇絞機附近的金屬梯子上，在右舷最靠近船尾的地方。那名潛水員割斷了女孩救生衣的帶子，但海流卻把她從他手中捲走了，而他氧氣瓶裡的空氣不夠，沒辦法追上去。

「他從照片指認出克蘿伊。」盧伊茲說。「那女孩手上打了石膏，符合她外公的描述。」即便如此，我感覺到盧伊茲還是持保留態度。

「我調查了這名潛水員，他做這行已經十年了，是他們最資深的潛水員之一。」

「然後呢？」

「去年海軍讓他停職六個月，因為他沒有確實檢查裝備，差點害一名受訓的潛水員淹死。有傳言說他是個酒鬼。」

盧伊茲遞給我另一份證詞。證人是一名上大學前休息一年的加拿大學生，他說自己在渡輪剛出發時跟海倫和克蘿伊交談過。她們坐在右舷的乘客休息室，克蘿伊暈船了，那名背包客便給她一顆暈船藥。

「我跟他在溫哥華的父母談過。他們在渡輪沉沒後有飛去希臘，想說服他回家，但他想繼續壯遊。那小子現在還在旅行。」

「他現在應該已經上大學了吧？」

「看來他打算再休息一年。」

最後一名證人是個德國女人，她叫做葉蓮娜．薛佛，在帕特莫斯開了一間飯店。她開車載母女去搭渡輪，還目送她們離開。

盧伊茲告訴我他有打電話到飯店那裡，但飯店冬天沒開。

「我有聯絡到管理員，但那傢伙瘋瘋的，說話牛頭不對馬嘴。他說他記得海倫和克蘿伊，她們六月時在飯店住了三週。」

「葉蓮娜．薛佛現在人在哪裡？」

「在休假。飯店到春天才會開始營業。」

「她在德國可能有家人。」

「我會再打給管理員，但他上次沒幫上什麼忙。」

盧伊茲沒有拉上窗簾。透過窗戶，我能看到慢跑的人跑過泰晤士河的河濱小路，並聽到海鷗在爛泥中搶食。

盧伊茲遞給我一份海上救援服務的報告，上面列出了罹難者、失蹤者和倖存者的姓名。沒有官方的乘客名單。那艘渡輪是那座島固定行駛的班次，只要有空位，遊客和當地人都會臨時上船，直接在船上買票。海倫和克蘿伊很可能是以現金付款，以避免刷卡留下的紀錄。

布萊恩．錢柏斯說他最後一次匯錢給女兒是六月十六日，從曼島匯到帕特莫斯的一間銀行。我們還有什麼海倫和克蘿伊搭乘希臘號的證據？在距離小鎮以東將近五公里的海灘上，她們的行李被沖上岸，是一只大行李箱。當地的一艘漁船也撈到了克蘿伊的小包包。

盧伊茲拿出了一本精裝書，封面上貼了各種從雜誌上剪下來的照片。硬紙板被水泡爛了，名牌上的字也已無法辨識。

「這是她們的所有物，是克蘿伊的日記。」

「你是怎麼拿到的？」

「我說了幾個善意的謊言。他們以為我要把這個交給家屬。」

我打開日記，手指撫過因為泡水而變形的書頁。與其說是日記，更像是剪貼簿，裡面有明信片、照片、票根和圖畫，偶爾也有一些心情紀錄和觀察。克蘿伊在書頁之間押了罌粟花，我能看到雄蕊和花瓣在紙張上留下的痕跡。

脆弱的書頁詳細描述了她們的旅程，主要是在愛琴海諸島旅行。克蘿伊偶爾會提到一些人：和她成為朋友的土耳其女孩，以及教她如何捕魚的男孩。

日記裡沒有提到逃離德國的事，但克蘿伊有寫到義大利的醫生幫她上石膏。他是第一個在石膏上簽名的人，還畫了小熊維尼。

透過明信片和日記裡提到的地點，我能描繪出海倫走的路線。她應該把車子賣掉或丟在某處了，然後母女搭公車穿越山脈到南斯拉夫，再越過邊境到希臘。

好幾週就這樣過去了，母女倆不斷移動，逐漸遠離德國，入境土耳其後就沿著海岸走。她們終於在愛琴海沿岸費特希耶的一個露營地停了下來。克蘿伊的手臂復原的狀況不甚理想，所以她們又去了醫院，照了更多X光，看了更多醫生。她寫了一張明信片給父親，上面畫了他的畫像，但當然沒有寄出。

我對克蘿伊的印象是個無憂無慮的聰明孩子，她想念在德國的同學和她養的貓小叮噹。貓咪取名的靈感來自於牠在庭院抓鳥時，項圈上的鈴鐺發出的清脆聲響。

日記最後一頁的日期是七月二十二日，也就是希臘號沉沒前兩天。克蘿伊很期待自己的生日，她再過兩週就滿七歲了。

我往前翻了最後幾頁，感覺到海倫和克蘿伊終於開始放鬆了。她們在帕特莫斯待的時間比過去兩個月停留的任何地方都還要長。

我闔上克蘿伊的日記，手指撫過封面的照片。

有時候，當我們太認真觀察一個東西，反而會變得盲目，因為那畫面會烙印在我們的潛意識當中，就算發生了理應引起注意的新事件，既有的印象也不會改變。同樣地，當我們想簡化一件事或綜觀大局，可能會因此忽略不合理的細節，而非嘗試解釋它。

「他們送來的東西有包括海倫．錢柏斯的照片嗎？」我問盧伊茲。

「我們已經有照片了啊。」

他突然察覺到我的意圖。

「什麼？你覺得是另一個女人嗎？」

「沒有，但我還是想確認一下。」

他身體往後傾，看著我說：「你跟吉迪恩一樣糟，你也不認為她們死了。」

「我想知道他為什麼覺得她們還活著。」

「因為他不是被騙就是否認事實。」

「或是他知道一些內情。」

盧伊茲站了起來，因為膝蓋僵硬而做了個鬼臉。「如果海倫和克蘿伊還活著，那她們在哪裡？」他問道。

「躲起來了。」

「她們是怎麼偽造死亡的？」

「她們的屍體沒有被尋獲，行李可能是丟到海裡的。」

「那證人的證詞呢？」

「布萊恩．錢柏斯可以用錢收買證人。」

「這有點牽強。」盧伊茲說。「我跟法醫處談過了。海倫和克蘿伊已經宣告死亡了。」

「可以請他們傳真一張海倫．錢柏斯的照片嗎？我只是想確認我們講的是同一個女人。」

薇若妮卡．柯雷六點要搭火車回布里斯托，我想在她離開前跟她談談。一輛小型計程車載我們沿著福勒姆宮路開，穿過漢默史密斯和牧者叢。計程車右側的懸架幾乎整個場了，搞不好有個行人卡在前輪軸下面。

盧伊茲坐在我旁邊，一言不發。公車沿著內側車道行駛，在公車站停下來讓乘客上車。車內的人有些從窗戶向外張望，有些則頭靠著玻璃打盹。

我不斷反覆思考渡輪事故的細節。海倫和克蘿伊的屍體未被尋獲，不代表她們有存活下來。無論是生是死，吉迪恩都沒有確鑿的證據。或許這就是他在尋找的東西——死亡證明或是活著的證據，但這不是全部的答案。他犯下的罪行太變態了，他太享受其中，以至於無法罷手。

薇若妮卡．柯雷在第一月台附近的咖啡廳等我們。她的大衣垂到地上，扣子是解開的。她和盧伊茲沒有說話，僅僅用眼神打了招呼。他們唯一的兩個共同點是職業以及使無聲勝過有聲的能力。

我們坐了下來，確認時間，薇若妮卡．柯雷十五分鐘後要搭車。

「國防部想接手調查。」她宣布道。

「什麼意思？」

「泰勒擅離職守，國防部宣稱他還是他們的一員，所以他們要負責逮捕他。」

「那妳怎麼回答？」

「我叫他們去吃屎。有兩個女人死了，這是我的案子，而且我才不會任憑一個穿著軍裝，有坦克開過去小小鳥就硬起來的男人對我頤指氣使。」

她在茶裡加了適量的糖然後仔細攪拌，慢條斯理的動作跟她尖刻的言語形成強烈的對比。她用拇指和食指拿起茶杯，不等茶放涼，就一口氣喝了半杯。她蒼白、粗大的脖子裡面彷彿有一顆拳頭在上下移動。

她放下茶杯，開始講述她得到的吉迪恩．泰勒相關情報。透過在皇家阿爾斯特警察的熟人，她得知泰勒曾在貝爾法斯特替位於阿馬的任務和協調小組（ＴＣＧ）工作四年。ＴＣＧ是一個專門從事監視和審訊工作的軍事情報機構。

「難怪他這麼難找。」盧伊茲說。「這些傢伙知道要怎麼跟蹤別人並且不被發現。他們是第二和第三方認知的專家，觀察敏銳，能夠準確預測情況並採取相應行動。」

「你怎麼會知道這種事？」柯雷督察長問道。

「我以前在貝爾法斯特工作過一段時間。」盧伊茲說，但沒有進一步說明。

督察長不喜歡被蒙在鼓裡，但還是繼續說下去：「移民部調出了泰勒的檔案。過去六年，他曾多次前往巴基斯坦、波蘭、埃及、索馬利亞、阿富汗以及伊拉克，時間長短不一，不會短於一週，但也不會超過一個月。」

「為什麼要去埃及和索馬利亞？」盧伊茲問道。「英國沒有在那裡駐軍吧。」

「他有可能在訓練當地人。」督察長說。

「這樣沒必要偷偷摸摸的吧。」

「可能是反情報工作。」

「這樣比較合理。」

「莫琳．布雷肯說克莉絲汀和希薇亞以前會開玩笑說吉迪恩是某種間諜。」

我思考了一下他去過的國家：阿富汗、伊拉克、波蘭、巴基斯坦、埃及和索馬利亞。他是一名訓練有素的拷問員，是能從戰俘、被關押者和恐怖分子等嫌疑人取得情報的專家。

希薇亞．福內斯戴著頭套，吊在樹上的畫面充滿我的腦海。再來是莫琳．布雷肯蒙著眼睛，跪在地上，雙手平舉的情景。感覺剝奪、方向知覺剝奪和羞辱是拷問員和施虐者會使用的工具。

如果吉迪恩相信海倫和克蘿伊還活著，他應該也認為有人在藏匿她們，例如布萊恩和克勞蒂亞．錢柏斯、克莉絲汀．惠勒、希薇亞．福內斯和莫琳．布雷肯。

柯雷督察長用冷靜的眼神看著我。盧伊茲則坐在位子上，一動也不動，抬起眼睛，彷彿在傾聽火車逐漸靠近的轟隆聲，或是過去的回音。

「假設你是對的，泰勒認為她們還活著。」薇若妮卡．柯雷說。「他為什麼要把她們逼出來？意義何在？海倫不會回到他身邊，他也永遠不會跟女兒呼吸同樣的空氣。」

「他不是要她們回到他身邊，而是想懲罰他老婆離開他，也想見他女兒。泰勒被恐懼和仇恨所驅使。他害怕自己的能耐，也怕再也見不到女兒，但他的仇恨更加強烈，甚至自成一個結構。」

「什麼意思？」

「他的仇恨要求我們全部閃邊站；它否定他人的權利，它肅清異己、毒害心靈，並支配著他的信念。仇恨是支撐他的力量。」

「他下一個目標是誰？」

「無從判斷。海倫的家人受到了保護，但她肯定還有很多朋友吧。」

柯雷督察長把手用力撐在膝蓋上，在擦亮的鞋面上尋找一絲慰藉。月台廣播響起，她得走了。她扣上大衣的釦子，起身道別，然後以食人魔之勢穿過中央大廳的人群，走向她要搭的火車。盧伊茲目送她離開，然後搔搔鼻子。

「你覺得柯雷體內有沒有一個瘦弱的女人想逃出來？」

「應該有兩個。」

「要不要喝一杯？」

我看了看手錶，說：「下次吧。茱麗安的派對八點開始，我想買禮物給她。」

「例如什麼？」

「珠寶總不會錯吧。」

「除非你有外遇。」

「什麼意思？」

「貴重的禮物代表心懷內疚。」

「才沒有。」

「珠寶越貴重，代表越內疚。」

「你真是個疑心病重的可憐男子。」

「我結過三次婚，這種事我很清楚。」

盧伊茲斜眼看著我，我能感覺到左手在抽搐。

「茱麗安最近一直出差，常常不在家，我想念她，所以就想買個特別的禮物送她。」

我的藉口聽起來太強硬，我應該閉上嘴巴才對。我不會跟盧伊茲說茱麗安老闆的事，或是客房服務收據、內衣或那幾通電話的事。我也不會提黛西的吻，或是茱麗安問我是否還愛她的事。我什麼都不會說，他也不會問。

這是男人之間的友誼最大的矛盾之一，就像一個心照不宣的規矩：不隨便挖對方心事，除非已經觸底了。

第五十一章

自然史博物館的中央大廳化身為一座史前森林。猴子、爬蟲類和鳥類彷彿爬上了赤陶土牆面和高聳的拱門。梁龍骨架模型被綠色的燈打亮了。

我洗了澡、刮了鬍子也吃了藥，穿著我最好的晚宴西服，已經將近兩年沒拿出來穿了。茱麗安叫我到Moss Bros租一件，但舊的那件就很好了，不穿不是很浪費嗎？

我一個人抵達會場。茱麗安沒有及時趕到飯店。她說工作出了更多問題，但沒有詳細說明。她會跟德克和董事長尤金．富蘭克林一起過來。服務生端著銀色托盤，在馬賽克地板上四處走動，替茱麗安的一百多名同事端上香檳和食物。男士們穿著無尾小禮服（比我的時尚得多），女士們則穿著露背深V晚禮服和高跟鞋，更加凸顯苗條身材。參加派對的員工及其伴侶都是創投業者、銀行家和會計師等專業人士。在八〇年代，他們可說是「宇宙的主人」，現在他們則屈就於掌控大公司和企業集團。

我應該喝柳橙汁，卻找不到無酒精飲料，我想喝一杯香檳應該也不會怎樣吧。我很少參加派對，畢竟熬夜和酒精都是我要避免的事物。帕金森先生可能會出現，並在我咀嚼或啜飲時抓住我的左手臂，讓我像二樓的靈長類動物標本一樣動彈不得。

茱麗安應該要到了才對。我踮起腳尖，在人群中尋找她的身影。我在樓梯底部看到一個美麗的女人，她身著飄逸的絲質禮服，優雅的褶子讓目光自然集中到她的後背和胸部之間。我沒有馬上認出她來，那個女人竟是茱麗安。我沒看過那件禮服，我真希望那是我買給她的。

有個女人撞到了我，手裡的香檳灑了出來。

「都是這雙該死的高跟鞋。」她語帶歉意，並遞給我一張餐巾紙。

她身材高䠷纖瘦，感覺已經喝了不少，手指輕輕握著一只香檳杯。

「你很明顯是『另一半』。」她說。

「什麼？」

「某人的老公。」她解釋道。

「妳怎麼知道？」

「你看起來有點不知所措。對了，我是菲莉西蒂，大家都叫我菲菲。」

她伸出兩根手指頭跟我握手，我還在努力跟茱麗安對上視線。

「我是喬瑟夫。」

「喬瑟夫先生。」

「喬瑟夫．歐盧林。」

她雙眼圓睜，說：「所以你就是那位神祕的老公啊。我還以為茱麗安戴的是假婚戒呢。」

「誰戴假婚戒？」一個身材矮小，胸部很大的女人打斷了我們的對話。

「沒人戴假婚戒。這位是茱麗安的老公。」

「真的假的？」

「妳為什麼以為她戴假婚戒？」我問道。

菲菲又從經過的服務生那裡拿了一杯香檳。

「當然是為了嚇阻討厭的追求者啊，但不是每次都有用。有些男人會把婚戒視為一個挑戰。」

那個嬌小的女人咯咯笑，胸部劇烈晃動。她矮小到我低頭看她的臉時，都會覺得自己好像在盯著她的乳溝。

茱麗安在樓梯底部跟幾個男人交談。他們應該是重要人士，因為有幾個普通人在旁邊徘徊，不敢加入對話。一個高大的黑髮男人在茱麗安耳邊低語了幾句，他的手撫過她的脊椎，停留在她的背上。

「你一定為她感到驕傲吧。」菲菲說道。

「對啊。」

「你們住在康瓦爾郡，對吧？」

「索美塞特郡。」

「茱麗安看起來不像是鄉下姑娘耶。」

「怎麼說？」

「她太迷人了。我很驚訝你竟然這麼放心讓她到處跑。」

跟茱麗安說話的男人逗她笑了。她閉上眼睛，用舌尖舔了舔嘴唇中央。

「跟她說話的那個人是誰？」我問道。

「噢，那是德克．克雷斯韋爾。你見過他嗎？」

「沒有。」

德克的手往下滑，撫過絲綢，停在茱麗安的屁股上。與此同時，他的眼睛似乎直盯著她的禮服領口。

「或許你應該去英雄救美一下。」菲菲笑道。

我已經在往那個方向移動了，在人群中推擠，一邊道歉，一邊努力不要把香檳灑出來。我停下來把香檳一飲而盡。

有人走上了樓梯，正在用湯匙大聲敲酒杯，要大家安靜。他年紀較大，很有權威，應該就是董事長尤金．富蘭克林。人們紛紛停止說話，全場一片沉默。

「謝謝。」他說，用感謝作為打斷大家的道歉。「我們都知道自己今晚為什麼會來這裡。」

「為了喝醉，不醉不歸。」有人起鬨道。

「這是當然的。」尤金回答。「但公司會出錢請各位喝伯蘭爵香檳是因為這是我們的生日。富蘭克林股票集團十歲了。」

全場一陣歡呼。

「看到有些人身上金光閃閃的首飾就知道，公司在過去十年經營得非常成功，也證實我付你們太多薪水了。」

全場哄堂大笑，茱麗安也不例外。她看著尤金．富蘭克林，等他繼續說下去。

「在我們喝得爛醉如泥之前，我想感謝幾個人。」他說。「今天，我們簽下了公司史上最大的一筆交易。這是你們很多人努力將近五年的成果，各位也可以期待一下年終獎金，一定會讓大家開心過聖誕。

「好了，大家都認識德克．克雷斯韋爾。我跟德克一樣，曾是個英俊的年輕人。我以前也是個大情聖，直到我發現有些事情比『性』更重要。」他停頓了一下，繼續說：「就是『老婆』，像我就有過兩個。」

有人喊道：「德克有十幾個老婆，只是都不是他自己的。」

尤金．富蘭克林跟著眾人一起大笑。

「我想要親自感謝德克做成了我們最大的一筆交易，還要感謝在他身邊扶持他的女性，也就是美麗、才華洋溢，又精通各國語言的茱麗安．歐盧林。」

在掌聲和口哨聲中，也有人推來推去，互使眼色。德克和茱麗安被叫到了樓梯上。她像害羞臉紅的新娘一樣上前接受讚美，眾人舉杯敬酒

在這個眾星拱月的狀態下，根本不可能去找她了。於是我悄悄向後退，在人群外圍徘徊。

我的手機在震動，應該說是查莉的手機。我按下通話鍵，然後把手機拿到耳邊，用手摀著聽筒。

「喂。」黛西說，她以為接電話的是我女兒。派對人聲吵雜，我幾乎聽不到她說話。

「別掛電話。」

她遲疑了一下。

「還有不要怪查莉，是我猜到的。」

「你不要再打給我和留語音訊息了。」

「我只是想確認妳沒事。」

「我沒事，別再打了。我的語音信箱都要被你塞爆了，要聽你的留言還要花錢。」

我向左轉，經過洗手間，走到石階下的壁凹處講電話。

「告訴我妳在哪就好。」

「不要。」

「妳住哪？」

「跟朋友住。」

「在倫敦嗎？」

「你可以不要一直問問題嗎？」

「我有責任——」

「才沒有！好嗎？你不需要對我負責，我可以自己照顧自己。我有工作，有在賺錢，我要跳舞。」

我告訴她吉迪恩．泰勒的事。他有可能是她來倫敦甄選時搭訕她的男人，警方需要她看照片指認他。

她思考了一下該怎麼做，問道：「你不會騙我吧？」

「不會。」

「然後你不會再打給我。」

「不會那麼常打。」

她又想了一下，然後說：「好吧，我明天打給你。我得回去工作了。」

「妳在哪裡工作？」

「你剛剛才答應過的。」

「好啦，我不問了。」

我回到會場，酒喝了一杯又一杯。我傾聽別人的對話，男士們交流他們對股市、強勢美元和特威克納姆體育場票價的看法。他們的妻子和伴侶則對私立學校學費以及冬天要去哪滑雪等話題更有興趣。

茱麗安從後面環抱我的腰。

「你去哪了？」她問道。

「就在附近啊。」

「你沒躲起來吧。」

「沒有。黛西剛剛打電話來。」

她的雙眼頓失光彩，但她很快就趕走了心中的疑慮。

「她還好嗎？」

「她說她還好，她在倫敦。」

「她住哪？」

「我不知道。」

茱麗安的雙手撫過臀部，撫平她的禮服。

「我好愛妳的禮服，簡直美極了。」

「謝謝。」

「妳什麼時候買的？」

「去羅馬出差的時候。」

「妳沒跟我說。」

「那是我的獎勵。」

「是德克買給妳的嗎？」

「他看到我在欣賞這件禮服，但我不知道他會買給我，嚇了我一跳。」

「是什麼的獎勵？」

「什麼？」

「妳剛剛說是獎勵。」

「噢，對，因為我們一直加班。我們真的很拚，我快累死了。」

她似乎沒注意到這裡變得多熱，呼吸有多困難。

她牽起我的手，說：「我想讓你見見德克。我跟他說你很聰明。」

她帶著我穿過人群，大家很自然就讓開了。德克和尤金在一隻恐龍的大嘴下跟同事聊天，感覺下一秒就會被吃掉。我們耐心在一旁聽，等他們聊到一個段落。德克的每一句話都在彰顯他的個人原則：剛愎自用、惹人注目且自以為是。話題告一個段落，茱麗安便趁機開口。

「德克，這位是我老公喬瑟夫。喬瑟夫，這位是德克．克雷斯韋爾。」

他的握力驚人，是那種一邊捏碎手指，一邊跟你玩互瞪比賽的握手。我試圖以相同的力道回握。

他露出微笑。

「喬瑟夫，你在金融業工作嗎？」他問道。

我搖搖頭。

「很明智。那你是做什麼的？噢，對了，我記得茱兒有提到你是心理醫生。」

我看向茱麗安，但尤金．富蘭克林問了她一個問題，她已經沒在聽了。

德克突然轉身背對我，不是完全背對，而是一邊肩膀對著我。其他人更有趣或是更容易給對方留下深刻印象。我感覺自己像個侍者，恭敬地站在那裡，等著客人允許我離開。

一名服務生端著一盤開胃點心經過。德克說這鵝肝醬還不錯，但他在法國巴黎蒙帕納斯的一間小餐廳吃過更好吃的，那是海明威的愛店之一。

「如果你來自索美塞特郡，那這算是滿好吃的了。」我說。

「是啊。」德克回答。「幸好我們不是所有人都來自索美塞特郡。」

眾人哄堂大笑。我想用拳頭把他直挺挺的鼻子打歪。他繼續暢談巴黎的事，他那充滿優越感和虛張聲勢的聲音刺入我的內心，讓我想起自己有多麼討厭惡霸。

我離開那群人，去找酒喝。我又遇到了菲菲，她介紹她的男朋友給我認識，他是股販。

「是賣股票的，不是毒販。」他說。

不知道他這個哏用幾次了。

現在，我已經從微醺的狀態變成酩酊大醉了。我根本不應該喝酒，但每次考慮要改喝礦泉水，我就會發現手裡又多了一杯香檳。

將近午夜時，我去找茱麗安。我喝醉了，想回去了。她不在舞池上，也不在恐龍底下。我走上樓梯，四處尋找陰暗的角落。我知道這很瘋狂，但我一直覺得會發現她和德克在幽會，看到德克把舌頭伸入她的嘴巴，手伸到她的禮服底下。令人驚訝的是，我並沒有感到憤怒或怨恨，因為我幾週來心中的確信將化為現實。

我走出大門。她在那裡，背靠著石柱，德克站在她面前，一隻手撐著柱子，讓她無處可逃。

他看到我走近，便說：「說曹操，曹操就到。玩得開心嗎？」

「嗯，謝謝。」我轉向茱麗安，問道：「妳去哪了？」

「我在找你。德克說他看到你走出來。」

「我沒有。」

德克的手往下滑，觸碰她的肩膀。

「請你不要碰她。」我說，連我都認不得自己的聲音了。

茱麗安雙眼圓睜。

德克咧嘴一笑道：「我的朋友，你好像誤會了。」

茱麗安試圖一笑置之，說：「走吧，喬瑟夫，我們該回家了。我去拿大衣。」她從他的手臂下鑽過去。德克用充滿憐憫和勝利的眼神看著我。

「喝太多香檳囉，朋友，誰都會遇到這種事。」

「我才不是你的朋友。不要再碰我老婆了。」

「我很抱歉。」他說。「我很喜歡跟人肢體接觸。」他舉起雙手，好像在拿出證據一樣。「如果讓你誤會了，我很抱歉。」

「才沒有什麼誤會。」我說。「我知道你在做什麼，在場所有人都知道。你想跟我老婆上床，或許你已經做了，然後你就會大搖大擺地走掉，週末去阿爾加維打高爾夫球，或是去蘇格蘭打雉雞時，再跟俱樂部的朋友炫耀。

「你是『一桿進洞先生』。你是『神射手德克』。你和別人的老婆調情，帶她們去高級餐廳吃晚餐，再帶她們回倫敦一家精品旅館，裡面的房間有成對的浴袍和超大的按摩浴缸。

「你誇耀自己和名人的關係，試圖讓她們留下深刻印象──當然是直呼名字，不加姓氏：奈潔拉和查爾斯、瑪丹娜和蓋、維多莉亞和大衛──因為你以為這會讓你在那些女人眼中顯得更有魅力。但在用日光浴床曬黑的皮膚和花了六十英鎊剪的髮型之下，你只是個錢領太多又矯飾過度的銷售員，連自己都賣不出去。」

人群被吸引過來，好像有人在學校操場挺身對抗惡霸一樣，大家都想看一場好戲。茱麗安知道大事不妙，便衝了回來，推開圍觀的人群。她呼喚我的名字，拉扯我的手臂，但已經太遲了。

「德克，我很了解你這種人。你會對服務生、商家和女店員露出傲慢的微笑，並表現出居高臨下的樣子。你利用諷刺和不可一世的拘謹態度，來掩飾你沒有真正的影響力或權力的事實。

「所以你試圖透過奪走其他男人的女人來彌補這點。你告訴自己，你追求的是挑戰和追到手的快感，但事實上是你總是留不住女人，因為過了幾週，她們就會發現你是個自以為是、自命不凡且自我中心的混蛋，然後你就玩完了。」

「拜託你，喬瑟夫，不要再說了。拜託你閉嘴。」

「德克，我很會觀察人的小細節。以你為例，你的指甲扁平且泛黃，這是缺鐵的徵兆，或許你的腎臟出了問題。如果我是你，我會少用威而鋼，然後趕快去看醫生。」

第五十二章

等我回到飯店房間，茱麗安已經把自己鎖在浴室裡了。我敲敲浴室的門。

「走開。」

「拜託，可以開門嗎？」

「不要。」

我把耳朵貼在木門上，想像自己能聽到她的絲質禮服摩擦發出的微弱聲響。她可能跪在地上，耳朵也貼在門上，我們的耳朵之間只隔著一扇門。

「喬瑟夫，你為什麼要那麼做？每當我高興時，你就會把事情搞砸。」

我深吸一口氣，說：「我找到了一張義大利的收據，妳把它丟掉了。」

她沒有回答。

「那是客房服務的收據，是很豐盛的早餐，有香檳、培根、蛋和鬆餅……一個人根本吃不完。」

「你去翻我的收據？」

「我是無意間發現的。」

「你去翻垃圾……你在監視我。」

「我沒有在監視妳。我知道妳平常早餐都吃什麼：新鮮水果、優格、什錦果乾麥片……」

我心中的確信和孤獨感強烈到一切似乎都理所當然。我喝醉了，我在顫抖，我想起今晚發生的事情。

「我看到了德克看妳的眼神，而且他總是對妳毛手毛腳。我也聽到了挖苦的評論和竊竊私語，在場的所有人都認為他和妳上床了。」

「你也是啊！你覺得我跟德克做了。你覺得我跟德克做了一整晚，然後點了客房服務早餐嗎？」

她還沒有否認，還沒有解釋。

「妳為什麼沒告訴我禮服的事？」

「他昨天才送我的。」

「那件內衣也是獎勵……他送的禮物嗎？」

她沒有回答。我把耳朵更用力貼在門上，靜靜等待。我聽到她嘆了一口氣，然後離開門邊，打開水龍頭。我繼續等待。我的膝蓋僵硬，嘴裡有一股金屬味，那正是醞釀中的宿醉。

她終於開口：「喬瑟夫，在你問我那個問題前，我希望你仔細想清楚。」

「什麼意思？」

「你想知道我是不是跟德克做了，對吧？那就問我吧。但當你開口，請記住我們會失去什麼：信任。信任是無法失而復得的，喬瑟夫，我希望你能明白這點。」

浴室門打開了，我往後退。茱麗安把一件白色浴袍裹在身上，腰間的綁帶繫得很緊。她沒有對上我的視線，而是走到床邊，背對我躺了下來，床墊幾乎沒有凹下去。

她的禮服在浴室地上。我有股衝動想要撿起它，撫摸布料，把禮服撕成碎片，然後沖下馬桶，但我忍住了。

「我不會問的。」我說。

「但你心裡還是這麼想，你認為我對你不忠。」

「我不確定。」

她陷入沉默。房間裡瀰漫的悲傷情緒令人窒息。

「那是個玩笑。」她低聲說。「我們為了完成交易，敲定所有細節，工作到很晚。我快累死了，簡直筋疲力盡。那時倫敦時間太晚，所以我寄了電郵告訴尤金我們完成交易了。他隔天到辦公室才看到信，然後他叫祕書打到我的飯店，幫我點香檳早餐。祕書不知道要點什麼，他就說：『全都點就對了。』

「我在睡覺時被客房服務吵醒，他們送來了三個推車的食物。我打電話到廚房，說應該是搞錯了，他們說我的公司幫我點了早餐。

「德克從他房間打電話過來，尤金也對他做了一樣的事。我累到根本沒辦法吃，所以就翻個身繼續睡覺。」

我的左手放在大腿上，不斷顫抖。「妳怎麼都沒說？我去車站接妳時，妳沒跟我說這件事。」

「喬瑟夫，你當時剛親眼目睹一個女人跳橋耶。」

「妳可以晚點告訴我啊。」

「尤金覺得那是個玩笑，但我不覺得好笑。我討厭浪費食物。」

我的燕尾服感覺好像罪犯穿的拘束衣。我環顧飯店房間，這裡充滿了偽奢侈品和普通陳設，感覺德克就會帶別人的妻子來這種地方。

「我看到他看妳的眼神……他一直盯著妳的胸部，把手放在妳的背上，還往下摸，那不是我想像出來的。別人的竊竊私語和暗諷的話語也不是我想像出來的。」

「那些話我也有聽到。」她回答。「但我就當作耳邊風。」

「他買了內衣給妳……還有那件禮服。」

「那又怎樣！你覺得我會跟買東西給我的男人上床，那你是怎麼看我的，喬瑟夫？你覺得我是那種人嗎？」

「不是。」

我坐在她旁邊。她的身體似乎縮了一下，她和我拉開距離。酒精直衝腦門，我頭痛欲裂。透過打開的浴室門，我幾乎認不出自己在鏡中的模樣。

茱麗安開口了。

「大家都知道德克是個無恥之徒。你應該聽聽祕書之間傳的笑話。那個男人還把名片放在女廁，好像在招攬顧客一樣。尤金的祕書莎莉夏天時揭穿了他。她在辦公室中央拉開德克的褲子拉鍊，抓住他的陰莖，說：『你就只有這樣嗎，德克？你那麼愛拈花惹草，沒想到那話兒卻小得可憐。』你應該看看德克的表情，我還以為他吞了自己的舌頭呢。」

她的聲音不帶情感，毫無起伏，只有滿滿的失望與悲傷。

「以前妳絕不會讓男人像德克今晚這樣對妳毛手毛腳。」

「以前我並不需要這份工作。」

「他想要別人認為他有跟妳上床。」

「如果別人相信才會是問題。」

「你為什麼沒告訴我他的事？」

「我有啊，但你都沒在聽。每次我提到工作的事，你的耳朵就關上了。喬瑟夫，你根本不在乎，我的工作對你來說一點也不重要。」

我想要否認，我想要指控她改變話題並試圖推卸責任。

「你以為我想要跟你和孩子們分開嗎？」她說。「不在家的時候，我上床睡覺時都想著你們，醒來時也想著你們。我之所以沒有時時刻刻都想著你們，唯一的原因就是我有工作要做。我必須工作，那是我們共同的決定。我們為了孩子們和你的健康選擇搬離倫敦。」

我本想開口反駁，但茱麗安還沒說完。

「你不知道離家這件事……到底有多煎熬。」她說。「我錯過了很多事情。我打電話回家時，才發現艾瑪學會了跳繩、單腳跳或騎三輪腳踏車，或是發現查莉的月經來了，或是她在學校被霸凌。但你知道最痛的是什麼嗎？前幾天艾瑪跌倒時，她受傷、害怕時，她呼喚的是你。她想要你安撫她，想要你抱她。我連自己的小孩都沒辦法安慰，那我到底算什麼媽媽？」

「妳對自己太嚴苛了。」我說，並伸手想抱她，但她甩開了我的手。我失去了碰觸她的特權，必須爭取回來。我平常能言善道，現在卻想不出半句話，能讓她擺脫對我的失望，贏回她的芳心，成為她的白馬王子。

我告訴過自己無數次，飯店收據、內衣和電話一定都有合理的解釋，但我沒有相信這點，而是花了好幾週的時間試圖證明茱麗安不忠。

我站了起來，身體搖搖晃晃。窗簾是拉開的，一條長長的車龍沿著肯辛頓大街緩緩向前行駛。皇家阿爾伯特音樂廳發光的穹頂從對面的屋頂後面露出頭來。

茱麗安低聲說：「喬瑟夫，我感覺自己好像不認識你了。你很悲傷，真的很悲傷，而你無時無刻不帶著這份悲傷，或是它像烏雲一樣籠罩著你，影響你身邊的每一個人。」

「我沒有悲傷。」

「明明就有。你擔心自己的病，你擔心我，也擔心孩子們，所以你才那麼悲傷。喬瑟夫，你以為你沒變，但事實並非如此。你不再相信別人，不再對他人產生好感，或是努力去認識人。你沒有任何朋友。」

「我有啊，盧伊茲不算嗎？」

「他曾經以謀殺罪逮捕你耶。」

「那蘇格蘭佬呢？」

「他想跟我上床。」

「我認識的每個男人都想跟妳上床。」

她轉過來，對我投以憐憫的眼神。

「你明明那麼聰明，為什麼會這麼愚蠢和自私？喬瑟夫，我親眼看到了，我看到了你每天都在觀察自己，尋找跡象，甚至無中生有。你想把自己得帕金森氏症怪到某個人頭上，但沒有人可以責怪，事情就是發生了。」

我必須捍衛自己。

「我明明就沒變，用異樣眼光看我的是妳。我沒辦法逗妳笑，因為妳看我的時候，只看到我的病。而且疏遠和心不在焉的明明是妳。妳總是在想工作或倫敦的事，就算在家，妳的心思也在其他地方。」

茱麗安回嗆道：「試著分析自己吧，喬瑟夫。你上次開懷大笑是什麼時候？你上次笑到肚子痛，眼裡含淚是什麼時候？」

「這是哪門子的問題？」

「你很害怕出糗，你害怕在公共場合跌倒或是引起別人的注意，但你卻不在乎會不會讓我難堪。你今晚做的事──而且還在我朋友面前──我從來沒覺得這麼丟臉過……我……我……」她想不到該怎麼說，又重新起了個頭。

「喬瑟夫，我知道你很聰明。我知道你能看透這些人；你能剖開他們的心靈，瞄準他們的弱點，但他們是好人，就連德克也是，他們不應該被嘲笑和羞辱。」

她把雙手夾在膝蓋之間。我必須要贏回些什麼。即使是跟茱麗安最糟糕的和解，也比我能跟自己達成的最佳協議來得好。

「我以為我要失去妳了。」我哀傷地說。

「噢，你還有更大的問題，喬瑟夫。」她說。「你可能已經失去我了。」

第五十三章

分針已經走過了午夜，秒針飛奔迎接新的一天。屋子一片漆黑，街道寂靜無聲。過去一個小時，我看著月亮從石板屋頂和交錯的樹枝後面升起，在庭院和屋簷下形成了陰影。

天色因為巴斯的燈光而泛黃，堆肥的味道更增添了腐爛和骯髒的感覺。他們弄的肥料太溼了，好的堆肥是乾與溼的完美結合：廚餘、葉子、咖啡渣、蛋殼和碎紙屑。太溼會發臭，太乾則不會分解。

我會知道這些事情，是因為我老爸在阿貝伍德機廠後面的荒地種田長達三十年。他有一個棚子，我還記得自己站在工具、花盆和種子包之間，鞋子沾滿了泥土。

老爸衣衫襤褸，戴著一頂破帽子站在菜園裡，看起來活像個稻草人。他主要是種馬鈴薯，會裝在粗麻布袋裡帶回家。馬鈴薯都沾滿硬掉的泥巴，我得用刷子在水槽裡把它們洗乾淨。我記得他告訴過我，有人挖馬鈴薯時不小心挖到二戰時期的手榴彈，洗的時候才發現，結果被炸飛到庭院裡。在那之後我都非常小心。

我又看了一眼手錶。時候到了。

我壓低身體，沿著庭院右側的灰色石牆前進，直到抵達房子的一角。我穿過灌木叢，從窗外往內看。沒有警報器，也沒有看門狗。一條忘記收的毛巾在曬衣繩上飄揚，好像在跟空氣揮手一樣。

我蹲在後門，打開收納袋，擺出我的工具：鑽石頭單鉤、波浪鉤、梳形開鎖工具、蛇形波浪鉤、淺單鉤，以及自製的黑色彈簧鋼扭力扳手，是我用磨床把小內六角扳手的一端弄平所製成的。

我十指交扣，雙手往前推，直到關節間液體內的小泡泡膨脹並破裂，手指喀喀作響。

這道鎖是耶魯雙鎖芯鎖，會往遠離門框的方向順時針打開。我把蛇形波浪鉤插入鍵槽，感覺它在彈子間上下穿梭，並增加扭力扳手的扭轉力。好幾分鐘過去了，這道鎖不好開，我一直失敗。中間有一組彈子在波浪鉤穿過去時頂得不夠高。

我鬆開對扳手的扭轉力並再試一次，把注意力集中在後面的彈子上。首先，我試著用較輕的扭力和適當的壓力，試著感覺彈子與轉線對齊，鎖芯稍微旋轉的瞬間。

最後一個彈子固定了，鎖芯完全旋轉，門打開了。我趕快走進去並關上門，然後從襯衫口袋取出一支筆形手電筒。細細的光束掃過洗衣房和後面的廚房。我緩緩向前移動，豎耳傾聽並放輕腳步，以免腳下的木板嘎吱作響。

廚房檯面上只放了一個裝了茶包的玻璃罐，以及一碗糖。電熱水壺還有餘溫。手電筒的光線照亮鐵盒上的標籤：麵粉、米和義大利麵。有一個抽屜放餐具，一個放亞麻茶巾，還有一個用來放髮夾、鉛筆、橡皮筋和電池等雜物。

這間房子真不錯，一切都井井有條。中央走廊貫穿整棟房子，我的左手邊有一間客廳。藍色的軟墊沙發上放了大型靠墊，面對著一張茶几和一台放在電視櫃上的電視。壁爐架上擺了一排小小的黃銅動物擺飾，旁邊放了一張婚禮照片以及一個手工藝品、自製蠟燭、一匹瓷馬、一面周圍裝飾著貝殼的鏡子。我看到了鏡中的自己，看起來就像一隻長腿的黑色昆蟲，一隻正在捕食獵物的夜行動物。

他們在樓上睡覺，我忍不住走向他們，每一步都放輕腳步。總共有四扇門，一間應該是浴室，另外三間則是臥室。

我聽到了像昆蟲撞到玻璃的聲音，原來是可攜式音樂播放機。雪花一定是戴著耳機聽音樂，聽著聽著就睡著了。她臥室的門是開著的，床就在窗戶旁邊，窗簾只拉了一半，月光在地上畫了一個正方形。我穿越房間，跪在她身旁，傾聽她輕柔的呼吸聲。她長得像她母親，她們都有瓜子臉和深色頭髮。

我傾身靠近她的臉頰，隨著她的呼吸一起呼吸。她的絨毛玩具被流放到角落的一只箱子裡。小熊維尼被哈利波特和錢賺太多的足球明星篡位了。

我以前也住在這種房子裡，我女兒的房間在走廊的另一頭。不知道她現在在做什麼？不知道她會不會咬指甲？會不會側睡？有沒有把頭髮留長？她會綁頭髮，還是把頭髮放下來？不知道她聰不聰明、勇不勇敢，不知道她會不會想念我？

我退出房間，輕輕關上她的房門，並轉向其他房間，將耳朵貼在門上，傾聽是否有人熟睡的聲音。我緩緩推開另一扇門，發現房間裡沒人。加大雙人床上面鋪了拼布被子，還放了抱枕。我把手伸到抱枕下面，但沒有找到睡袍。

我轉向衣櫃，一隻手放在黃銅門把上，面對著門上的鏡子，再次傾聽房子裡的聲音。還是沒有動靜。我推開衣服，找到了她的味道，也就是她使用的除臭劑和香水。這些都不是天然的味道。在叢林戰訓練中，我們被教導絕對不要使用肥皂、刮鬍泡或除臭劑。人造的氣味可能會暴露士兵的行蹤。要在叢林裡生存，就要像動物一樣跟叢林合而為一。

這不是女人該有的味道，這味道來自各種瓶瓶罐罐，是製造出來的、除臭過的。這個女人有一些好看的衣服，但她似乎莫名拘謹，衣服大多都是中長裙、深色絲襪和開襟衫。她和空姐一樣穿著正式，但沒有那麼光鮮亮麗。毀掉她一定會很過癮。

衣櫃底部放了一盒盒鞋子，我掀開蓋子，看看有哪些鞋子。有露跟涼鞋、魚嘴穆勒鞋、船形高跟鞋、平底鞋和楔形鞋。她喜歡靴子，總共有四雙，其中兩雙是鞋尖很尖的騷貨高跟靴，是義大利製的軟質皮革靴，十分昂貴。我把鼻子湊到靴子裡，深吸一口氣。

我坐在她的梳妝台前翻她的口紅。深朱紅色是首選，因為很襯她的膚色。而天鵝絨盒子裡的孔雀石項鍊襯著她裸露的皮膚一定很漂亮。

我躺在床上，凝視著天花板。角落有個活板門通往閣樓，我可以躲在那裡，像天使一樣守護著她，只不過是復仇天使。

門外傳來腳步聲，有人醒了，是個女人。我靜靜等待，心想我是不是得殺死她。走廊另一頭傳來沖馬桶的聲音，水管隆隆作響，水箱重新裝滿水。那個帶有口臭、睡眼惺忪的女人已經回去睡覺了，她不會發現我的。

我從床上起身，關上衣櫃門，確保所有東西都已歸位。我回到二樓走廊上，走下樓梯，沿著走廊回到廚房，再走出後門。

我在庭院盡頭停了下來，看著風吹過松樹，幾滴冰冷的雨落在我身上。我已標記自己的地盤，也畫了看不見的戰線。真希望早上快點來。

第五十四章

當初結婚時，我跟茱麗安向彼此承諾一定要在睡前和好，不要帶著怒氣去睡覺，但昨天我們卻打破了這個約定。她對我的道歉不予理會，對我的示好置之不理。我們在同一張床上背對背睡覺，但感覺卻像隔著一片冰冷的荒地。

我們早上十點退房，本想共度的浪漫週末已經泡湯了。在返回巴斯小鎮的火車上，茱麗安看雜誌，我則望向窗外，思考她昨晚說的話。也許我真的很痛苦，或是想把我生病這件事歸咎於某人。我以為我早已過了悲傷的五個階段，但或許這種情緒永遠不會消失。

即便是現在，我們從車站搭小型計程車回家的路上，我也不斷告訴自己，我們只是吵架了而已。夫妻吵架是家常便飯，兩人會包容彼此的怪癖，過著習以為常的生活，將批評的言語留在心裡。

計程車停在小屋外面。艾瑪沿著小徑衝了過來，雙手環抱我的脖子。我把她抱起來。

「爹地，我昨晚看到鬼了。」

「是喔，他在哪裡？」

「在我房間，他叫我回去睡覺。」

「好明智的鬼喔。」

茱麗安正在用她公司的信用卡付計程車費。艾瑪還在跟我說話：「查莉說是女鬼，但不是，我有看到他。」

「你們還有聊天。」

「只有聊一下下而已。」

「你們聊了什麼？」

「我說：『你是誰？』他就說：『回去睡覺。』」

「就這樣？」

「對。」

「你有問他的名字嗎？」

「沒有。」

「查莉在哪？」

「她去騎腳踏車。」

「她什麼時候去的？」

「我不知道，我不會看時鐘。」

茱麗安付了車錢。艾瑪從我懷裡鑽了出來，滑下我的胸膛。她的雙腳一落到草地上，她就奔向她母親。

伊莫珍出來幫我們拿過夜的行李，有兩個人請她傳話給我。第一個人是布魯諾．考夫曼，他想跟我談談莫琳的事，以及等她出院後，他們是不是該離開幾週，避避風頭。

第二個訊息來自薇若妮卡．柯雷，她只說了八個字：「泰勒是個專業鎖匠。」

我打到她在三一路警察局的辦公室。傳真機尖銳刺耳的聲音時不時打斷她的回答。

「我以為鎖匠需要有執照。」

「不用。」

「是誰訓練他的？」

「軍隊。他在當地一間叫做T．B．亨利的公司值夜班，開一輛銀色貨車。比對車牌過後，我們已確認這輛車在克莉絲汀．惠勒翻過圍欄前的二十分鐘有開過克利夫頓吊橋。」

「他有辦公室嗎？」

「沒有。」

「他們怎麼聯絡他？」

「打手機。」

「可以追蹤嗎？」

「現在沒有在發送訊號。奧利弗正嚴陣以待，泰勒只要開機我們就會知道。」

她的辦公室有另一支電話在響，她得掛了。我問有沒有我能幫忙的事，但她已經掛電話了。

茱麗安在樓上整理行李，艾瑪說是在幫忙，但她只是在床上跳來跳去。

我打給查莉，我的手機還在她手上。

「喂。」

「你們提早回來了。」

「對啊，妳在哪？」

「我跟艾比在一起。」

艾比跟她一樣十二歲，是當地一名農夫的女兒，住在諾頓路上，距離韋洛一點五公里左右。

「喂，爸，我有個笑話。」查莉說。

「回家再告訴我吧。」

「我現在就想告訴你。」

「好，說吧。」

「有個媽媽抱著她的小寶寶上公車，公車司機說：『那是我看過最醜的寶寶。』那個媽媽很生氣，但還是付了車錢然後坐下來。另一個乘客說：『妳不能讓他說這種話，一定要罵回去。來，我幫妳抱那隻猴子。』」

查莉大聲狂笑，我也笑了。

「我在回家的路上了。」

「待會見。」

第五十五章

首先是一串數字：十個數字，其中三個是六（有些人會覺得不吉利），再來是鈴聲……然後對方接了電話。

「喂？」

「請問是歐盧林太太嗎？」

「對。」

「歐盧林教授的太太？」

「對。請問哪裡找？」

「妳女兒查莉恐怕發生了一點小意外。她從腳踏車上摔下來了，我想可能是轉彎時失去控制，她在車上還真是膽大包天。但請妳放心，她完全沒事，我有好好照顧她。」

「你是誰？」

「我說了，我是正在照顧查莉的人。」

她的聲音微微顫抖，似乎隱約感覺到危險正在逼近，一個黑色的龐然怪物從遠方向她襲來。

「妳女兒查莉真漂亮。她說她的真名是夏洛特，她長得也像夏洛特，但妳卻讓她打扮得像個男人婆。」

「她在哪？你對她做了什麼？」

「她就躺在我旁邊，對吧，雪花？她像個小蜜桃一樣漂亮，一個可口的小蜜桃……」

她的內心正在尖叫，恐懼充滿了她胸中每個溫暖潮溼的角落。

「我想跟查莉說話，別碰她，拜託你，讓我跟她說話。」

「抱歉，沒辦法，她的嘴裡塞了襪子，嘴巴上也貼了膠帶。」

開始了，第一道裂縫出現了，這道小小的裂縫暴露出她的心靈柔軟且毫無防備的部分。我能聽到歇斯底里的情緒在她體內顫動的聲音。她呼喚查莉的名字，她向我乞求，試圖勸誘我，並開始哭泣。

然後我聽到了另一個聲音。教授從她手中搶過手機。

「你是誰？你想要什麼？」

「我想要什麼？我想要你讓你老婆聽電話。」

他停頓了一下。我之前都不懂為何人們會說「停頓就像懷孕一樣」，現在才明白。這個停頓意味深長，懷著無數可能性。

茱麗安在哭泣。教授用手摀住話筒，我聽不到他對她說了什麼，但我能想像他在發出指示，告訴她該怎麼做。

「叫你老婆聽電話，否則我就只能處罰查莉了。」

「你是誰？」

「你知道我是誰，喬瑟夫。」

他又停頓了一下。

「吉迪恩？」

「喔，太好了，我們就直呼名字吧。叫你老婆聽電話。」

「不要。」

「你不認為查莉在我手上，你以為我在虛張聲勢。喬瑟夫，你告訴警察我是個懦夫，我現在就告訴你我會怎麼做。我要掛電話，強暴你女兒，然後再打給你。在這期間，我建議你趕快去找她。快去吧，可以先去諾頓路看看，我就是在那裡找到她的。」

「等等，不要！別掛電話！」

「叫茱麗安聽電話。」
「她現在情緒很不穩定。」
「叫她聽電話，不然你就再也見不到查莉了。」
「吉迪恩，聽我說，我知道你為何這麼做。」
「叫你老婆聽電話。」
「她沒辦法……」
「我他媽的才不在乎她有沒有辦法！」
「好，好，等我一下。」
他又用手摀住話筒，他在叫老婆用家裡電話報警。我拿起另一支手機，輸入號碼。電話響了，茱麗安接了起來。
「妳好啊，歐盧林太太。」
她的喉嚨發出了嗚咽聲。
「如果妳讓妳老公拿走這支電話，妳女兒就會死。」
她哭得更大聲了。
「好好聽我說，歐盧林太太。」
「你想要什麼？」
「我想要妳。」
她沒有回答。
「我可以叫妳茱麗安嗎？」
「可以。」
「我告訴妳一件事，茱麗安。如果妳老公把電話筒從妳手中拿走，我會強姦妳女兒一段時間。然後我會把她的肉一片一片切下來，再把釘子釘入她手中。在那之後，我向妳保證，我會把她那雙漂亮的藍眼睛挖出來，裝在盒子裡寄給妳。」

「不要！不要！我會跟你談的。」

「只有妳能拯救查莉。」

「要怎麼做？」

「妳還記得妳懷孕時，是怎麼讓寶寶在子宮裡活下來的嗎？寶寶艾瑪和寶寶查莉都是。這支電話就像一條臍帶，唯有繼續通電話，妳才能讓查莉活下來。只要掛電話，她就會死，讓別人拿走電話，她也會死，懂了嗎？」

「懂了。」

她深吸一口氣，做好心理準備。這個女人很堅強，很有挑戰性。

「茱麗安，妳老公在旁邊嗎？他是不是在妳耳邊低語，就像我在查莉耳邊低語一樣？他在說什麼？告訴我他在說什麼，不然我就得傷害查莉了。」

「他說她不在你手上，他說你在虛張聲勢，他說查莉在她朋友家。」

「他有試著打給她嗎？」

「她的手機忙線中。」

「他應該去找她。」

「他走了。」

「很好。他應該出去找……去村裡找。他應該去艾比家。那你們的保姆呢？」

「她也在找。」

「或許他們會找到她。我可能在虛張聲勢，妳覺得呢？」

「我不知道。」

「茱麗安，妳那支電話有來電顯示嗎？」

「有。」

「看看來電號碼，妳認得這組號碼嗎？」

她與其說是回答，不如說是發出呻吟。她哽咽的回應卡在喉嚨裡，幾乎發不出來。

「這是誰的號碼？」

「我老公的手機號碼。」

「喬瑟夫的手機怎麼會在查莉手上？」

「他們交換手機了。」

「現在妳相信我了吧。」

「我相信。求求你不要傷害她。」

「茱麗安，我要把她變成一個女人。所有母親都希望自己的女兒能長大成人。」

「她只是個孩子。」

「現在是，但等我結束後就不是了。」

「不要，不要，拜託你不要碰她。我什麼都願意做。」

「真的嗎？」

「真的。」

「妳確定嗎？」

「確定。」

「因為如果妳不做就是查莉做。」

「我會照你說的做！」

「茱麗安，脫掉妳的衣服，就是妳穿的裙子和漂亮的上衣，那件金蔥線上衣。對，我知道妳現在穿什麼衣服。茱麗安，我知道關於妳的一切。我已經脫下查莉的牛仔褲了，抱歉，但我不得不把褲子剪掉。不過我很小心，我還滿會用剪刀和剃刀的。我可以把我名字的字首刻在她的肚子上作為紀念，這樣她就永遠不會忘記我。而每個看到她裸體的男人都會知道是我先來的……她身上的每個洞我都插過。」

「拜託，不要。」

「妳在脫衣服了嗎？」

「在脫了。」

「讓我看看。」

她遲疑了一下。

「站在房間窗戶前，拉開窗簾，我就能看見妳。」

「你會放她走嗎？」

「那就要看妳了。」

「我會照你說的做。」

「查莉在點頭，真可愛。對，沒錯，我在跟妳媽咪講電話。妳想跟她打招呼嗎？抱歉，媽咪沒有照我說的做，所以妳不能跟她說話。茱麗安，妳走到窗邊了嗎？」

「嗯。」

「拉開窗簾，我才能看見妳。」

「然後你就不會傷害查莉嗎？」

「拉開窗簾就對了。」

「好。」

「妳需要化妝。妳的梳妝台上有一支朱紅色口紅，我要妳塗口紅，還有戴天鵝絨盒子裡的孔雀石項鍊。」

「你怎麼——？」

「我知道關於妳……關於查莉……還有關於妳老公的一切。」

「拜託你放查莉走，我已經照你說的做了。」

「茱麗安，脫光衣服還不夠。」

「什麼？」

「這還不夠，查莉可以給我更多。」

「但你剛剛說——」

「難不成妳以為我會放棄這個得來不易的至寶？茱麗安，妳知道我想做什麼嗎？既然我已經剪掉了她的衣服，接下來我想切開她的身體。我想從她的喉嚨劃一刀到她的陰部，然後爬到她體內。接著，當我由內而外操她時，我要把她的心臟握在手中，感覺到她心臟的跳動。」

她頓了一下，接著發出一聲長長的尖叫，像迫擊砲彈在我耳邊爆炸。

又一個彈子歸位了。

鎖就快開了。

她的心靈也快屈服了。

回憶現在感覺像是個實際存在的物體，是唯一真實的東西。我沿著兩側種植灌木樹籬的鄉間小路奔跑，跑下磨坊山，過了橋，再爬上另一座小丘。

我二十分鐘前才跟查莉通電話。她的朋友艾比住在諾頓路上，距離我們家一點五公里左右，這樣她騎腳踏車要騎多久？她隨時都會從下一個轉角處出現，低著頭猛踩踏板，一副興高采烈的樣子，想像自己在參加環法自行車賽。

我不斷打她的手機，其實是我的手機，是我為了跟黛西說話才跟她交換的。手機一直處於忙線中，她在跟誰講電話？

諾頓路是一條蜿蜒曲折的柏油小路，兩側是灌木樹籬、山楂樹叢和柵欄，車輛必須倒車或駛入涵洞才能讓其他車輛或拖拉機通過。部分路段的樹籬既高又未經修剪，把小路變成一條翠綠的峽谷，中間穿插著通往農田的農場大門。

一抹色彩在交錯的枝葉間一閃而過，是一個在遛狗的女人。她是艾梅斯太太，在村裡替各戶人家打掃。

「妳有看到查莉嗎？」我大喊。

她搖搖頭，因為被嚇到而面露不悅。

「她有經過這裡嗎？她騎腳踏車。」

「沒看到啥腳踏車。」她用很重的口音回答。

我繼續前進，跑過一座小橋，下方的小溪在更下游處變成急流。

她不在吉迪恩手上。吉迪恩只會假裝綁架小孩，正面衝突不是他的風格，他擅長的是操控人心和剝削利用。或許他正在看著我，一邊大笑。或是他正在看著茱麗安，一邊跟她說話。

到了山頂，我回頭望向村莊。我打給薇若妮卡．柯雷，上氣不接下氣，字句在喘息之間傾瀉而出。

「泰勒說我女兒在他手上，他說他要強姦然後殺害她，現在正在跟我老婆講電話。妳必須阻止他。」

「你在哪？」督察長問道。

「我在找查莉，她應該要回到家了才對。」

「你上次跟她說話是什麼時候？」

我慌張到無法思考，回答：「三十分鐘前。」

柯雷督察長試圖讓我冷靜下來，她要我理性思考。泰勒以前都是虛張聲勢，這就是他的作風。

「他一定在附近。」我說。「他可能在監視房子。妳應該封鎖村莊和進出的道路。」

「除非我確定有小孩被綁架，不然我沒辦法封鎖村莊。」

「那就追蹤他的訊號。」

「我會派人過去，回去陪你老婆吧。」

「我必須找到查莉。」

「回家吧，喬瑟夫。」

「萬一他不是在虛張聲勢呢？」

「不要留茱麗安一個人。」

下一個山脊上的農舍在天空構成了一幅剪影。五、六個由錫、磚和木頭建成的穀倉和機械棚坐落在泥濘小路的正中央。老舊的農業機械被丟在院子的一角，生鏽的底盤下面長了雜草，大部分我都不知道是做什麼用的。主屋離道路最近，狗從狗窩裡興奮地狂吠。

艾比打開門。

「查莉在這裡嗎？」

「不在。」

「她是什麼時候離開的？」

「早就離開了。」

「她往哪個方向走？」

她對我投以奇怪的眼神，說：「只有一個方向啊。」

「妳有看到她離開嗎？」

「有啊。」

「道路上還有其他人嗎？」

她搖搖頭，我嚇到她了。我立刻轉身穿過院子，跑回小路上。我不可能跟她擦肩而過，那她還能去哪呢？這裡距離諾頓聖菲利普超過三公里，查莉不可能往反方向騎回家吧。

我再次撥打她的手機。她怎麼還在講電話？

回程大多都是下坡，我停在農場門口，爬上鐵欄杆好看看另一側的農田。

我又過了橋，探頭看道路兩側的溝渠。部分路段的灌木叢和蕁麻長到大腿那麼高。柏油路的一側有輪胎痕跡，一定是有車子為了讓其他車輛通過所以靠邊停。

就在這時，我看到一輛倒在雜草間的腳踏車。我本想給查莉買鋁製車架，但她選了啞光碳鋼車架，橫樑上有火球圖案，前叉有減震器。

我把腳踏車從蕁麻和荊棘中拖了出來，車子前輪被撞歪了。我大喊她的名字，一群烏鴉從樹梢間振翅飛出。

我的手臂在顫抖，我的腳、胸口和頭都在顫抖。我踏出一步，差點跌倒，再踏一步就真的跌倒了。我試著爬起來卻做不到。我咬緊牙關，放下腳踏車，爬回小路上，然後像瘋子一樣沿著柏油路狂奔。後知後覺與後悔的恐懼奪走了我的氧氣，我再也叫不出查莉的名字。

爬上磨坊山時，我的左腳在向前跨時突然卡住，我直接跌了個狗吃屎，但我卻感覺不到痛楚。我使勁爬了起來，用一種奇怪的正步踉踉蹌蹌跑了起來。

兩個騎馬的女孩迎面而來，我認得其中一個人，她認識查莉。我揮舞手臂，嚇到了其中一匹馬。我對她們大喊，要她們幫忙找查莉，她們沒有馬上照做時，我還很生氣。

我不能待在外面，我必須趕快回家。我有試著打給茱麗安，但電話忙線中，代表吉迪恩在跟她說話。

我抵達大街並過了馬路，一邊掃視人行道。查莉可能摔車了，然後有人幫了她。不是吉迪恩，而是別人，是真正的好心人士。

我快到小屋了。我一抬頭，就看到茱麗安一絲不掛站在臥室窗戶前，嘴唇上塗了口紅。我三步併成兩步跑上樓梯，猛地打開門，把她從窗邊拉開。我用被子裹住她的身體，從她手中拿走電話。吉迪恩還在。

「你好啊，喬瑟夫，你有找到查莉嗎？你還覺得我在虛張聲勢嗎？我早就說了吧。」

「她在哪？」

「當然跟我在一起，我不會騙你的。」

「證明給我看。」

「什麼？」

「證明她在你手上。」

「你要我把她的哪個身體部位寄給你？」

「讓她聽電話。」

「你才要讓茱麗安聽電話。」

「不行，我要聽到查莉的聲音。」

「喬瑟夫，你現在沒有立場提出任何要求吧。」

「吉迪恩，我才不陪你玩遊戲。證明查莉在你手上，我們再談，不然我才懶得理你。」

我按下電話筒上的按鈕，結束通話。

茱麗安一邊哭喊，一邊撲向我，試圖搶走電話筒。

「相信我，我知道我在做什麼。」

「別掛斷！別掛斷！」

「拜託妳坐下來，相信我。」

電話在響，我接了起來，說：「讓我女兒聽電話！」

吉迪恩怒吼道：「你他媽的最好不要再掛我電話！」

我掛了電話。

茱麗安哭道：「他會殺了她，他會殺了他。」

電話響了。

「你敢再掛一次，我發誓我會——」

我沒等他說完，就按下結束通話按鈕。

他又打過來。

「你要她死嗎？你要我殺了她嗎？我現在就殺了她！」

我掛了電話。

茱麗安用拳頭捶打我的胸口，拼命跟我搶電話，我必須把電話筒舉到她搆不著的地方。

「讓我跟他談，讓我來。」她哭道。

「我知道我在做什麼。」

「不要掛電話。」

「穿上衣服下樓吧，警察在路上了，我需要妳開門讓他們進來。」

我試著表現得很有把握，心裡卻害怕到幾乎無法思考。我唯一確定的是吉迪恩目前為止都像個操偶師一樣拉著被害者的心弦，完全掌控大局。我必須想辦法打亂他的節奏，讓他慢下來。

人質談判的第一條規則就是要求提供活著的證據。吉迪恩不想談判，至少現在還不想。我必須讓他重新考慮他的計畫並改變計策。

電話又響了。

吉迪恩咆哮道：「聽好了，你這個混蛋，我要切開她的身體，我要看著她的內臟冒出——」

茱麗安在我掛電話的同時撲向話筒，卻撲倒在地上。我伸手扶她起來，她卻拍開我的手，並把矛頭轉向我，臉部表情因憤怒和恐懼而扭曲。

「都是你的錯！都是你害的。」她指著我大喊大叫，然後壓低聲音說：「我明明警告過你了！我叫你不要涉入這件事。我不想讓家人接觸到你那些腦子有毛病、心理有問題的病人，還有你很熟悉的虐待狂和心理變態，我不要他們毒害這個家庭。」

「我們會救她的。」我說，但茱麗安根本沒在聽。

「查莉，可憐的查莉。」她呻吟著，癱坐在床上大聲抽泣，頭垂在赤裸的大腿上。我說不出任何能安慰她的話語，我連自己都安慰不了了。

電話響了，我接了起來。

「喂，爹地，是我。」

我頓時心碎。

「喂，親愛的，妳還好嗎？」

「我的腳受傷了，腳踏車也撞壞了，對不起。」

「這不是妳的錯。」

「我好害——」

她沒能把話說完就被打斷，電話另一頭傳來撕膠帶的聲音。

接著我聽到了吉迪恩的聲音。

「說再見吧，喬瑟夫，但你不會再見到她了。你以為你能搞我，但你根本不知道我有何能耐。」

「查莉是無辜的！」

「只能說她是附帶損害了。」

「為什麼要綁架她？」

「我要你所擁有的。」

「你的老婆和女兒已經死了。」

「是這樣嗎？」

「我跟她交換。」

「我才不要你。」

我又聽到撕膠帶的聲音。

「你在做什麼？」

「我在包禮物。」

「來談談你的老婆吧。」

「怎麼？你找到她了嗎？」

「沒有。」

「反正我現在有新的女朋友可以玩了。告訴茱麗安我晚點再打給她，告訴她細節。」

我還來不及問下一個問題，電話就掛斷了。我撥打電話，但吉迪恩已經關機了。

茱麗安沒有看我。我用被子裹住她的身體。她沒有哭泣，也沒有對我大吼大叫。男兒有淚不輕彈，但我的內心卻淚流不止。

第五十六章

十幾名警探和二十幾名警察封鎖了村莊和連外道路。他們正在搜查貨車和卡車，以及訊問駕駛人。

薇若妮卡・柯雷和探險家羅伊都在廚房裡，他們對我投以尊敬和憐憫的目光。不知道我面對他人的不幸時，是否也是露出這樣的眼神。

茱麗安洗了兩次澡，現在穿著牛仔褲和套頭毛衣。她表現出像性侵受害者的肢體語言，雙手緊緊交叉在胸前，彷彿在拼命抓住她絕不能失去的東西一樣。她連看都不願意看我。

奧利弗・拉布現在有兩支新手機要追蹤了，就是我的手機和吉迪恩第一次打給茱麗安所用的手機。吉迪恩在一小時前中斷聯繫，奧利弗應該能追蹤到那之前的訊號。

村莊西北方約一百八十公尺處的田野中央有一座十公尺高的行動通信基地台。第二近的基地台位於村莊以南一點六公里的巴格里奇山上；再下一個基地台位於村莊以西的皮斯道恩聖約翰郊區，距離三公里左右。

「我們需要泰勒打電話過來。」柯雷督察長說。

「他會打來的。」我盯著廚房桌上茱麗安的手機，回答道。他知道她的手機號碼，也知道家裡電話號碼。他知道她當時穿著什麼衣服，也知道她的梳妝台上有什麼口紅和首飾。

茱麗安沒有告訴我吉迪恩到底對她說了什麼。如果她是我診間的病人，我會請她開口，了解事件的全貌，治療她的心理創傷。但她不是病人，而是我的妻子，我不想知道細節，我想假裝這整件事情沒有發生。

吉迪恩・泰勒入侵了我家，奪走了所有重要的東西——信任、內心的平靜和安寧。他曾看著我的孩子們睡覺。艾瑪說她看到鬼了，還醒來跟他說話。他孤立了茱麗安，叫她塗哪支口紅、戴哪條項鍊，還讓她一絲不掛站在臥室窗邊。

我一直都很努力拋開黑暗的想法，想像只有好事會發生在我家人身上。有時候，看著查莉蒼白、可愛、逐漸改變的臉，我幾乎開始相信自己能保護她免受痛苦或心碎，現在她卻被綁架了。茱麗安說得對，是我的錯。父親應該要保護自己的孩子，守護他們的安全，並為他們獻出生命。

我不斷告訴自己，吉迪恩．泰勒不會傷害查莉。這就像我在腦中複誦的咒語，卻無法帶來安慰。我也試著告訴自己，像吉迪恩這種虐待狂和心理變態很少見。這樣查莉會變成少數不幸的犧牲者嗎？不要告訴我生活在一個自由的社會還要付出代價，這種代價絕對不行，尤其是涉及我女兒時。

警察把錄音設備連接到小屋的家裡電話，還有掃描裝置可以接收我們手機的通話內容。我們的SIM卡裝到了具有GPS追蹤功能的手機上。我問為什麼，督察長說是為了應對意外事件。他們可能會想嘗試機動攔截。

窗戶把村莊框成一幅畫，陽光為流雲鑲上金邊，宛如故事書裡的一頁插圖。伊莫珍和艾瑪去了隔壁陰陽太太家。鄰居們出來看街上的警車和卡車。他們隨意交談、寒暄，假裝沒有盯著挨家挨戶問話的警探們看。他們把孩子們趕進屋裡，遠離屋外的未知危險。

樓上又傳來蓮蓬頭的水聲。茱麗安在洗澡，試圖洗去發生在她身上的一切。已經過多久了？三小時。無論發生什麼事，查莉都不會忘記這一天。吉迪恩．泰勒的臉龐、話語，以及他觸碰她的回憶會在她腦海中揮之不去。

和尚走進廚房時低了一下頭，以免撞到門框，廚房似乎頓時變小了。他看了柯雷督察長一眼，然後搖搖頭。路障已經設了超過兩小時，警察也挨家挨戶找所有居民問過話，還沿著查莉走的路線進行地毯式搜索，但仍一無所獲。

我知道他們在想什麼。吉迪恩已經逃之夭夭了，他在警方封鎖道路前就設法逃跑了。吉迪恩使用的兩支手機在十二點四十二分後就都沒有發送訊號了。他一定知道我們能夠追蹤訊號，所以他才會頻繁換手機，並將手機關機。

奧利弗．拉布正好在這時抵達，像個緊張的街友，拖著腳步沿著門前的小徑走來。他背著肩背包，裡面裝了筆記型電腦，光頭戴著保暖用的花呢帽。他在門口地墊上擦了三次腳。

他把筆電放在廚房桌面上，從最近的基地台下載最新資料，對訊號進行三角測量。

「這種地方比較難追蹤訊號。」他一邊撫平褲子上看不見的皺褶，一邊解釋道。「因為基地台比較少。」

「我不想聽藉口。」薇若妮卡．柯雷說。

奧利弗轉回去看螢幕。在外面的庭院，警探們聚集在陽光下，踱著腳取暖。

奧利弗吸了吸鼻子。

「怎麼了？」

「兩通電話的訊號都是從同一座基地台傳來的，也就是最近的那一座。」他頓了一下，說：「但它們都不是來自這一區的基地台。」

「什麼意思？」

「他打給你們的時候已經不在村子裡了。」

「但他知道茱麗安穿什麼衣服，還讓她站在臥室窗邊。」

奧利弗聳肩道：「那他就是早上有看到她吧。」

他又查看了畫面，然後解釋查莉的動向。她當時拿著我的手機，待在艾比家時，手機訊號是傳送到韋洛以南一點五公里左右的基地台。她在剛過中午離開農舍時，訊號就改變了。根據訊號強度分析，她開始騎車回家，然後吉迪恩撞了她，並帶她往反方向離開。

奧利弗調出一張衛星圖，再把另一張顯示基地台位置的地圖疊上去。

「他們往南開到威爾斯路，再往西穿過拉德斯托克和米德桑麻諾頓。」

「訊號是在哪裡消失的？」

「在布里斯托郊區。」

柯雷督察長開始發布指示，解除封鎖村莊並重新部署警力。她說話鏗鏘有力，帶有一種金屬聲，彷彿是從奧利弗的衛星傳過來的。小屋已不再是調查的中心。

她向奧利弗揮揮手道：「我們知道泰勒有兩支手機，一旦他開機，我要你找到他。不是查出他昨天或一小時前在哪，我要知道的是他現在的位置。」

茱麗安在二樓的走廊上等待，躲在窗戶和房間門之間的角落，溼漉漉的頭髮纏在一起。她又換了衣服，穿著黑色長褲和羊絨開襟衫，只畫了眼影和突顯顴骨的淡妝。她的美令我震懾不已；相較之下，我感覺自己已年老體衰。

「告訴我妳在想什麼。」

「相信我，你不會想知道的。」她回答。我幾乎認不出她的聲音了。

「我不認為他會想傷害查莉。」

「你明明就不知道。」她低聲說。

「我了解他。」

茱麗安抬起頭，直盯著我的眼睛，說：「喬瑟夫，我不想聽這種話，因為如果你了解這樣的男人，如果你了解他這麼做的原因，那你晚上怎麼能安心入睡？你怎麼能……怎麼能……」她沒能把這句話說完。我試著抱她，但她的身體瞬間僵住，她扭過身子躲開了。

「你明明就不了解他。」她指責道。「你明明說他在虛張聲勢。」

「到目前為止的確是如此。我不認為他會傷害她。」

「他現在就在傷害她，你不懂嗎？光是綁架她就會對她造成傷害。」

她轉頭面對窗戶，指責道：「這是你害的。」

「我沒想過會發生這種事。我怎麼料得到呢？」

「我警告過你了。」

我感覺到自己的聲音開始沙啞了：「茱麗安，我才四十五歲，我沒辦法只當人生的旁觀者，我沒辦法拒絕幫助他人或是見死不救。」

「你有帕金森氏症。」

「我還是有生活要過。」

「你跟我們……曾經有過生活。」

她用了「曾經有過」這幾個字。這不是因為德克、飯店收據，或是我在她的辦公室派對因為嫉妒心作祟而口出惡言，而是因為查莉。而除了恐懼和不確定性，我在她的臉上還看到了出乎意料的情感：鄙視和憎恨。

「我不愛你了。」她面無表情，冷冷地說。「至少不是用對的方式愛你……跟以前不一樣了。」

「沒有所謂對的方式，愛就是愛。」

她搖搖頭並轉身離開。感覺好像有人從我的胸口挖出了某個重要的東西，就是我的心。她把我留在走廊上；一個抽搐的傀儡師操縱著我，用看不見的線拉動我的手指。或許他也有帕金森氏症。

房子大門敞開，屋內很冷。過去一小時，犯罪現場調查員仔細檢查小屋，在光滑的表面上刷粉末採指紋，並試圖清出嫌犯留下的纖維。有些人我認得，是點頭之交，但他們現在連看都不看我一眼，因為他們有工作要做。

吉迪恩是個專業鎖匠，幾乎所有門他都能開：房子、公寓、倉庫、辦公室……布里斯托有好幾千戶空房子，他可能把查莉藏在任何一間。

薇若妮卡．柯雷在廚房跟和尚和探險家羅伊商量。她想要開會討論策略。

「我們必須決定他打來時，我們要怎麼做。」她說。「我們必須做好準備。奧利弗需要時間來查明訊號來源和位置，所以我們一定要讓泰勒一直講電話，越久越好。」

她看向茱麗安，問道：「妳準備好了嗎？」

「讓我來吧。」我替她回答。

「他可能只會跟你老婆講話。」督察長說。

「那我們就逼他跟我說話，不要給他其他選項。」

「如果他拒絕呢？」

「他想要聽眾。讓他跟我說吧，茱麗安不夠堅強。」

她聽了這句話，生氣地說：「我人就在這裡，不要把我當空氣。」

「我只是想保護妳。」

「我不需要保護。」

我正要開口反駁，但她暴怒道：「喬瑟夫，不要再說話了。不要替我說話，也不要跟我說話。」

我感覺自己的身體向後傾，好像在避開對方的拳頭一樣。露骨的敵意使所有人安靜下來，沒有人願意看我。

「你們兩個都應該冷靜下來。」督察長說。

我試圖起身，卻感覺到和尚把手放在我的肩膀上，迫使我繼續坐著。薇若妮卡．柯雷正在跟茱麗安說話，簡單說明可能會發生的狀況。在這之前，督察長一直都很尊重我，也很重視我的建議。現在她認為我的判斷力受到影響，我涉入太深，因此意見變得不可靠。整個場景變得如夢似幻，甚至還有點歪斜。其他人都實事求是，考慮周到，我則是衣衫不整，失去控制。

薇若妮卡．柯雷想把作戰中心轉移到三一路警察局，讓警察更容易迅速應對。家裡電話會轉接到重案調查室。

茱麗安開始問問題，想要進一步了解戰略的細節，她的聲音小到幾乎聽不見。奧利弗需要至少五分鐘的時間才能追蹤通話，並從最近的三座基地台用三角測量法測定出訊號位置。如果基地台的時鐘完美同步，他或許能把來電者的位置範圍縮小到一百公尺以內。

但這並非萬無一失。建築物、地形和天候狀況都會影響訊號。如果吉迪恩移動到室內，訊號就會改變；哪怕時鐘只差一微秒，定位誤差也會增加幾十公尺。幾微秒和幾公尺的誤差將會決定我女兒的生死。

「我們在你們的車子裡裝了GPS追蹤器和免持裝置。泰勒或許會發出指示，他可能會要妳上刀山、下火海，對他唯命是從。我們還沒準備好要進行機動攔截，所以妳必須拖延時間。」

「要拖延多久？」她低聲問道。

「再幾小時。」

茱麗安猛搖頭，堅決反對，她沒辦法等那麼久。

「歐盧林太太，我知道妳希望女兒趕快回到妳身邊，但我們必須先確保妳的安全。這個男人已經殺了兩個女人。我需要幾小時的時間，才能準備好直升機和攔截小組，在那之前我們必須拖延時間。」

「這太瘋狂了。」我說。「妳知道他之前做過什麼好事。」

柯雷督察長向和尚點點頭，我感覺到他抓住我的手臂。「來吧，教授，我們去走走。」他說。

我試圖甩開那個大個子男人的手，他卻抓得更緊，並用另一隻手臂勾住我的肩膀。從遠處看或許只會覺得我們在勾肩搭背，事實上我卻動彈不得。他帶我走進廚房，走出後門，沿著小徑走到晾衣服的地方。一條毛巾在微風中飄揚，宛如一面垂直的旗幟。

我的肺部充斥著一種汙濁、難聞的氣味，這並非來自外界。我的藥物突然失效了，我的頭部、肩膀和手臂都像蛇一樣扭動和抽搐。

「你還好嗎？」和尚問道。

「我需要吃藥。」

「藥在哪裡？」

「在樓上的床頭櫃，是白色的塑膠瓶，叫左旋多巴。」

他匆匆走進小屋。警察和警探都在車道上看這場怪胎秀。帕金森氏症患者常常說要維護尊嚴，但我現在毫無尊嚴可言。有時我會想像這就是自己最終的下場，變成一個扭來扭去的蛇人或是真人大小的雕像，擺著再也無法改變的姿勢，沒辦法抓鼻子或趕走鴿子。

和尚拿著藥罐跟一杯水回來。他必須穩住我的頭部，才能把藥片放入我的嘴巴。水灑到我的衣服上。

「會痛嗎？」他問道。

「不會。」

「我有害你症狀變嚴重嗎？」

「這不是你的錯。」

左旋多巴是治療帕金森氏症的最佳藥物，應該要能減少顫抖的狀況，以及打破身體凍結、動彈不得的狀態。

我的動作漸漸變得穩定，能夠握住水杯，再喝一口水。

「我想進屋裡。」

「沒辦法。」他說。「你老婆不想要你在場。」

「她不清楚自己在說什麼。」

「她看起來滿清楚的。」

言語是我的最佳武器，現在它卻離我而去。我看向和尚身後，看到茱麗安穿著大衣，被帶往一輛警車，薇若妮卡．柯雷在她旁邊。

和尚只讓我跟到大門口。

「你們要去哪？」我大喊。

「去警察局。」督察長說。

「我也要去。」

「你應該待在這裡。」

「讓我跟茱麗安談談。」

「她現在不想跟你說話。」

茱麗安坐進警車後座，撫平大衣後坐下，然後車門就關上了。我呼喊她的名字，但她沒有回應。引擎發動了。

我看著他們離開。他們錯了，我體內的每一根纖維都說他們錯了。我了解吉迪恩．泰勒，我了解他的心理。他會毀掉茱麗安，就算她是我所認識最堅強、最富有同情心、最聰明的女人也一樣，因為這樣的女性正是他的狩獵目標。她的感受力越強，傷得就越深。

其他人也要離開了，不過和尚要留下來。我跟著他走進小屋，坐在餐桌前，他替我泡了一杯茶，並跟我要了茱麗安父母和我家人的電話號碼。伊莫珍和艾瑪今晚在別的地方過夜比較好。我父母住最近，但茱麗安的父母比較正常理智。我交給和尚全權處理和聯絡。

與此同時，我坐在廚房餐桌前，閉著眼睛，想像查莉的臉龐，她的撇嘴一笑、淺色的雙眸，以及她四歲從樹上摔下來時，在額頭上留下的小傷疤。

我深吸一口氣，打給了盧伊茲。電話另一頭人聲鼎沸，他正在看橄欖球比賽。

「怎麼了？」

「查莉出事了，他綁架了查莉。」

「誰？泰勒嗎？」

「對。」

「你確定嗎？」

「他打給了茱麗安，我也有跟查莉講電話。」

我告訴他自己找到了查莉的腳踏車，還有泰勒打電話的事。在我解釋來龍去脈的同時，我能聽到盧伊茲遠離人群，尋找更安靜的地方。

「你想要怎麼做？」他問道。

「我不知道。」我用沙啞的聲音說。「我們必須救她。」

「我馬上過去。」

通話結束後，我盯著手機，希望它趕快響。我想聽到查莉的聲音。我試圖回想她遭到綁架前，對我說的最後一句話。她告訴我關於一個女人搭公車的笑話，我不記得笑點，只記得她笑個不停。

有人在按門鈴，和尚開了門，原來是牧師要來提供心理支持。我只在剛搬來韋洛時見過他一次，他邀請我們參加週日的禮拜，但我們從來沒去過。真希望我記得他的名字。

「我想你可能會想禱告。」他輕聲說。

「我不是教徒。」

「沒關係。」

他向前跨一步並跪下來，在胸前劃了十字。我跟和尚你看我我看你，不確定該怎麼做。

牧師低下頭，雙手合十。

「主啊，請祢看顧查莉．歐盧林，讓她能夠平安回到家人身邊……」

我想都沒想，就在他旁邊跪了下來，並低下頭。有時禱告的重點並非言語，而是純粹的情感。

第五十七章

當一個人一無所有，就會想方設法得到他人的所有物。

這棟房子就是個絕佳例子。那個阿拉伯商人像候鳥一樣南下過冬，還沒回來。管家會在他快回來時打理這裡，把枕頭拍鬆，讓房間通風。還有一個園丁夏天時一週來兩次，但現在雜草停止生長，落葉也被耙成一堆一堆，放在那裡發霉，所以他一個月只來一次。

這棟房子跟我印象中的一樣，高聳又笨重，有個塔樓房間能俯瞰吊橋。風向標永遠面向東方，窗簾都拉上了，門窗也都有上鎖。

庭院溼答答的，散發著腐臭味。一個繩索鞦韆壞了，一端磨損，掛在樹枝和地面之間。我從鞦韆下面穿過去，繞過戶外傢俱，站在一個木棚前。有人用掛鎖把門鎖上了。我蹲下來，然後把開鎖器伸入鑰匙孔，感覺它在彈子間上下穿梭。這是我學會撬的第一種鎖，我當時坐在電視機前練習了好幾個小時。

門鎖轉動了。我從門閂上取下掛鎖並拉開門，讓光線照亮泥土地面。鐵架上放了塑膠花盆、播種盤和舊油漆罐，角落放了園藝工具，一台騎乘式割草機則停在木棚中央。

我向後退了一步，看看木棚的大小，發現空間只夠我站在裡面而已。我開始清空鐵架，並使勁將其推到一邊。我把割草機推到外面的草地上，然後把油漆罐和肥料袋搬到車庫。

木棚後面的空間清出來了。我拿起鶴嘴鋤，將其揮向地面，密實的土壤馬上出現了鋸齒狀裂痕，宛如一個乾泥巴拼圖。我不斷揮動鋤頭，偶爾停下來挖土。一小時後，我停下來休息，蹲在地上並把額頭靠在鏟柄上，接著用外面的水管喝水。地上的洞大概二十五公分深，幾乎跟牆壁一樣長，長度足以放入我在車庫找到的石膏板。我還想再挖更深。

我又開始工作，把一桶桶泥土搬到庭院末端，藏在肥料堆裡。我準備好建造盒子了，但太陽要下山了，在枝葉間若隱若現。或許我應該查看女孩的狀況。

在二樓的一間臥室裡，她躺在一張只放了床墊的鐵床上。她穿著條紋上衣、開襟衫、牛仔褲和運動鞋，身體縮成了一顆球，似乎不想讓任何人看見自己。

她看不見我，因為她的眼睛貼了膠帶。她的雙手被白色塑膠束帶綁在背後，腳鐐的寬度讓她只能一瘸一拐地走路。她也走不了多遠；她的脖子上套了繩索，另一端綁在散熱器上，長度只夠她走到一間有馬桶和洗手台的小廁所。但她還不知道這點；她像一隻看不見的小貓咪，窩在柔軟的床上，不願意向外探索。

她開口了。

「有人在嗎？」

她側耳傾聽。

「有人嗎……誰都好……聽得到嗎？」

她提高音量：「救命！拜託誰來救救我！救命啊！」

我按下錄音鍵，帶子開始轉動。叫吧，小朋友，叫越大聲越好。

一盞小燈照亮了房間，但照不到我待的角落。她測試束縛手腕的束帶，左右扭動肩膀，試圖把手抽出來，皮膚都被塑膠束帶割破了。

她的頭撞到了牆壁。她轉過身，抬起雙腿，雙腳同時踢向木頭牆壁，整棟房子似乎都在震動。她踢了一次又一次，充滿了恐懼和沮喪。

她身體向後彎，彎曲脊椎，在肩膀和腳之間形成一座拱橋。她把雙腿舉向空中，做半肩立式，並以腰部為軸心，將膝蓋收到胸前，再往後碰到頭部兩側的床墊。她把自己縮成一顆球了。現在她將被綁住的手腕滑過背部和髖部，從臀部下方穿過去。這樣不會脫臼嗎？

她使勁把手穿過雙腳，就能解開雙腿了。真聰明！現在她的雙手在身體前面了。她撕下蒙眼膠帶並轉向檯燈，但仍看不見躲在陰暗角落的我。

她用手指勾住脖子上的繩索，將其解開，然後看著腳上的鎖鍊和手腕上的塑膠束帶。她破皮了，鮮血沿著白色束帶滲出。

我稍微拱起手背，用力拍了一下手，這嘲弄的掌聲像槍聲一樣在安靜的房間內迴盪。女孩放聲尖叫並試圖逃跑，卻絆到腳上的鎖鍊，因此撲倒在地。

我抓住她的後頸，用自己的重量把她壓在地上，跨坐在她身上，感覺空氣從她的肺部被擠出。我抓住她的頭髮，把她的頭往後拉，在她耳邊低語。

「雪花，妳是個非常聰明的女孩，看來是我做得不夠好。」

「不要！不要！不要！拜託你放我走。」

第一圈膠帶遮住了她的鼻子，封住了呼吸道，下一圈遮住了她的眼睛。我拉著她的頭髮，動作粗魯。我用更多膠帶纏住她的額頭和下巴，包住她的整個頭，她在這期間不斷掙扎甩頭。很快地，只剩她的嘴巴還露在外面。她張嘴尖叫時，我把軟水管伸入她的嘴唇和牙齒之間，插入她的喉嚨。她做出嘔吐的反射性動作，我便把水管稍微拉出來。我用更多膠帶纏住她的頭，膠帶撕下時發出刺耳的聲音。

她的世界陷入了黑暗，我能聽到她透過軟水管呼吸的聲音。

我輕聲說：「聽我說，雪花，不要反抗。妳越掙扎，呼吸就越困難。」

她繼續掙扎。我把一根手指頭放在軟水管的開口，完全堵住她的呼吸道，她頓時身體僵硬，陷入恐慌。

「就是這麼簡單，雪花，我只要用一根手指頭，妳就不能呼吸了。明白的話就點頭。」

她點點頭，我便把手指拿開，她從軟水管吸入空氣。

「正常呼吸就好。」我告訴她。「妳只是恐慌發作而已，沒什麼。」

我把她抱回床上，她馬上蜷縮成一顆球。

「妳記得房間長怎樣嗎？」我問道。

她點點頭。

「妳右邊二點五公尺左右有廁所，洗手台在馬桶旁邊。妳能搆得到，我帶妳去。」

我把她拉起來，讓她的腳踩到地板上，並在她一瘸一拐地走向洗手台時把步數數出來給她聽。我把她的手放到洗手台邊緣，說：「冷水在右邊。」

然後我帶她走到馬桶那裡，並讓她坐下來。

「我不會再把妳的手綁到背後，但如果妳撕掉臉上的膠帶，我會處罰妳。明白了嗎？」

她沒有反應。

「如果妳不回答我的問題，我就會堵住軟水管。妳能答應我不撕膠帶嗎？」

她點點頭。

我帶她回到床邊，讓她坐在床上。她的呼吸變得比較平穩了，窄小的胸膛上下起伏。我向後退，然後開啟她的手機，等待螢幕亮起來。接著，我點選相機功能並拍下照片。

「安靜待著吧。我得出去一下，會帶吃的回來給妳。」

她邊哭邊搖頭。

「別擔心，我很快就回來。」

我走出房子，然後走下階梯。小灌木林中有一個車庫，我的貨車停在裡面，隔壁停了阿拉伯人的路華休旅車。他人真好，把包括車鑰匙在內的十幾把鑰匙都掛在儲藏櫃的掛鉤上，還貼上了電箱和信箱等標籤。奇怪的是，我竟然找不到木棚的鑰匙，但也沒差。

「我們今天就開路華吧。」我自言自語道。

「好的，先生。」

車庫門自動升起，車輪靜靜壓過石子路。

一天開法拉利，一天開荒原路華——人生真美好。

抵達吊橋路後，我右轉再右轉，開到克利夫頓丘陵路，穿過維多利亞廣場，再沿著皇后大道行駛。購物人潮湧上人行道，週日下午的車潮讓十字路口壅塞不已。我轉進布里斯托溜冰場旁邊的立體停車場，沿著水泥坡道往上開，尋找空的停車格。

車燈閃了一下，發出令人安心的上鎖聲。我走下樓梯，走到街上，沿著浮若閣摩爾街走，直到混入觀光客和購物人潮為止。

市政廳弧形的建築就在前方，座堂則在更遠處。紅綠燈變了，車輛往前行駛，一輛敞篷巴士緩緩駛過，一邊排放柴油廢氣。等紅綠燈時，我將手機開機，螢幕隨著音樂亮起。

我前往選單、選項，再點選最後撥打的電話號碼。

她接聽時，語氣滿懷希望：「查莉？」

「喂，茱麗安，妳有想我嗎？」

「我想跟查莉說話。」

「她現在恐怕沒空。」

「我需要知道她沒事。」

「相信我。」

「不，我要聽她說話。」

「妳確定嗎？」

「確定。」

我按下播放鍵，錄音帶開始播放。查莉的尖叫聲傳入她的耳中，撕裂她的內心；她心靈的裂縫又裂得更開一點了。

我按了暫停。茱麗安的呼吸在顫抖。

「妳老公在聽嗎？」

「沒有。」

「他說了什麼關於我的事？」

「他說你不會傷害查莉。他說你不傷害小孩。」

「而妳相信他。」

「我不知道。」

「他還說了什麼？」

「他說你想要懲罰女人……懲罰我。但我沒有傷害過你，查莉也什麼都沒做。拜託你，讓我跟她說話。」

她一直嘀嘀咕咕，我聽了都有點煩了。

「茱麗安，妳有外遇過嗎？」

「沒有。」

「妳在說謊。妳跟其他人一樣，是個喜歡暗箭傷人的雙面婊子，兩腿開開等人插，騙人的嘴拿來吹喇叭。」

一個路過的女人聽到了我說的話，不禁雙眼圓睜。我靠過去說：「哇！」她嚇得逃跑，還絆到了自己的腳。

我過了馬路，然後穿過座堂廣場的花園。我看到推著嬰兒車的母親、坐在長椅上的老夫婦，以及停在屋簷下的鴿子。

「茱麗安，我再問妳一次，妳有外遇過嗎？」

「沒有。」她哭道。

「那妳老闆呢？妳常常打電話給他，還跟他一起在倫敦過夜。」

「他只是朋友而已。」

「茱麗安，我有聽到妳跟他說話，也聽到妳說了什麼。」

「沒有……不要，我不想談那件事。」

「因為警察在監聽電話。」我說。「妳很害怕妳老公會知道真相。要我告訴他嗎？」

「他知道真相。」

「要不要我告訴他，妳厭倦了躺在他的床上，看著他長滿斑點的背，所以就搞外遇了？」

「求求你，不要，我只想跟查莉說話。」

我在濛濛細雨中盯著公園街另一頭的建築物。葡萄酒博物館的屋頂上方可以看到基地台的剪影，那可能就是最近的基地台。

「茱麗安，我知道他們在錄音，我們的聽眾可多的呢。而妳的任務就是讓我講越久電話越好，他們才能追蹤訊號。」

她遲疑了一下，否認道：「不是。」

「妳不太會說謊呢。我遇過許多擅長說謊的人，但他們都撐不久。」

我穿過座堂陰影下的學院綠地，看向錨路。方圓八百公尺內應該有十五座基地台吧，他們要多久才能找到我呢？

「查莉柔軟度很好，對不對？她可以把身體對折，膝蓋放到耳朵後面。她讓我很開心。」

「拜託你不要碰她。」

「已經太遲了，妳應該要祈禱我不殺她才對。」

「你為什麼要這麼做？」

「問妳老公啊。」

「他不在。」

「為什麼？你們兩個吵架了嗎？妳把他趕出去了嗎？妳覺得這是他的錯嗎？」

「你為什麼要找上我們？」

「我想要他擁有的東西。」

「我不明白。」

「我想要屬於我的東西。」

「你的老婆和女兒已經死了。」

「他是這樣告訴妳的嗎？」

「泰勒先生，你失去了妻女，我感到十分遺憾，但我們並沒有傷害你。拜託你放查莉走吧。」

「她月經來了嗎？」

「為什麼要問這個？」

「我想知道她開始排卵了沒。或許我會讓她生寶寶，到時妳就可以當奶奶了，變成時尚阿嬤。」

「讓我代替她吧。」

「我要奶奶幹嘛？茱麗安，我就老實說吧，妳長得不錯，但我更喜歡妳女兒。我不是喜歡小女孩，我不是變態。茱麗安，是這樣的，當我操她時，我同時也在操妳。當我傷害她時，我同時也在傷害妳。我不需要碰妳一根汗毛，就能用妳根本想像不到的方式觸碰妳。」

我左右張望，然後過了馬路。人們在我周圍走來走去，偶爾會有人撞到我的肩膀並道歉。我掃視前方的街道。

「我什麼都願意做。」她哭道。

「真的嗎？」

「真的。」

「我不相信妳，妳必須證明給我看。」

「要怎麼證明？」

「用實際行動證明。」

「好，但前提是你要讓我看看查莉。」

「這我可以做到，我馬上讓妳看看她。我把照片傳給妳。」

我按下按鈕，照片就傳出去了。我靜靜等待，想聽她的反應。有了！她倒抽一口氣，發出哽咽的哭聲。她看到女兒的頭被膠帶包得緊緊的，只能透過管子呼吸，頓時說不出話來。

「茱麗安，幫我跟妳老公問好，跟他說他快沒時間了。」

警車沿著聖奧古斯丁大道往南行駛。我搭上一輛往北的公車，看著警車從對向車道駛過，往反方向開。我頭靠著車窗，俯視著右手邊的聖誕階梯。

五分鐘後，我在圓環前的下莫德琳街下了車。我把雙手高舉過頭，伸了個懶腰，感覺脊椎骨都在喀喀作響。

公車已消失在轉角處。卡在兩個座位之間的漢堡包裝裡有一支手機，仍在傳送訊號。眼不見，心不念。

第五十八章

嗅嗅用她皮包骨的頭蹭我的腳踝，邊呼嚕邊用身體磨我的小腿，再轉身回來繼續磨。她餓了。我打開冰箱，發現一罐開封的貓罐頭，上面包了鋁箔紙。我舀了一些到她的碗裡，並替她倒了牛奶。

廚房桌面髒亂不已。艾瑪午餐吃了起司三明治和果汁，她沒有吃麵包皮。查莉小時候也不吃。「我的頭髮已經夠捲了。」她在五歲時告訴我。「麵包皮我已經吃夠了。」[36]

我永遠不會忘記親眼看到查莉出生的那一刻。她在一月一個寒冷的夜晚出生，比預產期晚了兩週，或許她是想待在溫暖的地方吧。產科醫生用前列腺素催生，然後告訴我們藥效八小時後才會作用，所以他要回家睡覺。結果茱麗安開始加速分娩，三小時內就子宮頸全開了。產科醫生趕不回來，所以是一名高大的黑人助產士接生了查莉，還在產房對我發號施令，好像在家訓練小狗一樣。

茱麗安說她不想要我看「生產的那一端」。她想要我待在她的臉旁邊，握住她的手，幫她擦汗，但我沒有照做。我一看到寶寶的黑髮從她的大腿之間露出來，我就哪裡都不去了。這麼精彩的演出，我怎麼可能不坐在搖滾區呢？

「是女生。」我跟茱麗安說。

「你確定嗎？」

我又看了一眼，說：「對，沒錯。」

我記得我們好像還有比誰先哭，是嬰兒還是我。結果查莉贏了，因為我作弊遮住臉。我明明幾乎沒出什麼力，卻感到十分驕傲與滿足。

助產士把剪刀遞給我，讓我剪臍帶，然後把查莉包起來交給我。那天明明是查莉的生日，拿到禮物的卻是我。我把她抱到鏡子前，看著鏡中的我們。她睜開世界上最藍的眼睛看著我。我從來沒有被那樣的眼神注視過，時至今日也只有那麼一次。

茱麗安筋疲力盡，昏了過去，查莉也睡著了。我想叫醒她，畢竟哪有小孩生日在睡覺的？我想讓她像剛才那樣看著我，彷彿我是她來到這世界看到的第一個人一樣。

嗡嗡作響的冰箱突然安靜了下來。在寂靜中，我感覺到體內微微顫抖，不斷擴大，充滿了我的肺部。我感到與現實世界脫節，彷彿一切都事不關己。我的雙手停止顫抖。突然間，我彷彿被一種無色無味、看不見的氣體麻痺了。這就是絕望啊。

我沒聽到開門聲，也沒聽到腳步聲。

「哈囉。」

我睜開眼睛。黛西站在廚房裡，她穿著牛仔外套和拼布牛仔褲，頭上戴著毛帽。

「妳是怎麼來的？」

「朋友載我來的。」

我轉向門口，看到了盧伊茲。他還是像往常一樣穿著邋遢，面露憔悴，橄欖球領帶仍鬆鬆繫在脖子上。

「喬瑟夫，你還好嗎？」

「不太好。」

他拖著腳走近。如果他抱我的話，我一定會哭出來。黛西替他這麼做了，她雙手摟住我的脖子，從後面擁抱我。

「我聽到廣播了。」她說。「犯人就是在火車上搭訕我的男人嗎？」

---

36 譯註：西方有一迷信是吃麵包皮頭髮會變捲。雖無事實根據，但此一說法可能是源自幾百年前，麵包是窮人的主食，而麵包皮尤其營養。營養不足可能會掉髮，吃麵包皮則會變得更健康，但其實頭髮不會因此變捲。

「對。」

她脫下彩虹手套，因為溫差變化而滿臉通紅。

「你們兩個怎麼會遇到啊？」我問道。

黛西看了盧伊茲一眼，說：「其實我最近住在他家。」

我看著他們，難掩驚訝。

「從什麼時候開始？」

「從我離家出走開始。」

然後我想起盧伊茲烘乾機裡的衣服，當時柳條籃裡有一件格子裙。我應該要能認出來才對，黛西來我們家時就穿著那件裙子。

我看著盧伊茲，說：「你明明說是你女兒回家了。」

「她是回家了啊。」他聳肩道，像脫掉大衣一樣輕鬆撇開我的憤怒。

「克萊兒是個舞者。」黛西補充道。「你知道她之前在皇家芭蕾舞團受訓嗎？她說像我這種遭逢家庭變故的學生可以申請特別的獎學金，她會幫我申請。」

我其實沒有在聽她說的內容，因為我還在等盧伊茲解釋。

「這孩子需要幾天的時間沉澱，我覺得也沒什麼關係。」

「我很擔心她耶。」

「但這不關你的事。」

他的語氣有些尖刻，讓我不禁懷疑他知道多少。

黛西還在說話：「文森找到了我爸，我有見到他。感覺還滿怪的，但還好啦。我本來以為他會帥一點，你懂吧，高一點或者是個名人，但他只是個普通的老人，就是一般人。他是個食品進口商，專門進口魚子醬，就是魚卵啦。他有讓我試吃，超噁的。他說嘗起來像浪花，我倒覺得像在吃屎。」

「注意用詞。」盧伊茲說。黛西看著他，似乎有些不好意思。

盧伊茲坐在我對面，把雙手平放在桌面，說：「我有調查那傢伙。他住在劍橋，已婚，有兩個小孩，應該沒什麼問題。」

接著他改變話題，問茱麗安在哪。

「她跟警察走了。」

「你應該陪在她身邊。」

「她不要我陪，而警察覺得我是個累贅。」

「累贅啊……真是個有趣的分析。不過我常常覺得你的想法很具煽動性，甚至到危險的地步。」

「我又不是什麼激進分子。」

「比較像是扶輪社的成員吧。」

他在逗我，我卻連笑的力氣都沒有。

黛西問起艾瑪的事。她不在這裡，我父母帶她和伊莫珍去威爾斯了。我母親一看到查莉的房間就哭了出來，而且完全停不下來，直到我父親給她超大一盒面紙，叫她回車上等。然後那位上帝的私人醫生對我說教一番，叫我無論發生什麼事都要堅強，聽起來有點像米高·肯恩在電影《戰血染征袍》中說的一席話。

大家都是一片好意。我的三個姊姊都有打電話來，她們都跟我說我很堅強，她們在替查莉禱告。不幸的是，我沒興趣聽陳腔濫調或安慰的話語。我想要去踢開門或是搖樹幹，直到查莉回到我身邊為止。

盧伊茲叫黛西上樓放洗澡水，她馬上照做。然後他傾身靠向我。

「教授，還記得我告訴過你要保持頭腦清醒嗎？你可別死於這個病啊。」他嘴裡含著一顆硬糖，糖果在他的牙齒間嘎嘎作響。「我經歷過悲劇，從中學到的一件事情就是你必須繼續前進，而這就是你接下來要做的事。你要去洗澡、換衣服，然後我們會找到你女兒。」

「要怎麼做？」

「等你下樓我們再來想辦法。但我向你保證，我會找到這個混蛋，我不在乎要花多少時間。找到他之後，我會用他的血來漆牆壁，一滴都不放過。」

盧伊茲跟在我後面上樓。黛西找到了乾淨的浴巾，她站在查莉的房間門口看著我們。

「謝謝你。」我告訴盧伊茲。

「等我有實際貢獻再謝吧。洗完澡就下樓吧，我有東西要給你看。」

第五十九章

盧伊茲把一張對折的紙打開來，在茶几上攤平。

「這是今天下午傳真過來的。」他說。「來自比雷埃夫斯的海上救援協調中心。」

傳真是一張照片，是個留著深色短髮的圓臉女人，年紀大概三十五到四十歲。她的詳細資料以小小的字體印在底部。

海倫・泰勒（原姓錢柏斯）
出生日期：一九七一年六月六日
英國國民
護照號碼：E754769
長相：白人，身高一七五公分，身材修長，棕髮，棕色眼睛。

「我還打電話去確認是不是弄錯了。」他說。「他們在搜索泰勒的老婆時，用的是這張照片。」

我盯著那張照片，好像看久了就會變眼熟一樣。雖然年齡相仿，但她看起來一點也不像布萊恩・錢柏斯給我的護照照片中的女人。她的頭髮較短，額頭較高，眼睛的形狀也不一樣，不可能是同一個人。

「那克蘿伊呢？」

盧伊茲翻開筆記本，拿出了一張拍立得照片，說：「他們用的是這張，是那對母女住的飯店的一位客人拍的。」

這次我有認出那女孩，她的金髮很好認。她坐在鞦韆上，背景的建築物牆壁粉刷成白色，棚架上長了野玫瑰。

我又回頭看仍攤在茶几上的傳真照片。

盧伊茲替自己倒了一杯蘇格蘭威士忌，坐在我對面。

「是誰提供這張照片給希臘人的？」我問道。

「照片來自外交部和英國大使館。」

「那外交部是從哪裡拿到這張照片的？」

「她的家人。」

希臘當局當時在搜索海倫和克蘿伊；他們必須辨識太平間的屍體和入院的倖存者。送錯照片不無可能，但不可能到現在都沒人發現吧。唯一合理的解釋就是有人在掩蓋事實。

有三個人說海倫和克蘿伊有搭那艘渡輪：海軍潛水員、加拿大學生和飯店經理。他們為什麼要說謊？金錢是顯而易見的答案，而布萊恩・錢柏斯有的是錢。

這件事必須迅速安排。渡輪事故是海倫和克蘿伊人間蒸發的機會。他們必須把行李丟到海裡，還要有人報案失蹤。布萊恩・錢柏斯是在沉船後四天飛到希臘的，代表一定是海倫用她父親的錢做了大部分的準備工作，以完成這場騙局。

島上肯定有人有看到她們吧。她們到底躲在哪裡呢？

我從皮夾裡取出海倫的照片，就是布萊恩・錢柏斯在律師辦公室給我的那張。據錢柏斯所說，這張照片是為了用娘家姓辦新護照而拍的。

從五月逃離德國起，海倫就避免使用信用卡、打電話回家，或是寄信或電子郵件。她極盡全力向丈夫隱瞞自己的下落，但她應該要在第一時間就放棄冠夫姓才對，然而她卻等到七月中才要辦新護照。

我盯著從希臘傳真過來的照片。

「萬一帕特莫斯沒有任何人知道海倫和克蘿伊・泰勒實際長怎樣呢？」

「什麼意思？」盧伊茲問道。

「萬一那對母女在旅行時早就在使用化名了呢？」

盧伊茲搖搖頭說：「我還是不懂。」

「海倫和克蘿伊在六月初到了島上。她們住飯店，保持低調，用現金付款。她們沒有使用真名，而是使用化名，因為她們知道吉迪恩在找她們。然後命運般的悲劇發生了，一艘渡輪在午後的暴風雨中沉沒了。海倫看到了從人間蒸發的機會，便把行李丟進海裡，並通報海倫和克蘿伊・泰勒失蹤，然後再賄賂一個背包客和一名海軍潛水員，叫他們對警察說謊。」

盧伊茲接下去說：「這個背包客原本應該要回家了，卻突然有錢繼續旅行。」

「而一個曾因不當行為被停職，名譽掃地的海軍潛水員可能也需要錢。」

「那德國女人呢？」他問道。「她有什麼好處？」

我快速翻找證詞，並把她的檔案放到最上面。葉蓮娜・薛佛，一九七一年生。我看了出生日期，馬上就有印象了。

「海倫在德國住了多久？」

「六年。」

「那她的德語應該很流利。」

「你該不會認為……？」

「葉蓮娜是海倫的俄文變體。」

盧伊茲把手肘拄在大腿上，雙手垂在膝蓋之間，看起來就像一尊古老、迷茫的雕像。他閉上眼睛，試圖像我一樣看清細節。

「所以你的意思是飯店經理——那個德國女人——就是海倫・錢柏斯嗎？」

「飯店經理是可信度最高的證人，她有什麼理由針對住在她飯店的一對英國母女說謊？這是個完美的偽裝。海倫會說德語，她可以假裝是葉蓮娜・薛佛，並宣布過去的自己已經死亡。」

盧伊茲睜開眼睛，說：「我跟管理員說話時，他聽起來很緊張。他說葉蓮娜・薛佛去度假了，但沒有提到她有女兒。」

「飯店的電話號碼多少？」

盧伊茲在筆記本裡找到了電話號碼。我撥打電話並稍作等待。接電話的人聽起來很睏。

「您好，這裡是雅典國際機場。我們發現了一件幾天前未能登機的行李，吊牌上寫是葉蓮娜・薛佛小姐託運的行李，但我們需要釐清一些資訊。請問有人跟她同行嗎？」

「有，她女兒。」

「六歲的女兒。」

「七歲。」

「她們的目的地是哪裡？」

管理員現在比較清醒了。「你們這麼晚打來做什麼？」他生氣地問道。

「行李上錯飛機了，我們需要轉寄地址。」

「薛佛小姐一定有告訴機場行李不見了。」他說。「她應該有給轉寄地址才對。」

「我們這邊似乎沒收到。」

他發現有詐，質問道：「你哪位？你哪來的？」

「我在找葉蓮娜・薛佛和她女兒，事關重大，我必須找到她們。」

他破口大罵，我還來不及聽懂他說什麼，他就掛了電話。我又打了過去，但電話忙線中，他可能沒把電話筒掛回去，或是在打給別人，可能在警告他們。

我打電話到三一路警察局。柯雷督察長去吃晚餐了，所以探險家羅伊暫時接管重案調查室。我告訴他葉蓮娜．薛佛的名字，還有她最有可能和女兒搭飛機離開雅典的日期。

他告訴我明天早上才能拿到乘客名單。一天有幾班從雅典出發的飛機？好幾百班吧。那對母女到底去了哪裡，我毫無頭緒。

我掛了電話，然後盯著照片，希望它們能跟我說話。在吉迪恩．泰勒還在找她的情況下，海倫會冒險回家嗎？

盧伊茲把手掛在方向盤上，好像在讓賓士自己開車一樣。他看起來很放鬆，好像在沉思，但我知道他正在拼命思考。有時我覺得他會假裝自己不是個深思熟慮的人，或是理解速度很慢，藉此讓別人低估他的能耐。

黛西坐在後座，戴著耳機聽音樂，或許我當初根本不用那麼擔心她。

「你會餓嗎？」盧伊茲問道。

「不餓。」

「你上一次吃東西是什麼時候？」

「早餐。」

「你應該吃點東西。」

「我沒事。」

「你一直這樣講，或許有一天你會沒事，但不是今天。你不應該沒事，也不會沒事，直到查莉回家……茱麗安也回家，你們一家人又能過著幸福快樂的日子為止。」

「可能已經太遲了。」

他斜眼看了我一眼，又轉回去看前方的道路。

沉默許久後，他開口道：「我們會救她的。」

自從茱麗安離開小屋後，我就沒有跟她聯絡了。和尚聯繫重案調查室，得知吉迪恩又用我的手機打了一通電話。他在布里斯托市中心的座堂附近，但奧利弗．拉布還來不及定位，手機就被丟在公車上了。警察一小時前在慕勒路公車總站找到了手機。

沒有查莉的新消息。據和尚所說，所有能做的事他們都做了，但事實並非如此。有四十名警探在偵辦這樁案件，那為什麼不是四百名或四千名？警方有在電視和廣播呼籲民眾協助，那為什麼不在屋頂拉響警報器，並搜索每個住宅、倉庫、農舍、雞舍和附屬建築呢？為什麼不派動作片明星湯米．李．瓊斯負責搜索呢？

盧伊茲把車子開進石橋宅邸的車道，鐵門被遠光燈照得發白。盧伊茲長按電鈴三十秒，但都沒有人回應。

他下了車，透過鐵門往裡面看。房子有燈亮著。

「嘿，黛西，妳體重多重啊？」盧伊茲問道。

「你不應該問女孩子這種問題吧。」她回答。

「妳能爬過那道牆嗎？」

她順著他的目光看過去，說：「可以啊。」

「小心碎玻璃。」

盧伊茲把他的大衣丟到牆上，好保護她的手。

「你在幹嘛？」我問道。

「吸引注意力。」

黛西右腳踩在他捧起的雙手上，往上蹬到牆上。她抓住一根樹枝，站了起來，在插了碎玻璃瓶的水泥牆頂部保持平衡。她的雙手平舉，但她不可能摔下來。她穩穩地站在牆上，這是無數個小時的練習成果。

「他們可能會開槍射她。」我告訴盧伊茲。

「船長準頭沒那麼好。」他回答。

黑暗中傳來一個聲音：「我可以在五十步之遙射穿一隻松鼠的眼睛。」

「我還以為你熱愛大自然呢。」盧伊茲回答。「看來你是個徹頭徹尾的鄉巴佬。」

船長走到車頭燈照亮的地方，胸前輕托著一把步槍。黛西仍站在牆上。

「小姐，請妳下來。」

「你確定嗎？」

他點點頭。

黛西遵從指示，但她的舉動卻出乎他的意料。她跳向船長，迫使他放掉步槍，在她落地前接住她。現在她在大門內側了，這是他沒料到的問題。

「我們必須跟錢柏斯夫婦談談。」我說。

「他們現在不方便。」

「你上次也這麼說。」盧伊茲說。

船長抓著黛西的手臂，不知道該如何是好。

「我女兒失蹤了，吉迪恩・泰勒綁架了她。」

他的雙眼立刻看向我，我就知道自己成功吸引他的注意力了。他在這裡就是為了阻止吉迪恩潛入宅邸。

「泰勒現在在哪？」

「不知道。」

他看向車子，好像在擔心吉迪恩可能躲在車內一樣。他從口袋裡掏出一部雙向無線電聯絡宅邸。

我沒有聽到他說了什麼，但大門打開了。船長繞著車子走了一圈，檢查後車廂，又查看了車道兩側，才揮手讓我們開過去。

賓士開過去時，車道兩側都有警示燈亮起。船長坐在副駕駛座，步槍放在大腿上，指著盧伊茲。我看了看手錶，查莉已經失蹤八小時了。我要跟布萊恩和克勞蒂亞．錢柏斯說什麼呢？我要向他們苦苦哀求，我要抓住救命稻草。我要請他們交出吉迪恩．泰勒要的東西，也就是他的妻女。他成功說服我了，她們還活著，我別無選擇，只能接受這一點。

船長押送我們走上階梯，穿過大門和門廳。拋光的木頭地板反射壁燈的燈光，客廳的燈光則更加明亮。

布萊恩．錢柏斯從沙發上站了起來，挺起胸膛。

「我以為我們已經毫無瓜葛了。」

克勞蒂亞坐在他對面。她也站了起來，一邊調整裙子的腰帶，她那雙漂亮的杏眼沒有跟我四目相接。她嫁給了一個有權有勢的男人，丈夫塊頭大、臉皮厚，她自己則是鋒芒內斂。

「這位是黛西．惠勒。」我說。「克莉絲汀的女兒。」

克勞蒂亞完全不掩飾她的悲傷。她握住黛西的手，輕輕將她摟入懷中，兩人幾乎一樣高。

「我很遺憾。」她低聲說。「妳媽媽是我女兒很好的朋友。」

布萊恩．錢柏斯用一種不可思議的眼神看著黛西。他坐了下來，身體前傾，雙手放在膝蓋之間。他的下巴有鬍渣，嘴角有白色唾沫。

「吉迪恩．泰勒綁架了我女兒。」我宣布道。

在隨之而來的沉默中，錢柏斯一家所釋出的訊息遠比我在一小時的諮商所能得到的資訊還要多。

「我知道海倫和克蘿伊還活著。」

「你瘋了。」布萊恩．錢柏斯說。「你跟泰勒一樣瘋。」

他妻子的身體微微僵住，在一瞬間，兩人四目相接。這是一種微表情，最細微的訊號在兩人之間傳遞。

這就是謊言的特色，說謊容易隱瞞難。有些人很擅長說謊，但這對大多數人來說都很困難，因為我們的大腦無法完全控制身體。從心跳到雞皮疙瘩，人類有好幾千種與自由意志無關的自主反應，這些無法控制的反應會讓我們露餡。

布萊恩．錢柏斯轉身背對我們，從玻璃酒瓶給自己倒了一杯蘇格蘭威士忌。我預期會聽見玻璃碰撞的聲音，但他的手穩得不可思議。

「她們在哪裡？」我問道。

「滾出我家！」

「吉迪恩發現了，所以他才在騷擾你們、跟蹤你們、折磨你們。他知道什麼？」

他重心往後，緊握著手裡的杯子，說：「你是說我是個騙子嗎？吉迪恩．泰勒讓我們活得很痛苦，而警察什麼也沒做，完全沒有。」

「吉迪恩到底知道什麼？」

錢柏斯看起來快爆發了。「我女兒和孫女已經死了。」他咬牙道。

克勞蒂亞站在他旁邊，那雙藍眼睛對我們投以冰冷的目光。她愛她丈夫，也愛她家人，她會不惜一切代價保護他們。

「你女兒的事我很遺憾。」她低聲說。「但吉迪恩．泰勒從我們這裡奪走的已經夠多了。」

他們在說謊，兩個人都是，但我只能擺動雙腳，一邊清喉嚨，發出嘶啞、無助的聲音。

「我們可以阻止他。」盧伊茲反駁道。「我們可以確保他再也不會傷害人。」

「你們連人都找不到。」布萊恩．錢柏斯嗤之以鼻道。「沒人找得到他，他簡直會穿牆。」

我環顧四周，試圖找到一個理由、一個論點，威脅也可以，只要能改變這次會面的結果就好。從壁爐架、茶几到牆壁上，到處都有克蘿伊裱框的照片。

「為什麼你提供給希臘當局其他女人的照片，而不是海倫的照片？」我問道。

「我不知道你在說什麼。」布萊恩．錢柏斯說。

我從口袋裡掏出那張傳真照片，在桌上攤開來。

「提供警方假情報是刑事犯罪。」盧伊茲說。「這也包括在國外進行的調查。」

布萊恩．錢柏斯的臉整個脹紅，火氣都上來了，但盧伊茲毫不退讓。我想他的字典裡可能沒有「讓步」這個詞，尤其是涉及失蹤兒童時。因為在他的職業生涯中，已經有太多他沒能拯救的孩子了。

「你給他們錯誤的照片，是因為你女兒還活著。你偽造了她的死亡。」

布萊恩．錢柏斯重心往後，準備揮出第一拳，但他的準備動作太明顯了。盧伊茲躲過了他的拳頭，然後打了他的後腦勺一巴掌，像在處罰調皮的男學生一樣。

這反而讓他更火大。那個大塊頭一邊大吼，一邊大步向前衝刺，一頭撞上盧伊茲的腹部，雙手環抱他的身體，把他往後撞到牆上。整棟房子似乎都在晃動，相框像骨牌一樣紛紛掉到地上。

「住手！住手！」黛西大喊。她站在門邊，雙手握拳，眼睛閃著淚光。

一切彷彿都慢下來了，就連落地擺鐘的滴答聲聽起來也像是緩慢滴水的水龍頭。布萊恩．錢柏斯抱著頭，他的左眼上方有一道傷口，傷口不深但血流不止。盧伊茲則在揉他的肋骨。

我彎腰開始撿照片。其中一個相框的玻璃碎了，是一張生日派對的照片。克蘿伊傾身向前吹蠟燭，雙頰像長號手一樣鼓起，眼裡閃爍著燭光。不知道她許了什麼願。

照片看起來很正常，卻隱約有種異樣感。盧伊茲的記憶力就像一個捕獸夾，可以捕捉並保存事實。我指的不是短暫存在的無用資訊，例如流行歌、英國國家障礙賽馬大賽的優勝者，或是戰後曼徹斯特聯隊足球俱樂部的右後衛，而是日期、地址和描述等重要資訊。

「克蘿伊是什麼時候出生的？」我問他。

「兩千年八月八日。」

布萊恩‧錢柏斯突然變得非常清醒，克勞蒂亞則試圖安慰黛西。

「我想請問一下。」我指著照片說。「如果你孫女在滿七歲前兩週就過世了，那蛋糕上怎麼會有七根蠟燭呢？」

他們用地下的隱藏按鈕叫了船長。他拿著一把步槍，但這次不是輕托在胸前，而是把槍管對準胸部高度，畫一個弧形。

「把他們轟出去。」布萊恩‧錢柏斯吼道。他仍扶著額頭，鮮血流過他的眉毛和臉頰。

「如果我們現在不阻止他，還會有多少人受傷？」我懇求道。

他們仍不為所動。船長揮舞著步槍，黛西擋在他面前，我不知道她哪來的勇氣。

「沒關係。」我告訴她。「我們走吧。」

「那查莉怎麼辦？」

「這樣也無濟於事。」

什麼都不會改變。錢柏斯一家似乎陷入了一種無止境的恐懼和否認，就算面臨這個不對勁的情況和迫在眉睫的災難也不為所動。

這是我第二次被護送出這棟房子了。盧伊茲先走，黛西跟在他後面。我穿過門廳時，眼角餘光瞥見了樓梯欄杆邊有個白色的東西。有個穿著白色睡袍，光著腳丫子的小孩透過木欄杆看著我們。她拿著一個布娃娃，看起來虛無縹緲，幾乎可說是超凡脫俗，目送我們離開。

我停下來盯著她看，其他人也回過頭來。

「妳怎麼還沒睡？」克勞蒂亞問道。

「我聽到『砰』的一聲，就醒來了。」

「沒事，回去睡覺吧。」

她揉眼睛道：「妳可以幫我蓋被子嗎？」

我能感覺到自己皮膚下血液的脈動。布萊恩．錢柏斯擋在我面前，船長把步槍的槍托靠在肩膀上。

樓梯傳來腳步聲，一個女人下樓了，她看起來焦躁不安，馬上把小孩抱起來。

「海倫？」

她毫無反應。

「我知道妳是誰。」

她轉向我，用一隻手撥開眼前的瀏海。她的頭低垂在雙肩之間，纖細的手臂緊緊環抱著克蘿伊。

「他綁架了我女兒。」

她沒有回答，而是轉身走上樓梯。

「妳已經堅持到了現在。幫幫我吧。」

她走了，回到了自己的房間，彷彿不聽不聞，絲毫無動於衷。

第六十章

我穿過布滿落葉的鋪路石，從落地玻璃門進入餐廳。傢俱上蓋著舊床單，把扶手椅和沙發變成不規則的塊狀物。

一個鑄鐵煤爐架端坐在小壁爐裡，上面的舊壁爐架上點綴著掛幾十隻聖誕襪所留下的釘子孔，但那些聖誕襪都不是阿拉伯人的。

我走上樓梯。那女孩靜靜躺在床上，沒有試著去撕頭上的膠帶。看她變得多聽話、多順從啊。外面的樹枝在風中拍打著牆壁，刮著牆上的油漆。她偶爾會抬起頭，懷疑那不是風的聲音。她現在又抬起頭，或許她能聽到我的呼吸聲。

她坐了起來，把上了鎖鍊的雙腳輕輕放到地上。接著，她身體前傾，直到雙手碰到散熱器。她一邊摸索，一邊橫向跳到廁所。她停下來側耳傾聽，然後脫下牛仔褲。我聽到撒尿的聲音。

她拉起牛仔褲，找到了洗手台，左右分別是熱水和冷水。她打開冷水龍頭，將雙手放到水流底下。接著她低下頭，試圖把嘴裡軟水管的管口對準水流。她必須閉氣吸水，這有點像在看一隻笨拙的鳥兒喝水。結果她不小心嗆到，咳個不停，最後倒在地上哭泣。

我觸碰她的手。她發出尖叫聲並試圖逃跑，結果頭撞到了洗手台水管。

「是我。」

她無法回答。

「妳很聽話，現在我要妳保持不動。」

我觸碰她時，她的身體縮了一下。我帶她走回床邊，讓她坐下來。我拿出一把裁縫剪刀，把下面的刀片勾在她後頸的膠帶下面，開始一點一點往上剪。

她的汗水和體溫導致頭髮黏在膠帶上，我不得不剪掉一些。我一邊拉扯膠帶和頭髮，一邊剪她的頭髮，一定很痛吧，但她都沒有表現出來。為了讓她早點解脫，我用最快的速度把膠帶從她的臉上撕開，她這才尖叫出聲，把軟水管吐了出來。

我放下剪刀。「面罩」終於拿下來了，像被取出內臟的動物毛皮一樣落在地板上。她的臉上布滿淚水、鼻涕和黏膠，但更糟的事情多的是。

我把一瓶水拿到她唇邊，她大口喝水，水還滴到開襟衫上。她用肩膀擦了擦下巴。

「我帶了食物給妳。漢堡已經冷掉了，但味道應該還可以。」

她只吃了一口。

「妳還想要什麼嗎？」

「我想要回家。」

「我知道。」

我拉了一張椅子坐在她面前。這是她第一次看到我的長相，她不知道該不該看。

「妳記得我嗎？」

「記得，你是公車上的那個人，你的腳比較好了。」

「其實我的腳根本沒斷。妳會冷嗎？」

「有一點。」

「我拿一條被子給妳。」

我從一張椅子拿了一條被子，裹住她的身體，她又縮了一下。

「要再喝一點水嗎？」

「不用。」

「還是妳比較喜歡碳酸飲料？可樂如何？」

她搖搖頭。

「你為什麼要這麼做？」

「妳還太小，不會懂的。吃妳的漢堡。」

她吸了吸鼻子，又吃了一小口。房間裡的沉默幾乎震耳欲聾。

「我有一個女兒，她比妳還小。」

「她叫什麼名字？」

「克蘿伊。」

「她現在在哪？」

「不知道，我已經一陣子沒見到她了。」

那女孩又吃了一口漢堡，說：「我在倫敦也有一個朋友叫克蘿伊，但自從我們搬家後，我就沒見過她了。」

「你們為什麼要搬離倫敦？」

「我爸生病了。」

「他怎麼了？」

「他得了帕金森氏症，身體會顫抖，必須吃藥。」

「我有聽過這個病。妳跟妳爸處得還好嗎？」

「還好啊。」

「妳都跟他做些什麼事啊？」

「我們會一起踢球還有去健行……之類的。」

「他會唸故事書給妳聽嗎？」

「我已經不是小小孩了。」

「但他以前會唸。」

「對啊，應該吧。他會唸給艾瑪聽。」

「妳妹妹。」

「嗯哼。」

我看了看手錶，說：「我待會還要出去一趟。我會把妳綁起來，但不會像之前那樣用膠帶包住妳的頭。」

「拜託你不要走。」

「我很快就會回來。」

「我不想要你離開。」她眼眶泛淚道。很奇怪吧：比起怕我，她更害怕孤身一人。

「我會開著收音機，妳可以聽音樂。」

她吸了吸鼻子，蜷縮在床上，手裡還拿著吃了一半的漢堡。

「你會殺了我嗎？」她問道。

「妳為什麼這麼想？」

「你告訴我媽你會把我剖開……還有對我做各種事情。」

「不要相信大人說的每一句話。」

「什麼意思？」

「就是字面上的意思。」

「我會死掉嗎？」

「那就要看妳媽媽了。」

「她必須做什麼？」

「代替妳。」

她不禁顫抖，問道：「真的嗎？」

「真的。現在安靜點，不然我會用膠帶貼住妳的嘴巴。」

她用被子裹住身體，轉身背對我，縮回陰影中。我離開床邊，並穿上鞋子和大衣。

「拜託，不要留我一個人。」她低聲說。

「噓，睡吧。」

第六十一章

賓士駛過黑暗的街道，除了偶爾有趕晚班公車或從酒吧回家的人之外，路上空無一人。這些陌生人不認識我，也不認識查莉，我們的人生永遠不會交會。唯一能幫助我的人不是不願意傾聽，就是不想冒險，以免被吉迪恩．泰勒發現。海倫和克蘿伊還活著，至少我們解開了一個謎團。

還沒抵達小屋，我就注意到路上停的車輛和平常不同。我知道我的鄰居開什麼車，這些不是他們的車。

我們一停車，十幾個車門就同時打開。記者和攝影師將賓士團團圍住，俯身在引擎蓋上，透過擋風玻璃拍我們。記者大聲提問。

盧伊茲看著我，問道：「你想怎麼做？」

「我想進去。」

我硬是打開車門，試圖推開人群。有人拉住我的外套，一個女孩擋住了我的路。有人把錄音機塞到我面前。

「教授，你覺得你女兒還活著嗎？」

這是哪門子的問題？

我沒有回答。

「他有聯絡你嗎？他有威脅要傷害她嗎？」

「請讓我走。」

我感覺自己就像一頭走投無路的野獸，一群獅子把我團團圍住，等著把我吃下肚。有人喊道：

「說點什麼吧，教授，我們只是想幫忙而已。」

盧伊茲抓住我，另一隻手則摟著黛西。他低下頭，像橄欖球柱鋒做冒爾旋轉推越一樣，強行穿過人群。

「他有要求贖金嗎？」

「你覺得他想要什麼？」

和尚打開門，在我們進來後立刻把門關上。電視台的聚光燈仍透過窗簾和百葉窗的縫隙照亮小屋。

「他們是一小時前到的。」和尚說。「我應該要先警告你的。」

媒體關注是好事，我這麼告訴自己。或許有人會看到查莉或泰勒然後報警。

「有什麼消息嗎？」我問和尚。

他搖搖頭。我看向他身後，發現有個陌生人站在我家廚房裡。他穿著深色西裝和燙平的白襯衫，看起來不像警察或記者。他的髮色宛如拋光的雪松木，手指拂過瀏海的，銀色袖扣在光線下閃閃發亮。

當我走近時，那個陌生人似乎採立正姿，雙手背在身後，這是在閱兵場練就的標準姿勢。他介紹自己是威廉．葛林中尉，等我伸出手後，他才伸手跟我握手。

「我能為你效勞嗎，中尉？」

「先生，更重要的是我是否能為你效勞。」他用發音清脆的公學口音說道。「據我所知，你跟吉迪恩．泰勒少校有所接觸。我們正在找他。」

「你們是指誰？」

「國防部。」

「那你們只能排隊了。」盧伊茲笑道。

中尉不理會他，繼續說：「軍隊正在跟警方合作。我們希望能找到泰勒少校，協助你的女兒平安回家。」

盧伊茲嘲諷他的用詞：「協助？到目前為止，你們這些混蛋除了百般阻撓我們之外，根本什麼也沒做。」

葛林中尉仍一副泰然自若的樣子，說：「由於一些因素，我們無法完全公開情報。」

「泰勒在軍事情報部門工作嗎？」

「是的。」

「他是做什麼的？」

「這恐怕是機密資訊。」

「他是拷問員。」

「他是探子。」

「他為什麼退伍？」

「他沒有退伍。他在妻子離開他後擅離職守，因此將面臨軍事法庭審判。」

中尉不再立正站好。現在他的雙腳分開三十公分，擦亮的鞋子稍微向外翻，雙手放在身體兩側。

「為什麼泰勒的服役紀錄是機密資訊？」我問道。

「因為他的工作內容很敏感。」

「少說屁話了。」盧伊茲說。「那傢伙到底是做什麼的？」

「他負責審問被關押者。」我揣測中尉的想法，說道。「他折磨他們。」

「英國政府絕不縱容酷刑，我們遵守《日內瓦公約》的規範……」

「是你們訓練那混帳的。」盧伊茲打斷他。

中尉沒有回答。

「我們認為泰勒少校可能精神崩潰了。他仍是一名在職的英國軍官，而我的工作是和雅芳與索美塞特警察局聯繫，以利盡快逮捕他。」

「交換條件是什麼？」

「泰勒少校被拘捕到案後，將被移交給軍方處理。」

「他謀殺了兩個女人耶。」盧伊茲說，一副難以置信的樣子。

「軍隊的心理醫生將替他進行檢查，看他的精神狀況是否能夠受審。」

「真是屁話連篇。」盧伊茲說。

現在，我已經不在乎了。只要查莉能平安回家，就算把吉迪恩．泰勒交給國防部也沒關係。

中尉對我說：「軍方可以運用某些資源和技術協助這次的調查。如果你願意配合，我可以提供協助。」

「我要怎麼配合？」

「泰勒少校在軍中有特殊職掌，他有跟你提過嗎？」

「沒有。」

「他有提過什麼名字嗎？」

「沒有。」

「他有提過什麼地點嗎？」

「沒有，他是個很安靜的軍人。」

葛林中尉停頓了一下，謹慎選擇措辭。

「如果他有向你透露敏感內容，若未經授權向第三方透露此內容可能會觸犯官方機密法令，並因此被判入獄。」

「你是在威脅他嗎？」盧伊茲問道。

中尉訓練有素，表現得冷靜沉著，說道：「如你們所見，媒體對泰勒少校很感興趣。記者可能會問問題，也會有人對克莉絲汀．惠勒和希薇亞．福內斯的死亡進行調查。你可能會被要求提供證據，但我建議你在提供證詞前要三思。」

我頓時火冒三丈。我受夠了所有人：含糊其辭又充滿祕密的軍方、只顧著保護自家人的布萊恩和克勞蒂亞．錢柏斯、懦弱的海倫．錢柏斯、記者、警察，以及束手無策的我。

這是盧伊茲今晚第二次產生想打人的衝動。我看到他對那個較年輕的男人擺好架式，而對方雖然不想動手，卻也認為衝突不可避免。我試圖化解緊張的氛圍。

「告訴我，中尉，我女兒對你來說有多重要？」

他不明白我的問題。

「你們想要吉迪恩．泰勒。萬一我女兒妨礙到你們呢？」

「確保她的安全是我們的第一要務。」

我想相信他。我想相信英國最優秀的軍事人員會竭盡全力拯救查莉。不幸的是，吉迪恩．泰勒也曾是他們最頂尖的成員之一，看看他現在變成什麼德行。

我感覺自己稍微絆了一下，便用顫抖的手抓住桌緣。

「中尉，謝謝你的協助，你可以向長官保證我會合作。他們幫了我多少，我就會給予相應的回報。」

葛林看著我，不確定該如何解讀我的話。

「吉迪恩．泰勒的妻女還活著，她們住在海倫的父母家。」

我仔細觀察，但他毫無反應。我的指尖傳來刺痛感。原來我並沒有揭露祕密，而是發現了祕密，他早就知道海倫和克蘿伊的事了。

在等待的寂靜中，真相如雨點般落入我的意識。軍隊在守衛石橋宅邸。盧伊茲在我們初次造訪時就注意到了，他說船長是前軍人，但他其實是現役軍人。監視器、運動感測器和警示燈都是軍隊保護的證明。英國軍隊早在警方開始調查前就在找吉迪恩・泰勒了。

據薇若妮卡・柯雷所說，茱麗安服用了鎮靜劑，正在睡覺。醫生說最好不要打擾她。

「她住哪裡？」我問道。

「住飯店。」

「在哪？」

「聖殿廣場。別打給她，教授，她真的需要休息。」

「有人跟她在一起嗎？」

「她有受到警方保護。」

電話另一頭傳來督察長輕柔的呼吸聲，我能想像她方正的頭、短髮和棕色眼睛。她很同情我，但那不會影響她的決定。我的婚姻與她無關。

「如果妳看到茱麗安……」我本想請她傳話，但我的腦袋一片空白，不知道該說什麼。「就去看看她……確保她沒事就好。」

通話結束了。黛西上床睡覺了。盧伊茲在觀察我，他那漫不經心的目光掃過一切。

「你應該睡一下。」

「我沒事。」

「躺下來，閉上眼睛，我一小時後叫你。」

「我睡不著。」

「試試看，我們今晚能做的都做了。」

樓梯很陡，床墊很軟。我盯著天花板發呆，筋疲力盡卻又不敢閉上眼睛。如果我睡著會怎樣？會不會我一覺醒來，發現這一切都沒有發生？查莉會穿著學校制服坐在廚房餐桌前，睡眼惺忪且脾氣暴躁。她會滔滔不絕說著她作的夢，而我會左耳進右耳出。重要的從來不是查莉的故事內容，而是她是個聰明、特別、令人驚豔的女孩。真是個好女孩。

我閉上眼睛，靜靜躺著。我不認為自己睡得著，但希望這個世界能讓我一個人靜一靜，讓我喘口氣。

有電話在響。我查看床頭櫃上的數位時鐘，現在是凌晨三點十二分。我全身都在顫抖，好像被敲擊的音叉一樣。

家裡電話會轉接到三一路警察局，而這也不是我的手機鈴聲。也許是黛西的手機在客房裡響了，不對，感覺是從更近的地方傳來的。我溜下床，踏過冰冷的地板。

鈴聲停了，然後又再次響起，聲音來自查莉的房間……她的五斗櫃。我拉開最上面的抽屜，翻了翻捲成球的襪子和學生褲襪。我感覺到一雙條紋足球襪裡面有東西在震動：是一支手機。我把它拿出來並掀開手機蓋。

「嘿，喬瑟夫，我該不會吵醒你了吧？這種時候你怎麼還睡得著？天啊，你也太冷血了吧。」

我脫口而出查莉的名字，並坐在床上，她的床墊陷了下去。這支手機肯定是吉迪恩潛入小屋時放的。警方找的是指紋和纖維，而不是手機。

「對了，喬瑟夫，我在想啊，你肯定很了解蕩婦吧，畢竟你自己就娶了一個。」

「我老婆才不是蕩婦。」

「我和她說過話，也觀察過她。她簡直慾火中燒，她願意操我，這是她告訴我的。她求我操她，還說：『操我吧，操我吧。』」

「看來綁架女兒是你得到女人唯一的方法。」

「哦，是嗎？她老闆在操她，還會付她錢，這樣她不就是蕩婦嗎？」

「這不是真的。」

「那她週五晚上在哪？」

「在羅馬。」

「真奇怪，我敢發誓我在倫敦看到了她。她在漢普斯特德荒野的一棟房子過夜，晚上八點到，隔天早上八點離開。屋主是一個叫尤金·富蘭克林的有錢人。那裡是個好地方，用的鎖很廉價。」

我的胸口一緊。這也是吉迪恩的謊言之一嗎？他說謊毫不費力，會混入足夠的真相來讓人心生疑竇和混亂。我突然感覺像自己婚姻中的陌生人。我想為茱麗安辯護，想提出證據證明他是錯的，但我的反駁聽起來微不足道，我的理由還沒說出口就已經毫無說服力了。

查莉的睡衣從她的枕頭下露出來，是一件粉紅色背心和一條法蘭絨長褲。我用拇指和食指搓揉拉絨棉布，幾乎想把她的每個細節都想像出來。

「查莉在哪？」

「就在這裡。」

「我可以跟她說話嗎？」

「她現在被綁起來了，像聖誕火雞一樣被捆起來，準備塞餡料了。」

「你為什麼要綁架她？」

「自己動動腦。」

「吉迪恩，我知道你的事。你在軍事情報部門工作，現在擅離職守，他們想要你回去。」

「被需要的感覺真好。」

「為什麼他們那麼想找到你？」

「這我不能告訴你，喬瑟夫，不然我可能就得殺了你。情報機構可是情報至上，我是個不該存在的軍人。」

「你是拷問員。」

「我知道該問什麼樣的問題。」

他開始覺得無趣了。他對我有更高的期待，我應該要給他一個挑戰。

「你老婆為什麼要離開你？」

我能聽到他緩慢的呼吸聲。

「你把她嚇跑了。」我繼續說。「你試圖把她關起來，像把公主關在高塔裡一樣。你為什麼深信她有外遇？」

「這是怎樣……是什麼他媽的心理治療嗎？」

「她離開了你。你沒辦法讓她幸福，那讓你感覺如何？你們明明承諾彼此要執子之手，與子偕老的。」

「是那賤人拋下我出走的，還偷走了我女兒。」

「聽說她豈止是走，根本就是用跑的。她猛踩油門，離開了那地方，而你則沿著車道追趕，連褲子都沒穿好。」

「是誰告訴你的？是她告訴你的嗎？你知道她在哪嗎？」他開始對我大吼大叫。「你真的想知道發生了什麼事嗎？我給了她一個孩子，還替她蓋了一棟房子，她要的我全都給她了。結果你知道她是怎麼感謝我的嗎？她離開了我，還偷走了我的克蘿伊。希望她被插爆屁眼，希望她下地獄……」

「你打了她。」

「沒有。」

「你威脅了她。」

「她是個騙子。」

「你把她嚇得半死。」

「她是個蕩婦！」

「深呼吸，吉迪恩，冷靜點。」

「少在那邊告訴我該怎麼做。喬瑟夫，你想念你女兒，而我已經五個月沒見到我女兒了。我曾經有過一顆心、一個靈魂，但被一個女人挖出來了。她把我摔成一千個碎片，只剩下一根發光的燈絲，但它還在燃燒，喬瑟夫。我心中還有火光，為了毀掉那個蕩婦而不讓它熄滅。」

「或許我們可以談談那火光。」

「你一次諮商收多少錢啊，喬瑟夫？」

「你的話免費。你想約哪裡見面呢？」

「一個人要怎麼成為心理學教授？」

「那只是個頭銜而已。」

「但你會用這個頭銜，是因為這樣感覺比較聰明嗎？」

「不是。」

「喬瑟夫，你覺得自己比我聰明嗎？」

「沒有。」

「明明就有。你以為你摸透了我。你以為我是個懦夫，你是這麼跟警察說的。你替我做了心理側寫。」

「那時我還不知道你的身分。」

「你那時是不是猜錯了？」

「我現在更了解你了。」

他的笑聲充滿惡意。「心理學家就是這副德行。像你這種傢伙從來不做決定，發表自己的意見。一切都要用括號和引號括起來，不然就是什麼都要轉換成問句，好像你自己的意見不夠好一樣，你想聽聽其他人怎麼說。我能想像你在操你老婆，狂插她的股間時說：『親愛的，妳顯然很享受，但我感覺如何呢？』」

「你似乎很懂心理學。」

「我可是專家呢。」

「你有研究這門學問嗎？」

「我是實地演練。」

「什麼意思？」

「我的意思是，喬瑟夫，像你這種自稱專家的白癡根本就不知道該問什麼樣的問題。」

「那我應該要問什麼樣的問題呢？」

「喬瑟夫，拷問是個很複雜的主題，是一門很深的學問。在五〇年代，中情局進行研究計畫，花了超過十億美元來破解人類意識的密碼。全國最傑出的研究人員都參與了這項計畫，包括哈佛、普林斯頓和耶魯大學的人才。他們試了ＬＳＤ、麥司卡林、電療、硫噴妥鈉等等，全都沒有用。

「麥基爾大學取得了突破。他們發現人如果被剝奪知覺，會在四十八小時內開始出現幻覺，最後會崩潰。壓力姿勢會加快這個速度，但還有更有效的方式。」

吉迪恩停頓了一下，想要我開口問，但我不會讓他稱心如意。

「喬瑟夫，如果你是盲人，你會最看重什麼？」

「我的聽覺。」

「沒錯，你最大的弱點。」

「這太殘忍了。」

「很有創意啊。」他笑道。「這就是我的工作，我會找到最大的弱點。喬瑟夫，我知道你的弱點，我知道什麼能讓你夜不能寐。」

「我不打算跟你玩遊戲。」

「你會的。」

「不會。」

「選吧。」

「我不明白。」

「我要你在你的蕩婦老婆和女兒之間做選擇。你要救哪個呢？想像她們困在一棟失火的建築物裡，你衝進去，穿過熊熊烈火，一腳踢開門。她們都倒在地上，失去意識，而你搬不動兩個人，你要救誰呢？」

「我才不跟你玩。」

「喬瑟夫，這是最完美的問題，這就是為什麼你對心理學的了解永遠比不上我。我能夠打開心扉，然後拆解並玩弄它。你知道嗎？我曾經說服一個人，讓他以為自己被接到電源插座上，但其實只是他的耳朵裡插了幾條電線而已。他本來是人肉炸彈，但他的背心炸彈沒有爆炸。他以為自己會壯烈犧牲，直接上天堂，然後享受維斯塔貞女的口交服務，直到永遠。等我搞定他後，我說服了他根本就沒有天堂，然後他就開始禱告，很瘋狂吧。讓一個人相信沒有天堂，結果他做的第一件事就是向阿拉真主祈禱。他應該要向我祈禱才對。他到最後甚至不恨我，他只想迎接死亡，希望可以不用再看到我的臉，或是聽到我的聲音。

「你知道嗎，喬瑟夫？有那麼一刻，所有的希望都消失了，所有的自尊都消逝了，所有的期待、信念和欲望都不復存在。我擁有那一刻，它是屬於我的。在那瞬間，我會聽到那個聲音。」

「什麼聲音？」

「精神崩潰的聲音。那並不是像骨頭碎裂、脊椎骨折或顱骨塌陷的清脆斷裂聲，也不像心碎那種溼軟的聲音。那聲音會讓你好奇一個人究竟能承受多少痛苦；那聲音會粉碎最堅強的意志，讓過去滲入現在；聲音的頻率之高，只有地獄犬能夠聽到。你能聽見嗎？」

「不行。」

「有人蜷縮成一顆小小的球，在無盡的夜晚輕聲哭泣。這是不是他媽的很有詩意？我信手拈來就是銘言錦句。喬瑟夫，你還在嗎？你在聽嗎？這就是我要對茱麗安做的事。當她精神崩潰，你也會跟著崩潰，買一送一真划算。不然我現在打電話給她好了。」

「不要！拜託，跟我談吧。」

「我厭倦跟你談了。」

他要掛電話了，我必須說點什麼阻止他。

「我找到海倫和克蘿伊了。」我脫口而出。

一陣沉默。他在等我說話，但我也可以等。

他先開口：「你有跟她們說話嗎？」

「我知道她們還活著。」

他又停頓了一下。

「當我見到我女兒，你也會見到你女兒。」

「事情沒那麼簡單。」

「事情從來就不簡單。」

他掛了電話。在空蕩蕩的臥室裡，我能聽到自己的呼吸聲發出空洞的回音。我看到了鏡中的自己，發現我的身體在顫抖，不知道是因為帕金森氏症、寒冷的天氣，還是更根本、更根深蒂固的原因。我緊抓著查莉的睡衣，坐在她的床上前後搖晃，發出無聲的哀號。

第六十二章

送貨電梯從地下二樓往上升，面板上的樓層燈號依序亮起。

現在是早上五點十分，走廊上空無一人。我拉了拉外套的袖子。我上次穿西裝是什麼時候呢？好幾個月前，應該是我去找軍牧的時候，因為我妻子有去找他。他告訴我，就算擁有世界上所有的愛，如果沒有信任、誠實和溝通，婚姻是無法維繫的。我問他是否有結過婚，他說沒有。

「所以上帝沒有結婚，耶穌沒有結婚，而你也沒結過婚。」

「那不是重點。」他說。

「那他媽的應該要是重點。」我回答。

他想反駁。牧師、神父和宗教混蛋的問題是，從每件事情學到的教訓都跟婚姻和家庭的重要性有關。就算是討論人造草皮、全球暖化，或是誰殺了黛安娜王妃，最後還是會得到一個莫名其妙的結論，就是家庭是家庭生活的幸福、種族包容和世界和平的基石。

我轉進另一條走廊，注意到緊急逃生門，便檢查樓梯間，確認沒有人。走廊的盡頭有一個小門廳，主電梯就在那裡。門廳裡擺了一張擦得發亮的小桌子，上面放了一盞檯燈，桌子兩側各有一張扶手椅。一名警探坐在其中一張扶手椅上看雜誌。

我的手指輕易地伸入褲子口袋裡的銅製手指虎，那金屬因為貼著我的大腿而變得溫暖。他在我走近時抬起頭，將翹起的腳放了下來，我看不見他的右手。

「辛苦了。」

他點點頭。

「她準備好了嗎？」

「我被吩咐不要吵醒她。」

「老大要她去警局。」

他不認得我，問道：「你是誰？」

「哈里斯偵查佐，我們有四個人昨晚從特魯羅開上來。」

「你的警徽呢？」

他的右手仍藏了起來。我一拳打進他的喉嚨，他便癱倒在扶手椅上，只能透過碎裂的氣管吸著血泡。我把手指虎放回口袋裡，然後拿了他的槍，塞進我的褲帶裡。

「慢慢深呼吸。」我告訴他。「這樣你會活久一點。」他沒辦法說話。我從他的口袋裡拿走了無線電，他還有她房間的房卡。他發出微弱的呻吟和呼吸聲，頭垂了下來，代表他失去了意識。我翻開雜誌，放在他的臉上，並再次把他的腳交叉。他看起來就像在睡覺。

然後我敲了門。她過了一會兒才應門，把門打開一條縫，身後浴室的白光襯托著她的身影。

「歐盧林太太，我是來帶妳去警局的。」

她對我眨眨眼，問道：「發生什麼事了嗎？他們找到她了嗎？」

「妳需要換衣服嗎？我們得走了。」

「我去拿包包。」

我在她轉身離開時，把腳伸入門縫，擋住了正要關上的門。她光著的腳踩在鋪了地磚的浴室地板上，發出啪答啪答的聲響。我想要跟著她進去，以確保她沒有打電話給任何人。我在走廊上左右張望。她怎麼那麼久還不出來？

她出來了。從她外表的種種細節可以看出她狀態不佳。她的動作緩慢誇張，頭髮沒梳，還把開襟衫的袖子往下拉，並緊緊抓著袖口。

「外面會冷嗎？」

「會。」

她看著我，問道：「我們昨天有見過面嗎？」

我替她打開電梯門，她看了一眼正在睡覺的警探，便走進電梯。電梯門關上了。

「應該沒有。」

她把手提包緊緊抱在肚子前，沒有轉頭照電梯牆上的鏡子。

「他有再打電話嗎？」她問道。

「有。」

「他打給誰？」

「妳丈夫。」

「查莉還好嗎？」

「很抱歉，我不知道。」

我們抵達飯店大廳。我把右手放在距離她的後背幾公分的地方，左手指向玻璃旋轉門。大廳裡只有一名櫃台人員，以及一個正在用機器打掃大理石地板的清潔工。

路華休旅車停在轉角處。她走太慢了，我必須一直停下來等她。我打開車門。

「你確定我們沒見過面嗎？你的聲音聽起來很耳熟。」

「我們可能有講過電話。」

第六十三章

三一路警察局不敢闔眼。下面幾層樓空無一人，但重案調查室仍燈火通明，有十幾名警探通宵工作。

薇若妮卡．柯雷的辦公室門關著，她在睡覺。

天還沒亮。我叫醒盧伊茲，請他載我來警察局。我先洗了個冷水澡，穿上衣服然後吃藥，還是花了二十分鐘才穿好衣服。

白板上貼滿了克莉絲汀．惠勒和希薇亞．福內斯的死亡照片，有命案現場的空照圖、驗屍報告，以及一團錯綜複雜的黑色線條，描繪出死者的共同朋友和共事者之間的關聯。

我不需要看那些臉，便別過頭，注意到一個新的白板，上面有一張新的照片——是查莉的照片。這是一張學校照片，她綁了馬尾，臉上掛著神祕的微笑。她當時並不想照這張照片。

「我們每年都會照啊。」茱麗安說。

「所以我們不需要再照一張。」查莉反駁道。

「但我喜歡比對每年的照片。」

「看我長大了多少。」

「對啊。」

「妳用照片才看得出來嗎？」

「妳這麼嗆是跟誰學的？」茱麗安在說這句話的同時，看向了我。

和尚拿著早報進來。頭版上有一張我的照片，我把手舉到鏡頭前，好像伸手要從攝影師手中奪走相機一樣。還有一張查莉的照片，不是學校那張，而是家庭相簿的照片，應該是茱麗安選的。

有人點了可頌和糕點。督察長被現煮咖啡香氣喚醒，穿著皺巴巴的衣服走出辦公室。她的頭髮短到不需要梳子。她讓我想起拉大車的馬，腳步沉重，不輕易發怒，卻無比強大。

和尚跟她報告小屋發生的事，這並沒有讓她心情變好。她下令這次要徹底搜查房子，每個櫥櫃和爬行空間都不能放過，以免出現更多「驚喜」。

督察長叫來了奧利弗．拉布，要他追蹤半夜那通電話。他走進重案調查室時，仍穿著昨天的寬鬆褲子和領結，還圍了一條保暖脖子的圍巾。他突然停下來，皺眉並拍拍口袋，好像上樓時弄東了什麼東西一樣。

「我昨天有一間辦公室，但我忘記在哪了。」

「走廊走到底。」薇若妮卡．柯雷說。「你有一個新的工作夥伴，不要讓他對你發號施令。」威廉．葛林中尉已經在無線電室旁的玻璃隔間辦公室裡工作了。

「我不太擅長跟人共事。」奧利弗說，一副悶悶不樂的樣子。

「才沒這回事。如果你禮貌詢問的話，中尉會讓你玩他的軍用衛星喔。」

奧利弗高興了起來，推了推眼鏡，然後沿著走廊前往辦公室。

我想在茱麗安抵達前跟薇若妮卡．柯雷談談。她關上辦公室的門，啜飲一口咖啡，然後皺起眉頭，好像牙痛一樣。在外面，我能看到海鷗在遠處的碼頭上空盤旋，地平線上出現了一道曙光。我告訴她海倫和克蘿伊．錢柏斯還活著，她們回家了。

這個情報傳入督察長耳中，似乎毫無效果。她在咖啡裡加了兩包糖，猶豫了一下又加了第三包。然後她拿起杯子，隔著熱騰騰的咖啡，用平靜的眼神看著我。

「你想要我怎麼做？我又不能逮捕她們。」

「她們密謀偽造了兩起死亡。」

「教授，現在我更想找到你的女兒。一次處理一件案子吧。」

「這是同一件案子。這就是泰勒的犯罪動機，我們可以用海倫和克蘿伊跟他談判。」

「我們不能用他的女兒換回你的女兒。」

「我知道，但我們可以利用他女兒引誘他出現。」

她劃了根火柴，點燃了一支香菸，說：「教授，擔心你自己的女兒吧，她已經從昨天中午失蹤到現在了。」一縷煙從她手裡的香菸裊裊升起。「我不能強迫海倫．錢柏斯配合，但我會派人到他們家跟她談談。」

她走到辦公室門口並打開門。她宏亮的聲音在重案調查室響起：「早上七點全員開會，給我交出成果來。」

茱麗安很快就會到了，我要對她說什麼呢？她什麼話都不想聽，除非是從查莉的嘴裡說出來的，她只想要女兒擁抱她，在她耳邊低語。

我找到一間空的辦公室，坐在黑暗中。太陽開始升起，一點一點為水淋淋的世界增添色彩。幾天前，我連吉迪恩．泰勒這個名字都沒聽過，但現在我感覺他好像已經監視了我好幾年，站在黑暗中，俯視著我熟睡的家人，鮮血從他的指尖滴到地板上。

雖然吉迪恩並不身強體壯，不是健美運動員或大力士，但他強在智慧、計謀，而且敢做別人無法理解的事。

他是一名觀察者，是人類特徵的紀錄員，能夠收集各種線索去了解一個人，包括他們走路、站立和說話的方式，以及他們開的車和穿的衣服。他們說話時會和人對上眼嗎？他們是坦率、輕佻、容易相信他人，還是較封閉和內省？我也會觀察別人，但泰勒觀察的目的是傷害他人。

他會緊咬任何軟弱的跡象。他能夠辨識萎靡不振的內心、區分內在力量和虛張聲勢，以及找出心靈的潛在問題。他和我有很多相似之處，但我們追求的目標不同。他讓心靈分崩離析，我則試著修復它。

奧利弗和威廉・葛林中尉在那魚缸般的透明辦公室裡努力工作，盯著筆電比對資料。這個組合真奇妙。中尉讓我想到那些步態僵直、表情永遠不變的發條玩具士兵，只差肩胛骨之間沒有巨大的發條在轉動。

一張大地圖占據了一整面牆，上面點綴著彩色圖釘和連接圖釘的線，形成許多重疊的三角形。吉迪恩・泰勒的上一通電話來自布里斯托市中心的聖殿廣場，警方正在研究四台監視器的畫面，看能不能找到他開的車。

藏在查莉臥室裡的手機是週五在王子碼頭一間划船用品店遺失的。吉迪恩用來打電話的手機來自倫敦奇西克的一家手機店，登記的買家是一名住在布里斯托共生公寓的學生，瓦斯帳單和信用卡收據（都是偷來的）被用作身分證明。

我研究地圖，試圖看懂紅色、綠色和黑色圖釘的差別，感覺好像在學新的語言。

「現在還不完整。」中尉說。「但我們追蹤到了大部分的電話。」

他解釋說，彩色圖釘代表吉迪恩・泰勒所撥打的電話，以及距離每個訊號最近的基地台。每通電話的持續時間，以及通話的時間點和訊號強度都有被記錄下來。吉迪恩每支手機最多使用五、六次，每次都從不同的地點打電話，而且幾乎都是打電話前才開機，掛斷後立刻關機。

奧利弗向我說明了時間順序，從克莉絲汀・惠勒的失蹤開始。訊號顯示吉迪恩・泰勒當時在利林自然保護區，克莉絲汀跳橋時，他也在克利夫頓吊橋附近。當希薇亞・福內斯把自己銬在樹上時，他也在一百公尺的範圍內，而當莫琳・布雷肯拿槍指著我的胸膛，他也在巴斯的維多利亞公園裡。

我再次研究地圖，感覺地形躍然紙上，變得立體。在以紅色、綠色和藍色為主的圖釘中，有個白色的圖釘特別顯眼。

「那個是什麼意思？」我問道。

「那是異常訊號。」奧利弗解釋道。

「什麼樣的異常訊號？」

「那不是一通電話。手機發送訊號到基地台，然後就關機了。」

「為什麼？」

「也許他開機後又改變了主意。」

「也可能是弄錯了。」中尉提議道。

奧利弗用煩躁的眼神看著他，說：「根據我的經驗，錯誤的發生都是有原因的。」我的指尖拂過圖釘，好像在閱讀點字一樣，最後我停在白色圖釘上。

「手機開機多久？」

「不超過十四秒。」奧利弗說。「數位訊號每七秒傳輸一次，我們標記的基地台收到了兩次訊號，白色圖釘就是最近基地台的位置。」

錯誤和異常是行為科學家和認知心理學家感到頭痛的難題。我們會在數據中找出模式來支持我們的理論，這就是為什麼打破模式的異常殺傷力會這麼大。而如果我們很幸運的話，就能在舊理論被推翻之前，想出更好的新理論。

吉迪恩一直都很小心不要留下痕跡，數位足跡也不例外。據我們所知，他幾乎沒有失誤。派翠克的妹妹用克莉絲汀·惠勒的手機訂披薩，那是我唯一記得的一次失誤，或許這又是另一個失誤。

「你能追蹤訊號嗎？」我問道。

奧利弗又把眼鏡推上鼻樑，把頭往後仰，以看清楚我的整張臉。

「或許其他基地台也有接收到訊號。」

中尉用不敢置信的眼神看著他，說：「手機只開機了十四秒，這難度堪比在暴風中找一個人放的屁吧。」

奧利弗挑眉道：「真是生動的比喻啊！難道軍隊無法勝任這項工作嗎？」

葛林中尉知道對方在挑戰他，覺得有點受到侮辱，因為他顯然認為奧利弗是個蒼白軟弱、缺乏男子氣概的電腦專家，而且除了自己的專業之外什麼都不懂。

我在這時介入，緩解了一些緊張的情緒：「可以跟我解釋泰勒再次打電話時會發生什麼事嗎？」

奧利弗解釋衛星追蹤的技術和優勢。中尉似乎不太想討論這個話題，好像這是在洩露軍事機密一樣。

「你能多快追蹤到泰勒的電話？」

「看狀況。」奧利弗說。「行動網路的訊號強度因地而異，建築物或地形會產生死角。我們可以標出這些地點並做出調整，但這並非萬無一失。理想情況下，我們至少需要來自三座不同基地台的訊號。無線電波以已知的速率傳播，所以我們可以算出距離。」

「如果只有一座基地台接收到訊號呢？」

「那我們可以知道訊號方位和大概的距離。訊號每傳播一公里會延遲三微秒。」

奧利弗從耳後拿了一枝筆，開始在紙上畫基地台和交錯的線條。

「訊號方位判讀有個問題，就是訊號可能是從建築物或障礙物反彈過來的，所以可信度不足。只要基地台的時鐘完全同步，來自三座基地台的訊號就能給我們足夠的資訊，用三角測量法測定出訊號位置。」

「我們用的單位是微秒。」奧利弗補充道。「透過計算訊號抵達的時間差，就有辦法用雙曲線和線性代數定位手機。但前提是來電者必須是靜止不動的，如果泰勒在車子裡、公車上或是火車上就行不通。就算他只是走進建築物裡，訊號強度也會改變。」

「他必須停留在一個地點多久？」

奧利弗和中尉互看了一眼。「五到十分鐘吧。」奧利弗說。

「如果他使用固定電話呢？」

中尉搖搖頭說：「他不會冒這個險。」

「如果我們逼他這麼做呢？」

他挑起眉毛，問道：「你要怎麼逼他？」

「有辦法關閉基地台嗎？」

「電信業者不可能會同意，他們會虧太多錢。」葛林中尉說道。

「不用太久，可能十分鐘吧。」

「這樣會影響到好幾千通電話，客戶會氣炸。」

奧利弗似乎抱持比較開放的心態。他看向牆上的地圖。吉迪恩的電話大部分都來自布里斯托市中心，大多數基地台也都集中在那裡，代表必須請更多電信業者配合。他自言自語道：「限定的地理區域，可能十五座基地台吧。」這點子引起了他的興趣。「這種事搞不好從來沒做過。」

「但是有可能做到。」

「是可行的。」

他轉身坐在筆電前，手指在鍵盤上飛舞，鼻樑上的眼鏡滑得越來越低。我感覺到奧利弗比較喜歡與電腦為伍。他能跟它們講道理，可以了解它們如何處理資訊。電腦不在乎他有沒有刷牙、會不會在洗澡時剪腳趾甲或是穿襪子睡覺。有些人會說這就是真愛。

第六十四章

人們一邊奔跑，一邊大喊大叫。薇若妮卡．柯雷在騷動中提高音量發號施令，但我聽不到她在說什麼。警察紛紛跑向樓梯和電梯，一名警探差點把我撞倒，他一邊撿起我的枴杖，一邊含糊道歉。

「發生了什麼事？」

他沒有回答。

一陣驚恐的冷顫從我的肩胛骨擴散開來，事情不太對勁。有人提到了茱麗安的名字。我提高音量，蓋過眾人的聲音。

「告訴我發生了什麼事。」

眾人紛紛轉過頭來，大家都盯著我看，但沒有人回答。我的呼吸聲似乎比電話鈴聲和人們拖著腳的聲音還要大聲。

「茱麗安在哪？發生了什麼事？」

「有一名警官受了重傷。」薇若妮卡．柯雷說。她遲疑了一下，然後說：「他負責守衛你老婆的飯店房間。」

「保護她。」

「對。」

「她在哪裡？」

「我們在搜索飯店和周邊街道。」

「她失蹤了？」

「對。」她停頓了一下，繼續說：「大廳和外面的街道上都有監視器，我們正在取得監視器畫面……」

我看她的嘴巴在動，卻聽不見她說的話。茱麗安的飯店位於聖殿廣場附近，據奧利弗．拉布所說，吉迪恩在凌晨三點十五分是在同一個區域打給我的，他當時肯定在監視她。

一切又改變了，不斷顫慄、變化，從我的概念中分離出來，彷彿在夜晚中被震落鬆脫的理智碎片。我閉上眼睛，試圖想像自己是自由的，卻只看到了自己的無助。我咒罵自己，咒罵帕金森先生，也咒罵吉迪恩．泰勒。我不會讓他奪走我的家人，我不會讓他毀了我。

早上開會時，重案調查室擠滿了人，連坐下的空間都沒有。警探們坐在桌子邊緣、靠著柱子或是從別人的肩膀後面探頭。難以置信和震驚的情緒更加劇了緊迫感。他們的同事因為氣管受損而住院，可能還會因為缺氧導致腦損傷。

薇若妮卡．柯雷站在椅子上，好讓大家看清楚。她簡單說明了這次的行動：出動二十幾輛沒有標誌的警車和警察航空聯隊進行機動攔截。

「根據之前的通話模式，吉迪恩會使用手機並不斷移動。第一階段是保護，第二階段是追蹤電話，第三階段是與目標接觸，第四階段是逮捕犯人。」

她繼續解釋通訊方法。警車之間將進行無線電靜默，每個單位都會有各自的代號和數字。「行人被撞」是採取行動的信號，後面會接道路和十字路的資訊。

有人舉手，問道：「老大，他有武器嗎？」

柯雷看了一眼手中的資料，回答：「負責保護歐盧林太太的警探當時帶著一把正規的隨身武器，但那把槍不見了。」

這似乎更堅定了眾人的決心。和尚想知道為何要攔截並逮捕泰勒，而不是跟蹤他。

「我們不能冒跟丟他的風險。」

「那人質怎麼辦？」

「我們抓到泰勒後就會找到她們。」

督察長講得好像這是很合乎邏輯的行動方針，但我懷疑她是被迫這麼做的。軍方想要拘留泰勒，也知道要如何施壓。沒有人質疑她的決定。她把泰勒的照片傳下去，警探們停下來端詳照片。我知道他們在想什麼，他們想知道泰勒的道德敗壞是否很明顯，是否一眼就能看見，就像一個人身上的徽章和刺青一樣。他們想要想像自己能從一個人的眼中或臉上看出對方有多麼邪惡和不道德，但他們其實做不到。這個世界充滿了內心破碎的人，而心靈的裂縫是看不見的。

重案調查室的另一頭傳來了椅子被踢倒和垃圾桶被踢飛的聲音。怒氣沖沖的盧伊茲衝向前，指著薇若妮卡．柯雷。

「妳派了幾名警官保護她？」

柯雷督察長冷冷地瞪了他一眼，說：「我建議你冷靜下來，別忘了你在跟誰說話。」

「幾名警察？」

她的火氣也上來了，說：「我不打算在這裡討論這個問題。」

在我周圍，警探們看得目瞪口呆，屏氣凝神等待著這場自尊心的衝突。這就好像在看兩隻牛羚低著頭衝向彼此一樣。

「妳只派了一名警官保護她。妳這裡到底是警察局還是菜市場？」

柯雷猛搖頭，霹靂啪啦地罵道：「這裡是我的重案調查室，這是我的調查，不准質疑我的權威。」她對和尚咆哮道：「把他趕出去。」

那個大個子男人走向盧伊茲，我趕快擋在兩人中間。

「大家都冷靜點。」

柯雷和盧伊茲沉著臉瞪著對方，但都心照不宣，同意讓步。緊張的氣氛頓時緩解，警探們便紛紛轉身繼續工作，回到自己的辦公桌，或是下樓坐車。

我跟著督察長回到她的辦公室。她咂咂嘴，顯然感到不快。

「教授，我知道他是你的朋友，但如果有討厭鬼大獎，那男人肯定會得獎。」

「他是個熱血的討厭鬼。」

她目不轉睛地盯著窗外，臉色蒼白。突然，她眼眶泛淚。「我應該要做得更好的。」她低聲說。「你老婆應該要平安無事才對。她是我的責任，對不起。」

尷尬、羞愧、憤怒、失望，每個情緒都像一張面具，但她不打算隱藏。無論我說什麼，都沒辦法讓她好受一點，也無法改變這個案子背後打從一開始就存在的強烈、貪婪的渴望。

盧伊茲輕輕敲了辦公室的門。

「我想為剛才的情緒爆發道歉。」他說。「那樣的行為並不妥當。」

「我接受你的道歉。」

他轉身離開。

「等等。」我告訴他。「我想讓你聽我的策略。我覺得我可以讓吉迪恩．泰勒停止移動。」

「要怎麼做？」督察長問道。

「我們拿他的女兒當籌碼。」

「但她不在我們這裡。是你說那家人不願意合作的。」

「我們虛張聲勢，就像他對克莉絲汀．惠勒、希薇亞．福內斯和莫琳．布雷肯虛張聲勢一樣。我們說服他克蘿伊和海倫在我們這裡。」

薇若妮卡．柯雷用不敢置信的眼神看著我，說：「你想矇騙他。」

「我想虛張聲勢。泰勒知道他的妻女還活著，也知道我們有那個資源能找到她們。如果他想要跟她們說話或見面，他就必須先交出查莉和茱麗安。」

「他不會相信你的，他會要你提供證據。」督察長說道。

「我只要讓他不要掛電話並待在同一個地方就好。我看了克蘿伊的日記，知道她去了哪些地方，我可以虛張聲勢。」

「如果他想跟她說話怎麼辦？」

「我會跟他說她在路上，或是她不想跟他說話。總之我會找藉口。」

柯雷督察長吸氣時鼻孔收縮，吐氣時鼻孔張大。她下顎的肌肉在抽搐。

「你憑什麼認為他會買單？」

「因為他想要相信這是真的。」

盧伊茲突然開口：「我覺得這是個好主意。到目前為止，泰勒一直讓我們跑來跑去，好像火燒屁股一樣。或許教授說得沒錯，我們也能以牙還牙。這方法值得一試。」

督察長從抽屜裡拿出一包菸，不屑地瞥了一眼「禁止吸菸」的標示。

「我有一個條件。」她說，並用一支未點燃的香菸指著盧伊茲。「你回去見海倫．錢柏斯，告訴她我們要做什麼。他們那該死的家族也該要有人站出來表明立場了。」

盧伊茲往後退，讓我先走出辦公室。

「你瘋了。」等我們走遠之後，他咕噥道。「你不會以為你真的能唬這傢伙吧。」

「那你為什麼同意我的看法？」

他聳聳肩，懊悔地嘆了口氣，說：「不知道你有沒有聽過這個笑話：有個幼稚園老師站在全班面前說：『覺得自己很笨的人請站起來。』有個叫吉米的小男孩站了起來。老師問他：『吉米，你真的覺得自己很笨嗎？』

「吉米回答：『不是的，老師，我只是不想讓妳自己一個人站著。』」

第六十五章

我躺在房間另一頭的薄床墊上，看著女孩睡覺。她在睡夢中嗚咽著，左右搖頭，我的克蘿伊做惡夢時也會這樣。

我起身走過去。惡夢緊緊攫住了她，她掙扎著想逃走，身體在被子下起伏。我伸出手，觸碰她的手臂，她便停止嗚咽。我回到我的床墊上。

後來她醒了。她坐了起來，盯著黑暗。她在找我。

「你在嗎？」

我沒有回答。

「拜託跟我說話。」

「妳想要什麼？」

「我想要回家。」

「回去睡覺。」

「我睡不著。」

「妳做了什麼惡夢？」

「我沒有做惡夢。」

「明明就有，妳剛剛在呻吟。」

「我不記得了。」

她轉向拉上的窗簾，光線從縫隙透了進來，我能看得更清楚她的臉。我毀了她的頭髮，但那還會長回來。

「我離家很遠嗎？」她問道。

「什麼意思？」

「我是指距離，會很遠嗎？」

「不會。」

「我走一整天的話能走到嗎？」

「或許吧。」

「你可以放我走，讓我走回家。我不會告訴別人你住哪裡，我也不知道要怎麼找到這地方。」

我穿過房間，打開床頭燈，影子頓時消散。我聽到外面有聲音，便將一根手指頭舉到唇邊。

「我什麼也沒聽見。」她說。

遠處傳來了狗吠。

「或許是那隻狗。」

「或許吧。」

「我得上廁所，請不要看我。」

「我會轉過去。」

「你也可以出去啊。」

「妳希望我這麼做嗎？」

「嗯。」

我走出房間，站在走廊上。我能聽到她拖著腳穿過房間，還有她尿在馬桶裡的聲音。

她上完廁所了。我敲敲門。

「我可以進去嗎？」

「不行。」

「為什麼？」

「出了點意外。」

我推開門。她站在廁所裡，試圖擦乾牛仔褲胯部的深色污漬。

「妳應該把褲子脫下來，我來弄乾。」

「不用了，沒關係。」

「我拿其他衣服給妳穿。」

「我不想把褲子脫掉。」

「妳不能穿溼的褲子。」

我走到主臥房，裡面有壁櫥式衣櫃和五斗櫃。褲子和毛衣對她來說都太大了。我在衣架上找到了一件白色浴袍，是一間飯店的浴袍。就算是有錢的阿拉伯人也會偷飯店浴袍，或許這就是他這麼有錢的原因吧。

我把浴袍拿回房間。我必須解開她腳上的鎖鏈，她才能脫褲子。她請我離開房間。

「窗戶上鎖了，妳沒辦法逃跑。」我告訴她。

「我不會逃跑的。」

我在門邊豎起耳朵，直到她告訴我可以進去為止。浴袍對她來說太大了，長度落到她的腳踝。我把她的牛仔褲拿到洗手台去洗，因為鍋爐沒開，所以沒有熱水。我把牛仔褲擰成一團，擰乾水後再掛在椅背上。

我能感覺到她的視線。

「你真的殺了黛西的媽媽嗎？」

她似乎有點緊張。

「是她自己跳下去的。」

「你有叫她跳嗎？」
「有人能逼妳跳嗎？」
「不知道，應該沒有吧。」
「那妳就不用擔心了。」
我在背包裡翻找，拿出了一小罐梨子，並用開罐器打開。
「來，妳應該吃點東西。」
她接過罐頭，開始吃滑溜溜的水果切片，連沾到手指上的汁都不放過。
「小心不要割到。」
她把罐頭舉到唇邊，喝掉底部的汁，然後用袖子擦嘴巴。接著她往後靠，並用浴袍裹住身體。外面天色漸漸亮了，她能看到房間的更多細節。
「你會殺了我嗎？」
「妳是這麼想的嗎？」
「我不知道。」她咬著下唇說。
輪到我問問題了：「如果有機會的話，妳會殺了我嗎？」
她皺眉，鼻樑上方出現兩條皺紋。「我不認為我做得到。」她說。
「如果我威脅妳的家人——妳媽媽、妳爸爸或妳妹妹——妳會殺了我嗎？」
「我不知道要怎麼殺人。」
「如果妳有槍呢？」
「那可能會吧。」
「所以妳跟我其實並沒有那麼不同。在特定情況下，我們都會殺人，妳會殺我，我也會殺妳。」
一滴淚水從她的眼角默默擠出來。

「我待會還要再出去一趟。」

「不要走。」

「我很快就會回來。」

「我不喜歡一個人。」

「我得給妳上腳鐐。」

「不要包住我的臉。」

「我只會貼住妳的嘴巴。」

我撕下一條膠帶。

「我剛才也有聽到。」她在我貼住她的嘴巴前開口道。「你在對別人這麼做。」

「什麼意思？」

「我聽到你在撕膠帶的聲音，你當時在樓下。」

「妳聽到了啊。」

「嗯，還有別人在嗎？」

「妳問太多問題了。」

我調整掛鎖，確保她腳踝上的鎖鍊夠牢固。

「我這次也要請妳不要撕掉嘴巴上的膠帶。如果妳讓我失望，我會再把軟水管插入妳的喉嚨，包住妳的頭。明白了嗎？」

她點點頭。

我用一大塊膠帶貼住她的嘴巴。她的眼眶開始泛淚。她靠著牆壁往下滑，直到蜷縮在床墊上。我看不到她的臉了。

第六十六章

桌上的電話響了。我透過玻璃隔板瞥了一眼奧利弗・拉布和威廉・葛林。奧利弗點點頭。

「喂。」

「早安，喬瑟夫，昨晚睡得還好嗎？」

吉迪恩在車上。我能聽到引擎聲以及車輪壓過路面的聲音。

「茱麗安在哪？」

「別告訴我她不見了。真是粗心大意啊，不到二十四小時就搞丟了妻子和女兒，你應該創紀錄了吧。」

「這種事也沒那麼罕見吧。」我告訴他。「你還不是一樣。」

他無言以對。我想他應該不喜歡我這樣比較。

「讓我跟茱麗安說話。」

「不行，她在睡覺。喬瑟夫，她的身體真的很棒。我覺得能操一個真正的男人，而不是像你這種弱智，應該讓她很高興。她像鞭炮一樣高潮不斷，尤其是我把拇指插入她的屁眼時。我待會還要再操她一次，或許可以母女一起操。

「查莉真的很乖，很聽話順從，你會以她為傲的。我每次看著她內心都會暖暖的。你知道她睡覺時會像情人一樣嗚咽嗎？你找到我的老婆和女兒了嗎？」

「找到了。」

「她們在哪？」

「在路上。」

「答錯了。」

「我今天早上有跟克蘿伊聊聊，她是個聰明的女孩。她有一個問題想問你。」

他遲疑了一下。奧利弗和威廉．葛林傾身在筆電前。布里斯托各處部署了幾十支警備隊，空中還有兩架直升機在待命。我看了看手錶。我們已經通話三分鐘了。

「什麼問題？」吉迪恩問道。

「她想問她的貓咪小叮噹的事，她好像說取名靈感是來自於項圈上掛的鈴鐺。她問小叮噹最近還好嗎？她希望你有請哈恩一家幫忙照顧她。她說你們家隔壁就是哈恩家的農場。」

吉迪恩的呼吸聲稍有變化，我成功吸引他的注意力了。我透過耳機聆聽奧利弗．拉布的追蹤進度。

「「我們偵測到了7dBm，是很強的訊號，強度比第二近的基地台高18分貝。手機距離基地台不到一百五十公尺。」」

「吉迪恩，你還在嗎？我要跟克蘿伊說什麼？」

他遲疑了一下，說：「跟她說我把小叮噹交給哈恩一家照顧了。」

「她聽了會很高興的。」

「她在哪？」

「就像我說的，她在路上。」

「你在耍我。」

「她告訴我她在土耳其寫了一張明信片給你。」

「我沒收到什麼明信片。」

「她媽媽不讓她寄。還記得你教她怎麼浮潛嗎？她之前去浮潛，看到了水下廢墟，她覺得可能是失落之城亞特蘭提斯，但她想問問你覺得是不是。」

「讓我跟她說話吧？」

「你讓我跟查莉說話，我就讓你跟她說話。」

「不要搞我，喬瑟夫，讓克蘿伊聽電話，我現在就要跟她說話。」

「我說過了，她不在這裡。」

奧利弗的聲音又在我的耳邊響起：

「「我們有三座基地台的BMS訊號。我可以估測訊號方位，但他一直移動，離開一座基地台的範圍，訊號又傳輸到另一座基地台。你必須讓他停下來。」」

「她們本來住在希臘，但幾天前回來了，現在正受到保護。」

「我就知道她們還活著。」

「吉迪恩，你的聲音一直斷斷續續的，你要不要停下來講電話？」

「我比較想繼續移動。」

我已經用完了克蘿伊的日記中，所有我還記得的內容了，我不知道自己還能堅持多久。在重案調查室的另一頭，盧伊茲出現了，他上氣不接下氣，看起來幾乎是用跑的過來的。在他身後，海倫·錢柏斯緊抓著她女兒的手，拼命想要跟上。克蘿伊瞪大眼睛，似乎還沒回過神來，看來他們是用最快的速度把她從溫暖的被窩挖起來，穿好衣服並把她帶來這裡的。

吉迪恩還在電話的另一頭。

「你女兒來了。」

「證明給我看。」

「先讓我跟查莉和茱麗安講電話。」

「你以為我是個白痴，你以為我不知道你想做什麼。」

「她有金色頭髮，棕色眼睛，穿著緊身牛仔褲和綠色開襟衫。她跟她母親在一起，她們在跟柯雷督察長說話。」

「讓我跟克蘿伊說話。」

「不要。」

「證明她在那裡。」

「讓我跟查莉或茱麗安說話。」

他咬牙道：「喬瑟夫，我要讓你明白一件事。你愛的人不會全部都活下來，我本來要讓你選，但你惹惱我了。」

「讓我跟我的老婆和女兒說話。」

他那冷漠、沉著、堅定的語氣改變了。他氣得大聲咆哮。

「聽好了，你這個混蛋，讓我女兒聽電話，否則我就把你老婆深深埋進土裡，你永遠都找不到她的屍體！」

我能想像他嘴巴扭曲，狂噴口水的模樣。電話另一頭傳來剎車聲和喇叭聲，他開始無法專心開車了。

奧利弗．拉布也在跟我說話。

「「他又到新的基地台的範圍了，訊號強度5dBm，但越來越弱，半徑兩百七十五公尺。你必須讓他停下來。」」

我朝玻璃隔板點點頭。

「吉迪恩，冷靜點。」

「不要告訴我該怎麼做。讓克蘿伊聽電話！」

「那我能得到什麼回報？」

「你可以選擇要讓你老婆或女兒活下來。」

「我要她們兩個都平安回來。」

他抿唇笑了一聲，說：「我要寄給你一個紀念品，你可以裱框起來。」

「什麼樣的紀念品？」

手機在我耳邊震動。我拿開手機並伸直手臂，與手機保持一定的距離，好像它可能會爆炸似的。一張照片出現在螢幕上：全身赤裸的茱麗安被綁了起來，身體蒼白如燭蠟，躺在一個盒子裡，眼睛和嘴巴都被貼了起來，有土塊落在她的肚子和大腿上。

一股淡淡的腐臭味充斥著我的鼻孔，那是名為恐懼的味道。一個又小又黑的東西竄入我的胸膛，鑽進了我的心房。我聽到了吉迪恩說的聲音：一個小小的生物在無盡的夜晚輕聲哭泣，原來那就是精神崩潰的聲音。

「好好聽我說，喬瑟夫。」他用意味深長的溫和語氣說道。「我上次見到她時，她還活著。我還是會讓你選。」

「你做了什麼？」

「我滿足了她的心願。」

「什麼意思？」

「她想要代替她女兒。」

那張照片可怕得難以言喻，我的想像力開始描繪出景象。而在我的腦海中，我看到了茱麗安，她還有呼吸，身體裹在黑暗中，動彈不得，頭髮散了開來。

「拜託你，拜託你，不要這樣。」我央求道，聲音不住顫抖。

「讓我女兒聽電話。」

「等一下。」

盧伊茲站在我面前，克蘿伊和海倫跟他在一起。他拉了兩張椅子到桌子前，揮手示意請她們坐下。海倫穿著牛仔褲和條紋上衣，她緊抓著克蘿伊的手，頭低垂在雙肩之間，臉整個垮了下來，看起來筋疲力盡、灰心喪志。

我摀住話筒，說：「謝謝妳。」

她點點頭。

克蘿伊的金色瀏海擋住了眼睛，但她沒有撥開頭髮，好像她想躲在頭髮後面一樣。

「他想跟克蘿伊說話。」

「她要說什麼？」海倫問道。

「她只要打招呼就好。」

「就這樣嗎？」

「對。」

克蘿伊坐在椅子上，一邊咬指甲，一邊晃動雙腳。寬鬆的綠色開襟衫垂到她的大腿，緊身牛仔褲讓她的雙腳看起來像包著牛仔布的棍子。

我揮手示意請她過來。她踮著腳尖繞過桌子，好像怕碰傷腳跟一樣。我摀住話筒，輕聲告訴她我要她說的話。

接著，我對奧利弗舉起一隻手，一根一根彎曲手指，倒數五……四……三……

……二……一……

克蘿伊接過手機，低聲說：「喂，爹地，是我。」

我把手放下。在玻璃隔板的另一頭，奧利弗按了一個按鈕或開關，十幾座基地台就被關閉了。

我能想像吉迪恩盯著手機，搞不清楚訊號怎麼沒了。他的女兒就在電話的另一頭，但他只聽到了一句話就沒了。他的最後已知位置是王子街大橋附近，有十五支警備隊在一百四十公尺的範圍內，薇若妮卡・柯雷也去現場了。

克蘿伊搞不清楚發生了什麼事。

「妳做得很好。」我說，並從她手中拿走手機。

「他去哪了？」

「他會再打來。我們想讓他用另一支電話。」

我看向玻璃隔板另一頭的奧利弗和葛林中尉，兩人似乎都屏住了呼吸。已經過了兩分鐘，而我們不能關閉基地台超過十分鐘。吉迪恩需要多長的時間才能找到固定電話？

來吧。

快打來吧。

第六十七章

以前在學校物理課學到的內容我幾乎都忘光了，但我記得為數不多的一課是沒有什麼傳播得比光速更快。如果一個人能夠以光速移動很遠的距離，時間就會變慢，甚至停止。

對於時間，我也有自己的一套理論。恐懼將使時間變得漫長，而恐慌將使其化為烏有。現在我的心跳很快，頭腦也很清醒，但重案調查室裡的一切卻宛如一個炎熱的週日下午，一隻胖狗在樹蔭下睡覺般靜止不動。連時鐘上的秒針也在滴答作響間猶豫不決，不確定要繼續向前走還是完全停下來。

在我面前，桌上只放了兩支連接到警局總機的固定電話。奧利弗・拉布和葛林中尉坐在隔壁的通訊室裡。海倫和克蘿伊則在薇若妮卡・柯雷的辦公室裡等待。

我用手指摳椅子上一塊剝落的油漆，盯著兩支電話，希望它們趕快響起。或許如果我的眼神夠熱切，我就能想像他打電話。透過耳機，我聽到奧利弗說又過了一分鐘，現在已經過了八分鐘。我的胸口上下起伏。放輕鬆，他會打來的，他只是要先找到固定電話。

我一開始沒發現電話在響。我看了奧利弗・拉布一眼，他要我讓電話響四次。

我接起電話。

「喂。」

「他媽的，克蘿伊在哪？」

「你幹嘛掛她電話？」

吉迪恩暴怒道：「我沒掛電話，是突然沒訊號了。如果這是什麼他媽的花招……」

「克蘿伊說你掛她電話。」

「沒訊號啦，笨蛋，你看你的手機。」

「咦，真的耶。」

「讓克蘿伊聽電話。」

「我請人帶他過來。」

「她在哪？」

「在隔壁。」

「帶她過來。」

「我把電話轉接到她那裡。」

「我知道你在幹嘛，現在就叫她聽電話！」

我看了奧利弗和威廉・葛林一眼。他們還在想辦法追蹤電話，但是花太多時間了。我的左側在顫抖，如果我把左腳放在地上，就能讓它停止顫抖。

盧伊茲把克蘿伊領進重案調查室。我摀住話筒。

「妳還好嗎？」

她點點頭。

「我會在旁邊聽。如果妳覺得害怕的話，就摀住話筒然後告訴我。」

她點點頭，然後拿起第二支電話。

「喂，爹地，是我。」

「嗨，妳好嗎？」

「很好。」

「抱歉剛剛電話突然斷掉，寶貝。我沒辦法講太久。」

「我掉了一顆牙齒。」

「是喔？」

「牙仙子給我二十五美分，我留了一張紙條給他，是媽咪幫我寫的。」

克蘿伊很有天分。她毫不做作，自然而然就完全吸引了他的注意力，讓他繼續講電話。

「妳媽媽在那裡嗎？」

「在啊。」

「她在聽嗎？」

「沒有。」

在玻璃隔板的另一頭，奧利弗轉身並豎起兩個大拇指，他們追蹤到電話了。克蘿伊不知道該說什麼了，吉迪恩在問她問題，有時候她只有點頭，沒有出聲回答。

「你遇到麻煩了嗎？」她問他。

「別擔心我。」

「你有做錯什麼事嗎？」

電話另一頭傳來逐漸接近的警笛聲，吉迪恩也聽到了。我從克蘿伊手中拿走電話筒。

「結束了。」我說。「查莉和茱麗安在哪？」

吉迪恩在電話另一頭大吼：「你這個混蛋！你這個人渣！我要把你的屁股開一個洞！你死定了！不對，你老婆死定了！她絕對不會活著回到你身邊。」

我聽到更多警笛聲，伴隨著剎車聲和車門打開的聲音。電話另一頭傳來玻璃碎掉的聲音，接著是一聲槍響。天啊，拜託別開槍打他。

重案調查室的眾人高舉拳頭歡呼。「我們抓到那混蛋了。」有人宣布道。

克蘿伊看著我，看起來既困惑又害怕。我仍然把電話筒貼在耳邊，聽到至少二十把武器上膛的聲音。有人在對吉迪恩大喊，要他趴在地上，雙手抱頭。電話另一頭傳來更多聲音和沉重的腳步聲。

「喂？有人在嗎？喂？」

沒人在聽。

「聽得到嗎？快接電話！」我對著電話大喊。「告訴我發生了什麼事。」

突然，有人回應了，是薇若妮卡・柯雷。

「抓到他了。」

「查莉跟茱麗安呢？」

「她們沒有跟他在一起。」

第六十八章

吉迪恩．泰勒看起來不一樣了，比之前更削瘦健壯。他不再是個結結巴巴、滿口胡言的騙子，地上也沒有看不見的捕鼠器了。感覺好像他卸下偽裝，露出真面目後，他的體格樣貌也隨之改變。有些五官特徵沒有變。他那稀疏的金髮垂到耳際，他眨著淺灰色的眼睛，透過一副帶金屬框的長方形小眼鏡看著這個世界。他戴著手銬，掌心朝下平放在桌面上。他一副泰然自若的樣子，只有腋下的汗漬透露出他的緊張情緒。

醫生對他進行了脫衣搜身和檢查，他的皮帶、鞋帶、手錶和個人物品都被沒收了。在那之後，他就一個人待在偵訊室，盯著自己的雙手，好像想憑意志讓金屬手銬斷掉、門打開，守衛消失一樣。

我透過觀察窗，也就是偵訊室的單向玻璃觀察他。雖然他看不見我，但我感覺他應該知道我在這裡。他偶爾會抬起頭凝視著玻璃，不是在照鏡子，而是在想像我的臉在對面看著他。

薇若妮卡．柯雷在樓上跟警察局長和兩名軍事律師開會。軍隊宣稱此事涉及國家安全問題，要求由他們負責訊問吉迪恩，但柯雷督察長不太可能讓步。我不在乎誰來問問題，但現在應該要有人在裡面訊問他，問出我妻女的下落才對。

我身後的門打開了，盧伊茲從漆黑的走廊走進漆黑的觀察室。走廊和觀察室都沒有任何燈光，以免單向玻璃另一頭的人看到隱藏的房間。

「就是他啊。」

「對，就是他。我們不能做點什麼嗎？」

「例如什麼？」

「逼他開口。我是說，如果這是電影，你就會進去痛扁他一頓。」

「或許以前可以吧。」盧伊茲說，似乎真的很懷念過往。

「他們還在吵嗎？」

盧伊茲點點頭。

「軍隊要派直升機過來，他們想帶他去軍事基地。他們怕他會向我們洩露資訊，例如真相。」

薇若妮卡．柯雷不可能就這樣讓他們接手吧。她會向上呈報給內政大臣或宮務大臣。她的管區發生了兩起謀殺案、一起槍擊案和兩起綁架案。他們花太多時間在爭論法律操作了。與此同時，吉迪恩坐在距離我不到四公尺的地方，邊哼歌邊盯著鏡子。

他看起來不像一個即將吃一輩子牢飯的男人，而像是毫無牽掛。

柯雷督察長走進偵訊室，和尚坐在第二張椅子上，一名軍事律師則站在他們身後，隨時準備介入。麥克風移走了，房間內也沒有紙筆，代表這次訊問不會留下紀錄。我懷疑吉迪恩被捕的紀錄和指紋紀錄也都消失了，看來有人下定決心要抹去他的蹤跡。

薇若妮卡．柯雷把塑膠瓶中的水倒入塑膠杯中，接著仰頭喝了一大口水。泰勒似乎對她的喉嚨很感興趣。

「由你所見，這並不是正式的訊問。」她說。「你說的話都不會被記錄下來，也不能作為證據。你只需要回答一個問題就好：告訴我們茱麗安和夏洛特．歐盧林的下落。」

吉迪恩靠在椅背上，雙手往前推，手指張開貼在桌面上。接著他慢慢抬起頭，雙眼消失在鏡片反射的熒光後面。

「我不會跟妳談的。」他低聲說。

「你必須跟我談。」

他左右搖頭。

吉迪恩盯著鏡子，彷彿能夠看穿它。

「查莉和茱麗安．歐盧林在哪裡？」

他端坐起來，說：「我的名字是吉迪恩．泰勒少校，一九六九年十月六日生，是女王陛下第一軍事情報旅的軍人。」

他按照俘虜行為規範報上姓名、年齡和軍銜。

「少在那邊答非所問。」薇若妮卡．柯雷說。

吉迪恩用銀河灰的雙眼注視著她，試圖從她的眼睛讀出她的心思。「身為女同志、黑色三角形愛好者、蕾絲邊俱樂部的成員，在警局應該不好過吧。妳肯定承受了不少冷嘲熱諷吧。他們在背後都叫妳什麼？」

「給我回答問題。」

「妳才回答我的問題。妳常做嗎？我一直很好奇女同志的性生活豐不豐富。妳醜得像一頂滿是屁眼的帽子，應該不常做吧。」

薇若妮卡．柯雷的聲音依然平穩，但後頸的毛都豎了起來。「我之後再聽你的幻想吧。」她說。

「噢，但我從來不滿足於幻想，警探，妳也該知道了吧。」

他這句話真誠得令人發毛。

「泰勒少校，你要吃一輩子牢飯了。像你這樣的人在監獄裡會遭遇一些事情，並因此改變。」

吉迪恩微笑道：「我才不會入獄呢，督察長，不然妳問他。」他對軍事律師揮手示意，但對方沒有對上他的目光。「我甚至懷疑自己是否會離開這個地方。聽過『非常規引渡』這個用語嗎？黑牢？幽靈航班？」

律師走向前，想結束偵訊。

薇若妮卡．柯雷不理會他，繼續說：「泰勒，你是軍人，是一個遵守規則的人。我說的不是軍規或軍團榮譽守則，而是你自己的守則，你的信念，而傷害小孩並不包含在內。」

「不要斷定我的信念。」吉迪恩說，他的鞋跟摩擦著地板。「別跟我談榮譽、女王或國家。這世界才沒有什麼規則。」

「告訴我你對歐盧林太太和她女兒做了什麼。」

「讓我見教授。」他轉向鏡子，問道：「他在看嗎？你在嗎，喬瑟夫？」

「不行，你要跟我談。」督察長說。

吉迪恩將雙手高舉過頭，伸展背部，直到脊椎骨喀喀作響。接著他用拳頭猛擊桌面，因力道之大加上金屬手銬，發出了宛如槍響的撞擊聲，房間裡除了督察長以外的人都嚇了一跳。吉迪恩將手腕交叉放在胸前，彷彿要防禦她的攻擊。然後他甩開雙手，一大灘血便飛過桌面，落在她的襯衫上。

吉迪恩用手銬的邊緣在左手掌心劃開了一道傷口。柯雷督察長一言不發，卻頓時臉色蒼白。她把椅子往後推並起身，看著自己白色襯衫上的深紅色血漬，然後以換衣服為由暫停偵訊。

她踏著僵硬的步伐，三步就走到門口了。吉迪恩在她身後喊道：「叫教授來找我，我會跟他說他老婆是怎麼死的。」

第六十九章

我和薇若妮卡．柯雷在偵訊室外面的走廊上會合。她用無助的眼神看著我，然後垂下雙眼，被她知道和不知道的事情壓得喘不過氣來。她襯衫上的血漬開始乾了。

「他們派了一架軍用直升機，我阻止不了他們。他們有內政大臣簽署的逮捕狀。」

「那查莉和茱麗安怎麼辦？」

她的肩胛骨在襯衫底下縮了一下。「我已經無能為力了。」她說。

我擔心的事情發生了。比起一對失蹤的母女，國防部更在乎要讓吉迪恩．泰勒閉嘴。

「讓我跟他談談。」我說。「他想見我。」

時間閃爍了一瞬，世界的喧囂消失了。

督察長從褲子口袋裡的菸盒取出一根菸，放入嘴巴。我注意到她的手微微顫抖，代表她很憤怒、失望、挫折，或者以上皆是。

「軍事律師我來處理。」她說。「你可能只有二十分鐘。帶盧伊茲一起進去，他會知道該怎麼做。」

她的語氣多了之前沒有的言外之意。她轉身沿著走廊慢慢走向樓梯。

我走進偵訊室，門在我身後關上。我們兩個獨處了一會兒，房間裡的空氣似乎聚集在遙遠的角落。吉迪恩現在沒辦法跳起來或來回踱步了，因為他的手銬用螺栓和嵌入桌面的螺絲釘固定在桌上。醫生包紮了他手掌上的傷口。

我向他走近，在他對面坐了下來，並將雙手放在桌上。我的左手拇指和食指在做無聲的敲擊，我便把左手放下來，夾在大腿中間。盧伊茲在我身後悄悄走了進來，並輕輕關上門。

吉迪恩注視著我，露出若有似無的微笑。我能從他的眼鏡中看到我已毀的人生。

「你好啊，喬瑟夫，你有老婆的消息了嗎？」

「她在哪？」

「死了。」

「我不相信你。」

「在我被逮捕的那一刻，你就殺死她了。」

我能聞到他體內的氣味，那腐臭、鬱積的厭女傾向和恨意。

「告訴我她們在哪裡。」

「你只能二選一，我已經請你選了。」

「不要。」

「我失去妻女時連選擇都沒有。」

「你沒有失去她們，是她們離開你的。」

「那婊子背叛了我。」

「你只是在找藉口而已。你沉迷於自己的權力，你認為既然你為了自己的國家而戰，為他們做了可怕的事情，就應該要得到更多。」

「不對，不是更多，我想要大家都想要的東西。但如果我們兩個的夢想互相衝突怎麼辦？如果我的幸福是以你的幸福為代價呢？」

「我們會將就著過。」

「這樣不夠好。」他慢慢眨眼道。

「吉迪恩，戰爭結束了，讓她們回家吧。」

「戰爭才不會結束。」他笑道。「戰爭之所以盛行，是因為有夠多人仍然愛打仗。你會遇到以為自己能阻止戰爭的人，能阻止一個人是一個，但那根本是胡說八道。那些人抱怨無辜的女人和小孩會受傷或被殺，而他們並沒有選擇戰鬥，但我敢打賭很多女人都目送自己的兒子和丈夫上戰場，替他們織襪子，寄食物給他們。

「你想想喔，喬瑟夫，不是所有敵方戰鬥人員身上都有武器。富裕國家的老人製造戰爭，坐在沙發上看天空新聞，投給那些老人的人也一樣。所以少在那邊說教了，根本沒有所謂無辜的受害者，我們大家都有罪。」

我不打算跟吉迪恩吵戰爭的道德觀。我不想聽他的辯解和藉口，作為和不作為的罪過。

「拜託告訴我她們在哪。」

「那你要給我什麼回報？」

「寬恕。」

「我的所作所為不需要別人寬恕。」

「我寬恕的是你的本質。」

這句話似乎讓他在一瞬間動搖了。

「他們要來把我帶走了，對吧？」

「直升機在路上了。」

「他們派誰來？」

「葛林中尉。」

吉迪恩看向鏡子，說：「葛林老弟！他在聽嗎？他老婆維瑞蒂的屁股真是極品。她每週二下午都會去拉德伯克街一間廉價旅館，操一個軍購的中校。參謀部的一個小夥子在房間裡安裝了竊聽器，那錄音帶真是太讚了！整個軍團都聽過了。」他露出自得的笑並閉上眼睛，彷彿在重溫美好時光。

「喬瑟夫，你能幫我推一下眼鏡嗎？」他問道。

他的眼鏡滑下來了。我身體前傾，將拇指和食指放在彎曲的鏡架上，把眼鏡推到他的鼻樑上。他反光的鏡片將雙眼染白，他歪了一下頭，眼睛又變回灰色了。鏡片似乎沒有任何度數。

他低聲說：「喬瑟夫，他們會殺了我，而如果我死了，你就永遠找不到茱麗安和查莉了。時鐘滴答作響——所有人的時間都有限，但我想我的時間比大部分人還要短一點，你老婆也是。」

我張開嘴巴，口水在我的唇邊形成一個泡泡並破裂，但我半個字都說不出來。

「我以前很討厭時間。」他說。「我會數過了幾個週日，想像我女兒在沒有我的情況下長大。那是用時鐘和日曆計算的機械時間，但現在時間對我來說有更深層的含意。我會從他人身上收集時間，奪走他們的時間。」

吉迪恩講得好像歲月可以在人與人之間交換，他能夠獲得我所失去的。

「吉迪恩，你愛你女兒，我也愛我女兒。我不可能理解你經歷了什麼，但你不會讓查莉死掉，這點我很清楚。」

「你要你女兒嗎？」

「要。」

「所以你在做出選擇。」

「不對，兩個我都要，她們在哪？」

「不選擇也是個選擇，記得嗎？」他微笑道。「你有問你老婆外遇的事嗎？我敢打賭她矢口否認，而你相信了她。看她的訊息就知道，我已經看過了，她傳了一則訊息給她老闆，說你懷疑他們兩個有鬼，她不能再去見他了。這樣你還想救她嗎？」

一個血色暗影攫住了我的心，我想要俯身越過我們兩個之間的空間，一隻手像弓一樣往後拉，然後一拳打向他的臉。

「我不相信你。」

「你自己去看她的訊息。」

「我不在乎。」

他發出沙啞的笑聲，說：「你明明就在乎。」

他看了一眼盧伊茲，再轉回來看我，說：「我告訴你我對你老婆做了什麼。我也給了她一個選擇。我把她放進一個箱子，告訴她你女兒就在她旁邊的箱子裡。她可以透過軟水管呼吸，繼續活下去，但這樣就會奪走她女兒的空氣。」

雖然他的雙手栓在桌上，我卻能感覺到他的手指伸入我的腦袋，插入我的小腦兩半，將其扳開。

「喬瑟夫，你覺得她會怎麼做呢？她會偷走查莉的空氣，再多苟活一下下嗎？」

盧伊茲撲向吉迪恩，一拳打向他的臉，力道大到如果他的手腕沒有銬在桌上，他就會被打倒在地。我聽到骨頭斷裂的聲音。

他抓住吉迪恩的肋骨下方，用膝蓋往他的腎臟猛擊，一陣陣劇痛頓時貫穿他的全身。他冒冷汗，無法呼吸，面露懼色，可能還漏便了。盧伊茲現在對著他大吼大叫，狂揍他的臉，要他說出地址。在這充滿血腥暴力的一分鐘內，他將所有的挫敗感都發洩在對方身上。他已經不是現役警察了，不需要遵守規則，這就是薇若妮卡．柯雷的言外之意。

一陣陣痛楚襲上吉迪恩的身體，他的臉已經開始瘀青和腫起，但他沒有抱怨或喊痛。

「吉迪恩。」我低聲說，他和我四目相接。「我會讓他動手。我向你保證，如果你不告訴我她們在哪，我會讓他殺了你。」

血沫在他的嘴唇上形成，他舔了舔牙齒，將其染紅。他的臉部肌肉收縮並放鬆，臉上浮現令人毛骨悚然的笑容。

「動手吧。」

「什麼？」

「折磨我吧。」

我看向盧伊茲，他正在摩拳擦掌。他的指關節破皮了。

吉迪恩繼續刺激我：「折磨我吧。問我該問的問題，讓我知道你的厲害。」

他看到我遲疑了，便低下頭，好像在懺悔一樣。「怎麼了？別告訴我你是個多愁善感的人。你完全有理由折磨我吧。」他說。

「是啊。」

「我有你需要的情報，我知道你老婆和女兒的確切位置。你又不是不確定或沒有十足的把握，而且就算你只有百分之五十的把握，你也有正當理由。我折磨人根本不需要那種把握，只因為他們在錯誤的時間出現在錯誤的地方罷了。」

他盯著雙手，彷彿在思考並排除自己的未來。

「折磨我吧，逼我告訴你。」

我感覺好像有人打開了水門，我的敵意和憤怒正在流失。我對這個男人的恨意無法用言語形容，我想傷害他，我想要他去死，但這也無濟於事。他不會告訴我她們在哪。

吉迪恩不想得到寬恕、理解或伸張正義。他曾沐浴在可怕衝突的鮮血中，聽命於政府、祕密部門和不受法律規範的神祕組織。他讓人精神崩潰、取得了祕密、奪人性命，但又因此而拯救了無數人。他因此改變了，怎麼可能不改變呢？然而自始至終，他都緊抓著他人生中唯一天真無邪、純潔無瑕的事物，也就是他女兒，直到她從他身邊被帶走。

我可以恨吉迪恩，但再怎麼恨都比不上他對自己的怨恨。

第七十章

「又有異常訊號了。」奧利弗．拉布說。他調整歪掉的領結，並用同款手帕輕輕擦拭額頭上的汗水。

他看我沒有回答，繼續說：「泰勒在早上七點三十五分打開了手機又關機，只開機了二十一秒。」

我聽了這個情報後，毫無反應。

奧利弗用期待的眼神看著我，說：「你想要我檢查異常訊號，因為你似乎認為它們很重要。我想我知道他當時在做什麼：他在拍照。」

我終於回過神來。這不是什麼宏偉的遠見或讓人恍然大悟的洞察力，但情況比昨天明瞭了。吉迪恩拍了茱麗安和查莉的照片。他用了手機的內建相機，代表他必須開機才能拍照。這些異常訊號有合理的解釋，能夠支持一個理論。

奧利弗跟著我上樓，穿過重案調查室。我沒有注意到警探們是否已回到崗位上，也沒有注意到自己的左手是否在搓藥丸，或是左手臂是否有正常擺動。這些事情都不重要。

我直接走到牆上的地圖前面。第一個白色圖釘旁邊又釘了一個白色圖釘。奧利弗試圖解釋他的推理過程。

「昨天的異常訊號是在下午三點零七分發生的。手機開機了十四秒，但他沒有打電話。之後，他從同一支手機傳了一張照片到你老婆的手機，然後把那支手機留在公車上。」

他在螢幕上開啟照片。在照片中，查莉的頭被膠帶裹住，嘴裡插了一條軟水管。我幾乎能聽到她透過狹窄開口的刺耳呼吸聲。

「第二個異常訊號是今天早上發生的，而在那之後，他就傳了第二張照片，也就是你老婆的照片。這樣就合理了。」

吉迪恩知道他每次開機，警方都能追蹤手機。他並沒有失誤，他每次開機都是有理由的。兩個訊號代表兩張照片。

「你能追蹤訊號嗎？」我問道。

「之前只有一個訊號時有點困難，但現在或許行得通。」

我坐在他旁邊，但他在做的事我幾乎都無法理解。在他測試軟體、覆寫錯誤訊息和規避問題時，螢幕上出現一連串數字。奧利弗似乎一邊在寫程式，一邊在跑軟體。

「兩個訊號都被林蔭巷一座十公尺高的行動通信基地台接收到了，距離克利夫頓吊橋不到八百公尺。」他說。「訊號方位是基地台以西。」

「距離多遠？」

「我要把抵達時間乘以訊號傳遞速度。」

他邊說話邊打字，用某種公式計算，但他對答案不怎麼滿意。

「介於兩百到一千兩百公尺之間。」

奧利弗拿了一支黑色麥克筆，在地圖上畫了一個很大的淚珠形狀，尖端在基地台的位置，最寬的部分則涵蓋幾十條街、雅芳河的一個區段，以及利林自然保護區的一半。

「第二座行動通信基地台接收到了訊號並回傳，但手機已經連上第一座基地台了。」他說，並再次指著地圖。「第二座基地台在這裡。惠勒太太在跳橋前打的最後一通電話就是傳送到這座基地台。」

奧利弗回到筆電前，說：「訊號方位不一樣，是北到東北方，兩座基地台的連接範圍有重疊。」

我開始聽不懂這些科學解釋了。奧利弗再次從椅子上起身，回到地圖前，並畫了第二個淚珠形狀，有一部分跟第一個重疊，範圍涵蓋十幾條街，約八百多平方公尺。挨家挨戶找需要花多久時間？

「我們需要衛星地圖。」我說。

奧利弗已經搶先一步了。他筆電上的圖像變得模糊，然後慢慢變得清晰，感覺好像我們從太空墜落一樣。地形細節開始成形——山丘、河流、街道、吊橋。

我走到門邊大喊：「督察長在哪？」

十幾個人轉頭看我，探險家羅伊回答：「她跟警察局長在一起。」

「去找她！她必須展開搜索行動。」

午後，警笛聲從擁擠的街道響起，響徹硬幣色的天空。不到四週前，一切就是這麼開始的。如果時光倒流，我會在大學坐上警車，前往克利夫頓吊橋嗎？

不會，我會找藉口轉身離開。我會當茱麗安希望我當的丈夫，往反方向跑並找別人幫忙。

盧伊茲坐在我旁邊，在車子轉彎時緊抓著車頂把手。和尚坐在副駕駛座，大聲發號施令。

「下一個路口左轉。切到這混帳前面。穿過去。繞過這輛公車。直接撞上那笨蛋的車牌沒關係。」

司機闖紅燈，毫不理會刺耳的剎車聲和汽車喇叭聲。我們的車隊至少有四輛警車，還有十幾輛正從城市各處趕過來。我能聽到他們透過雙向無線電彼此聯絡。

馬爾伯勒街和皇后大道交通壅塞，我們便把車子開上馬路對面的人行道，行人如鴿子般四散。各路人馬在喀里多尼亞巷會合，這條路與西林蔭巷只相隔一條狹窄的公園綠地。這裡是高級地段，到處都是高大的排屋、B＆B和寄宿住宅。其中有些建築有四層樓高，漆成柔和的色調，管路系統裝在屋外，窗口也裝了花壇。煙囪裡冒出一縷縷輕煙，向西飄過河面。

一輛載著二十名員警的大型警備車抵達了。柯雷督察長在混亂中毫不動搖，繼續發號施令。警察開始挨家挨戶詢問鄰居，給他們看照片，記錄沒人住的公寓和房屋。肯定有人看到了什麼。

我又看了看攤開在汽車引擎蓋上的衛星地圖。統計數據並不能造就科學，而無論像奧利弗．拉布這樣的人怎麼想，所有人類行為都不能用數字量化或簡化成方程式。地點很重要，旅程意義重大。我們的每一次遠足或探險都是一段故事，我們有時甚至不會意識到自己正在按照內心的敘事採取行動。吉迪恩的旅程是怎麼樣的呢？他吹噓自己能夠穿牆，但他其實更像人形壁紙，能夠融入背景，在不被察覺的情況下監視並闖入房屋。

他看著克莉絲汀·惠勒跳橋，他在她耳邊低語，他當時肯定在附近。我看著排屋，觀察天際線。克利夫頓吊橋在西邊不到兩百公尺的位置，我能聞到海水的臭味和莿豆的味道。有些房子或許能從較高樓層看到吊橋。

一個男人騎著腳踏車經過，他的褲管綁了橡皮筋，以免被捲入鏈條。一個女人在草地上遛她的黑色西班牙獵犬。我想攔下他們，抓住他們的肩膀，對他們大吼，質問他們有沒有看到我的妻女。但我沒那麼做，而是選擇站在原地觀察街道，尋找不尋常的事物：不該在那裡，或是奇裝異服的人，以及顯得突兀、太刻意融入，或是任何吸引目光的異物。

吉迪恩會選擇獨棟房屋而非公寓；與外界隔絕，不會被鄰居窺探，還要有車道或車庫，他才不用把車子停在路邊，還能在不被看見的情況下把查莉和茱麗安移到屋內。可能是待售的房子，或是只有假期或週末才有人使用。

我踏過泥濘的草地，開始沿著街道行走。樹幹上纏繞著金屬絲，樹枝在寒風中顫抖。

「喂，你要去哪？」督察長喊道。

「我在找一棟房子。」

盧伊茲追上我，和尚則緊跟在後，顯然是被派來確保我們不闖禍的。我不斷看著天際線，同時努力不要跌倒。我走下小山坡，經過一棟棟排屋，然後轉進塞恩巷，手杖在人行道上啪噠作響。我還是看不到吊橋。

我走到下一個路口，這條街是西田巷。有一扇前門是開著的，一名中年婦女正在掃台階。

「請問可以從這裡看到吊橋嗎？」我問道。

「不行喔，親愛的。」

「那頂樓呢？」

「房地產經紀人說可以『瞥見』吊橋。」她笑道。「你迷路了嗎？」

我給她看查莉和茱麗安的照片，問道：「妳有見過她們兩個嗎？」

她搖搖頭。

「那這個男人呢？」

「有見過應該會有印象吧。」她說，但事實可能恰恰相反。

我們沿著西田巷繼續走。落葉和糖果包裝紙在風中沿著排水溝互相追逐。我突然過馬路，走到有石頭封頂的磚牆前。

「幫我一下。」盧伊茲說，然後一腳踩上和尚拱起的雙手。和尚把他往上托，直到他的前臂撐到漆成白色的封頂。

「是庭院。」他說。「更遠處還有一棟房子。」

「你能看到吊橋嗎？」

「這裡看不到，但房子的頂樓或許可以，有一個塔樓。」

他跳了下來，我們開始沿著圍牆找大門。和尚現在走在前面，我跟不上他的步伐，每走幾公尺就要小跑步追上。

車道入口兩側立了石柱，大門是開著的。水窪裡的樹葉被車輪壓扁了，代表最近有車子開過去。房子很大，感覺好像另一個時代遺留下來的建築物。房屋一側長滿了常春藤，小窗戶在葉子之間隱約可見。屋頂很斜，西邊的一角有一個八角塔樓。

這地方看起來空無一人，所有出入口都關上了，窗簾拉上了，前門台階和門廊都堆滿了落葉。我跟著和尚走上台階，他按了電鈴，但沒人應門。我呼喚查莉和茱麗安的名字，並將臉貼在門上的薄毛玻璃上，試圖聽到有人回應的細微震動，拼命到幾乎都快想像出來了。

盧伊茲跑去查看房子旁邊樹下的車庫。他從側門走進去，又馬上跑了出來。

「是泰勒的貨車。」他大喊。「裡面沒人。」

各種情緒頓時湧上心頭，我的心中燃起了希望。

和尚立刻打電話給柯雷督察長。「請她叫救護車。」我說。

他轉達我的話，然後啪的一聲闔上手機。接著他抬起手肘，用力撞擊門上的玻璃，玻璃應聲碎裂並掉入屋內。他小心翼翼地把手伸進去，打開門鎖並推開門。

走廊很寬敞，鋪有黑白磁磚，有一面鏡子和一個傘架，還擺了一張茶几，上面有一份外賣中餐館菜單和一張緊急電話號碼列表。

燈可以打開，但我們花了一點時間才找到隱身於花卉壁紙中的開關。這地方顯然冬天沒人住，傢俱上蓋著床單和地毯，壁爐也打掃得很乾淨。我想像有人影潛伏在看不見的地方，躲在角落並盡量不發出聲音。

在我們身後，三輛警車依序駛過大門，開上車道。車門打開，柯雷督察長帶頭走上前門台階。

吉迪恩說茱麗安和查莉被裝在箱子裡埋了起來，呼吸著同一片空氣。我不想相信他。他說的許多話都是為了傷害和擊潰他人。

我站在餐廳裡，身體搖搖晃晃，看著從露臺門外灑入的光線。拼花地板上到處都是沾了泥巴的腳印。

盧伊茲上樓了。他呼喚我的名字，我三步併成兩步跑上樓梯，緊抓著欄杆，把自己拖上樓。我不小心鬆手，拐杖就啪嗒啪嗒地滾下樓梯，掉到黑白磁磚地板上。

「在這裡。」他大喊。

我在門口停了下來。盧伊茲跪在一張狹窄的鐵床邊。有個孩子蜷曲著身體躺在床墊上，眼睛和嘴巴都被膠帶貼了起來。我不記得自己有發出聲音，但查莉抬起頭，轉向我的聲音，隔著膠帶嗚咽了一聲。她左右搖頭，我必須抱住她，讓她不要亂動，盧伊茲則在房間另一個角落的薄床墊上找到了一把裁縫剪刀。

他的雙手在顫抖，我的也是。剪刀輕輕開闔，我把膠帶撕開。我張著嘴，用驚奇的眼神盯著她，到現在都還不敢相信真的是她。我看著查莉的那雙藍眼睛，淚珠盈眶，彷彿透過一層閃閃發亮的水幕看著她，淚水眨也眨不完。

她身上很髒，頭髮幾乎都被剪掉了，手腕破皮流血。但對我來說，她是世界上最美麗的生物。我把她緊緊抱在胸前，把她抱在懷裡哄。我想要一直抱著她，直到她不再哭泣，直到她忘記一切。我想要一直抱著她，直到她只記得我溫暖的懷抱、我在她耳邊說的話，以及我落在她額頭上的淚水。

查莉穿著浴袍，她的牛仔褲掛在椅背上。

「他有……？」我一度哽咽。「他有碰妳嗎？」

她對我眨眨眼，不懂我的意思。

「他有逼妳做什麼嗎？妳可以告訴我，沒事的。」

她搖搖頭，並用袖子擦鼻涕。

「妳媽媽呢？」我問道。

她對我皺眉。

「妳有看到她嗎？」

「沒有，她在哪？」

我看向和尚跟盧伊茲，他們已經開始行動了。警方在搜查整棟房子，我能聽到開門聲和翻箱倒櫃的聲音，閣樓和塔樓傳來靴子沉重的腳步聲。一陣寂靜。五、六次心跳過後，他們又開始走動了。

查莉把頭放回我的胸口。和尚帶著二十四吋的破壞剪回來，我抓住查莉的腳踝，他則小心翼翼地用刀片夾住鐐銬，把手柄往內壓，直到金屬應聲斷裂，鐵鍊落到地板上。

救護車抵達了，醫護人員站在臥室門外，一個金髮的年輕醫護人員拿著急救箱。

「我想穿褲子。」查莉突然有點難為情，便說道。

「沒問題，讓這些醫護人員替妳檢查一下，確認妳沒事就好。」

雖然依依不捨，但我還是暫時離開她身邊，走下樓。盧伊茲和薇若妮卡．柯雷在廚房裡。房子已搜查完畢，現在警探們正在仔細搜查庭院和車庫，用厚靴翻動落葉，蹲下來查看肥料堆。

北邊圍牆邊的樹木都枯了，木棚看起來年久失修，廢棄多時。榆樹下的鍛鐵桌子和兩張鍛鐵椅子都生鏽了，且因為連日下雨，大量毒菇如雨後春筍般冒出。

我走出後門，經過晾衣服的地方，並穿過溼漉漉的草坪。我有一種奇怪的感覺，彷彿鳥兒不再鳴叫，地面吸住我的鞋底。我從花壇之間走過，經過種在巨大石盆裡的檸檬樹，拐杖陷入泥土裡。一個用煤渣磚砌成的焚化爐靠在後面的圍欄邊，旁邊有一堆用作花圃擋邊的舊鐵軌枕木。

薇若妮卡．柯雷走在我旁邊。

「透地雷達一小時內就會送來，威爾特郡也有尋屍犬。」

我停在木棚前面。門鎖在搜查過程中被砸壞，生鏽的鉸鏈導致門有些鬆脫。裡面散發著柴油、肥料和泥土的氣味。木棚中央放了一台大型乘坐式割草機，兩面牆有鐵架，角落裡放了園藝工具。鏟子很乾淨，沒有使用過的痕跡。

來吧，吉迪恩，告訴我，告訴我你對她做了什麼。你說的話半真半假，你說你會把她深深埋進土裡，讓我永遠都找不到她，還說她和查莉呼吸著同一片空氣。你所做的一切都經過精心策劃。你的謊言中隱含了真相，因此更不容易被識破。

我撐著枴杖，彎腰拾起掛鎖和斷掉的門栓，並拂去上面的泥土。失去光澤的金屬上可以看見小小的銀色刮痕。

我又探頭進木棚。割草機的輪子有轉動過，拂去地上的塵土。我仔細端詳架子、播種盤、蚜蟲殺蟲劑和除草劑。一條園藝水管掛在金屬鉤上，我循著一圈圈的水管找末端，看到頭昏眼花。水管在架子的後面一路往下垂，但我看不到末端。

「幫我移開割草機。」我說。

督察長抓住座椅，我則從前面推，把割草機推出門外。地面是密實的土壤。我試著移動架子，但實在太重了。和尚把我推開，雙手抱住架子兩側，左右搖晃，像扶著架子走路一樣把它搬出木棚，播種盤和瓶瓶罐罐在過程中掉到地上。

我跪下來往前爬。在牆邊，也就是架子原本擺放的位置，密實的土壤變得鬆軟。那裡裝了一大塊合板，軟水管沿著合板往下垂，似乎消失在板子裡。

我回頭看薇若妮卡．柯雷跟和尚。

「這面牆後面有東西，我們需要照明。」

他們不讓我挖，也不讓我在旁邊看。警察兩兩一組，輪流用鏟子和水桶挖開土壤。有人將一輛警車開過草坪，用車燈照亮木棚內部。

我在車燈刺眼的光線前擋住眼睛，透過廚房窗戶看到了查莉。金髮醫護人員給她喝了熱飲，並替她裹了一條毯子。

「你愛的人會死。」吉迪恩曾經告訴我。他要我選擇，但我做不到，我不要做這種選擇。「不選擇也是個選擇。」他說。「我會讓茱麗安做決定。」吉迪恩也說我會永遠記得他，無論他今天就死了，還是一輩子坐牢，我都不會忘記他。

茱麗安說她不愛我了，她說我已經不是當初跟她結婚的那個人了。她說得沒錯，帕金森先生確保了這點。我的確變了，力求豁達，實則變得更憂鬱傷感。這個疾病沒有把我擊垮，卻像一隻寄生蟲盤據在我體內，控制著我的行動。我很努力不要表現出來，卻失敗了。

我不想知道她有沒有跟尤金．富蘭克林或德克．克雷斯韋爾搞外遇，我也不在乎。不對，那不是真心話。我是在乎，但我更在乎她平安回來。罪魁禍首是我，但這與尋求救贖或減輕良心的不安無關。茱麗安永遠都不會原諒我，這點我很清楚。她要什麼我都會給她，我會給她任何承諾。我會轉身離開，我會放手讓她走，只要她能活得好好的。

和尚叫人去幫忙，又有兩名警官加入他的行列。他們挖到了合板的底端，決定把整面牆拆下來。他們把撬棍和拆輪胎棒插入牆角下方，數到三往上拉。

塵土四散，車頭燈照亮了土裡的洞。茱麗安在洞裡，蜷縮成像胎兒一樣的姿勢，膝蓋抵著下巴，雙手抱頭。我聞到一股尿味，看到她的皮膚發藍。

其他男人的手伸進洞裡，把她抱了出來。和尚把她接過來，把她抱到燈光下，跨過土堆，並將她放上擔架。她的頭被膠帶包住，車頭燈為她的身體裹了一層銀光。

一名金髮醫護人員把軟水管從茱麗安的嘴裡抽出來，並將自己的嘴巴貼上去，將空氣吹入她的肺部。他們正在剪掉她頭上的膠帶。

「瞳孔放大，腹部冰冷，她的體溫過低。」那名護理人員說，然後對她的搭檔大喊：「找到脈搏了！」

他們輕輕把茱麗安轉成仰躺，用毯子蓋住她那一絲不掛的身體。金髮醫護人員跪在擔架上，將熱敷袋放在茱麗安的脖子上。

「怎麼了？」我問道。

「她的核心體溫太低了，心跳不規律。」

「讓她的身體暖起來。」

「事情沒那麼容易，我們必須送她去醫院。」

她一動也不動，連發抖都沒有。醫護人員為她戴上氧氣罩。

「她有意識了。」

茱麗安的眼皮顫動，接著她睜開眼睛，在明亮的光線下像個小貓一樣什麼也看不到。她試著說些什麼，卻只發出微弱的呻吟。她又動了動嘴巴。

「查莉很安全，她沒事。」我告訴她。

護理人員發出指示：「叫她不要說話。」

「靜靜躺著就好。」

茱麗安根本沒在聽，左右搖頭，似乎想說些什麼。我將臉頰貼在氧氣罩上，聽到她說：「他說她在箱子裡，我試著不要呼吸，我很努力節省空氣。」

「他說謊。」

她的手從毯子底下伸出來，抓住我的手腕。她的手非常冰冷。

「我記得你說的話，你說他不會殺死查莉，不然我早就停止呼吸了。」

我知道。

我們快抵達救護車的門了。這時，查莉衝出房子，穿過草地。兩名警探試圖阻止她，但她假裝往左跑，實則往右，從他們的手臂下面鑽過去。

盧伊茲抱住她的腰，抱著她走了最後幾公尺。她撲向茱麗安，叫她媽咪，我已經四年沒聽到她用「媽咪」這個稱呼了。

「小心點，別抱太緊。」年輕的金髮醫護人員提醒道。

「妳有小孩嗎？」我問她。

「沒有。」

「之後妳就會知道，被自己的小孩抱，再緊都不會痛。」

尾聲

今天是個典型的春日，朝霧早早就被陽光驅散，天空又高又藍，讓人難以想像太空是個黑暗的空間。溪流看起來很清澈，岸邊的水很淺，礫石很乾淨，水流在草叢邊形成漩渦。

在河谷的另一頭，道路在長出枝枒的樹木之間依稀可見，那條路繞過教堂，越過山脊就看不見了。

「有魚上鉤嗎？」

「沒。」查莉說。

我一邊留意艾瑪，她正在和我從收容所救出的金色拉布拉多犬大鏢客一起玩。牠是一隻非常認真的狗，認為我是牠見過最聰明的人。可惜的是，除了忠誠，牠幾乎一無是處。牠明明是一隻看門狗，卻會在我回家時狂吠，而對陌生人不理不睬，直到他們在屋子裡待了超過一個小時，牠才會突然開始嚎叫，好像剛剛發現米拉・韓德莉[37]從窗戶爬進來一樣。女孩們很愛牠，所以我就領養了牠。

我們釣魚的小溪距離道路約四百公尺，穿過農場門口和田野即可抵達。我們把野餐墊鋪在長滿青草的河岸上，就在礫石灘附近。

查莉採用了文森・盧伊茲的釣魚法，不使用魚餌或魚鉤。這不是因為豁達（或喝啤酒），而是因為她不忍心把一條「活生生」的蚯蚓掛在魚鉤上。

「萬一牠有個蚯蚓家族，會在牠被吃掉時想念牠怎麼辦？」她爭辯道。

我試圖解釋蚯蚓是無性的，沒有所謂的家庭，但這反而把問題搞得更複雜。

「牠只是一條蟲，沒有感情。」

「你怎麼知道？你看，牠在扭來扭去，試著逃跑。」

37 譯註：Myra Hindley，一九六三年至一九六四年與伴侶殺害四名兒童的殺人犯。

「牠扭來扭去是因為牠是蚯蚓。」

「不是，他在說：『拜託，拜託不要把那個大鉤子插進我的身體。』」

「我都不知道妳會講蚯蚓語。」

「我會解讀他的肢體語言。」

「肢體語言啊。」

「對。」

在那之後，我就放棄了。現在我一邊用麵包屑釣魚，一邊看著艾瑪，她一屁股跌坐在水窪裡，頭髮上黏了眼子菜。她完全聽不懂我跟查莉的蚯蚓之爭。大鏢客去追兔子了。

自從我們搬出倫敦後，季節的變化，也就是死亡和重生的循環變得更明顯了。樹上開了花，每個花園都開了黃色水仙。

自從那天下午的跳橋事件，到現在已經過了六個月，秋天和冬天都過去了。黛西在倫敦的皇家芭蕾舞學院跳舞。她還是跟盧伊茲住在一起，一直威脅說如果他繼續把她當小孩看待，她就要搬出去。

我沒有聽到任何關於吉迪恩．泰勒的消息。沒有軍事法庭審判或官方聲明，似乎也沒人知道吉迪恩被關在哪裡，以及他是否會受審。不過薇若妮卡．柯雷告訴我，軍用直升機在離開布里斯托後又被迫降落。吉迪恩似乎用眼鏡的鏡架解開了手銬，並強迫駕駛在田野降落，但根據國防部的說法，他很快就被抓回去了。

我也收到海倫．錢柏斯和克蘿伊從希臘寄來的明信片。海倫的飯店在春天開始營業，克蘿伊則要去帕特莫斯當地的一間學校上學。她們沒有在明信片裡寫太多內容，主要就是向我道謝。

「我可以問你一個問題嗎？」查莉歪頭問道。

「可以啊。」

「你覺得你和媽會復合嗎？」

這個問題像鉤子一樣卡在我的胸口，或許蚯蚓就是這種感覺？

「不知道，妳有問過妳媽嗎？」

「有。」

「那她怎麼說？」

「她轉移話題了。」

我點點頭並抬起頭，感受著陽光灑在臉頰上的溫暖。這些溫暖、涼爽、晴朗的日子會給我帶來安慰，因為這代表夏天要來了，夏天很棒。

茱麗安還沒有提離婚，或許之後會吧。我做了一個交易，一個協定。我說只要她活著，我什麼都願意做。她要我搬出去，我就這麼做了。我現在住在韋洛的酒吧對面。

她告訴我她的要求時，她還在住院。雨水打在病房的窗戶上。「我不想要你回來小屋。」她說。「我希望你再也不要回來。」

她之前也把我趕出去過一次，但那次不一樣。當時她說她愛我，但她沒辦法跟我住在一起，而這次她沒有給我任何類似的安慰。她把發生的事情歸咎於我，她也說得沒錯，的確是我的錯。我每天都把這點銘記在心，密切觀察著查莉，尋找有無創傷後壓力的跡象。我也觀察茱麗安，想知道她調適得如何。她會做惡夢嗎？她會不會半夜驚醒，全身冒冷汗，趕緊檢查門窗是否有上鎖？

查莉一邊收線，一邊說：「爸，我講個笑話給你聽。」

「什麼笑話？」

「有一天，牧場主人跟乳牛說：『今天我很忙，你自己來吧。』你猜乳牛說什麼？」

「什麼？」

「我真是自取其『乳』啊！」她說完便大笑，我也笑了。「你覺得我要跟媽說這個笑話嗎？」

「不要好了。」

我仍然認為自己是已婚男子。分居是一種心態，但我的心還沒接受這件事。老闆赫克托要我加入離婚男子俱樂部，他是非官方會長或主席之類的。總共只有六名成員，他們每個月都會聚會，一起去看電影或坐在酒吧裡消磨時間。

「我沒有離婚。」我告訴他，但他似乎認為那只是小事。接著他發表了關於越過淺灘回到主流的長篇大論。我告訴他自己並不熱衷團體活動，無論是健身房、政黨或宗教組織，我從來都沒有加入過任何團體。不知道離婚男子俱樂部都從事些什麼活動？

我不想要孤身一人，不想經歷漫長的空虛。那會讓我想起當初離家時，交不到女朋友，住在破爛的大學宿舍裡的時光。

我也不是不能一個人住，其實自己住也沒問題。但我會忍不住去想像茱麗安也在想同樣的事情，而她終究會發現在一起比分開更快樂。媽媽、爸爸、兩個小孩、貓咪、倉鼠，我還能帶狗。我們可以一起逛街、繳費、選學校、看電影，像正常的已婚夫婦一樣搞浪漫，在情人節和週年紀念日送花。

說到週年紀念日，今天可是特別的日子：艾瑪的生日。我得在三點前送她回小屋參加派對。我們收了線，並收拾野餐籃。大鏢客又髒又臭，兩個女孩在回家路上都不想坐他旁邊。

我開著車窗。一路上女孩們尖叫笑鬧聲不斷，抵達小屋時，她們跑下車，假裝我在車子裡釋放毒氣。茱麗安站在門口看著我們。她在棚架和信箱上都綁了彩色氣球。

「看看妳。」她跟艾瑪說。「妳怎麼弄得那麼溼？」

「我們去釣魚。」查莉說。「可惜一無所獲。」

「除了得肺炎吧。」茱麗安說，並把她們趕上樓去洗澡。

現在我們的對話多了一種抽象的親密感。她仍是我當初娶的那個女人，有一頭棕色頭髮，十分美麗，將近四十歲。我還是全心全意地愛著她，只是少了肢體接觸，也就是交換體液、隔天早上在彼此身邊醒來的部分。每次在村子裡見到她時，我仍會感到驚訝：她當初到底是看上我的哪一點，還有我怎麼會放手讓她離開？

「你不應該讓艾瑪弄溼的。」她說。

「抱歉，她當時玩得很開心。」

大鏢客為了追松鼠，在她的花園裡橫衝直撞，大肆踐踏她種的花。我試著把牠叫回來，他停了下來，抬起頭來看我，好像我非常聰明一樣，又飛奔而去。

「艾瑪的派對都準備好了嗎？」我問道。

「他們應該快到了。」

「有幾個人要來啊？」

「六個幼兒園的小女孩。」

茱麗安的雙手插在圍裙前面的口袋裡。我們兩個都心知肚明，我們可以靠閒話家常來打發時間，聊暴風雨、要不要清理排水溝或是給花園施肥。對於兩人的關係，我們都不知道該說些什麼，可能也無法心平氣和地共享僅存的親密關係。或許這也是哀悼的一種方式吧。

「那我要去幫艾瑪洗澡了。」她一邊擦手，一邊說。

「好，告訴孩子們我週間會來看她們。」

「查莉要考試。」

「那可能週末吧。」

我對她露出迷人的微笑，我的身體沒有顫抖。我轉身走向車子，抬頭挺胸且擺動著雙臂。

「欸，喬瑟夫。」她說。「你好像比較快樂了。」

我轉身面對她，問道：「是嗎？」

「你比較常笑了。」

「還可以啦。」

臉譜小說選 FR6596

死亡來電

Shatter

原著作者	邁可・洛勃森 Michael Robotham
譯者	楊睿珊
書封設計	朱陳毅
責任編輯	廖培穎
行銷企畫	陳彩玉、林詩玟
業務	陳紫晴、林佩瑜、葉晉源
出版	臉譜出版
發行人	凃玉雲
總經理	陳逸瑛
編輯總監	劉麗真
	城邦文化事業股份有限公司 台北市民生東路二段141號5樓 電話：886-2-25007696　傳真：886-2-25001952
發行	英屬蓋曼群島商家庭傳媒股份有限公司城邦分公司 台北市中山區民生東路141號11樓 客服專線：02-25007718；25007719 24小時傳真專線：02-25001990；25001991 服務時間：週一至週五上午09:30-12:00；下午13:30-17:00 劃撥帳號：19863813　戶名：書虫股份有限公司 讀者服務信箱：service@readingclub.com.tw 城邦網址：http://www.cite.com.tw
香港發行所	城邦（香港）出版集團有限公司 香港灣仔駱克道193號東超商業中心1樓 電話：852-25086231　傳真：852-25789337
馬新發行所	城邦（馬新）出版集團Cite（M）Sdn. Bhd. 41, Jalan Radin Anum, Bandar Baru Sri Petaling, 57000 Kuala Lumpur, Malaysia. 電話：603-90563833　傳真：603-90576622 電子信箱：services@cite.my
初版一刷	2023年5月
ISBN	978-626-315-287-8

售價：499元
（本書如有缺頁、破損、倒裝，請寄回更換）

國家圖書館出版品預行編目資料

死亡來電／邁可・洛勃森（Michael Robotham）著；楊睿珊譯. -- 初版. -- 臺北市：臉譜出版：英屬蓋曼群島商家庭傳媒股份有限公司城邦分公司發行, 2023.05
面；　公分. --（臉譜小說選；FR6596）
譯自：Shatter
ISBN 978-626-315-287-8（平裝）

887.157　　112003748